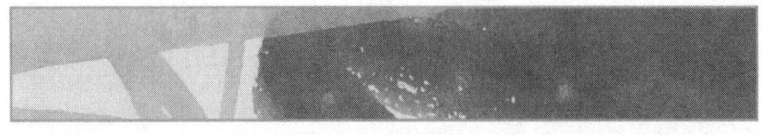

비평의 빈자리와 존재 현실

The Emptiness of Criticism and the Reality of Being

서 범 석 **지음**

박문사

This work was supported by the Daejin University Research
Grants in 2013

기록적인 장마와 무더위로 고통 받고 있는 지금은 여름이다. 그러나 머지않아 선선한 바람이 밤하늘 아름다운 별들의 이마를 씻어 주는 가을이 올 것이다. 생각해 보니 벌써 30년 가까운 시간을 대학에서 문학을 강의했고, 엇비슷한 세월 동안 문단의 말석을 지켜왔다. 그 결과는 논문으로 혹은 평론으로 어줍잖은 비평문의 옷을 입고 외롭게 흩날리다가 가끔 몇 권의 책으로 작은 연못에 내려앉기도 하였다. 이제 또 하나의 책『비평의 빈자리와 존재 현실』이 그 연못에 정박하려 한다. 여기에 실려 있는 비평문들은 이미 학술지나 문학지에 발표된 글들이 많지만 이번에 새로 쓴 것들도 적지 않다.

비평은 작품의 비판적 읽기를 통한 가치평가에 그 본래의 목적이 있다. 문학 작품은 미적으로 형상화되는 것이기에 늘 빈자리가 있고, 비평은 그 빈자리를 노려 목적을 완수하려는 특성을 갖게 된다. 그러나 빈자리는 텍스트 안에만 있는 것이 아니다. 다른 이들이 보지 않았거나 보지 못한 부분도 비평의 빈자리가 될 수 있다. 그 동안 저자가 만난 가장 큰 빈자리는 '농민시'였기에 이 빈자리를 메우기 위해 오랜 시간을 바쳐 왔다. 그 결과가『한국 농민시 연구』,『한국 농민시』,『한국 농민시인론』 등이었고, 그 뒤 더 찾아낸 농민시의 빈자리 탐색 결과를 이 책의 제1부「농민시의 좌표」에 앉혔다. 그리고 1984년 작고한 김종삼 시인과의 새로운 인연으로 하여 그의 빈자리를 찾아보게 되었는데, 그것들을 제2부「김종삼 시의 빈자리와 디아스포라」에 실었다. 제3부「심미성과 인생탐구」에는 시가 가지고 있는 놀이문학으로서의 심미성이 만드는 빈자리를 찾으면서 공광규, 양채영, 황봉, 이재호 등의 시에서 인생탐구의 빛을 함께 찾아 앉혔다. 그리고 제4부 「역사와 존재 현실」에서는 통일, 전쟁 등과 관련된 문학의 역사적 빈자리를 찾아 거기에 존재하는 인간의 현실을 검토하면서 장석주, 김수영, 김시헌, 김영헌 등의 작품을 살폈다.

이상과 같은 비평의 빈자리 찾기 작업에서 저자가 발견한 가장 중요한 사실은 작가나 작품의 서정적 자아의 존재 현실이다. 그것은 대체로 세계와 자아가 융합하지 못하는 데서 오는 인간 존재의 역설로서의 비극적 현실이다. 그리고 작가들의 소외되거나 왜곡된 문학적 생애가 거느리고 있는 현실이기도 하다. 문학이나 작가의 현실이 그러하듯 저자의 현실도 마찬가지여서 책을 내 놓는 마음이 허전하기만 하다. 가을이 오고 또 새봄이 와도 문학과 함께 인생의 빈자리는 지속될 것이기에, 다만 지나는 길에 만나는 아름다움의 동산에서 늘 가슴 뛰는 존재로 살아가기를 빌어 볼 뿐이다.

끝으로 졸고를 출판하도록 흔쾌히 허락해 주신 박문사의 윤석현 대표님, 권석동 부장님을 비롯한 관계자 여러분께 드리는 깊은 감사의 뜻을 마음의 빈자리에 곱게 간직하고자 한다.

2013년 7월 31일
왕방산 연구실에서
서 범 석

제1부 농민시의 좌표   7

제1장 개화기 농민시의 화자와 시의식 고찰 ·····························9

제2장 농민시에 나타난 여성상(女性像) 연구 ···························37

제3장 신경림의 『농무』 연구 ···69
     - 농민시적 성격을 중심으로 -

제4장 홍일선의 농민시에 나타난 '땅'에 관한 고찰 ················99

제5장 '낙동강'의 시인 양우정(梁雨庭) ·······························127

제6장 정호승(鄭昊昇) 되찾기의 겉과 속 ······························135

제2부 김종삼 시의 빈자리와 디아스포라   153

제1장 김종삼 시의 건너뜀과 빈자리 ································155

제2장 김종삼 시의 '서정적 자아'와 분단의식 ······················175

제3장 김종삼 시의 '셀프 아키타입' 양상 ···························201

제4장 김종삼 시비 이전에 담긴 뜻 ·································223

제3부 심미성과 인생탐구　　　229

제1장　공광규의 담장 허물기 놀이 ·························· 231

제2장　형식이 빚어내는 심미성 ···························· 245

제3장　놀이 시학 ·· 251

제4장　시론에서의 '모호성'과 '애매성'의 개념착종에 관한 고찰 ·· 263

제5장　양채영(梁彩英) 시의 순수 이미지와 우주적 통합 ········ 285

제6장　진정성으로서의 삶과 문학 ·························· 319
　　　　- 황봉의 시세계 -

제7장　이재호 시인의 삶과 시세계 ························· 337

제4부 역사와 존재 현실　　　357

제1장　통일과 한국 문학 ···································· 359

제2장　전쟁문학, 그 사랑의 역설 ························· 371

제3장　당위의 갈등 그리고 융합 ·························· 385

제4장　점이지대의 변주곡 ·································· 399
　　　　- 장석주「간장 달이는 냄새가 진동하는 저녁」,
　　　　김수영「오랜 밤 이야기」-

제5장　영원을 향한 자연과 인생의 합주 ················· 405
　　　　-김시헌론-

제6장　바다에서 건져 올린 체험적 삶의 반영 ············· 425
　　　　-김영헌의 시세계-

제1부

농민시의 좌표

개화기 농민시의 화자와 시의식 고찰

1. 서론

농민시의 개념에 대하여 서범석은 "우리 고유의 문학적 풍토 속에서 형성되고 발전·계승되어 온 갈래로서, 전체 사회의 여러 관계 속에서 자기를 실현해 나가는 의식적이고 역사적인 인간으로서의 농민을 위한 시로서 농민의 생활·의식, 농촌의 상황 등을 형상화하여 그들의 삶의 개선을 꾀하는 시"[1]라고 정의하였다. 이러한 농민시의 개념을 통하여 단적으로 포착할 수 있는 농민시의 특성은 세 가지 정도로 요약된다. 첫째는 농경민족으로서의 역사만큼이나 그 역사와 전통이 유구하다는 것이고, 둘째는 늘 고된 삶에 시달려 온 농민들의 고통스런 현실을 반영하고 있다는 것이며, 셋째는 그러한 현실과 대응하는 전통적인 민족의식이나 민족정서가 촘촘하게 배어 있다는 것이다.

이처럼 농민시가 역사적 전통이 유구하게 이어지고 있는 장르라면 개화기[2]의 시가에서도 우리의 농민시적 특성은 어떤 형태로든 계승되

---

1 서범석, 『한국농민시연구』, 고려원, 1991, 74~78 참조.
2 '개화기'라는 시대구분의 용어에 대하여는 그것이 개화의 논리만을 강조한다는 비

고 있으리라는 추정이 가능하다. 그리고 그것은 개화기의 민족현실을 반영하면서 그 현실에 조응하는 민족의식이나 전통적인 민족정서가 나타나 있을 것이다. 본고는 이러한 가설을 바탕으로 개화기 시가에 나타나는 농민시적 양상들을 검출하고 그것들을 전통계승이라는 측면에서 검증해 보고자 한다.

농민시의 본격적인 연구는 1991년 서범석의『한국 농민시 연구』[3]에서 비롯되었다고 할 수 있다. 이 책은 일제강점기 농민시를 대상으로 농민시의 개념, 흐름, 갈래, 구조 등을 종합적으로 고찰하였다. 이어서 오세영,[4] 박경수,[5] 이명우,[6] 류양선,[7] 안정헌,[8] 성기각,[9] 등이 일제강점기 농민시 연구를 심화하였다. 그리고 해방공간의 농민시 연구는 표윤경,[10] 김영언,[11] 박경수,[12] 성기각[13] 등에 의하여 수행되었고, 1960년대

　　판이 제기되기도 하지만, 이 용어는 이미 두루 쓰이고 있으며, 본고에서 이 용어를 쓴다고 해서 크게 문제될 것이 없다고 판단되므로 그대로 사용하기로 한다.
3 서범석,『한국농민시연구』, 고려원, 1991. 서범석은 이외에도 정호승, 이흡, 이서해, 양우정, 유도순, 허문일, 송순일, 임연, 이혜숙 등의 농민시인 연구를 비롯한 다수의 일제강점기 농민시 연구논문을 발표하였다.
4 오세영,「일제하 한국의 농민문학론과 농민시 연구」,『성곡논총』제22집, 성곡학술문화재단, 1991, 1960~2040쪽.
5 박경수,「한국 근대 농민시의 전개과정과 현실표상 연구」,『한국문화논총』제14집, 부산대학교 한국문학회, 1993, 225~266쪽.
　　박경수,「카프(KAPF) 농민시 연구」,『우암어문논집』제5호, 부산외국어대학교, 1995, 149~194쪽.
6 이명우,「일제식민치하의 농민문학연구」,『목멱어문』제5집, 동국대학교 국어교육과, 1993, 193~224쪽.
7 류양선,『한국 농민 문학 연구』, 서광학술자료사, 1994.
8 안정헌,「1920~30년대 한국 농민시 유형 연구」, 인하대학교 대학원 석사학위논문, 1994.
9 성기각,「1930년대 비판적 농민시 연구」,『국어국문학논총』, 유천 신상철박사화갑기념논총간행위원회, 문양사, 1996, 59~98쪽.
10 표윤경,「해방기 농민시 연구」, 건국대학교 대학원 석사학위논문, 1992.
11 김영언,「해방기 한국 농민시 연구」, 서강대학교 대학원 석사학위 논문, 1995.
12 박경수,「해방기 농민시의 전개양상과 현실표상 연구」,『한국문학논총』제22집, 한국문학회, 1998, 341~388쪽.
13 성기각,『한국 농민시와 현실인식』, 국학자료원, 2002.

농민시는 서범석에 의해 박목월,[14] 구상[15] 등의 시에 부분적으로 계승되고 있음이 밝혀졌다. 그리고 산업화시대(1970~80년대)의 농민시에 대하여는 유종우,[16] 서범석[17] 등에 의하여 단편적으로 연구된 바 있다. 이상의 간략한 농민시 연구사 검토를 통하여 알 수 있는 것은 연구 대상의 시기가 대부분 일제강점기에 집중되어 있다는 것과 개화기의 농민시 연구는 전혀 이루어진 바가 없다는 것이다.

개화기 시가 연구는 방대한 양의 저서나 논문들이 쌓여 있지만 농민시에 대한 연구가 전무한 것은 이 시기가 총체적으로 전대미문의 위기에 민족국가의 운명이 놓여 있었던 시기여서 거기에만 관심의 초점이 모아졌기 때문일 것이다. 권오만 교수의 지적처럼 "이 시기는 한국 근대사의 어느 단계에 못지않게 도전과 시련으로 얼룩진 시기"[18]였기에 현실의 세부적 관심보다는 민족국가 전체의 운명에 관하여 급박한 대응을 하기에도 힘겨웠을 것으로 추측된다. 그리하여 농민이나 농촌 같은 세부적인 문제에 대하여 집중적 관심을 나타내는 문학적 응전을 하기보다는 민족전체의 공동체적 삶과 관련되는 곳에 역량을 모으기에 급급했던 것이다. 이러한 사정을 정한모 교수는 "守舊와 愚昧에 대한 저항과 계몽의 노래로 시작되었고, 文明開化를 謳歌할 여지도 없이 침략자와 침략에 부역하여 賣國하는 집권자들에 대한 저항과 규탄의 피

---

14 서범석, 「박목월의 농민시와 사별시」, 『한국예술총집 문학편Ⅳ』, 대한민국예술원, 1997, 182~192쪽.
15 서범석, 「구상 시의 의미 구조」, 『건국어문학』 제21·22합집, 건국대학교 국어국문학연구회, 1997, 85~123쪽.
16 유종우, 「1970~1980년대 농민시 연구」, 한국교원대학교 대학원 석사학위논문, 2006.
17 서범석, 「신경림의 '농무' 연구」, 『국제어문』 제37집, 국제어문학회, 2006, 164~195쪽. 서범석, 「홍일선의 농민시에 나타난 '땅'에 관한 고찰, 『겨레어문학』 제38집, 2007, 257~285쪽.
18 권오만, 『개화기 시가 연구』, 새문사, 1989, 11쪽.

맺힌 노래를 불러야만 했다."[19]라고 말하면서 이 시기의 시가들을 '抵抗期의 詩歌'로 명명한 바 있다. 이처럼 집단적 저항의 노래를 다급하게 불러야 했던 개화기에는 농민시에 대한 특별한 관심이나 운동이 고조될 수 없었고 따라서 온전한 농민시가 많이 창작될 수도 없었던 것이 사실이다. 그러니까 개화기의 농민시는 다급한 시대적 위기 앞에서 민족적 대응 양상의 일각으로 존재했다고 할 수 있다. 따라서 개화기 시가에서 농민시로 볼 수 있는 작품 수는 적지만, 시대의식을 노래하는 작품의 한 부분으로서 농민시적 요소가 들어 있는 양상을 보이는 작품들은 제법 많이 찾아낼 수 있다. 이는 유구한 농민시의 전통이 개화기라고 하여 완전히 단절될 수 없었던 민족전통의 생생한 현현이라 하겠다.

사실 "문학이라는 말이 시·소설·희곡 등의 하위 분류체계를 거느린 특정한 글쓰기 양식을 지칭하는 말로 사용된 용례가 거의 발견되지 않는"[20] 개화기의 상황을 생각하면 개화기의 농민시를 논의한다는 일 자체가 견강부회의 도로에 그칠 위험이 큰 것이다. 그러나 오랜 전통으로 민족문학사에 새겨진 농민시의 모습은 작가들에게 민족적 집단무의식으로 전승되어 개화기의 시대현실에 합당한 모습으로 형상화되었을 것으로 판단한다. 따라서 본고는 고전문학의 시가에서 농민시의 전통적 요소를 검출하고 그 결과가 어떻게 개화기에 계승되고 있는지를 차례대로 논의하고자 한다.

개화기 시가의 장르는 애국·독립가류, 사회비판가사,[21] 시조, 창가,

---

19 정한모, 『한국현대시문학사』, 일지사, 1974, 131쪽.

20 김동식, 「개화기의 문학 개념에 관하여」, 『국제어문』, 제29집, 국제어문학회, 2003, 112쪽.

21 '개화기 가사'에 대한 명칭은 이론이 있을 수 있으나, 본고에서는 편의상 '애국·독립가류'를 제외한 가사형식으로 대자적 비판성이나 저항성을 담고 있는 일련의 작품들을 묶어 '사회비판가사'로 분류하여 논의를 진행하고자 한다. 주로 『대한매일신보』지상에 발표된 것들이 여기에 속한다.

신체시(신시), 언문풍월 그리고 한시 등이 있다. 또한 구비문학으로서의 민요도 전승되고 있었다. 그러나 농민시적 시각에서 보면 애국·독립가류, 사회비판가사류, 시조 그리고 한시 등이 논의의 대상이 될 수 있다. 그렇지만 양과 질 어느 쪽으로 보나 '애국·독립가류'와 '사회비판가사류'가 대표성을 가지고 있는 것으로 판단되어 본고에서는 이들만을 대상으로 논의를 진행하고자 한다. 따라서 본고는 이들 장르의 작품들을 대상으로 하여 '시적화자'와 '시의식'을 중심으로 하여, '계몽문학적 농민시'라고 볼 수 있는 '애국·독립가류'의 농민시와 '비판적 사실주의 농민시'로 볼 수 있는 '사회비판가사류'의 농민시로 양분하여 고찰하고자 한다. 1910년대 후반의 몇몇 작품을 제외하고는 대부분의 개화기 시가의 형식은 시조나 가사의 율격을 답습하는 외형률로 되어 있다. 따라서 농민시적 측면에서 접근하는 본고는 특별히 형식적인 부분을 논의할 필요는 없다고 판단된다. 다만 개화기에 발표된 농민시 또는 부분적으로 농민시적 요소를 포함하고 있는 작품들을 대상으로 하여 '시적화자'와 '시의식'을 중심으로 살펴보고자 하는 것이다.

그런데 본고에서는 시적화자를 구분함에 있어 '즉자적(卽自的) 농민상'과 '대자적(對自的) 농민상'이라는 용어를 사용하고자 한다. '즉자적 (an sich)', '대자적(für sich)'이라는 용어는 철학자 헤겔(G. W. F. Hegel)의 존재론에서 비롯된 것으로 그는 존재가 "다른 것에 관계된 측면을 대자적 존재라 말하고 이 대자적 존재의 전제로 되어 있는 그 무엇의 상대적 고정성, 결국 그 무엇이 그 무엇으로서 고유의 질을 지닌 측면을 즉자적 존재라고"[22] 부른다. 싸르트르(J .P. Sartre)는 이를 이어받아 객관적 존재인 '즉자 존재(Being-in-itself)'와 주체적 존재인 '대자 존재(Being-for-itself)'라는 용어를 만들었다. 전자는 비의식적이고 우연적이고 자발

---

22 황세연 엮음, 『헤겔 정신현상학과 논리학 강의』, 중원문화, 1991, 285쪽.

적이지 못하고 고정되어 있으며 불투명하지만, 후자는 주체적인 인간
이나 인간의 의식을 가리키며, 불완전성과 가능태의 특성 및 무규정적
인 구조를 지니는 것으로 기술된다.[23] 그래서 '즉자적'이란 '그 자체로
있는' 것으로서 주관적, 고립적, 무반성적, 소극적, 잠재적, 비이성적,
관망적, 무의식적, 우연적, 부분적 등의 의미망을 거느리고 있으며, '대
자적'이란 '무엇에 대해서' 또는 '무엇을 위해서' 있는 것으로서 객관
적, 상관적, 반성적, 적극적, 표현적, 이성적, 관찰적, 의식적, 필연적,
전체적 등의 의미망을 거느리고 있는 것으로 생각된다. 이러한 철학적
의미망을 참고하여 본고에서는 농민이 아닌 지식인들이 농민의 삶을
탐구하여 시 속에서 말하고 있는 화자의 모습을 두 가지로 나누어서 논
의하고자 한다. 첫째로 '즉자적 농민상'인데, 이는 현실을 주관적이고
관념적으로 파악하여 자신의 사상을 앞세우고 전체적이고 역사적인
현실을 구체적으로 파악하지 못하는 태도를 보이는 농민의 경우이다.
둘째로 '대자적 농민상'은 객관적이고 역사적인 관찰을 통하여 전체적
이고 구체적으로 현실을 파악하여 농민사회의 모순을 고발하고 비판
하는 태도를 견지하는 경우이다.[24]

2. 농민시의 전통적 특성

농민문학 논의에서 "인습의 노예나 다를 바 없는 농민의 개인적 자

---

23 윌리엄 사하키안, 권순홍 역, 『서양철학사』, 문예출판사, 1989, 454~455쪽 참조.
24 물론 철학적 개념의 이 용어들이 본고에서의 시적화자로서의 농민상과 적확하게
   대응되는 것은 아니지만, '즉자적 계급'과 '대자적 계급' 또는 '즉자적 민중'과 '대
   자적 민중' 등으로 차용해서 사용하는 용어들이 이미 쓰이고 있으므로, 여기서도
   편의상 이러한 용어를 차용하여 사용하기로 한다.

각을 그려보고자 하는 현대의 작자는 모국의 문학사 속에서 농민문학
의 전통을 찾기를 포기하지 않을 수 없게 된다."²⁵는 전통부재론은 상
당 기간 유효했었다고 볼 수 있다. 그러나 농경민족으로 유구한 역사를
가지고 있는 우리 역사에 농민문학 또는 농민시의 전통이 없을 리 만무
하다는 가정 아래서 살펴보면 우리에게는 풍부한 농민시의 전통이 남
아 있음을 의외로 쉽게 확인할 수 있다.

　시가문학의 종가(宗家)는 구비전승되어 온 민요인데, 이 민요는 '농민
시의 원형'²⁶이 된다. 민요가 가지는 '일노래'로서의 원초적 특성이 농
민시 전통의 출발점이라 할 수 있다. 그리하여 일의 어려움, 일하는 이
의 고됨과 보람, 일의 능률향상 등과 관련되는 농민의 삶이 형상화되는
것은 민요에서부터인 것이다. 민요는 '일노래'로 생겨났고, 따라서 일
터의 노래로서의 기능적 현장성(능률성 제고)과 '일하는 이'와 관련된 '기
쁨과 소망'이 바탕을 이루고 있다. 그러한 바탕 위에 민중성, 풍자성,
비판성, 대립성 등의 주제적 특성이 형성되어 온 것이다. 이 특성이 농
민시의 내용적 원형이라고 할 수 있으며, 이후의 고전시가 문학 작품에
전통적으로 계승될 것으로 기대할 수 있는 것이다.²⁷

　먼저 시조문학 작품은 농민시로 볼 수 있는 작품이 극소수에 지나지
않는다. 더구나 대부분의 작가들이 농민의식에 투철하지 못하여 농민
적인 서정적 자아를 형상화하지 못하고 즉자적인 가농부(假農夫)의 탈을

25　정한숙, 「농민소설의 변용과정」, 『아세아 연구』 제48호, 고려대학교 아세아문제연
　　구소, 1972, 82쪽.
26　서범석, 『한국 농민시 연구』 앞책, 33~51쪽 참고.
27　여기서 이러한 민요의 특성을 보여 주는 민요 한 수만 예로 보인다.
　　여원몸 부여잡고/ 호미질 하느라니/ 한낮이 돌아오매/ 땀만몹시 듣는구나/
　　아무리 고생한들/ 가슬할 바람없네/ 온손빼미 다거두어도/ 한솔이 못차누나
　　관청의 세금재촉/ 갈수록 심하여서/ 동네의 구실아치/ 문앞에와 고함친다
　　　　　　　　　　　　　　　　　(임동권, 『한국 민요집』, 동국문화사, 1961, 21쪽)

쓰고 소극적이고 수동적인 계몽적 애농의식만을 드러내는 사대부 문학의 한계를 보이고 있다. 조선 시대 농민시적 시조는 '즉자적 농민상'을 창조하면서 대부분 수동적이고 소극적인 애농의식에서 비롯되는 계몽의식에 머물고 있다. 그러나 몇몇 작품은 가난한 삶의 실상을 표백하기도 하지만, 이러한 작품은 극히 일부분에 지나지 않는다. 농민시적 성격을 가지고 있는 대부분의 시조들은 즉자적 농민상의 서정적 자아를 통하여 빈약한 애농의식을 형상화하고 있는 것이다.

같은 한글시가인 가사에서는 시조보다 선명한 현실인식을 표출하고 있는 작품들이 상당수 발견된다. 특히 조선 후기에 들어와 서민가사를 중심으로 농민시라고 할 수 있는 일군의 작품들이 나타나고 있다. 이들을 '풍속권농가사'와 '서민저항가사'로 나누어 볼 수 있는데, 풍속권농가사라고 할 수 있는 작품으로는 「농부가」, 「권농가」를 비롯하여 정해정의 「민농가」, 정학유의 「농가월령가」 등이 있다. 이들은 농사법, 보람 등을 담아 애농의식·중농사상 등 긍정적 세계관을 표현하면서 농촌 풍속을 비교적 세밀하게 그려 민족 삶의 전통적 모습을 전수하고 있다. 이와는 달리 서민저항가사는 지배층의 학정에 대한 분노와 사회제도의 모순에 대한 고발과 비판을 통하여 현실에 대한 부정적 세계관을 표출하고 있다. 성대중의 「갑민가」를 비롯하여 「거창가」 그리고 「민원가」, 「정읍 민란시 여항청요」, 「합강정가」, 「기음노래」, 「화전가」 등이 예가 될 수 있을 것이다.

한시에 있어 농민시 작품은 한글시가보다 더욱 뚜렷한 농민시적 특성을 드러내고 있다. 이규보·김극기 등의 고려시대 시인들을 비롯하여 조선전기 김시습 등의 방외인 문학이 보여 주는 농민시, 정약용·이학규 등의 실학파들의 농민시 등은 오랜 기간 민족문학의 혈통을 이어왔다. 한시의 작가들은 양반계층이지만 투철한 농민의식을 가지고 사실

적 농민상을 성공적으로 그려내었다. 즉 대자적인 농민의식으로 객관적인 현실 관찰을 통하여 지식인으로서의 사명감을 노래하였던 것이다. 이규보, 김극기, 정약용, 이학규 외에도 김시습, 송순, 김려, 윤현, 유몽인 등 다수의 시인들이 이러한 농민시를 남기고 있다. 이들 한시에 나타나는 농민들은 한글시가들에 비하여 사회의 구조적 모순을 철저히 비판하고, 비판대상의 정점이 되는 임금까지도 비판하는[28] 저항의식을 드러내고 있다. 이들은 못 배우고 힘없는 농민들을 대신하여 '대자적 농민상'의 시적화자가 되어 비판의식을 표출함으로써 지식인으로서의 사회적 사명을 다하고 있는 모습이다.

이상과 같이 민요와 시조, 가사, 한시 등 고전시가문학의 간략한 검토를 통하여 우리가 검출할 수 있는 '농민시의 전통'은 다음과 같은 것으로 요약할 수 있겠다.[29]

첫째, '일노래'로서의 민요가 농민시의 원형이라는 것이다. 따라서 농민시는 기본적으로 농업노동과 관련된 내용과 형식에서 자유로울 수 없는 장르이다. 그 내용은 일의 고됨과 수확의 결핍이나 피착취에서 비롯되는 비판의식이다.

둘째, 시조·가사 등의 한글시가와 한시문학에 보이는 농민시 내용을 통하여 검출되는 전통도 대체적으로 민요의 그것을 계승하고 있다고 할 수 있다. 그것은 즉자적 농민의 시적화자를 통하여 소극적 애농(계몽)의식을 드러내거나, 대자적 농민의 시적화자를 통하여 적극적 현실 비판의식을 표출하기도 하여 '비판적 사실주의' 방법으로 농민들의 힘겹고 가파른 삶을 그려내고 있다.

---

28 송순, 「聞丐歌」가 여기에 속한다.
29 여기서는 '전통'에 관한 세밀한 개념을 탐구하는 것이 아니라, 다만 '대물림되는 (될 수 있는) 본질적 특성'이란 정도로 사용하는 것이다.

셋째, 농사일은 기후나 기상상태와 밀접한 관련이 있기 때문에 홍수, 가뭄 등과 관련되는 내용을 다룬 농민시가 적지 않다.

이상을 요약하면 농민시의 전통은 내용적으로는 농민의 고된 삶에서 비롯되는 '현실비판의식'과 '계몽적 중농사상' 또는 '풍속사적 생활의식'[30]이라고 할 수 있다. 그리고 형식적으로는 그 부정적 현실을 있는 대로 면밀한 묘사를 통하여 간접적으로 호소하는 '비판적 사실주의' 방법, 그리고 원형질인 민요의 형태를 수용하는 '민요적 가락' 등이라고 하겠다.

3. 애국·독립가류의 즉자적 농민상과 계몽의식

애국·독립가류는 갑오농민전쟁의 패배 이후 갑오경장이 이루어진 1894년부터 1910년대 전반까지 발표된 작품들로 민족주의 사상, 민주주의 사상, 자주근대화 사상을 축으로 하는 독립협회의의 사상과 주제적 연대를 이루고 있다. 그리하여 애국·독립가류는 자주독립과 애국사상, 대동단결과 문명개화, 부국강병과 충군사상 등을 주제로 민족의 위기를 타개하고자 국민계몽의 수단으로 지어진 시가들이다. 여기에 나타나는 시적화자는 사용된 시어, 어조, 주제, 현실인식 등을 살펴볼 때 실제 농민이라기보다는 '비(非)농민'으로서의 지식인들이 국민계몽의 수단으로 창작한 작품들이라 할 만하다. 그러니까 '비농민'이란 농민이 아닌 지식인이 농민인 양 말하거나 농민인지 아닌지 분명하지 않지

---

30 이러한 전통적 생활의식은 농촌(농민)에 계승되고 있는 명절을 포함한 세시풍속이나 농경생활의 정서(수확과 관련된 희비애환, 기쁨, 보람 또 기상과 간련된 정서적 반응) 등과 관련된 것이다.

만 농민의 삶을 말하는 서정적 자아, 즉 시적 화자를 이르는 말이다. 이
러한 비농민으로서의 화자는 주관적이고 관념적인 현실인식을 드러내
는 '즉자적 농민상'이라고 하겠다. 따라서 이들은 농민의 삶을 이야기
하지만 농민의 실제적 삶을 구체적으로 인식하지 못하는 한계를 보여
주고 있기도 하다.

농ᄉᆞᄒᆞᄂᆞᆫ동포님네   일년신고긔막히오
제밧업ᄂᆞᆫ남의병작   관차라임이바지에

각항구실다ᄒᆞ니   ᄂᆞᆷᄂᆞᆫ것시아죠업소
일인경지십인식과   십인경지일인식은

옛성인의말드르니   리희가소상ᄒᆞᆫ데
우리대한지금형편   일인경지십인식을

불폐풍우지은농ᄉᆞ   죠희족에ᄲᅦᆩ끼깃소
세세연중지은농ᄉᆞ   적은흉년일년인ᄃᆡ

병무뎌속쓸업셔셔   안남미를팔아왓소
우리농부불상ᄒᆞ오   나의말이허언인가

(중략)

협잡하ᄂᆞᆫ동포님네   졔발젹션고만두오
불붓ᄂᆞᆫᄃᆡ부치질도   조곰희야마시잇소

붓치질노죵ᄉᄒ면　　　ᄭᄂ는사름화즁나오
도라간봄다시왓소　　　정신차려고만두오

불고싱ᄉ합심ᄒ여　　　츙군익국ᄒ옵시다(미완)
　　　　　　　　　　　　—「廣州 朴生 寄書」 부분[31]

　작가의 실명을 확실하게 알 수 없는 이 작품의 시적화자는 비농민으로 판단된다. 제목에서 알 수 있는 바처럼 경기도 광주에 살고 있는 박생의 작품이라고 하겠는데, '농ᄉᄒ는동포님네'라고 부르는 첫 구절에서 자신이 농민이 아님을 알 수 있다. 그런 사실은 사용하고 있는 한문투 용어들을 미루어 짐작할 수도 있다. 이렇게 보면 이 작품은 지식인인 박생이 동포들에게 부치는 편지 형식의 글임을 알 수 있다. 그리고 그 편지의 내용은 농민들이 고된 노동으로 소작을 하면서도 추수한 쌀을 세금으로 빼앗기고 겨우 안남미나 팔아먹어야 하는 굶주린 삶을 영위하고 있다는 사실을 앞부분에서 전하고 있다. 그리고 뒷부분에서는 협잡으로 농민을 괴롭히는 동포들에게 '동포합심예일이오'라고 말하면서 생사불구하고 '츙군익국ᄒ옵시다'라고 간절하게 호소하고 있다. 그러니까 농민시의 형식을 취하고 있지만, 사실은 민족 전체의 위기를 고발하고 그 해결책으로 대동단결사상을 제시하면서 동시에 애국충군사상을 고취하려는 '계몽의식'을 심층주제로 담으면서 농민을 소재로 형상화하고 있는 작품이다.

---

31 『제국신문』, 1903.4.16. 본고에서 인용하는 텍스트는 대부분 김학동 편, 『개화기 시가집』(1~4)에 있는 것을 활용하였다.

일즉이나가셔일ᄒ다가 목욕을ᄒ여셔몸을씻고
초혼둘ᄭ고도라와셔 부모와쳐ᄌ들ᄭ치안져

보리밥파국ᄌ미잇네 서늘ᄒᄇ람이슬슬불ᄲ
널널널샹ᄉ지   동늬의친구집모혀안져

집신도슴고ᄲ우리겻고 셰샹형편을알만ᄒ지
신문과잡지나들어보셰 얼널널샹ᄉ지

아들ᄯᆯ낫커든학교보내 우리ᄂᆫ농부가되엿스나
신학문공부를식여보셰 아들은샹등인되어보셰

부모의직분은이샌이지 촌마다집마다병긔작만
얼널널샹ᄉ지   무예를슝샹도ᄒ려니와

졀도와강도가드러오면 환란샹구ᄂᆫᄒ야될것
일심ᄒ여막아보셰 얼널널샹ᄉ지

외국사름만히와셔 빅만금주어도ᄑᆯ지말소
토디를사쟈고홀지라도 ᄒ번만ᄑᆯ면은외국ᄯᅡ라

—「농부가」 부분[32]

민요시의 형식으로 되어 있는 이 작품도 철저하게 개화파의 계몽의
식을 형상화하고 있다. 여기에 나타나는 서정적 자아는 '우리ᄂᆫ농부가

32 『대한매일신보』, 1907.8.20.

되엿스나'라는 구절로 미루어 일단 농민으로 이해된다. 그러나 그것은
전래적 민요의 관용구일 뿐이고 작가의 현실인식이 객관적으로 예리
하게 표출되었다고 보기 어렵다. 그것은 당시 농민들이 신문이나 잡지
를 구독할 수 있는 경제적·지적 능력을 갖추고 있다고 믿기는 어렵기
때문이다. '환난상구'와 같은 한문투 시어등을 미루어 보아도 지식인
의 계몽적 목소리라고 보는 게 타당할 것 같다. 이 작품의 주제 역시 개
화사상, 중농사상, 민족주의사상 등을 그려내기 위하여 협동, 충효, 근
면, 신교육 등을 강조하고 있는 것이다. 역시 비농민인 지식인 작가가
농민적인 시적화자를 내세워 나라의 위기극복을 위하여 개화하고 애
국하자는 내용을 민요적 가락에 의탁하여 계몽적 목소리로 주관적으
로 노래하고 있는 것이다. 즉자적 농민상의 관념적 형상화인 것이다.

　예로 든 작품들 이외의 것들을 살펴보아도 사정은 대동소이하다.
「擊壤歌謠」[33]는 한주국종(漢主國從)의 문체로 되어 있는 것만 보아도 지
식인이 지은 것으로 볼 수 있는 작품인데, 전통적 중농사상 아래 '富强
國民'을 염원하는 민요시의 형식으로 된 작품이다. 황무지를 개간하여
타인에게 양여하지 말 것과 가뭄의 고통, 이산의 아픔, 신교육 사상 등
을 묶어 전하면서 나라의 독립기초를 세우자고 호소하는 계몽문학적
농민시로 판단된다. 「打租歌」[34] 역시 한문투의 작품으로 농사의 소중함
을 노래하고 있지만, 안이한 현실인식을 드러내고 있다. 농부들이 지은
좋은 곡식으로 '賣國賊을 살찌우나' 우마(牛馬)와 같은 대접을 받는 농민
들의 절통한 심정을 호소하지만, 저들도 우리 동포이니 악감정을 품지
말고 '善良ᄒ게 改化시켜' 보자는 태도를 취하고 있는 것이다. 이러한
점은 비농민인 지식인 시가가 보여 주는 계몽의식의 한계점이라 할 것

33 『대한매일신보』, 1908.6.7.
34 『대한매일신보』, 1909.10.19.

이다. 양성군수의 「勸農歌」[35]는 작가가 비농민인 지식인 군수가 직접
지은 것으로 농민들에게 중농사상을 바탕에 깔고 효도충군사상을 강
조하는 목민관의 계몽적 노래이다. 같은 날짜에 함께 실려 있는 「勸農
答歌」[36]는 '인민들이 답샤흔 노래'라는 부제가 뜻하는 바처럼 군수의
「권농가」에 화답하는 노래인데, 군수를 찬양하고 그의 중농충군사상
을 실현하고자 하는 백성들의 마음을 드러내고 있다. 뒤이어 발표된 현
동녕의 「農和農歌」[37] 역시 양성군수를 찬양하고 권농근면사상을 노래
한다. 반세소년(畔世少年)이라는 필명으로 발표된 「農夫歌」[38]라는 작품은
소년이 아닌 지식인의 권면의 노래라고 하겠는데, '어화우리農夫들아
精神차려라 아릿들웃들에 씌느저간다'라고 하면서 '아참부터저녁신지
힘써지으면 깃븜으로조흔열민 거두리로다'라고 농민을 계몽하고 있
다. 「농부의 익국가」[39]도 '대한농부'를 청자로 설정하여 농민과 학도들
이 단결하여 애국하자는 작품으로 '원ᄒ 느니즈쥬이오 ᄇ라노니기명
이라'고 노래함으로써 민족사상과 개화사상을 주제로 안고 있다. 농민
의 삶을 포착한 것이라기보다 애국의식에 경도되어 있는 작품들이라
할 만하다. 설경생(舌耕生)라는 이가 쓴 「農夫歌」[40]도 제목만 농부가이지
각 연의 첫 부분을 '農夫들아 말드러라'로 시작하고 있어 애국사상을
계몽하려는 기자의 작품이 아닌가 추측된다.

이와 같은 계몽문학적 농민시 이외에 최남선의 「黑軀子의 노리」[41]와
「黑軀子의 노리(二)」[42]는 성격이 좀 다른 작품으로 볼 수 있다. '흑구자'

35 『경향신문』, 1908.8.14.
36 『경향신문』, 1908.8.14.
37 『경향신문』, 1908.10.9.
38 『소년』, 1909.7.1.
39 『경향신문』, 1909.7.23.
40 『대한매일신보』, 1910.5.6.
41 『소년』, 1908.11.

는 '농투성이'를 이르는 말로 추측되는데 「黑軀子의 노리」는 농민들의 '농악놀이'를 묘사한 작품이다. '黑軀子도 사람이라/ 째째가다 노리한 다'로 시작되는 이 작품은 농민들이 큰북, 작은북, 대나팔, 대평수, 호 적 등의 악기를 연주하는 모습을 그리지만 '노래하난 그曲調는// 自強 不息 題目이라/ 듯고보면 기막히네'라고 끝맺음으로써 민족자강사상이 라는 주제의식을 드러내고 있다. 「黑軀子의 노리(二)」도 농민들이 농악 놀이를 즐기고 있는데, '압쓸뒤쓸 넓은판에/ 山갓흔것 露積이라'에서 알 수 있는 것처럼 추수감사의 축제 노래라고 할 수 있다. 이 두 작품은 계몽적인 성격보다는 '풍속사적 농민시'로 볼 수 있는데 전통적 농악 놀이를 소재로 하고 있다는 점과 부락제의 풍습을 그림으로써 민족전 통의 '풍속사적 생활의식'을 담고 있기 때문이다. 이러한 시들은 고유 한 전래적 습속이 당대에 재현되는 민족의 전통적 생활의식과 정서를 계승하면서 민족사회의 특질을 담아내는 예술양식이다. 최남선은 이 러한 양식에다 자강론의 시대의식을 덧붙이고 있는 것이다.

애국·독립가의 성격을 가지고 있는 개화기 시가 중에서 농민시라고 볼 수 있는 작품들의 특성을 요약해 보면 시적화자가 대부분 '즉자적 농민상'으로 나타나고 있다는 것과 지식인들의 시대적 사명에 따른 계 몽의식을 전통적 민요나 가사의 형식으로 형상화하고 있는 '계몽문학 적 농민시'라고 요약할 수 있을 것이다. 여기서 말하는 지식인은, 범박 하게 말하면 이른바 '개화파'들인데, 주지하는 바와 같이 '동도서기(東 道西器)'를 통한 부국강병론자들이다. 이들이 일으킨 갑신정변은 외세를 등에 업고 위로부터의 개혁을 지향했기 때문에 삼일천하로 끝이 났던 것이다. 따라서 이들 개화파의 사상을 표현하고자 했던 애국·독립가류 의 작품은 개화지상주의에 따른 서구문명에 대한 몰주체적 숭배와 안

---

42 『소년』, 1909.11.

이한 현실인식을 드러내고 있어 제국주의 이념의 무의식적 수락이라
는 모순적 한계를 보여주는 것도 사실이다. 그리하여 부국강병 실현이
라는 이상세계를 꿈꾸면서 충군애국의 대동개화사상을 낙천적 태도로
노래하는 데에 '농민의 삶'을 수단으로 삼은 작품들이라고 할 수 있다.
그래서 농민의 삶을 구체적으로 포착하기보다는 계몽시의 본질에 충
실하려는 태도를 보이고 있으며, 그런 태도로 말미암아 비참한 농민현
실을 인식하는 데에는 일정한 한계를 드러내고 있는 것이다.

　이와 같이 '애국·독립가류' 중 농민시로 볼 수 있는 작품의 시적화자
와 시의식을 검토한 결과 그것은 고전시가에서의 시조나 풍속권농가
사의 맥을 잇고 있는 것으로 판단된다. 당대의 지식인들이 중농사상을
가지고 '즉자적 농민상'으로 작품 속에 나타나 계몽의식을 표출하고
있는 점이 아주 동일한 모습이기 때문이다. 그리고 이러한 전통은 일제
강점기 농민시에도 계승되어 민족문학파의 '계몽문학적 농민시'[43]로
이어지는 것이다.

4. 사회비판가사의 대자적 농민상과 비판의식

　앞에서 살펴 본 애국·독립가류에 비해 『대한매일신보』의 우국경시
가(憂國警時歌)인 '사회등가사'를 주축으로 하는 사회비판가사는 현실의
비리와 모순구조를 날카롭게 풍자하고 상류계층의 도덕적 일탈을 예
리하게 비판하고 있다. 대한자강회 등의 자강운동을 배경으로 하여 진
보의식과 자주의식의 갈등 현실을 직시하고 비판·풍자한 노래들이라
고 할 수 있다.

43　이에 대하여는 서범석의 『한국 농민시 연구』(고려원, 1991) 207~213쪽을 참고할 것.

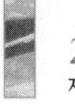

이들 사회비판가사는 애국·독립가류에 비해 훨씬 많은 작품이 발표
되었다. 1905년은 을사보호조약이 체결되고 이에 따라 일본이 외교권
을 접수하고 통감부를 설치하여 조선을 통치하게 됨으로써 나라가 풍
전등화의 운명에 놓이게 된 해이다. 이어서 1907년에는 한일신협약(丁
未七條約)이 이루어지고 고종이 퇴위하는가 하면 한국군대가 해산되며,
사법권과 경찰권이 일본에 위임되는 등 실질적인 식민지가 되고 마는
시점이다. 이른바 국권회복운동으로서의 개화운동기에 해당하는 이러
한 시대적 배경에서 나타난 사회비판가사는 망국 직전의 다급한 현실
을 직시하고 보다 정확하고 용기 있는 민족의 진로를 제시하기 위하여
모순적 현실구조나 집권층을 비판하는 저항정신의 내용이 주류를 이
루었다. 이러한 작품들은 일본의 식민정책이나 이에 동조하는 친일집
단에 대항하는 강렬한 민족주의와 근대화를 향한 개화사상을 주제로
하는 '비판적 사실주의 시'들이라고 할 수 있다. 따라서 고난의 농민현
실은 다급한 민족 전체의 운명을 타개하려는 이러한 시가들의 일부분
으로 삽입되어 있는 경우가 많은데, 이러한 것들을 가리켜 '부분적 농
민시'라고 부를 수 있을 것이다. 물론 독립적인 농민시의 형태로 되어
있는 작품들도 상당수가 존재하지만 그 수는 '부분적 농민시'에 비해
적은 편이다. 이제 이러한 개화가사의 형식으로 되어 있는 농민시들을
검토해 보기로 한다.

튜야삼경 둘 붉은듸 쟝안대로 나나더니 크고젹은 ᄋᆞ희들이
삼삼오오 작되 ᄒᆞ야 강개흔 ᄯᅳᆺ 속에품고 시졀가를 화답ᄒᆞ니
듯기 ᄀᆞ장 쳐량ᄒᆞ다.

(중략)

판이낫네 판이낫네 디방잔민 판이낫네 밤낫으로 일를쓰며
천신만고 지은농수 부모봉양 못히보고 의병일병 왕리홀졔
슈응ᄒ야 판이낫네

—「月下聽謠」 부분[44]

이 작품은 전형적인 '사회등 가사'로 시적화자가 가을밤에 장안대로
(종로)를 지나다가 강개한 뜻을 품은 아이들의 시절가를 들은 내용을 전
하는 형식으로 되어 있다. 모두 10연으로 되어 있는 이 작품은 제1연에
서 동요를 듣게 된 경위를 밝히고 제2연에서 제9연까지 동요의 내용(각
분야가 판이 났다)을 제시하고 마지막 연에서 '피츠업시 판낫슨즉 習흐도
다 한인들아 엇지홀쇼 엇지홀쇼'라고 한탄하면서 끝을 맺고 있다. 그
러니까 이 작품에서 농민시로 볼 수 있는 부분은 예시한 제5연뿐이어
서 '부분적 농민시'라고 하는 것이다. 이러한 작품들은 지식인인 '대자
적 화자'가 사회풍자나 비판을 가하는 작품 내용의 일부분으로 농민을
선택하여 근면을 권장하거나 그들의 착취당하는 삶을 고발하는 내용
들로 되어 있다. 이와 같은 '부분적 농민시'로 볼 수 있는 작품은 「地方
遊覽」,「病中의 末症」,「一問社會」,「外人將束裝」,「宜苦宜逆」,「富强非難」,
「衆怨成雷」,「家畜呼冤」,「含笑受怨」,「怨恨徹天」,「勸少年」,「觀世有感」,
「閭巷記聞」,「擊柝一聲」,「春城遊覽」,「忍耐力」,「地方觀覽」,「惡中之害」,
「忠言逆耳」,「魔術世界」,「四面愁聲」,「歲暮八歎」,「一網打盡」,「政海測量」,
「羞恥羞恥」,「斜陽歌筑」,「流霞一曲」,「一掬悲淚」,「和九曲歌」,「診察國脉」,
「腹空歎」,「愛世十歎」,「장僧手段」,「旱天優歎」,「聽雨有感」,「志士憂歎」,
「嬪婦請歎」,「眼目初新」,「一脈光線」,「庚日叫暑」,「昌言一束」,「憂世長歎」,
「九曲棹歌」 등 수십 편에 이른다. 여기에 나타나는 구체적 내용은 일본

---

44 「대한매일신보」, 1908.10.7.

에게 땅이나 재산을 **빼앗김**, 황무지를 개간하여 일본인에게 양여함, 소
작농으로 영농권을 **빼앗김**, 억울한 부역, 농민을 괴롭히는 권력자나 지
주 등으로 고통스러운 농민현실을 고발하거나 비판하고 있다. 작품을
생산한 지식인들이 농민을 대신하여 '대자적 농민상'으로 나타나 농민
들의 고통스럽고 억울한 삶을 고발하고 비판하는 민족적 책무를 수행
하고 있는 것이다. 이러한 것들은 전체를 놓고 보면 '비판적 사실주의
시'라고 하겠는데, 본고의 입장에서 보면 '부분적 농민시'의 형식을 가
지고 있는 '비판적 사실주의 농민시'라로 볼 수 있을 것이다. 다음은 부
분적으로 종속되어 있지 않고 독립된 작품으로서 농민시의 양식으로
되어 있는 작품들을 살펴보기로 한다.

> 남풍지훈혜여 논과밧헤 일홀쌔에 ᄉ면포성 니러나니 풍진셰계
> 되엇고나 혼불부톄 이신셰가 동셔분주 표박ᄒ니 일년농ᄉ
> 엇지ᄒ고 보리고기 놉핫고나.

> 남풍지훈혜여 태고시졀 뉘알넌가 두옥싱애 가련ᄒ다 죠반셕죽
> 건너쉬니 쳐ᄌ졍경 못보겟네 그중에도 요란시졀 어이ᄒ야
> 당힛는가 보리고기 놉핫고나.

> 남풍지훈혜여 쇼몰모ᄂ 소ᄅㅣ업고 촌ᄉ집들은 황량ᄒ딕 연긔좃ᄎ
> ᄉᆫ허졋네 남편일코 우ᄂ쟈와 형뎨일코 우ᄂ쟈ᄂ 누를밋고
> 사잔말가 보리고기 놉핫고나.

> 남풍지훈혜여 들에보리 닉지안코 져녁방아 못찌여도 관찰군슈
> 학졍밋헤 빙호ᄌᆺᄒ흔 뎌관례ᄂ 민졍아조 싱각쟌코 구실직

난감일셰 보리고ㄱ 놉핫고나.

남풍지훈혜여 부쟈밧치 몬져되니 보리ㅅ셤이 싸엿고나 욕심만흔
뎌부쟈ᄂᆞᆫ 흔셤ᄲᅦ셔 열셤치니 뎌나내나 동죵인ᄃᆡ 고르지도
못ᄒᆞ도다 보리고ㄱ 놉핫고나.

—「麥嶺難越」 부분[45]

이는 모두 9연으로 되어 있는 작품의 뒷부분 5연을 예시한 것인데,
여기에서 시적화자는 '이신셰가 동셔분주 표박ᄒᆞ니 일년농ᄉᆞ 엇지홀
고'에서 보는 바처럼 분명하게 농민으로 나타나 있다. 비농민의 화자가
삶의 아픔을 말하는 것보다 농민화자가 말하는 것이 분명 더 사실적으
로 실감나게 아픈 삶의 비극성을 전하게 된다. 『대한매일신보』에 실려
있는 이와 같은 대부분의 가사들은 같은 제목으로 한문투 작품과 국문
투 작품을 나누어 싣고 있는데 이 작품도 마찬가지이다. 그러니까 능숙
한 한주국종의 문장을 쓸 수 있는 사람이 이 작품을 쓴 것인데, 그렇다
면 당시의 상황으로 보아 여기 나타난 시적화자는 분명 농민이지만 그
것은 작자인 지식인이 만들어 낸 '대자적 농민상'이라고 하지 않을 수
없다. 농민을 대신하여 진짜 농민의 탈을 쓰고 그들의 고통을 이성적이
고 객관적으로 관찰하여 말하고 있는 것이다. 농민들의 간난의 삶은 이
작품에서 '보릿고개(麥嶺)'로 표상되어 있다. 보리농사 수확 직전의 봄
은 지난해에 농사지은 곡식이 다 떨어져 초근목피(草根木皮)로 연명해야
하는 '굶주림'의 계절이다. 그러니까 봄에는 배고픈 몸으로 햇보리가
나올 때까지 가파른 삶의 고개를 넘어야 생명을 이어갈 수 있는 것이
다. 대대로 농민들은 봄마다 힘겹게 이 고개를 넘어 목숨을 이어왔던

---

45 『대한매일신보』, 1908.5.29.

것인데, 일본침략이라는 시대적 악재는 이 시기의 보릿고개를 더욱 높
고 가파르게 만들었을 것이다. 그것은 이 작품의 각 연 끝부분에 반복
되고 있는 '보리고기 놉핫고나'에 의해 그 깊이와 무거움이 강조되고
있다. 그러한 내용은 제목 '「麥嶺難越」(보릿고개 넘기의 어려움)'로 요약되
는데, 그 세목은 포성이 들리는 전쟁상황을 배경으로 펼쳐지고 있다.
그렇지 않아도 봄에는 '죠반셕죽 건너쮜니 쳐ㅈ졍경 못보겟네'처럼 끼
니를 거르는 처자식들과 함께 보릿고개 넘기가 힘든데 '요란시졀'을
당했으니 그 가파름이 어떠했겠는가를 독자에게 묻고 있는 듯하다. 소
를 모는 소리도 없고 굴뚝연기도 끊어진 피폐한 농가의 참상은 남편이
나 형제를 잃고 이산하는 모습에서 더욱 안타깝게 다가온다. 거기에다
관찰사나 군수와 같은 관리들의 학정과 마지막 연에서처럼 부자들의
욕심에까지 시달려야 했으니 무사히 그 고개를 넘기가 지난하지 않을
수 없었던 것이다. 그래서 우리는 이 작품을 어려운 삶의 현실과 그 현
실을 산출한 사회의 구조적 모순을 있는 그대로 세부적으로 묘사·고발
하여 비판의식을 형상화하고 있는 '비판적 리얼리즘의 농민시'⁴⁶로 규
정하게 되는 것이다.

이 외에도 「採桑歌謳」⁴⁷는 잠농하는 여인들의 노래에 들어 있는 여권
신장에 관한 내용인데, 그 안에 산골처녀의 고난과 더불어 기생, 궁녀,
부귀가의 여인, 무당 등에 대한 비판의식이 들어 있다. 「苦霖長歎」⁴⁸은
장마에 허덕이는 농민들의 삶을 탄식하면서 집권층에 대한 비판의식
을 드러내며, 「八道農家」, 「農談野說」, 「旱魃爲虐」, 「農事視察」, 「雨來鳥」,
「潦後生涯」, 「因雨有感」, 「聽雨有感」 등도 농민들의 고통스런 삶을 담아

---

46 '비판적 리얼리즘의 농민시'에 대하여는 서범석의 『한국 농민시 연구』(고려원,
   1991)의 198~207쪽을 참조할 것.
47 『대한매일신보』, 1908.7.1
48 『대한매일신보』, 1908.7.24..

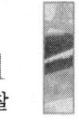

내고 있기는 마찬가지다. 모두 지식인들의 대자적 농민상이 농민들의 당대적 비극적 삶을 고발하며 비판의식을 드러내고 있는 것이다. 특기할 것은 독립적으로 농민시의 형태를 갖추고 있는 작품 중에는 가뭄·장마 등 기상상태에 따른 농민들의 피해와 고통을 노래한 작품이 상당수 존재하며 그것들은 고전 농민시의 전통을 계승하고 있다는 것이다. 그런데 여기서의 지식인들은 개화파가 아닌 '애국 계몽 운동가'들이다. 신채호, 박은식, 장지연으로 대표되는 이들은 척사파와 같이 사림출신들이지만, 척사파와 개화파의 지향점을 함께 반성하는 입장에서 민족주의와 근대화를 구현하려던 이들이다. 주로 『대한매일신보』와 『황성신문』을 무대로 했던 이들 전통적(비유학파) 지식인들은 국문사용을 실천하면서 투철한 현실인식과 실천적 행동력을 보여 주었다. 이러한 지식인들의 작품인 '비판적 리얼리즘의 농민시'는 억압받고 착취당하는 농민들의 현실세목들을 사실적으로 그려냄으로써 망국직전의 사회구조의 모순과 민족현실을 담아내는 동시에 전통적으로 소외되어 온 농민들의 당대적 참상을 적나라하게 그려냄으로써 주체적 민족문학의 기상을 이어받고 또 후대로 물려주는 역사적 사명을 다하였던 것이다.

이와 같이 '사회비판가사'의 시적화자와 시의식을 검토한 결과 그것은 고전시가에서의 한시나 서민저항가사의 맥을 잇고 있는 것으로 판단된다. 당대의 지식인들이 '대자적 농민상'으로 작품 속에 나타나 비판의식을 표출하고 있는 모습이 동일하기 때문이다. 농업노동의 고통, 보릿고개로 표상되는 굶주림, 홍수나 가뭄 등의 기상조건에 의하여 겪는 괴로움, 지주나 관료의 착취에 의한 억울함, 그리고 이러한 질곡의 삶에 의하여 가정이 파괴되어 겪는 이산의 아픔 등은 모두 고전시가에 나타나는 농민의 삶과 똑같다. 그리고 이러한 전통은 일제 강점기 농민

시로 그대로 계승되어 현실주의문학파의 '비판적 사실주의 농민시'[49]
로 이어지는 것이다.

5. 결론

개화기의 농민시에 관한 연구가 전무한 상황에서 본고는 고전시가
에서 농민시의 전통을 검출하고 개화기의 '애국·독립가류'와 '사회비
판가사'를 중심으로 하여 '시적화자'와 '시의식'을 검토하여 그 전통이
개화기의 시대의식을 포괄하면서 면면히 이어지고 있음을 밝혔다. 그
내용을 요약하면 다음과 같다.

첫째, 고전시가로부터 계승되고 있는 농민시의 전통은, 내용적으로
는 농민의 고된 삶에서 비롯되는 '현실비판의식'과 '계몽적 중농사상'
또는 '풍속사적 생활의식' 등이다. 그리고 형식적으로는 그 부정적 현
실을 있는 대로 면밀한 묘사를 통하여 아프게 호소하는 '비판적 사실주
의' 방법, 그리고 그 원형인 민요의 형태를 수용하는 '민요적 가락' 등
이다.

둘째, 개화기의 '애국·독립가류' 중 농민시로 볼 수 있는 작품의 시
적화자는 당대의 지식인들이 중농사상을 가지고 '즉자적 농민상'으로
작품 속에 나타나 말하고 있는 것이며, 여기에 들어 있는 시의식은 개
화파들의 자주독립사상을 고취하기 위한 '계몽의식'이다. 따라서 중농
의식, 대동단결, 문명개화, 부국강병, 충군사상 등의 주제를 형상화하
고 있는 '계몽문학적 농민시'라고 할 수 있다. 그러니까 농민의 삶을 소
재로 하여 '개화사상'이라는 시대의식을 표출하고 있는 것이다. 이러

---

49 이에 대하여는 서범석의 『한국 농민시 연구』(고려원, 1991) 198~207쪽을 참고할 것.

한 시적화자와 시의식은 고전시가에서의 시조나 풍속권농가사에 나타
나는 농민시의 맥을 잇고 있는 것으로 판단되며, 이러한 전통은 일제
강점기 농민시로 계승되어 민족문학파의 '계몽문학적 농민시'로 이어
진다.

　셋째, 개화기의 '사회비판가사' 작품에 보이는 농민시는 작품의 일
부분으로 삽입되어 있는 '부분적 농민시'와 작품 전체가 농민시의 형
식으로 된 독립적 작품들로 나누어 볼 수 있는데, 이들의 시적화자는
민족주의와 근대화의 구현을 추구했던 전통적 지식인들인 애국계몽
운동가들의 '대자적 농민상'이다. 이들은 전통적으로 소외되어 온 농
민들이 농업노동의 고통, 보릿고개로 표상되는 굶주림, 홍수나 가뭄 등
의 기상조건에 의하여 겪는 괴로움, 지주나 관료의 착취에 의한 억울
함, 그리고 이러한 질곡의 삶에 의하여 가정이 파괴되어 겪는 이산의
아픔 등을 비판적으로 그려냄으로써 비판의식을 형상화하여 '비판적
리얼리즘의 농민시'로 양식화하였다. 이러한 작품들은 고전시가의 서
민저항가사나 한시에 보이는 농민시의 전통을 이어받고 있는 것으로
일제 강점기 농민시에서도 그대로 계승되어 현실주의문학파의 '비판
적 사실주의 농민시'로 이어진다.

　결론적으로 개화기의 농민시는 지식인들이 '즉자적 농민상' 또는
'대자적 농민상'의 시적화자로 등장하여 시대적으로 요구되는 '계몽의
식'과 '비판의식'을 표출한 민족문학으로서의 성격을 분명하게 보여
주었다. 그것은 고전시가의 농민시 전통을 계승하면서 개화기의 시대
의식을 함께 그려낸 민족문학의 값진 열매라고 하겠다. 개화기의 농민
시는 유구한 농민시의 전통을 이어받아 일제 강점기의 농민시로 넘겨
주는 징검다리로서의 역사적 사명을 충분히 수행한 의미 있는 민족의
유산인 것이다.

참고문헌

강영준, 「개화기 시가의 근대적 성격 연구」, 전북대학교대학원 석사학위논문, 2000.

권오만, 「개화기시가의 문학사회학 연구서설(1)」, 국제어문 제6·7합집, 국제어 문학연구회, 1986.

권오만, 『개화기시가연구』, 새문사, 1989.

김근수 편, 『한국개화기시가집』, 태학사, 1985.

김동식, 「개화기의 문학 개념에 대하여」, 『국제어문』제29집, 국제어문학회, 2003.

김영언, 「해방기 한국 농민시 연구」, 서강대학교 대학원 석사학위논문, 1995.

김영언, 「해방기 한국 농민시의 '소' 이미지 연구」, 서강대학교 교육대학원 논문집 제1집, 1955.

김영철, 「개화기 시가의 창작계층 연구」, 『대구어문논총』제8집, 대구어문학회, 1990.

김용직, 「창가·신체시와 그 문학사상 의의」, 『국어국문학』 제68·69합집, 국어 국문학회, 1975.

김태준, 「한국개화기문학」, 『국어국문학』 제68·69합집, 국어국문학회, 1975.

김학동 편, 『개화기 시가집』, 새문사, 2009.

류양선, 『한국 농민문학 연구』, 서광학술자료사, 1994.

문성숙, 「개화기의 문학담당 계층」, 『국어국문학』제94집, 국어국문학회, 1985.

박경수, 「한국 근대 농민시의 전개과정과 현실표상 연구」, 『한국문화논총』제 14집, 부산대학교 한국문학회, 1993.

박경수, 「카프(KAPF) 농민시 연구」, 『우암어문논집』 제5호, 부산외국어대학 교, 1995.

박경수, 「해방기 농민시의 전개양상과 현실표상 연구」, 『한국문화논총』 제22 집, 한국문학회, 1998.

박기태, 「한국 개화기 시가 연구」, 『한국어문학연구』 제11집, 한국어문학연구 회, 2000.

박을수, 「개화기의 저항시가 연구」, 경희대학교 대학원 박사학위논문, 1984.

박철희, 「한국시가의 지속과 변화 연구」, 영남대학교 대학원 박사학위논문, 1979.

배영선, 「개화기 시가의 사적 연구」, 조선대학교 교육대학원 석사학위논문, 1983.

서범석, 「농민시의 전통」, 『국제어문』 제11집, 국제어문학연구회, 1990.

서범석, 「농민시의 원형 탐색」, 『석천 정우상 박사 화갑기념논문집』, 교학사, 1990.

서범석, 『한국 농민시 연구』, 고려원, 1991.

서범석 편, 『한국 농민시』, 고려원, 1993.

서범석, 「박목월의 농민시와 사별시」, 『한국예술총집 문학편Ⅳ』, 대한민국예
    술원, 1997.

서범석, 「구상 시의 의미 구조」, 『건국어문학』 제21·22합집, 건국대학교 국어
    국문학연구회, 1997.

서범석, 『한국 농민시인론』, 푸른사상사, 2004.

서범석, 「신경림의 '농무' 연구」, 『국제어문』 제37집, 국제어문학회, 2006.

서범석, 「홍일선의 농민시에 나타난 '땅'에 관한 고찰」, 『겨레어문학』 제38집,
    2007.

서재길, 「개화기 시가의 장르론적 연구」, 『공사논문집』 제39집, 공군사관학교,
    1997.

성기각, 「1930년대 비판적 농민시 연구」, 『국어국문학논총』, 유천 신상철박사
    화갑기념논총간행 위원회, 문양사, 1996.

성기각, 『한국 농민시와 현실인식』, 국학자료원, 2002.

안정현, 「1920~30년대 한국 농민시 유형 연구」, 인하대학교 대학원 석사학위
    논문, 1994.

양종환, 「개화기 정치사상에 관한 연구」, 성균관대학교 대학원, 석사학위논문,
    2005.

오세영, 「일제하 한국의 농민문학론과 농민시 연구」, 『성곡논총』 제22집, 성곡
    학술문화재단, 1991.

유종우, 「1970~1980년대 농민시 연구」, 한국교원대학교 대학원 석사학위논
    문, 2006.

윤상용, 「개화기의 시가 연구」, 서원대학교 교육대학원 석사학위논문, 2001.

윤여탁, 「개화기 시가를 통해 본 전통의 문제」, 『국어교육연구』 제4집, 서울대
    학교 국어교육연구소, 1997.

윤장근, 「개화기시가의 율성에 관한 분석적 고찰」, 『아세아연구』 제39호, 1970.

이경선·김시태·윤석산, 「한국 개화기 시가의 형성 및 특질에 관한 연구」, 『한
    국학논집』 제14집, 한양대학교 한국학연구소, 1988.

이명우, 「일제식민치하의 농민문학 연구」, 『목멱어문』 제5집, 동국대학교 국어
    교육과, 1993.

이주열, 「한국 개화기 시가의 지향성 비교」, 『한국어문학연구』 제17집, 한국외
    국어대학교 한국어문학연구회, 2003.

 임동권, 『한국 민요집』, 동국문화사, 1961

임종찬, 「개화기시가의 사상적 접근」, 『인문논총』 제40집, 부산대학교, 1992.

임종찬, 「개화기시가의 지향성 연구」, 『인문논총』 제42집, 부산대학교, 1993.

정한모, 『한국현대시문학사』, 일지사, 1974.

정한모, 「개화기시가의 제문제」, 『한국학보』 제3권1호, 1977.

정한숙, 「농민소설의 변용과정」, 『아세아 연구』 제48호, 고려대 아세아문제연
　　구소, 1972.
조남현, 「'사회등'가사의 풍자 방법」, 『국어국문학』, 제72·73합집, 1976.
조남현, 『개화가사』, 형설출판사, 1982.
조남현, 『한국 현대문학의 자계』, 평민사, 1985.
조동일, 「개화기 문학의 개념과 특성」, 『국어국문학』 제68·69합집, 국어국문학회,
　　1975.
조동일 외3편, 『한국문학연구입문』, 지식산업사, 1982.
조동일, 『한국문학통사』, 지식산업사, 1986.
표윤경, 「해방기 농민시 연구」, 건국대학교 대학원 석사학위논문, 1992.
홍일식, 「개화기 시가의 사상적 연구」, 『민족문화연구』제8호, 고려대학교 민족
　　문화연구소, 1974.
황세연, 『헤겔 정신현상학과 논리학 강의』, 중원문화, 1991.
윌리엄 사하키안, 권순홍 역, 『서양철학사』, 문예출판사, 1989.

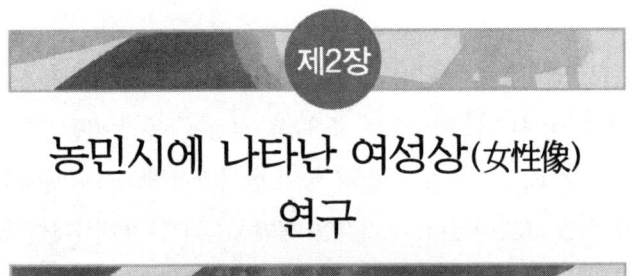

농민시에 나타난 여성상(女性像) 연구

1. 서론

농민시 연구는 전통적 농민과 현실적 농민을 함께 탐구하는[1] 이중적 가치를 시대적 상황 속에서 찾아내는 문학사적 작업이라 할 수 있다. 한국 근대시문학 연구사에서 농민시 연구는 짐작할 수 없을 만큼 '늦게' 시작되었고 '적게' 성과를 거둔 분야이다. 1991년 서범석의 『한국 농민시 연구』[2]는 일제강점기 작품을 대상으로 농민시의 개념, 흐름, 갈래, 구조 등을 종합적으로 고찰한 최초의 연구물이다. 이에 앞서 윤영천[3], 유병관[4] 등이 농민시에 대한 부분적인 접근을 시도하였지만 직접적이고 종합적인 것은 아니었다. 오세영의 「일제하 한국의 농민문학론

---

1 서범석 편, 『한국 농민시』, 고려원, 1993, 981~999쪽 참조.
2 서범석, 「한국 농민시 연구」, 건국대학교 대학원 박사학위논문, 1991.
3 윤영천, 「일제 강점기 한국 유이민시 연구」, 서울대학교 대학원, 박사학위논문, 1987. 이 논문에서 연구자는 유이민시의 발생학적 고려에서 농민시에 접근을 시도한 것이다. 그러나 농민시에 관한 최초의 학술적 접근이 이루어졌다는 의미는 퇴색될 수 없다.
4 유병관, 「1920~30년대 농민문학의 일연구」, 성균관대학교 대학원 석사학위논문, 1989. 이 논문은 『조선농민』, 『농민』 지에 수록된 문학론과 농민시가에 관한 고찰이다.

과 농민시 연구」[5]도 서범석과 비슷한 시기에 시도된 종합적 고찰이었다. 이후 대상 시기를 확장하여 표윤경[6], 김영언[7] 등이 해방공간의 농민시를 연구했고, 유종우[8], 서범석[9] 등이 산업화시대(1970~80년대)의 농민시에 관심을 표명하였다. 성기각은 해방공간과 산업화시대를 묶어 고찰한 「한국 현대 농민시 연구」[10]를 학위논문으로 발표하였다. 그리고 유파별 농민시에 관한 심층적 탐구로서 박경수[11], 이명우[12], 류양선[13], 성기각[14] 등이 '조선농민사'의 농민시를, 박경수[15] 등이 '카프'의 농민시를 고찰하였다. 한편 안정헌[16]은 '농민시의 유형' 고찰을 시도하였고, 서범석은 일제강점기부터 해방공간에 이르는 방대한 농민시 작품을 모아 『한국 농민시』[17]라는 이름으로 자료집을 간행하는 한편 『한국 농

5 오세영, 「일제하 한국의 농민문학론과 농민시 연구」, 『성곡논총』 제22집, 성곡학술문화재단, 1991, 1960~2040쪽.
6 표윤경, 「해방기 농민시 연구」, 건국대학교 대학원 석사학위논문, 1992.
7 김영언, 「해방기 한국 농민시 연구」, 서강대학교 대학원 석사학위논문, 1995.
8 유종우, 「1970~1980년대 농민시 연구」, 한국교원대학교 대학원 석사학위논문, 2006.
9 서범석, 「신경림의 '농무' 연구」, 『국제어문』 제37집, 국제어문학회, 2006, 164~195쪽.
  서범석, 「홍일선의 농민시에 나타난 '땅'에 관한 고찰」, 『겨레어문학』 제38집, 2007, 257~285쪽.
10 성기각, 「한국 현대 농민시 연구」, 경남대학교 대학원 박사학위논문, 1999.
11 박경수, 「한국 근대 농민시의 전개과정과 현실표상 연구」, 『한국문학논총』 제14집, 부산대학교 한국문학회, 1993, 225~266쪽.
12 이명우, 「일제식민지하의 농민문학연구」, 『목멱어문』 제5집, 동국대학교국어교육과,1993, 193~224쪽.
13 류양선, 「한국 농민 문학 연구」, 서광학술자료사, 1994.
14 성기각, 「1930년대 비판적 농민시 연구」, 『국어국문학논총』, 유천 신상철박사화갑기념논촌간행위원회, 문양사, 1996, 59~98쪽.
15 박경수, 「카프(KAPF) 농민시 연구」, 『우암어문논집』 제5호, 부산외국어대학교, 1995, 149~194쪽. 한편, 이탄 시인도 「프로문학과 농민시」(『현대시학』 1992.8)라는 평론을 발표한 바 있다.
16 안정헌, 「1920~30년대 한국 농민시 유형 연구」, 인하대학교 대학원 석사학위논문, 1994.
17 서범석 편, 『한국 농민시』, 고려원, 1993.

민시인론』[18]을 상재하여 잘 알려지지 않은 농민시인들에 대한 생애 및 문학세계를 밝혀내는 노력도 보태었다.

이상과 같이 농민시에 대한 연구사를 요약해 볼 때, 대체적으로 기초적인 연구는 이루어졌다고 판단된다. 그러나 개화기의 농민시와 산업화 시대 이후의 광활한 영역이 연구의 불모지나 다름없는 상태로 남아 있으며, 일제강점기의 농민시에 관한 연구도 대체적인 윤곽과 흐름 그리고 주제적 특징 등을 파악한 정도이기 때문에 작품세계에 대한 세부적이고 심층적인 내용적 고찰과 미적 구조의 파악이라는 본질적 연구는 매우 미흡한 상태라고 판단된다. 이에 본고는 일제강점기 농민시에 관한 심층적인 고찰의 일환으로 농민시에 나타나는 '여성상'에 초점을 맞추어 그 특징적 면모를 귀납하여 식민지 여성농민의 고난상, 그리고 극복의지 및 구원상 등을 검토하고자 한다. 그렇게 함으로써 전통적 농민과 현실적 농민을 함께 탐구하는 농민시의 민족문학적인 양가적(兩價的) 가치를 확인하고, 농민시 연구의 문학사적 위상제고에 보탬이 되고자 한다. 고찰 대상 텍스트는 서범석이 엮은 농민시 자료집 『한국 농민시』에 실려 있는 '일제강점기의 농민시' 자료로 한정하였다.[19]

본고가 주목하는 '여성상'은 그 개념을 정립하는 일이 단순·용이한 것이 아님은 말할 필요가 없을 것이다. 지금까지 이와 유관한 연구로 이경선[20], 이상경[21], 권택영[22], 송유재[23], 조은·윤택림[24], 유안진[25], 김혜

---

18 서범석, 『한국 농민시인론』, 푸른사상사, 2004. 이 책에는 허문일, 양우정, 이흡, 임연, 이혜숙, 정호승 등의 문학적 생애가 처음으로 조명되어 있고, 잘 알려지지 않았던 송순일, 이서해, 유도순 등의 문학세계도 다루고 있다.

19 이 책에 실려 있는 작품들은 다양한 출처의 자료들을 대부분 수렴했을 뿐만 아니라, 원문 표기를 그대로 살렸기 때문이다. 따라서 본고에서는 인용작품에 대한 개별적 주석은 생략한다.

20 이경선, 「고전문학에 비친 한국여성상」, 『한국문학과 전통문화』, 신구문화사, 1988, 215~219쪽. 여기서는 '갈대 같은 月梅의 서민상, 뺑덕어미의 奸惡性, 자주성의 여성상 등으로 나누어 살피고 있다.

경[26] 등의 글이 눈에 띄지만 본고의 특성상 직접적인 도움을 받기는 어렵다고 판단된다. '여성상'이나 '여성성'에 대한 논의 자체가 체계적으로 개념화하기 지난한 일일뿐만 아니라 일제강점기 여성농민이라는 시대적·계층적 특수성 때문에 더욱 그러하다. 본고는 일제강점기 농민시에 나타나는 여성의 양상을 귀납적으로 체계화하려는 노력일 뿐, 논리적이고 체계적인 여성학을 추구하거나 여성학의 방법적 적용을 의도하는 것이 아니다.[27] 다만 여성상을 '현실과의 대응관계'를 중심으로 분류하여, 결핍된 현실에 의하여 억압적 수난을 당하는 '희생적 여성상', 그 현실에 대한 극복의지를 지향하는 '의지적 여성상', 그리고 현실과 무관하게 보편적이고 본원적인 여성의 특성을 보이는 '근원적 여성상' 등으로 나누어 고찰하고자 한다. 이러한 작업을 통하여 농민시에 나타난 여성농민들의 특수한 삶과 거기에서 묻어나는 민족적 의식이나 정서 등을 시대·사회적 구조와 관련하여 탐구하는 것이 목적이다. 여기서 말하는 '여성농민'이란 비농가여성들까지 포괄하는 지역적 개념으로서의 '농촌여성'의 의미가 아니고, 농업생산에 참여하며, 전체 사회구조에서 경제적, 사회적 기회가 제한된 농업생산자라는 의미이

---

21 이상경, 「여성작가 소설에 나타난 여성성의 탐구」, 『한국문학연구』 제19집, 동국대학교 한국문학연구소, 1997, 73~92쪽.
22 권택영, 「한국문학에 투영된 한국여성의 초상」, 『한국문학연구』 제19집, 동국대학교 한국문학연구소, 1997, 111~131쪽.
23 송유재, 「여성잡지에 나타난 한국여성상 분석연구」, 『주제연구』 Ⅶ집, 이화여자대학교 한국문화연구원, 1985, 3~65쪽.
24 조은·윤택림, 「일제하 '신여성'과 가부장제」, 『광복50주년 기념논문집』, 한국학술진흥재단, 1995, 161~207쪽.
25 유안진, 『한국여성, 우리는 누구인가』, 자유문학사, 1991.
26 김혜경, 「현대한국 여성상의 연구」, 『김계숙박사 고희기념논총』, 서울대출판부, 1975, 198~221쪽. 여기서는 현대 한국 여성상을 현모양처형, 신앙형, 문학예술가형, 애국자형, 운동가형, 직장형 등 여섯 가지로 나누어 고찰하고 있다.
27 본고는 여성시가 아닌 농민시 연구의 일환이기 때문에 여성문학 또는 여성시에 대한 심도 있는 접근은 시도하지 않기로 한다.

다.[28] 이는 직업인으로서의 개념으로 '여성농업인'과도 구별된다.[29]

2. 농민의 궁핍한 현실과 희생적 여성상

농민이란 한 마디로 농업생산을 위하여 '일하는 사람'이다.[30] 그런 의미에서 '일노래'인 민요에서 농민시의 원형을 찾을 수 있는 것이고,[31] 농민시의 중요한 모티프를 이루고 있는 것이 '일(노동)'이라고 말할 수 있는 것이다. 그런데 이 '일'의 문제가 '삼중의 결핍'[32]과 면밀히 연관됨에 주목할 필요가 있다. 그러니까 일제강점기 조선의 여성농민은 '일' 하는 농민이기에 피할 수 없는 신분적(계층적) 결핍에서 오는 농업노동의 고통, 그리고 여성이기에 감내해야 하는 성적 결핍에서 오는 가사노동의 이중적 압박에서 자유로울 수 없었다. 게다가 식민지 백성으로서의 민족적(주권적, 정치적) 결핍이 노동의 강도와 그 결과의 비극성을 더욱 상승시켰기 때문에 '희생적 여성상'이 농민시에 두드러지게 그려지고 있는 것이다. 이는 결핍된 현실에 의하여 억압적 수난을 당하는 '희

---

28 조옥라, 「여성농민 연구 회고와 전망」, 『여성농민 연구』 제1호, 한국여성농민연구소, 1997 봄, 28~34쪽.

29 농민시의 개념상 그 담지층이 여성이냐 아니면 남성이냐 하는 문제는 고려하지 않기로 한다. 담지층의 남녀에 관계없이 농민시에 나타나는 여성상을 검토하고자 하는 것이다.

30 박현채, 「농민은 누구인가」, 『박현채 전집』 제5권, 도서출판 해밀, 2006, 339~366쪽.(이 글은 본래 박현채의 『한국농업의 구상』, 한길사, 1981에 실려 있는 것임.) 여기서는 농민의 개념에 관하여, "농업생산에 있어서 직접적 생산자이며 그런 의미에서 협의의 근로농민만을 의미한다."라고 말하고 있다.

31 서범석, 『한국 농민시 연구』, 앞의 책, 33~51쪽 참조.

32 이 글에서 '결핍'은 엄밀히 말하면 '모순'에 가깝다. '신분모순', '성모순', '민족모순' 등의 개념을 식민시대의 결핍상을 강조하기 위하여 '삼중의 결핍'으로 사용하였다.

생적 여성상'인 것이다.

2.1 다중노동의 역경 속에서 가정을 지키는 여성

농업에 종사한다는 것은 육체노동으로 생산활동에 참여함으로써 생계를 도모하는 것이기에, 농민의 삶이 노동의 연속 형태로 구현되는 것은 당연한 것이다. 따라서 농민시에 등장하는 여성상이 주로 '일하는 사람'으로 그려지고 있는 것 또한 당연하다. 그러나 "이고, 지고, 들고, 촌여자는 소보다도 쓸모있고, 소보다도 힘세고, 소보다도 끈기있다"[33]는 당시의 역설적 보고는 '당연' 이상의 비상한 의미를 제시한다. 그것은 일제의 식민정책으로 빠르고 깊게 진행된 농촌의 궁핍화가 어떻게 여성농민들의 희생을 강요하고 있었는지를 상징적으로 알려주고 있기 때문이다. 한 마디로 상상하기 어려운 양과 질의 노동에 가축보다도 더 시달리면서 사람 아닌 동물 대접을 받으며 살았던 것이다.[34] 농민시에 나타나는 여성농민들의 다양한 노동형태를 종합적으로 귀납해 보면

---

33 한흑구, 「농촌부인은 고달프다!!」, 『여성』, 1940.1, 신영숙, 「일제하 한국여성사회사 연구」, 이화여자대학교 대학원 박사학위논문, 1989, 132쪽에서 재인용.
34 당시 여성들의 노동실태를 알 수 있는 사회학 학술자료들은 다음과 같은 것이 보인다.
   신영숙, 「일제하 한국여성사회사 연구」, 이화여자대학교대학원 박사학위논문, 1989, 127~143쪽.
   강만길, 『일제시대 빈민생활사 연구』, 창작과비평사, 1987, 289~334쪽.
   이효재, 「일제하의 한국여성노동문제연구」, 『한국학보』 제4집, 일지사, 1976, 141~188쪽.
   김경일, 「일제 하 여성의 일과 직업」, 『사회와 역사』 제61집, 한국사회사학회, 2002, 156~190쪽.
   조관일, 『농촌발전과 여성의 역할』, 한국학술정보, 2006, 68~75쪽.
   이배용 외13, 『우리나라 여성들은 어떻게 살았을까·2』, 청년사, 1999, 28~38쪽.
   이은순, 「일제하 도시와 농촌여성의 생활실태」, 『광복50주년기념논문집』, 한국학술진흥재단, 1995, 89~118쪽.

농업노동, 가사노동, 부업노동 등으로 나누어 볼 수 있다.

농민시에 나타나는 여성들의 농업노동의 특징적 사실을 간추리면, 첫째로 남성과 똑같이 농업노동에 참여하고 있다는 것이다. 성별 역할의 정형화(sex stereotype)[35] 이론에 기대어 말한다면 농가에서 여성은 가사만 담당하고 농업노동은 남성이 하는 것이 자연스럽다. 그러나 일제강점기 농민시에는 여성농민들이 씨뿌리기에서부터 김매기, 거름주기, 수확하기까지 농사의 모든 과정을 남성과 차별 없이 담당하고 있는 것으로 나타나 있다. 심지어 오줌동이 나르는 일까지(엄흥섭, 「이마을의 女人들은」) 하고 있는 모습이다. 둘째는, '이삭줍기'를 모티프로 하고 있는 시들이 많다는 것이다. 사실 이삭줍기는 농사일이라고 말하기도 어려운 게 사실이다. 그럼에도 불구하고 수다히 그려지는 이삭 줍는 여성농민의 모습은 배고픈 현실을 그대로 반영하고 있다. 셋째는, 자신의 농사가 아예 없어 '머슴살이'[36]를 하거나 남의 집에 가서 '품팔이'를 하는 여성의 모습이 보인다는 것이다. 광아의 「몰을것」에서는 '아츰못먹고 이웃집품파리' 가는 엄마의 노동이 있는데도 우리 가족은 왜 굶느냐고 묻고 있다. 광활의 「봄은왓것만」에서는 '누나하고 지주네집에' 품팔이 가는 어린 화자가 등장해서 어머니는 '아침저녁에 한숨만쉬요'라고 탄식하고 있다. 농업노동의 중압에 시달리면서 희생적으로 살아가는 여성상은 거의 모든 시편에 두루 나타나 있다 하겠다.

아츰에 나갈째주머니속에

살몃이 한웅큼느어준밤톨

---

35 송유재, 앞글, 17~18쪽 참조.

36 '머슴살이'는 원래 남자에 해당하는 말이지만, 한정동의 「매나리 서강 長嘆曲」에는 '머슴살이 少女가 노래하기를'이란 부제가 붙어 있다. 그러니까 여기서는 머슴의 역할까지 수행하여야 하는 고단한 '식모살이' 정도로 이해하면 되겠다.

까먹고 귀먹고다업서저도
누나는 집에를왜안오는죠

누나는 어씨해오지를안늬
먼저온 순이게무러를보니
베널은 큰논에드러갓다고
건넌말 대감이더려갓단다

밤깁허 뒤ㅅ산엔부엉이울고
달은쩌 싸리문그림자저도
그립은 누나는우는날두고
어씨해 이째것오지안나요
　　　—홍은표, 「이삭주러간누나」 부분(동아일보 1929.11.15)

이 시에 나타나는 여성(누나)은 동생에게 '힌이밥'을 해주기 위해 이
삭줍기에 나섰다. 집에 있는 동생은 먹은 것이라고는 '밤 한움큼'밖에
없기에 허기진 시간을 견디며 누나를 기다리고 있다. 누나는 벼를 널어
놓은 논에 들어갔다가 건너 마을 대감에게 잡혀 돌아오지 못하고 있다.
그러니까 여기서의 누나는 소년가장인 것이고 부모의 행방은 전혀 나
타나 있지 않다.[37] 처절하게 몰락한 농가의 모습이고, 애절하게 배고픔
의 극치를 견뎌야 하는 상황에서 가족(남동생)을 챙겨야 하는 희생적 여
성상이 아닐 수 없다. 윤복진의 「이삭줍는 어머니노래」에서는 청자인
'아가'에게 이삭줍기에 열중할 것을 반복적으로 강조하고 있고, 송순

---

37 당시 현실을 고려하여 추단한다면, 부모들은 더 이상 농업으로 생존할 수 없어서
어린 자식들을 버려두고 어디론지 돈 벌러 갔거나 굶어죽었을 것이다.

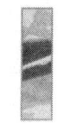

일의 「貧婦」에서의 여성은 '어린 것을 굶겨두고' '하루 종일 주어도 한 되가못되는' 이삭줍기를 하고 있다. 송아지[38]의 「입분이」에서는 짝짝이 신을 신고 하루 종일 주은 이삭을 들고 내를 건너다 넘어져 물에 떠 내려 보내고 울고 돌아오는 여성의 모습이 나타나 있다. 이 모두가 극한의 배고픈 현실을 반영하고 있는 '비판적 리얼리즘의 농민시'[39]들이다.

다음은 여성농민들의 가사노동의 모습이 어떻게 나타나고 있는지 살펴보자. 누구나 아는 바처럼, 여성들에게는 남성에게 없는 가사노동이 예로부터 숙명의 혹처럼 붙어 있다. 먹을 것과 입을 것을 준비하는 일이 예부터 내려오는 가사노동의 핵심이라고 할 수 있다. 농민시에도 이러한 조리 및 침선과 관련된 가사노동을 하고 있는 여성상이 숱하게 그려져 있다. 밥 짓기, 물 긷기, 빨래 및 다듬이질, 바느질, 식사 나르기, 방아 찧기 등 온갖 가사노동의 모습이 나타나고 있는데, 그 특징적인 사실들을 간추려 보면 다음과 같다. 첫째, 빈도로 보아 '나물 뜯(캐)기' 가 가장 많이 나타나고 있다. 나물 캐는 일이야 전래적인 것이지만 특히 최빈치로 나타나고 있다는 것은 연명하기도 어려운 당시의 식생활의 궁핍한 형편을 상징적으로 보여주고 있다고 하겠다. 둘째, 전통적으로 남성의 일이라고 생각되는 '나무하기'(이제갑, 「우리집가난사리」), '장작패기'(박혜토, 「주름쌀」), '토막 짓기'(신옥, 「土幕을 허무는 마음」) 등의 노동을 하는 여성들이 등장하고 있다. 이는 혹독한 시대상의 반영이다. 셋째, '시래기 줍기'(송순일, 「貧婦」), '밥 구걸하기'(이정구, 「저녁을얻으러 나가야합니다」) 등과 같은 극한의 고난상을 형상화하고 있다.

---

38 여기서 '송아지'는 가축 이름이 아니고 작자의 필명으로 추측된다. 그러나 본명을 밝힐 근거는 찾지 못한다.
39 서범석, 한국 농민시 연구, 앞책, 198~207쪽 참조.

쌍파기에 일하기에 손발이 다다러도
벗기굼기 먹듯하네 집도뒤간 갓다네
삼월이라 솟날건만 춘궁을 못니기여
보리쑤리 캐다가 죽을쑤어 먹는다네
아카시야 닙싸다 국을쓰려 먹는다네
사흘두고 잡은우렁 파러야 단돈두냥
좁쌀두되 파러야 하로양식 겨우되네
배곱흐니 무슨짓은 못하랴 짓다하네
　　　―임현극,「시골 안악네 노래」 부분(『농민』1930.8)

　　우리는 이 시에서 그야말로 초근목피로 식구들을 먹여 살려야 하는
'죽 쑤는' 여인을 만나게 된다. 여기서 식사 준비는 '밥 짓기'보다는 '죽
쑤기'이고 그 죽은 알곡이 별로 들어가지 않은 푸성귀로 만들어지는 것
을 본다. 식구들의 호구지책을 전적으로 떠맡고 있는 희생적 여성상을
만나게 되는 것이다. 이러한 시대적 현실이 농민시에 '나물 캐기' 모티
프로 수다히 반영되고 있는 것이다. 이 시에서 우리가 느낄 수 있는 것
은 '죽 쑤기'라는 가사노동은 별로 중요하거나 힘들게 느껴지지 않는
다는 아이러니이다. 고된 노동을 제공하고도 굶기를 밥 먹듯 해야 하는
고난 속에서 식사를 만들 수만 있다면 그것은 오히려 즐거운 일이기 때
문이다. 잡은 우렁이를 팔아 좁쌀이라도 마련해야 하는 상황에서 가사
노동의 어려움을 말하는 것은 사치에 지나지 않을 것이다. 여성농민들
은 "붕괴일로에 있었던 농촌사회를 지켜온 마지막 보루"[40]로서 희생적
노동을 통하여 가족과 가정을 지켜냈던 것이다.

40　신영숙,「일제하 한국여성사회사 연구」, 이화여자대학교 대학원 박사학위논문,
　　1989, 148쪽.

다음 부업노동으로서 양잠, 길쌈하기, 물레질하기 등의 모티프가 여
성농민의 힘겨운 노동과 사회적 피착취 구조와 함께 농민시에 숱하게
형상화되어 있지만 앞의 것들과 동궤의 내용이기에 중언부언하지 않
기로 한다. 또 하나, 일제는 '전가족의 근로자화 정책'으로 여성노동력
을 최대한 동원했으며, 농촌진흥운동이라는 명분하에 공동작업반등의
부인단체를 조직하여 여성노동력을 수탈한 것을 생각하면[41] 형언하기
어려운 노동의 다층적 질곡에서 여성농민들은 헤어나지 못하고 있었
다. 그리고 당연히 있어야 할 '자녀 양육'과 관련된 모습이 백지화되어
있다는 사실은 주목을 요한다. 기껏해야 아이를 굶겨두고 일하거나(송
순일 「貧妻」) 밭가에 누여놓고 밭을 매는(송순일, 「初夏雜吟」) 정도만 나와 있
다. 이러한 사실은 당시의 여성농민들이 육아문제에 신경 쓸 어떤 여유
도 없었음을 역설적으로 웅변하고 있는 것이리라. 요약하면, 여성농민
들은 모순적 구조의 현실이 억압하는 비극적 수난이라고 할 수 있는 삼
중사중의 노동을 감내하며 가정과 가족을 지켜내는 희생적 여성의 이
미지로 농민시에 강하게 새겨져 있다는 것이다.

2.2 궁핍한 농민현실이 빚어낸 팔려가는 여성

사적 영역이라 생각되는 여성농민의 삶은 실제로 "식민국가의 수탈
구조, 半봉건적 생산양식, 자본주의적 착취구조, 가부장적 억압기제 등
의 복합적인 구조 속에서 전개되었다"[42]고 하겠다. 그리하여 심각한 결
핍적 자질의 종합적 상승작용으로 인하여 필설로 형언하기 어려운 빈

---

41 조관일, 앞책, 74쪽 참조.
42 유숙란, 「일제시대 농촌의 빈곤과 농촌 여성의 出稼」, 『아시아여성연구』 제43집 제
   1호, 숙명여자대학교 아시아여성연구소, 2004, 66쪽. 여기서 말하는 '복합적인 구
   조'는 필자가 앞서 제시한 '삼중의 결핍'과 동궤의 것으로 볼 수 있겠다.

곤과 압박의 질곡에 묶이고 채워져 있었던 것이다. 그 결과 피폐한 농촌을 떠나 도시로 출가(出稼)하려는 여성이 증가할 수밖에 없었던 것이 당시의 실상이었다.[43] 그러나 이들을 다 흡수할 공업화가 이루어진 것이 아니기 때문에 이들은 장시간 저임금의 열악한 노동을 강요당하는 공장노동자로서의 고통을 감내하거나 그도 아니면 공사장 막일꾼, 식모, 접대부 등으로 전락하였다. 특히 농촌의 미혼 여성은 저임금노동이 필요한 도시의 자본주의적 생산관계에 쉽게 흡수되었던 것이다.[44] 나아가 지주나 일본인 등에 소위 '팔려가는' 여성이 되었던 것이다. 이러한 냉혹한 현실은 그대로 일제하의 농민시에 사실적으로 묘사되어 있다.

　　　二
　아주까리 동백꽃이 하도잘　기
　저― 섬속 뱃성들은 잘사나햇더니
　　오늘도 섬색시가 서울로가네
　　　청루에 몸이팔려 서울로가네
　　　三
　당홍치마 나체가린 저기저색시
　닷감을째 노저을째 울기도하네
　　청루에서 동백기름 바를째마다
　　　고―향의 생각에 얼마나우나
　　　―김동환, 「팔려가는 섬색시」 부분(『조선지광』 1929.2)

43　김경일, 앞글, 182쪽 참조. "이들은 식민지 현실에서 교육의 혜택을 거의 받지 못하고 무지와 가난 속에서 기본 생활과 생존의 요구에 쫓겨 경제 활동에 나설 수밖에 없었던 것이다."
44　유숙란, 윗글, 80쪽.

이 시에는 농어촌의 여성들이 돈에 팔려 도시로 떠나가는 모습을 그리고 있다. 아름다운 자연 속에서 노래 부르며 잘 살고 있어야 할 '섬색시'가 울면서 남루한 차림으로 '청루에 몸이팔려 서울로가'고 있다. 당위적 행복이 가난 때문에 파괴되는 식민지 여성의 사실적 비극성을 형상화하고 있는 시이다. 마지막 두 행은 이 여성의 미래상을 말하고 있는 것이리라. '오늘도'라는 표현은 이와 같은 비극성의 연속성을 함축하고 있는 것으로 보인다. 시의 행들을 점강적으로 하나씩 뒤로 밀어내어 배치함으로써 어떤 힘에 떠밀려 팔려가는 여성의 하강적 운명이라는 비극적 주제의식과 조응시키고 있다.

> 새벽마다 고동소리
> 쒸 - 나면은
> 우리누나 일어나서
> 참밥먹고서
> 고치케는 공장으로
> 울며가지요
> ×
> 왼종일을 공장에서
> 일만하것만
> 누나나희 어리다고
> 인색하게도
> 품삯은요 겨우겨우
> 십전주지요
> — 김낙환, 「공장누나」 부분(조선일보, 1930.3.22)

어린 남동생이 화자로 나타나 들려주고 있는 어린 여공의 슬픈 현실
은 새벽부터 어두운 저녁까지 중노동을 하고 겨우 '십전'이라는 인색
한 품삯을 받고 있다. 이 여공이 여성농민이었다는 사실이 분명하지는
않지만 당시의 사회적 구조를 이해한다면, 제3연에서 '하늘에쓴 별들
을/ 동무삼어서/ 십리나된 먼길을/ 걸어오지요'를 바탕으로 추단할 수
는 있는 것이다. 이 어린 누나들은 먼 길을 걸어 출퇴근하든지 아주 도
시로 나가든지 그도 아니면 일본까지 실려가든지(백조, 「모즙이무엔지」)
상관없이 저임금, 야간노동 등에 시달리는가 하면 부상당하고 쫓겨나
는(송백하, 「설은얘기」) 등 노예적 삶을 이어가고 있었던 것이다. 그러기에
공장에 다니던 봉선이가 '갈보질'로 전락하는(조순규, 「갈보청」) 일은 이
상한 이야기가 아니다. 그리하여 농민시에는 김동환의 「팔려가는 섬색
시」를 비롯한 여러 작품에서 술집으로 팔려가는 여성농민의 이야기가
형상화되어 있다. '굶다못해 갈보기생 억지로 되나가'는(임현극, 「시골 안
악네 노래」) 현실을 그린 '비판적 리얼리즘의 농민시'들인 것이다. 술집
못지않게 여성들이 팔려가는 곳이 또 하나 있는데 그곳은 '시집'이다.

> 먹을것업고쌀슬이촛차업는이집을
> 내이겨울 엇지써나가리 ―
> 半五十넘도록 장가못든오라버니
> 숫글으라버려두고
> 나어린이몸이 그시집을 어이간단말가?
> 그래도 아버지 빗갑흐려
> 이몸을 팔엇다니
> 안가지도 못할것을 ―
> ―박영준, 「소작인의 딸」 부분(비판 1931.9)

이 시의 화자는 손가락이 까맣게 되도록 김매고 돌아와 홀아비인 아버지와 노총각인 오빠를 위하여 보리죽을 쑤면서 신세한탄을 하고 있는 여성농민이다. 한탄의 핵심은 빚에 팔려 원하지 않는 시집을 가야한다는 사실이다. 그 혼인은 정상적인 결혼을 의미하는 것이 아니라, 대부분 힘과 돈에 팔려 나이 많은 남자의 첩으로 들어가는 것이다. 강경애의 「참된 어머니가 되어 주소서」, 백석의 「旌門村」, 김정도의 「시골처녀」등에도 '빚에 쪼들리고 돈에 팔려' 시집가는 희생적 여성상들이 아픈 가락으로 그려져 있다. 그야말로 사람이 아닌 '깜정 송아지처럼 팔니여'(양운한, 「夕陽·바람」)가는 모습이다. 이러한 '팔려 가는 여성' 모티프는 부모 입장에서 보면 '딸 팔아먹기'라 할 수 있는 것인데, '굶어죽는이판에/ 어버이의사랑도/ 별수업다네'(김재철, 「貧者의 노래」)라는 극한의 민족적 비극이 피눈물로 서려 있음을 본다. 비판적 리얼리즘의 농민시들이 빚어내는 희생적 여성상의 극치이다. 여기서 우리는 "모든 원시적 인종에 있어서 여성은 남성의 첫 번째 가축"[45]이라는 사실의 반근대적 식민시대 현상[46]을 아프게 확인할 수 있다. 현실과의 대응관계가 '수난'으로 결과 되는 고통의 양상을 여실히 표상하고 있는 '희생적 여성상'인 것이다.

3. 비극적 현실개선을 향한 의지적 여성상

농민시를 농민탐구의 시로 보고 일제하 농민시의 갈래를 나눌 때, 우

---

45 송유재, 앞글, 18쪽 참조.
46 '근대성'을 범박하게 요약적으로 말하여 ① 이성과 과학, ② 개인의 자유와 평등을 존중하는 ③ 산업화 시대의 사상적 특성이라고 할 수 있다면, 여기서 논의되는 여성에 관한 철학적 바탕은 분명 반근대적인 것이다.

선 전통적 농민을 탐구한 시(풍속사적 농민시)와 현실적 농민을 탐구한 것
으로 나누어 볼 수 있다. 그리고 후자를 방법에 따라 사실적(비판적 리얼
리즘의 농민시), 이념적(계몽문학적 농민시+프로문학적 농민시), 어용적(생산문학
적 농민시)인 것으로 가를 수 있다.[47] 우리는 앞 장에서 비판적 사실주의
농민시에 나타나는 희생적 여성상을 살펴 본 것이고, 이 장에서는 이념
적으로 농민현실을 탐구한 계몽문학적 농민시와 프로문학으로서의 농
민시에 나타나는 여성상을 검토하고자 한다. 그것은 부모가 '딸 팔아
먹는' 정도의 식민지 현실을 개선 또는 탈피하고자 하는 이념적 극복의
지를 형상화하고 있는 것이다. 현실부정의 가치를 바탕으로 나온 '계
몽'과 '투쟁'이라는 이념적 방법의 차이가 만들어내는 두 가지 여성
상이다. 이는 모순적이고 비극적인 현실을 극복하고자 하는 작가의
식이 형상화된 '의지적 여성상'과 관련되는 것이다. 계몽문학적 농민
시에서는 형상화된 여성상이 작가의 계몽의식의 표출대상에 머물러
있고, 프로문학으로서의 농민시에서는 여성이 대상에 머물러 있기도
하지만, 적극적인 '의지적 여성상'으로 의식표출의 주체로 그려지기
도 한다.

3.1 계몽의 대상으로 고무·찬양되는 여성

한국에서의 자본제화 과정은 식민지배의 강화와 민족적 수탈의 과
정이었으며 일본독점자본의 조선 진출·이식 과정이었다.[48] 이 과정에
서 농민들이 겪는 극한적 고통의 근본적 해결은 '민족해방'이라는 주

---

47 서범석 편, 한국 농민시, 앞책, 984쪽 참조. 어용적 방법으로 접근한 '생산문학적
    농민시'는 진정한 농민시가 아니기에 여기서는 논외로 한다.
48 박현채, 「일제식민지시대 민족운동을 보는 시각」, 『박현채 전집』 제2권, 386쪽.

권회복에서 찾을 수밖에 없다. 이러한 사정은 '민족주의'를 이념으로
하는 민족운동의 전개를 타개책으로 불러오게 된다. 그러나 일제의
강압적 통치는 이를 쉽게 허락하지 않았기 때문에 준비론적 독립운
동관을 가지고 있던 민족개량주의자들이 있었다. 민족주의 우파를 형
성하고 있던 이들은 민족개조론, 자치운동, 물산장려운동 등을 주장
하면서 타협적 민족주의 노선을 걷게 된다. 이러한 노선은 농촌계몽
운동과 연결되어 흙의 자성(磁性)을 강조하고, 농민을 찬양하며, 현실
극복의지를 계도하는 양상으로 나타난다. 이는 당시의 야학운동, 농
민조합운동, 귀농운동 등으로 직결되어 '계몽문학적 농민시'로 형상
화된다.[49]

> 하로에도 두세번식 분세수단장하는 都市의색씨들아
> 農村處女의얼골이 구리쇠가티 껅언것을 흉보지말아!
> 서푼짜리塗金半指가티 회ㅅ박으로닉켈칠한
> 너히들이 하 – 얀얼골보다
> 티업는 紅寶石처럼새쌁안
> 木花짜는農村處女의 健康한얼골이 얼마나더貴하냐?
> ─허문일,「貴한얼골」 부분(『농민』, 1931.6)

도시인과의 비교적 입장에서 농촌의 여성을 보석처럼 귀하다고 칭
찬함으로써 농촌을 지킬 것을 은근하게 권유하고 있는 화자의 목소리
는 분명 계몽적이다. 거의 유일하다고 생각되는 여성 농민시인 이혜
숙[50]의 「農村의 女性들」이라는 시에서도 근로하는 여성농민을 찬양하

---

49 서범석, 한국 농민시 연구, 앞책, 207~213쪽 참조.
50 서범석, 「이혜숙 시의 여성의식 고찰」, 앞글, 129~152 참고.

고 생산성 향상을 고취하고 있다. 김해강의 「農土로돌아오라」에서도 귀농의식을 강조하고 있으며, 엄흥섭의 「이마을의 女人들은」에서도 위의 예시에서처럼 여성농민을 찬양하고 있다.

우리가 여기서 눈여겨보아야 할 것은 여성농민들이 계몽의 주체가 아닌 대상이 되고 있다는 사실이다. 수많은 계몽문학적 농민시에서 여성은 한결같이 계몽의 대상에 머물고 있다. 야학을 가르치는 사람이 아니라 야학을 배우는 사람으로, 귀농을 권하는 사람이 아니라 권유 받는 사람으로, 찬양하는 사람이 아니라 찬양 받는 사람으로 '피계몽적 여성상'으로 그려져 있다. 여성농민의 상은 수동태에 머물러 있는 것이다. 식민지시대 여성교육이 "보다 더 공손한 노예"[51]로 만들려는 차별적 책략에 의한 것이라는 점과 무관하지 않을 것이다. 배우지 못했기에 계몽의 대상으로 머물 수밖에 없었던 것이다. 아무튼 여러 겹의 중노동에 시달리면서도 여성은 결핍된 존재로 인식되어 계몽과 교육의 대상으로밖에 대접 받지 못하는 역사적이고 현실적인 차별의 아픔을 여기서 만나게 되는 것이다. 작가의 이념이 빚어낸 여성의 모습이다. 여기서 나타나는 계몽의식은 모순적 현실과의 대응관계를 '극복'으로 치유하려는 작가의 이념이 '계몽'이라는 소극적 행동양식을 그 수단으로 선택한 결과라고 말할 수 있다. 따라서 작가의식은 '의지적'이지만 그려지고 있는 여성상은 극복의 주체가 아닌 대상에 머물고 있는 것이다.

3.2 이념적 계몽이나 투쟁의 주체 또는 대상으로서의 여성

식민지 지배하의 민족운동은 민족모순을 둘러싼 민족적 제집단의 주체적인 사회적 실천이라 할 수 있다.[52] 그 중 민족주의 좌파운동과 관

---

51 조은·윤택림, 앞글, 172쪽 참조.

련되는 프롤레타리아 이념의 농민시적 관심의 결과를 '프로문학으로
서의 농민시'[53]라 부를 수 있을 것이다. 한국에서 프로문학이 적극적으
로 농민문학에 관심을 두게 된 것은 1930년 하리코프 대회 이후 겨우 2
~3년에 불과하다. 따라서 양적으로 작품이 많지도 않고 대부분 선전
선동의 성격을 생경하게 드러내고 있다는 질적인 한계가 있는 것도 사
실이다. 그래도 여성농민이 등장하는 수십 편의 프로문학으로서의 농
민시를 만나게 되는 것은 의미 있는 일이다. 왜냐하면 고난의 현실을
극복하기 위하여 투쟁하는 여성상을 만날 수 있기 때문이다. 그런데 여
기 나타나는 여성상은, ① 다른 사람(남자)을 대신해서 투쟁하는 여성,
② 다른 사람이 투쟁하라고 선동하는 피동적 투쟁의 여성, ③ 자신의
의지로 투쟁하는 여성 등으로 귀납된다. 이러한 분류는 도식적인 감이
없지 않지만, 여성농민의 투쟁적 자세라는 관점에서 그렇게 볼 수 있다
는 것이고, 그것은 관념적 분류가 아니고 자료 검토의 결과적 사실의
보고일 뿐이다.

　　그러면앗가 막설거지를맛치고날째
　　째아닌총소리가 련겁허뒤ㅅ山을울니더니
　　그것이내남편의靈魂을모셔가는
　　애닯은永訣 초혼소래이던가보다

　　오냐 이놈!
　　한개의탄자로서 내남편을밧귀간 원수놈—

---

52 박현채, 앞글, 387쪽. 그리고 박현채의 「일제하 민족해방운동의 과제와 농민운동」
　　(『한국민족주의론·3』, 창작과비평사, 1985)은 이 부분에 크게 참고가 될 만하다.
53 서범석, 한국 농민시 연구, 앞책, 213~219쪽 참조.

　아모런들 가슴의매듭이풀닐줄아느냐 !?
　　내목숨이 世上에멈으러잇는동안은 …… .
　　　―적구, 「犧牲者」 부분(『개벽』, 1926.4)

　이 시에 나타난 여성농민 화자는 소작농 남편이 투쟁하다 총에 맞아
죽은 뒤에 그 뒤를 이어 투쟁할 것을 다짐하고 있다. 홍종린의 「젊은안
해의노래」, 김기학의 「農女」, 이흡의 「그女子의부르는노래」등에서도
마찬가지로 남편을 대신해서 투쟁을 다짐하는 여성이 등장한다. 남편
이외에 아들(김해강의 「봄밤의 情調」등), 애인(김옥봉의 「그가」등), 오빠(이정구의
「자루빠진호미」등) 등을 대신해서 이념적 투쟁에 합류하는 여성이 등장하
는 시들도 있다. 이러한 여성상은 기껏해야 남성들의 대타구실밖에 못
하는 차별적 형상화의 결과라 할 수 있다. 아예 여성은 시적 청자가 되
고 남성(남동생, 애인, 오빠 등)화자가 등장하여 투쟁할 것을 계몽·선동하
는 시들도 적지 않다.[54] 그러나 강경애의 「참된 어머니가 되어 주소서」,
박세영의 「山골의 工場」등에서는 주체적이고 능동적인 이념투쟁을 전
개하는 여성상이 그려지기도 한다. 요약하면, 프로문학으로서의 농민
시 속에 나타는 여인상은 대부분 수동적, 대타적(代打的), 소극적인 특성
을 보이지만 능동적, 주체적, 적극적 투쟁의식을 보이는 여성상도 아주
없는 것은 아니다. 이는 비극적 현실을 극복하고자 하는 민족의식의 문
학적 실천이기에 소중한 것이다. 다소의 질적인 차이는 있지만, 이들은
모두 비극적 민족현실을 개선·극복하려는 작가의식이 빚어낸 '의지적
여성상'이라고 할 수 있을 것이다.

---

54 안덕근의 「누나야! 너는農民의딸이다」, 이찬의 「안해의 죽음을 듣고」, 「가구야 말
려느냐」, 주불섭의 「鳳에게주는노래」, 정호승의 「내누이」 등이 그것이다. 여기서
의 계몽적 성격은 계몽문학적 농민시의 계몽성과 유사한 양상인데, 프로문학으로
서의 농민시에도 계몽적 성격을 부분적으로 띠고 있는 작품이 많은 편이다.

4. 가족 또는 보조관념으로서 나타난 근원적 여성상

이제까지 본고는 현실적 농민을 탐구한 농민시들을 중심으로 거기에 나타난 여성상을 살펴보았다. 그러나 각 시편의 곳곳에 이들과는 다른 근원적 여성상들이 포함되어 있다는 사실을 외면할 수 없다. 그것은 시 의식이 현실과 무관한 보편적이고 전래적인 농민의 삶과 직결되어 있는 경우는 말할 것도 없고, 현실적 농민을 그리는 경우라도 근원적이고 전통적인 농민의 삶과 정서 등이 알게 모르게 배어 있는 경우가 허다하기 때문이다. 이러한 전통적 모티프로 구성된 농민시 속에는 현실과의 조응관계가 '수난'도 '극복'도 아닌 보편적이고 본래적인 관계로 표상되는 '근원적 여성상'이 형상화되고 있다. 농민시의 경우, '가족으로서의 여성'이 나타나는 경우와 비유법의 보조관념으로 쓰이는 경우 특히 '근원적 여성상'이 형상화되어 있다는 것이 특징적이다. 전통적 속성이 기대고 있는 근원적 여성상은 그러니까 '풍속사적 농민시'[55]와 연관성이 있다고 할 수 있지만, 전통은 전래적이란 개념과 당대적이라는 개념을 공유하는 것이기에 모든 농민시에 편재하는 것이라고 할 수도 있다. 이러한 근원적 여성상은 민족의 전통적 감정과 정서를 계승하면서 민족사회의 특질을 보존하는 어떤 요소가 시의 구조 속에서 여성의 근원적 속성과 결합하여 예술적 기능을 구현하고 있는 양상인 것이다.

4.1 돌아가야 할 그리운 가족으로서의 여성

농민시에 나타나는 여성을 가족관계로 귀납해 보면 '어머니'가 단연 가장 많이 나타나고 있다. 그 다음이 누나(누이)와 아내 순이고 다른 것

---

55 서범석, 한국 농민시 연구, 앞책, 219~225쪽 참조.

은 아주 희소하다. 가족으로서의 여성은 어머니, 아내, 누나(누이), 딸, 언니, 할머니 등 다양한 모습으로 나타날 수 있지만, 그 중 가장 중요하고 대표적인 것이 어머니로서의 역할일 것이다. 사람을 낳고 기르기 때문에 중요한 역할이고, 다른 역할들도 결국은 어머니 역할의 대행에 불과하기 때문에 대표적이다.

> 어머니여!
> 어머니여!
> 어머니의乳房속에서
> 또 무릅우에서
> 그리고 손과눈瞳子아레서
> 十餘年동안잘아나면서
> 깁히깁히또깁히
> 배화어든그붉은愛!
> ……(중략)……
> 어머니여!
> 어머니여!
> 어머니의피눈물속에서
> 어머니를써나 ― 그쌍을써나 ―
> ―이은상, 「붉은蜻蜓」 부분(『개벽』 1924.3)

이 시의 화자는 여성농민인 어머니를 고향에 두고 오륙년 전에 객지로 떠나온 아들이다. 그는 어릴 때 어머니로부터 고추잠자리를 통해 배운 붉은 사랑을 그리워하며 청자인 어머니에게 말을 건네고 있다. 여기에서 우리는 어머니로서의 근원적 여성상을 만나게 된다. '乳房'으로

젖 먹이고, '무릅'과 '손'으로 지켜주고, '눈瞳子'로 보살피고, '붉은愛'로 교육시키면서 '피눈물'로 자식을 길러낸 본원적 어머니 말이다. 그러나 그 어머니는 먼 곳에서 고생하고 있기에 그리움의 대상이고 돌아가야 할 '그쌍' 즉 고향과 같은 존재로 나타나 있다. 가난하지만 따뜻한 품이기에 어머니를 향한 그리움이 '어머니여!/ 어머니여!'라는 반복법과 감탄법을 연발하면서 펼쳐지고 있다. 이러한 그리움의 정서는 '누나(누이)'가 나타나는 시편들에서도 대동소이하다. 그래서 아예 '어머니'와 '누나'가 공동으로 출현하는 경우도 많다. 박승걸의 「回想曲」에서는 고향을 떠난 어린 화자가 '어머님 도라가고/ 누나는 시집갓네/ 나는혼자/ 갈곳업시/ 소멕이 머슴　네'라고 읊고 있다. 여기 나오는 어머니와 누나는 아버지나 형 같은 남성가족이 소멸한 후에도 나를 지켜주던 '최후의 보루'로서의 의미를 지닌다. 이 보루가 고향과 함께 무너진 뒤 머슴으로 전락하여 연명하고 있는 화자의 가슴에 어머니나 누나보다 더한 그리움의 대상은 없다. 현실의 정신적 고통을 잠시나마 어루만져 줄 수 있는 포근한 품으로 현실적 자아를 부르는 구원의 여성상이 행간마다 살아 있다.

아무튼 일제하 농민시에는 수많은 어머니들이 빈번하게 출현하는데, 그 공통점은 가난하고 힘든 삶 속에서도 먹을거리를 마련하여 자식들을 양육하고 정성으로 교육시키는 근원적인 헌신적 모습이라는 것이다. 그러나 대부분의 시적 현실은 어머니와 헤어져 있기 때문에 고향과 함께 돌아가야 할 그리움의 대상으로 때와 장소를 가리지 않고 그야말로 허다하게 부각되어 있다. 특히 '시적 청자'로 나타나 전통적 정서를 고조시키면서 민족의식을 고양하고 있는 작품이 상당수 있다는 점이 특징적이다. 부르고 싶은, 불러보고 싶은 그리움의 정서가 귀소본능과 함께 연주하는 시적 장치로서 가족으로서의 근원적 여성상이라 하겠다. 이러한 여성상은 현실과 무관하게 본원적·보편적으로 형성되는 '근원적 여성상'인 것이지만 시대적 고난으로 더욱 애절하게 그려져 있는 것이다.

4.2 보조관념으로 드러나는 근원적 여성

본고는 지금까지 현실과 마주하고 있는 작가의식의 주체나 대상으로 나타나는 여성상에 관하여 논의를 전개하여 왔다. 그런데 농민시도 문학인만큼 수사적인 측면에서도 이러한 작가의식을 표상하는 어떤 여성상을 읽어낼 수도 있으리라는 가정 하에 비유의 보조관념을 검토해 보고자 한다. 농민시는 타 장르에 비해 수사적 장치가 훤전(喧傳)하지 않는 특성을 가지고 있지만, 비유는 대표적인 수사법으로서 문학뿐만 아니라 인간의 모든 사고와 언어에 편재(遍在)하는 것이다.[56] 따라서 농민시에도 여성을 보조관념으로 사용한 비유적 장치를 탑재한 작품들이 많이 눈에 띄는데, 그것은 '처녀(아가씨)'와 '어머니'로 대표된다. 먼저 '처녀'를 보조관념으로 사용한 시 몇 구절을 보자.

① 處女의 흰 젓가슴가튼
　　보드랍은 흰 안개 속에　　　　　　—정기환,「農家의 아참」부분

② 고갤드니 비에씻긴 산이란산은
　　아가씨의 머리처럼 기름이돌며　　　—임린,「모심ㄱ을때」부분

---

56 G. Lakoff & M. Turner, More than Cool Reason — A Field Guide to Poetic Metaphor, The University of Chicago Press, 1989, 머리말 참조.

③ 길ㅅ가 높이자란 옥수수 닢에는

　處女의 눈동자같은 銀구슬 이슬방울이 매처잇고

　　　　　　　　　　—김조규, 「이날의農村은」 부분

　여기서 보는 바처럼 여성으로서의 처녀 이미지는 '안개', '산', '이슬' 등의 자연 이미지를 그 원관념으로 하고 있다. 그것은 자연의 '아름다움'을 표현하기 위하여 여성을 보조관념으로 끌어들여 사용하고 있는 것이다. 특히 그 여성은 몸, 즉 '젓가슴', '머리', '눈동자' 등을 통하여 형상화되어 있다. 이는 자연보다 여성의 몸이 더 아름답다는 의식을 드러내는 것이다. 그것은 일류학적인 관점에서 "일을 하는 남자를 유혹하고 위로하는, 매혹적이지만 위험한 존재"[57]라는 여성의 근원적 이미지로 볼 수 있다. 이는 현실적인 여성의 모습이 아니라 본질적이고 근원적인 여성상이라고 할 수 있겠다. 여기서 한 가지 발견되는 사실은 처녀의 아름다움이 자연묘사에 쓰였을 뿐, 인간이나 인생을 묘사하는 데에는 전혀 쓰이지 않고 있다는 것이다. 이것은 당시 농민의 삶이 조금도 아름다울 수 없었던 처참한 현실임을 반증하고 있는 것인지도 모른다.

　처녀로서의 여성보다 어머니로서의 여성이 농민시에는 더 많이 보조관념으로 사용되고 있는데, 대부분 그 원관념은 '흙(땅, 대지)'으로 나타나 있음이 특징적이다.

① 모 — 든 이삭들은

　다북다북 고개를숙이여

　「땅의 어머니여!

　우리는다시 그대에게도라가노라」한다 —조명희, 「成熟의 祝福」 부분

---

57 이승훈 편저, 『문학상징사전』, 고려원, 1995, 369쪽.

② 내가 흙을 사랑함은,

　그가 모든 조화의 어머니인 까닭이외다

　그대는 보셨으리라. 숲 욱어진 동상우에

　먹음직스럽게 열리는 과실들을!　　　—박팔양, 「내각 흙을」 부분

③ 아! 이봄 마지하는 병아리 들은

　땅푸리하는 봄비를 흠벅 머금고

　헤넓은 어머니(大地)의 품안에서 삐약삐약거린다.

　　　　　　　　　　　　　　　　　　—조벽암, 「봄」 부분

　　예시들에 나타나는 '어머니' 이미지는 모두 '흙'의 보조관념으로 동
원되었다. 곡식(이삭)과 과일과 가금(병아리) 등이 모두 땅이라고 하는 어
머니로부터 나왔다는 사실을 말하고 있다. 그것은 다름 아닌 여성인 어
머니의 생산성과 그것으로부터 묻어나오는 숭고함을 포괄하는 신성성
(神聖性)의 표현이며 찬양이라 할 수 있다. 어머니는 "생명수의 근원"[58]
으로서 '근원적 여성상'이 되는 것이다. 임린의 「浪濁」에서는 땅이 아
닌 '바다'를 원관념으로 하는 '어머니'가 나오지만 내포적 의미는 다르
지 않다. 또한 양운한의 「早春」이라는 시에서는 '어름짱'이라는 원관념
을 표현하기 위하여 '雇用사리하는 女人의손잔등처럼 문적 문적 터젓
구나'라는 직유를 사용하여 현실적인 여성상을 그렸지만 이런 경우는
이 시뿐이고 그 외의 여성은 모두 근원적 여성상을 그리는 보조관념으
로 사용되고 있다.

---

58 이승훈 편, 위책, 365쪽.

5. 결론

본고는 일제강점기 농민시에 관한 세부적 고찰의 일환으로 거기에 나타나는 '여성상'에 초점을 맞추어 그 특징적 면모를 귀납하였다. '현실과의 대응관계'를 중심으로, 결핍된 현실에 의하여 억압적 수난을 당하는 '희생적 여성상', 그 현실에 대한 극복의지를 지향하는 '의지적 여성상', 그리고 현실과 무관하게 보편적이고 본원적인 여성의 특성을 보이는 '근원적 여성상' 등으로 나누어 고찰하였다. 그 결과 여성농민들의 비극적 삶과 현실극복의지 그리고 저변에 깔려 있는 전통적 민족의식이나 정서 등이 시대적 구조와 관련을 맺으면서 '여성상'으로 형상화되고 있음을 밝혔다. 이를 요약하면 다음과 같다.

첫째, 여성농민은, '일'하는 농민으로서 농업노동, 여성이기에 감내해야 하는 가사노동, 이외에도 부업노동 그리고 식민정책에 따른 단체노동 등 다중의 노동에 둘러 쌓인 '현실'에 시달리면서도 가정과 가족을 지키는 '희생적 여성상'으로 농민시에 두드러지게 그려지고 있다.

피폐한 농촌을 떠나 도시로 출가(出稼)한 여성들은 열악한 조건의 공장노동자, 공사장 막일꾼, 식모, 술집 접대부 등으로 전락하였다. 나아가 지주나 일본인 등에 소위 '팔려가는' 여성이 되었던 것이다. 빚에 쪼들리고 돈에 팔려 나이 많은 남자의 첩으로 시집에 들어갔던 것인데, 이러한 냉혹한 현실은 그대로 일제하의 농민시에 사실적으로 묘사되어 있다. 극한의 민족적 비극이 비판적 리얼리즘의 농민시 양식으로 형상화되면서 빚어진 '희생적 여성상'이다.

둘째, 극한의 비극적 현실을 개선 또는 극복하고자 하는 이념적 의지를 형상화하고 있는 농민시에는 '계몽'과 '투쟁'이라는 이념과 관련된 여성상이 나타나 있다. 그러나 수많은 계몽문학적 농민시에서 여성은 한결같이 계몽의 주체가 아닌 계몽의 대상에 머물고 있다. 여성농민의 모습은 적극적으로 계몽에 나서지 못하고 수동태에 머물러 있으며 '피계몽적 여성상'으로 그려져 있다. 이는 여성차별의식의 결과이고 식민지시대 여성교육이 기획한 차별적 책략의 결과이기도 하다. 그래서 작가의식은 '의지적'이라고 할 수 있어도 그려지고 있는 여성상은 극복의 주체가 아닌 대상에 머물고 마는 한계를 노정하고 있다.

프로문학으로서의 농민시 속에 나타나는 여인상은 대부분 수동적, 대타적, 소극적인 투쟁성을 보이지만 고난의 현실을 극복하기 위하여 능동적, 주체적, 적극적 투쟁 의식을 보이는 여성상도 만나게 되는 것은 의미 있는 일이다. 현실극복을 지향하는 민족의식의 문학적 실천이라 할 수 있기 때문이다. 이는 비극적 민족현실을 개선·극복하려는 작가의식이 빚어낸 '의지적 여성상'이라고 할 수 있을 것이다.

셋째, 농민시에 나타나는 여성을 가족관계로 귀납해 보면 '어머니'가 가장 많이 나타나고 있다. 대부분의 시적 현실은 어머니와 헤어져 있기 때문에 '어머니'는 고향과 함께 돌아가야 할 그리움의 대상으로 때와 장소를 가리지 않고 그야말로 허다하게 부각되어 있다. 특히 '시적 청자'로 나타나 정신적 고통을 잠시나마 어루만져 줄 수 있는 구원의 여성상으로 행간마다 살아 있다. 이는 귀소본능을 자극하는 본원적 어머니상으로 현실과 무관하게 보편적으로 형성되는 '근원적 여성상'인 것이다.

여성을 비유의 보조관념으로 사용한 작품들이 많이 눈에 띄는데, 그것은 '처녀(아가씨)'와 '어머니'로 대표된다. 처녀 이미지는 '안개', '산', '이슬' 등 자연의 '아름다움'을 표현하기 위하여 사용하고 있는데, 이는 여성의 근원적 이미지로서 재래적이고 전통적인 본질적 여성상이라고 할 수 있다. '어머니'라는 보조관념은 대부분 그 원관념이 '흙(땅, 대지)'

으로 나타나 있음이 특징적이다. 이는 여성인 어머니의 생산성과 그것으로부터 묻어나오는 숭고함을 포괄하는 신성성(神聖性)의 표현으로 '근원적 여성상'이 되는 것이다.

본고는 현실과의 대응관계를 기준으로 일제 강점기 농민시에 나타난 여성상을 '희생적 여성상', '의지적 여성상', '근원적 여성상' 등으로 나누어 검토한 결과보고인 셈이다. 그것은 식민지시대 민족모순에서 오는 현실고발이며, 신분모순에서 오는 고통에 대한 대결의식이며, 면면히 이어지는 보편적인 민족의식이나 정서의 형상화였다. 그리고 이것들과 교착된, 성모순이 만들어낸 저급한 여성의식수준[59]에 대한 아픈 확인절차였다. 그러니까 이러한 여성상은 농경민족인 우리의 역사상 끊임없이 계승되어 온 측면이 강하지만, 식민지시대이기 때문에 그 강도가 고조된 양상이라 할 수 있으며, 농업이 지속되는 한 미래에도 여성농민의 희생적 고통은 크게 개선될 희망이 보이지 않는다는 데에 농민문학의 문제점이 가로 놓여 있다고 하겠다.

〈문학 및 농민문학에 관한 것〉

김영언,「해방기 한국 농민시 연구」, 서강대학교 대학원 석사학위논문, 1995.
류양선,『한국 농민 문학 연구』, 서광학술자료사, 1994.
박경수,「한국 근대 농민시의 전개과정과 현실표상 연구」,『한국문학논총』제14집, 부산대학교 한국문학회, 1993.

---

59 송유재 앞글, 20쪽. 여기서 Butler와 Paisley 가 개발한 '여성의식수준의 5단계'를 소개하고 있다. 즉, ① 성적인 대상물이며 장식적인 역할, ② 전통적인 역할, ③ 직업여성이지만 가정을 우선하는 경우, ④ 여성과 남성이 동등한 단계, ⑤ 개인으로서의 남성과 여성의 역할(자아실현의 단계)이다. 여기서 '전통적 역할'은 둘째 단계로서 저급한 것이다.

박경수, 「카프(KAPF) 농민시 연구」, 『우암어문논집』 제5호, 부산외국어대학
　　교, 1995.
서범석, 「한국 농민시 연구」, 건국대학교 대학원 박사학위논문, 1991.
서범석, 『한국 농민시 연구』, 고려원, 1991.
서범석 편, 『한국 농민시』, 고려원, 1993.
서범석, 『한국 농민시인론』, 푸른사상사, 2004.
성기각, 「1930년대 비판적 농민시 연구」, 『국어국문학논총』, 유천 신상철박사
　　화갑기념논총간행위원회, 문양사, 1996.
성기각, 「한국 현대 농민시 연구」, 경남대학교 대학원 박사학위논문, 1996.
안정헌, 「1920~30년대 한국 농민시 유형 연구」, 인하대학교 대학원 석사학위
　　논문, 1994.
오세영, 「일제하 한국의 농민문학론과 농민시 연구」, 『성곡논총』 제22집, 성곡
　　학술문화재단, 1991.
유병관, 「1920~30년대 농민문학의 일연구」, 성균관대학교 대학원 석사학위논
　　문, 1989.
유종우, 「1970~1980년대 농민시 연구」, 한국교원대학교 대학원 석사학위논
　　문, 2006.
윤영천, 「일제 강점기 한국 유이민시 연구」, 서울대학교 대학원, 박사학위논문,
　　1987.
이경선, 『한국문학과 전통문화』, 신구문화사, 1988.
이명우, 「일제식민지하의 농민문학연구」, 『목멱어문』 제5집, 동국대학교국어
　　교육과,1993.
이승훈, 『문학상징사전』, 고려원, 1995.
이 탄, 「프로문학과 농민시」, 『현대시학』 1992.8.
표윤경, 「해방기 농민시 연구」, 건국대학교 대학원 석사학위논문, 1992.
G. Lakoff & M. Turner, More than Cool Reason ─ A Field Guide to Poetic
　　Metaphor, The University of Chicago Press, 1989.

〈여성에 관한 것〉

강영심, 「이고 지고, 소보다 쓸모 있는 농촌여성」, 이배용 외13, 『우리나라 여성
　　들은 어떻게 살았을까·2』, 청년사, 1999.
김경일, 「일제하 여성의 일과 직업」, 『사회와 역사』, 한국사회사학회, 2002.
김주숙, 『한국 농촌의 여성과 가족』, 한울아카데미, 1994.
김혜경, 『한국여성교육사상연구』, 한국학술정보, 2002.
노영택, 「일제하 농촌여성계몽운동의 일연구」, 『여성문제연구』 제8집, 효성여
　　대 한국여성문제연구소, 1979.
신영숙, 「일제하 한국여성사회사 연구」, 이화여자대학교 대학원 박사학위논
　　문, 1989.
유숙란, 「일제시대 농촌의 빈곤과 농촌여성의 出稼」, 『아시아여성연구』 제43집

　　　제1호, 숙명여대 아시아여성연구소, 2004.

유안진,『한국여성, 우리는 누구인가』상·하, 자유문학사, 1991.

이성환,「조선의 농촌여성」,『조선농민』, 1927.9.

이은순,「일제하 도시와 농촌여성의 생활실태」,『광복 50주년 기념논문집』, 한
　　　국학술진흥재단, 1995.

이효재,「일제하의 한국여성노동문제연구」,『한국학보』제4집, 1976.

조관일,『농촌발전과 여성의 역할』, 한국학술정보, 2006.

조 은·윤택림,「일제하 '신여성'과 가부장제」,『광복 50주년 기념논문집』, 한국
　　　학술진흥재단, 1995.

한국여성개발원,『한국 역사속의 여성인물』, 1998.

〈농업(농민) 및 기타 사회사와 관련 된 것〉

강만길,『일제시대 빈민생활사 연구』, 창작과비평사, 1987.

김병제,「노동자화하는 조선의 농민」,『조선농민』, 1929.1

박현채,「일본자본주의의 성립과 제국주의화 과정」, 한배호 외『현대일본의 해
　　　부』, 한길사, 1978.

박현채,『한국농업의 구상』, 한길사, 1981.

박현채,「농업토지 문제에 관한 소고」, 이이화 등편,『민족, 통일, 해방의 논리』,
　　　형성사, 1984.

박현채,『한국자본주의와 민족운동』, 한길사, 1984.

박현채·정창열 편,『한국민족주의론·3』, 창작과비평사, 1985.

박현채,「일제식민지 통치하의 한국농업」, 변형윤 외,『한국경제와 농민현실』,
　　　경세원, 1987.

박현채,「한국자본주의의 전개와 농업·농민문제」,『한국농업·농민문제 연구·
　　　1』, 연구사, 1988.

박현채,『박현채 전집』1~7권, 해밀, 2006.

이만갑,『한국농촌사회 연구』, 다락원, 1981.

전운성,『세계의 토지제도와 식량』, 한울아카데미, 1999.

진원중 외2,『사회교육의 제문제』, 능력개발, 1974.

함세남 외6,『선진국 사회복지발달사』, 홍익재, 1996.

비평의 빈자리와 존재 현실

The Emptiness of Criticism and the Reality of Being

신경림의 『농무』 연구
- 농민시적 성격을 중심으로 -

1. 서론

 1970년대 이후 수백 권의 시집을 내면서 한국 시문학사의 중요한 광맥으로 자리 잡은 창작과비평사 '창비시선'은 문학사적으로 깊은 의미 영역을 거느리고 있다. 그 '창비시선'의 역사적인 첫 번째 시집인 『농무』(1975)의 시인 신경림(申庚林, 본명 應植, 1936년생)은 1956년 등단 이후 20권 가까운 시집을 비롯한 수많은 저서를 남기고 있는 중요한 시인이다. 특히 그의 제1시집인 『농무』는 한국 현대시문학사에서 빼놓을 수 없는 사적 의미를 가지고 있는 게 분명하다. 그러므로 신경림과 『농무』에 관한 연구는 적지 않게 진척되었고, 계속 진행될 것이다. 지금까지 시집 『농무』에 관해서는 대부분의 연구자들이 부분적으로라도 조금씩 언급해 온 것이 사실이다. 여기서는 편의상 『농무』만을 대상으로 한 연구사를 본고의 관점인 농민시적 차원에서 간략히 검토해 보고자 한다.
 『농무』 초판본에 붙인 백낙청의 「跋文」이 자연스럽게 『농무』에 관한 첫 번째 논의라고 할 수 있겠다. 그는 여기서 신경림의 작품이 "현대인다운 냉철한 눈으로 농촌현실을 보며 억눌려 사는 그들의 고난과 분노와 맹세를 바로 자기 것으로 삼고 있"¹다고 지적하면서 독자로서의 민중을 결코 홀대하는 법이 없다고 했다. 김광섭은 1974년에 있었던 제1회 만해문학상 심사평에서 신경림이 시의 리얼리즘에 바탕을 두고 있으며, 『농무』에 실린 시 40여 편은 "모두 농촌의 상황시"²라고 말했다. 1995년에 간행된 『신경림의 문학세계』에는 조태일의 「열린 공간, 움직이는 서정, 친화력」과 구중서의 「현실의 바닥에서 일어나는 노래」라는 제법 긴 분량의 평론 두 편이 실려 있다.³ 여기서 조태일은 『농무』의 시들이 대부분 민족정서의 바탕인 농촌을 배경으로 가장 끈질긴 생명력으로 버티며 살아온 농민들의 삶과 그 이야기를 서사적 기법으로 표현하고 있다면서 그 농민들을 전형적인 민중들이라고 말한다. 또 구중서는 여기에서 신경림의 생애와 시세계의 형성과 정착 과정의 관련성을 논하면서 "인간에 대한 애정과 연민의 시로써 그(신경림)는 역사와 현실의 가운데를 걸어나가고 있다"고 진단했다. 1988년 『문학과 비평』은 「'농무' 재조명'이라는 특집을 마련하여 송상일, 이광호, 조남현 세 사람의 평론을 싣고 있다.⁴ 송상일은 「'농무'의 두 시점」이란 글에서 신경림의 공백기 10년을 전후로 하는 50년대와 6, 70년대의 시가 서정시적인 것과 리얼리즘적인 것으로 상이한 두 시점을 가지고 있는 것으로 보고 있다. 이광호는 「'농무'의 세 가지 목소리」에서 『농무』가 소외계층과 지식인의 심정적 일치와 농촌의 궁핍한 삶에 대한 리얼리즘적 형상화를 70년대의 값진 유산으로 가지고 있다고 보았다. 조남현은 「'농무'의 詩史的 의미」에서 ① '쉬운 시'의 지평을 열었다, ② 민중문학의 한 구체적 모델이 되었다, ③ 민중의 참모습과 감정세계를 구체적으로 드

1 신경림(1973), 114~117쪽.
2 신경림(1975), 113~114쪽.
3 구중서·백낙청·염무웅(1995), 127~167쪽.
4 『문학과 비평』, 1988년 여름, 236~260쪽.

러냈다, ④ 이른바 '한국적인 것'의 원형을 제시했다 등으로 그 사적 의
미를 정시했다.

이상이 시집 『농무』를 대상으로 한 평론들의 의미적 양상인데, 여기서
우리는 논자들이 농민(농촌)문제에 관한 내용을 언급하면서도 하나같이
민중문학의 관점에서 『농무』를 바라보고 있음을 알 수 있다. 그러니까 김
광섭의 '농촌의 상황시'라는 언급 말고는 '농민문학'이나 '농민시'의 관
점에서 신경림의 『농무』를 보는 논자가 없었다는 사실을 알게 된다.

1990년대 이후로는 『농무』에 대한 학술논문들이 50여 편 발표되어
학술적으로 조명되고 있다. 한길자는 "농민의 참담한 현실과 소외의식
을 객관적으로 관찰하고 제시한 것으로서 민중문학의 소중한 성과를
거둔"[5] 것으로 이해하고 '민중적 서정'이나 '서사 지향성' 등에 대하여
주목했다. 염형운은 "산업화로 인한 농촌의 피폐와 도시 하층민들의
고달픈 삶이 있었고 이를 부재의식을 통해 시속에 드러내고 있다."[6]면
서 『농무』에 나타난 민중의 삶을 천착하고 있다. 또 김지연도 신경림의
시와 시론을 함께 고찰하면서 '민중미학', '민중적 공동체의식' 등에
주목하고, 『농무』를 '민중적 삶의 극적 아이러니'로 읽었다.[7] 배영애는
『농무』를 중심으로 시의 담화체계를 고찰하였는데, 시의 화자를 '숨은
화자'와 '드러난 화자'로 나누고 후자의 경우가 민중의 삶을 드러내는
이야기성을 가지고 있다고 보았다.[8] 이외에 고형진,[9] 김영대,[10] 양문
규,[11] 등도 마찬가지로 신경림의 시가 농민문학적 의미망을 구축하고

5 한길자(1997), 1쪽.
6 염형운(1999), 231~247쪽.
7 김지연(2000), 145~170쪽.
8 배영애(2001), 207~226쪽.
9 고형진(1988), 48~61쪽.
10 김영대(1999), 229~257쪽.
11 양문규(2000)

있음을 읽어내고 있으면서도 '농민시'라는 용어는 사용하지 않고 있다.
박혜숙 같은 이는 아예 "굳이 농민 시인이라고 이름 붙일 필요는 없을
것이다."[12]라고까지 말하고 있다. 최근의 연구인 성기각의 『한국 농민
시와 현실인식』만 신경림의 시를 '농민시'로 수렴하여 논하고 있는 모
습이다.[13]

이상에서 알 수 있는 바와 같이 1990년대 이후에 나타난 학술논문들
에서도 내용면뿐만 아니라 형식구조 등에도 관심을 가지고 다양하게
논의되었지만 『농무』를 민중문학 혹은 민중시의 시각에서만 언급하고
있을 뿐 '농민문학' 또는 '농민시'의 시각으로 연구한 글은 잘 보이지
않는다. 암묵적으로는 많은 연구자들이 신경림을 '농민시인'으로, 『농
무』를 '농민시'로 보면서도[14] 연구사가 이렇게 편향적으로 연속된 이유
는 무엇일까. 그것은 무엇보다 농민문학이 민중문학의 한 부분을 이루
는 것이며, 민중문학은 민족문학의 한 부분이라는, 즉 '농민문학⊂민중
문학⊂민족문학'이라는 도식적 사고에 빠져 있었기 때문일 것이다. 그
러나 무엇보다 '농민시'라는 장르 개념의 결여에서 그 원인을 찾아야
할 것 같다. 실은 일제강점기부터 '농민시'라는 용어와 장르개념이 통
용되었음에도 불구하고 이렇게 된 데에는 1950년대 이후 이 부분에 대
한 관심과 연구가 거의 전무하여 '분실·망각·유실'되는 격동기의 역사
를 살아왔기 때문인 것으로 파악된다.[15]

그러나 아무리 농민시가 민중문학 또는 민족문학의 부분집합이라
해도 그것은 민중문학이나 민족문학이라는 용어가 생겨나기 오래 전

---

12 박혜숙(1999), 165쪽.
13 성기각(2002), 208~234쪽. 이 글은 원래 1999년 경남대학교 대학원 박사학위 논문
   「한국 현대 농민시 연구」의 일부분인데 이 책에 옮겨진 것으로 이해된다.
14 박혜경(1989), 229쪽. 여기서 박혜경은 "본격적인 농민시로서는 1975년에 나온 신
   경림의 『농무』가 그 출발이 아니었나 싶다."라고 말한다.
15 서범석(1991), 22~29쪽 참고.

부터 실존했던 문학 장르임을 상기한다면 이 파행적 연구의 흐름은 반성되어야 한다. 현재 상황에서 보면 농민문학이 민중문학의 일부분일지 모르지만 통시적 입장에서 보면 농민문학은 민중문학의 선조이며 민중시는 농민시의 계보를 잇는 후손일 뿐이기 때문이다. 1970년대 이후에도 민중문학의 구체적 실체가 농민문학이며, 민족문학의 중심테마가 되었음[16]을 생각한다면 『농무』를 농민시적 시선으로 바라볼 필요성은 충분한 것이다. 더구나 『농무』를 원형질로 하여 7, 80년대에 많은 농민시인들이 등장하고 다량의 '농민시'들을 발표하는 역사적 흐름을 형성하게 된다는 점을 생각하면 그 필요성은 불문가지이다.

신경림 시인 자신도 『농무』가 나오기 전부터 이미 '농민문학'에 지대한 관심을 지속적으로 가지고 있었던 점을 생각하면 그 필요성은 더욱 증대된다. 신경림은 1972년 「농촌현실과 농민문학」[17]이란 의미 있는 글을 발표한다. 여기서 그는 농민문학이 단순하게 소재나 지역적인 개념으로서가 아니라, 역사적·사회적 개념으로 받아드릴 것을 주장한다. 그러면서 일제의 농민수탈정책과 해방 후의 농지개혁 등을 문학사회학적 관점에서 자세히 살피면서 농민문학 작가들의 작품에 대하여 언급한다. 그러나 신경림은 이 글에서 농민소설만 언급할 뿐 농민시 작품들을 제외하고 있으며, '농민문학'과 '농촌문학'의 개념을 구별하지 못하고 있는 모습을 보이고 있다. 그만큼 당시의 농민시 논의가 황무지나 다름없었음을 시사하고 있는 대목이라고 할 수 있다. 시인이 농민문학을 말하면서 '농민시'를 말하지 못할 만큼 당시는 농민시 개념이 실종·망각되고 있는 때였던 것이다. 그 후 신경림은 「무엇을 어떻게 쓸

---

16 홍성식(2005), 264쪽.
17 신경림(1972)

것인가」(1982)에서 비로소 '민중문학'과 '농민문학'의 관계를 논리적으로 정립하게 된다.[18] 또 『농무』 발간 12년째인 1985년 『농민시선집』을 편찬하였는데, 그 책의 해설인 「농민시의 참길」에 이르러서야 신경림은 비로소 '농민시'를 말하고 그 개념을 규정하게 되는 것이다.[19] 그러나 여기서도 농민시란 말이 어색하다고 말한다든지, 전문 시인이 쓴 농민시를 완전한 농민시로 보기를 꺼리는 듯한 태도를 취하는 것 등은 농민시 연구에 대한 저간의 사정을 말해주는 것이다. 그렇지만 이후로 농민시의 의미규정을 보다 선명히 하고, 농민시에 대한 깊은 관심과 구체적 방향을 제시하고 있는 점은 고무적이다. 특히 1983년에는 일제강점기 자료를 포함한 농민문학론 자료를 다수 엮어냄으로써 농민문학에 대한 그의 관심을 유감없이 보여 주고 있다.[20] 신경림은 농민시를 쓴 시인이며 스스로 농민시론을 탐구했던 사람인 것이다. 사정이 이러하므로 우리는 매우 늦은 일이기는 하지만 이제 『농무』를 농민시의 관점에서 검토해 볼 시점에 와 있다는 것이다.

이에 본고는 『농무』에 실려 있는 작품 중에서 농민시라고 볼 수 있는 작품들을 대상으로 하여 그것들의 농민시적 성격을 규명하고자 한다. 여기서 한 가지 문제가 될 수 있는 것은 농민시와 민중시의 차이가 무엇이며, 농민시라고 보았을 때 무엇이 달라지는 것이냐 하는 문제이다. 사실 농민시와 민중시는 칼로 베듯이 갈라질 수 있는 것이 아니다. 그것은 민중과 농민의 관계를 뚜렷이 분리할 수 없는 것과 같은 문제이다. 당연히 농민은 민중의 한 부분집합에 해당하기 때문이다. 따라서 농민문제를 다룬 작품은 시각에 따라 민중시로도 볼 수 있고 한편 농민

---

18 신경림(1982)
19 실천문학편집위원회(1985)
20 신경림(1983-나)

시로도 읽을 수 있는 것이다. 앞에서 말한 여러 가지 이유로 인하여 특히 신경림의 시는 농민시의 시각에서도 검토할 필요가 있는 것이다. 그렇게 하였을 때 우리는 신경림이 남긴 농민 또는 농촌 소재의 시가 농민시로서의 자질을 어떻게 구현하고 있으며, 그 독특한 성격은 어떤 것인지를 알게 되고, 또 앞 세대의 농민시들과 어떤 동질성과 차이성이 있는지를 확인함으로써 신경림 시의 의미영역을 확대하고 문학사적 자리매김에 있어 그 정확성을 기할 수 있을 것이다.

신경림 시의 농민시적 성격을 검토하기 위하여 먼저 필요한 것은 농민시의 개념이 어떤 것이냐를 확인하는 일이 필요할 것이나,[21] 이는 원론적인 일이고 또 본고의 주안점이 아니므로 본고는 다만 『농무』 소재 농민시들의 주제적 특성 파악과 함께 시의 퍼소나, 율격, 그리고 계절적 배경 등을 검토하여 이 작품들이 분명히 농민시로서의 성격을 함유하고 있음을 밝히고자 한다. 시를 이루는 여러 요소 중 이것들을 다루고자 하는 이유는 이 요소들이 연구사에서 농민시의 특성을 드러내는 중요한 요소로 취급되어 왔기 때문이다.[22] 그렇게 함으로써 본고는 농민시사적 측면에서 신경림 시의 특성과 위상을 파악하는 한 계기를 마련하고자 한다.

2. 주제적 특성 – 민중문학적 농민시

서범석은 일제강점기 농민시를 연구하면서 주제의식에 따른 농민시

---

21 농민시의 개념에 관하여 구체적으로 검토한 것으로는 서범석(1991)을 참고할 만하다.
22 물론 다른 요소들도 충분히 검토하는 일이 필요한 것이지만, 그 모두를 다루기에는 지면의 제약도 있고, 고를 달리할 필요도 있기 때문이다. 이 요소들만 검토하여도 신경림시의 농민시적 특성은 어느 정도 드러날 것으로 기대되는 것이다.

의 갈래를, ① 비판적 리얼리즘의 농민시, ② 계몽문학적 농민시, ③ 프
로문학으로서의 농민시, ④ 풍속사적 농민시, ⑤ 생산문학으로서의 농
민시 등으로 나눈 바 있다.[23] 그러니까 서범석은 농민시를 '농민탐구의
시'로 보고, 농민의 삶을 '전통적'인 것(④)과 '현실적'인 것(①, ②, ③,
⑤)으로 양분하여 본 다음, 다시 후자를 방법에 따라 '사실적'(①), '이
념적'(②, ③), '어용적'(⑤)인 것으로 세분하였던 것이다. 그리고 이념
적 방법은 다시 '민족주의'(②)와 '계급주의'(③)로 나누어 보았다.[24]

본고도 이러한 분류방법을 모델로 하여 신경림의 농민시[25]들에 대한
주제적 특성에 접근해 보고자 한다. 먼저『농무』의 농민시가 대상으로
하고 있는 것은 대부분 현실적 농민들의 삶이라고 지적할 수 있다. 그
러나 이러한 농민시들은 전통적인 공동체적 삶의 공간을 바탕으로 하
고 있다는 특징을 가지고 있다.

> 징이 울린다 막이 내렸다
> 오동나무에 전등이 매어달린 가설 무대
> 구경꾼이 돌아가고 난 텅빈 운동장
> 우리는 분이 얼룩진 얼굴로
> 학교 앞 소줏집에 몰려 술을 마신다
> 답답하고 고달프게 사는 것이 원통하다
> 꽹과리 앞장세워 장거리로 나서면
> 따라붙어 악을 쓰는 건 쪼무래기들뿐
> 처녀애들은 기름집 담벽에 붙어 서서

---

23 서범석(1991), 198~233쪽 참조.
24 서범석(1993), 984쪽.
25 본고의 성격상 대상 작품들을 농민시라고 부르는 것은 원칙적으로 본고의 논지가
  증명된 후에 가능한 일이지만 편의상 '농민시'로 논의를 진행하기로 한다.

철없이 킬킬대는구나
보름달은 밝아 어떤 녀석은
꺽정이처럼 울부짖고 또 어떤 녀석은
서림이처럼 해해대지만 이까짓
산구석에 처박혀 발버둥친들 무엇하랴
비료값도 안나오는 농사 따위야
아예 여편네에게 맡겨 두고
쇠전을 거쳐 도수장 앞에 와 돌 때
우리는 점점 신명이 난다
한 다리를 들고 날나리를 불꺼나
고갯짓을 하고 어깨를 흔들꺼나
　　　　　　　—「農舞」전문[26]

　이 시는 분명 '비료값도 안 나오는' 현실적 농민의 삶을 문제 삼고 있지만, 그 배경은 '농악무'라는 전통적인 풍속사적 공간으로 채워져 있다. 어쩌면 농민의 고단한 현실적 삶보다는 농악놀이라는 신명의 파장이 더 넓고 짙게 드리워져 있다고 할 수 있다. 그러나 시인은 '고달프게 사는 것이 원통하다'는 현실적 고통을 형상화하고 싶어서 이 시를 썼을 것이다. 이 시의 심층적 의미도 그러하거니와 여타의 작품들이 대부분 민중들의 분노·고통·슬픔 등과 연관되기 때문이다. 아무튼 신경림의 농민시는 농민들의 전통적 삶의 공간을 배경으로 하여 현실적 농민의 삶을 문제 삼고 있는 특이한 구조로 되어 있다. 「겨울밤」, 「罷場」, 「오늘」 등의 시들도 같은 구조로 되어 있다. 「제삿날 밤」은 아예 현실적 농민의 삶보다는 전통적 농민의 삶의 단면을 그대로 보여 주고 있기까지

---

26 신경림(1975), 16~17쪽. 이하 작품 인용은 같은 책이므로 주를 생략한다.

하다.

농민시의 원형은 민요이다. 근본적으로 농민은 '일하는 사람'이고, 민요는 '일을 위한 노래'이거나 '일하는 사람을 위한 노래'인 것이다. 일의 능률성을 제고하고 일에서 오는 기쁨과 소망을 담은 '기능요로서의 민요'가 전자이고, 일의 어려움과 고통, 일의 허망함과 그에 따른 풍자적 저항을 담은 '현실 비판적 민요'가 후자이다.[27] 따라서 농민시도 이와 같은 민요의 성격을 이어받은 것이 역사적 타당성에 값하는 전형적 양상이라고 할 수 있다. 그러므로 농민시는 농민들의 일과 관련된 구체적 삶의 모습을 사실적으로 그려낼 때 제 기능을 수월하게 수행할 수 있는 것이며 독자의 진정한 공감을 얻게 되는 것이다. 농사와 관련된 고통의 삶과 그 희생에 따르지 못하는 가난한 삶의 실상, 나아가 그 구조적 모순의 사실적 묘사에 이르지 못한다면 농민시는 제 값을 다했다고 볼 수 없는 것이다. 더구나 우리 문학사에는 고래로부터 이러한 사실주의적 농민시의 전통이 면면히 흘러오고 있는 것이다.[28] 그러나 신경림의 농민시는 이러한 사실과 상당한 거리를 두고 있는 것이 사실이다. 위의 시에 나오는 고통상은 '비료값도 안나오는 농사 따위'밖에는 없다. 그러나 그것은 구체적으로 포착된 장면 제시 없이 띄우는 텔레비전 화면의 자막과 같다. 구조적 모순 아래 허덕이는 농민들의 삶의 세부를 구체적이고 사실적으로 그려내는 비판적 사실주의가 농민시의 오래되고 주된 형상화 방법인 것이다.[29] 그러므로 '고달프게 사는 것이

---

27 서범석(1991), 33~51쪽 참조.
28 민요는 말할 것도 없고, 가사나 한시 등을 통하여 고려조의 이규보, 김극기 또 조선조의 김시습, 정약용, 이학규, 김려, 유형, 유몽인 등이 이러한 농민시의 전통을 남겨 주고 있다. 물론 일제강점기의 많은 농민시들도 이와 같은 전통을 잇고 있다. 서범석의 위책 52~73쪽을 참조할 것.
29 이와 같은 사실은 서범석, 박경수, 류양선, 성기각 등의 선행 연구에서 자세히 알 수 있다.

원통하다'는 직접적인 감정 노출은 독자에게 거는 호소력이 미약하고
감동의 깊이도 덜 할 수밖에 없다. 「겨울밤」도 그렇다.

> 쌀값 비료값 얘기가 나오고
> 선생이 된 면장 딸 얘기가 나오고.
> 서울로 식모살이 간 분이는
> 아기를 뱄다더라. 어떡할거나.
> 술에라도 취해 볼거나. 술집 색시
> 싸구려 분 냄새라도 맡아 볼거나.
> 우리의 슬픔을 아는 것은 우리뿐.
> 올해는 닭이라도 쳐 볼거나.
> 겨울밤은 길어 묵을 먹고.
> 술을 마시고 물세 시비를 하고
> 색시 젓갈 장단에 유행가를 부르고
> 이발소집 신랑을 다루러
> 보리밭을 질러 가면 세상은 온통
> 하얗구나. 눈이여 쌓여
> 지붕을 덮어 다오 우리를 파묻어 다오.
> 오종대 뒤에 치마를 둘러 쓰고
> 숨은 저 계집애들한테
> 연애 편지라도 띄워 볼거나. 우리의
> 괴로움을 아는 것은 우리뿐.
> 올해에는 돼지라도 먹여 볼거나.
>   ─「겨울밤」 부분

여기서도 민중으로서의 현실적 농민의 삶이 파노라마처럼 지나가고 있다. 민중의 삶의 모습으로 '쌀값 비료값 얘기가 나오고', 식모살이 간 분이가 아기를 뱄다는 얘기가 나오지만 그 구체적 묘사는 없고 자막처럼 간단히 스쳐 지나갈 뿐이다. '우리의 슬픔을 아는 것은 우리뿐'이라고 '우리'를 강조하면서 내리는 눈을 보고 '우리를 파묻어 다오'라고 절망감을 표현하고 있지만 그 절망감은 술집 색시 분 냄새와 계집애들을 향한 연애편지에 의해 희석된다.[30] 물론 고통의 도피처를 찾는 것이겠지만 고통의 절실함을 전하는 데에는 한계가 있다. 고통스런 삶을 말하고 거기 따른 절망과 분노를 표현하는 태도가 구체적이고 사실적이지 못하여 감동지수가 하락한다. 이와 같이 농민의 질곡된 삶의 모습을 인상적으로 스치고 마는 비사실적 묘사와 직접적 감정 토로의 원인은 어디에 있는 것일까. 그것은 신경림이 비록 농촌에서 출생·성장하였지만 직접적인 농사체험이 부족하거나 지식인으로서 한 동안 농민들 곁에 머물렀을 뿐이라는 생애적 한계가 아닌가 추단된다.[31] 다만 현실에서 오는 답답한 절망감과 거기에서 오는 불안감이 여러 군데 쓰인 온점(.)이나 행간걸림(enjambment)과 적절한 조응을 이루고 있는 모습은 평가할 만한 형식구조라고 할 수 있다.

여기까지 검토해 보았을 때, 신경림의 농민시는 현실적 민중의로서의 농민의 삶을 대상으로 그들의 고통스런 삶과 그에 따른 좌절과 분노 그리고 슬픔을 표현하고 있는 '민중문학으로서의 농민시'라고 일단 말할 수 있다. 내용으로 보면 현실적 농민을 대상으로 그들의 고통스런 삶을 탐구

---

30 신경림의 시에는 여기서 말고도 자주 '여성'에 대한 관심이 표현되고 있다. 이에 대하여는 별도의 고찰이 필요하다고 생각된다.
31 구중서·백낙청·염무웅(1995), 14쪽. 여기서 신경림의 부친도 "그냥 농사꾼이 아니라 시골에서 농업학교를 나와서 금융조합 서기도 하고 또 광산에서 연상(鉛商), 분광 같은 일도 하"였다는 것인데, 이러한 사실도 참고할 만하다.

한 농민시이며, 방법으로 보면 민중적 민족주의라는 이념적 방법을 가지고 형상화한 1970년대 농민시의 새로운 한 갈래라는 의미를 갖는다. 그것은 『농무』에 나오는 대부분의 시가 민중의 삶을 문제 삼고 있다는 점에서도 그렇게 말할 수 있는 것이다. 말하자면 신경림은 농민에 관한 지대한 관심을 가지고 있었지만 그것은 농민을 농민으로만 보지 않고 민중을 구성하는 한 부분으로서 농민을 보고 있다는 것이다. 이러한 사실은 뒤이어 나오게 되는 장시집 『남한강』에서도 확인된다. 그러니까 "韓國詩를 民衆現實 및 民衆感情과 격리시켜온 과거의 여러가지 형태를 일거에 청산한"[32] 점은 긍정적으로 평가할 수 있다. 그러나 『농무』가 비록 민중의 삶을 이른바 '쉬운 시'로 노래했다 하여도 위에서 말한 것처럼 민중의 구체적 삶을 사실적으로 형상화하지 못하고 감정이 앞서기만 했다는 사실은 비판의 몫으로 남을 수밖에 없다. 요약하면 신경림의 농민 또는 농촌 소재의 시는 오랫동안 적요했던 농민시가 1970년대에 부활하여 '민중문학적 농민시'로서 새롭게 나타났다는 역사적 의미를 지닌다. 그러나 앞 세대의 농민시에 비하여 리얼리즘적 방법에서는 후퇴하였다는 것이다.

3. '우리' 퍼소나 - 농민의 대변자

양문규는 70년대 들어 한국 사회는 경제 성장을 위주로 한 도시 산업화의 대두로 각계각층에 소외 그룹이 형성되는 등 많은 모순을 잉태하였다면서, 신경림이 이러한 사회 전반의 구조적인 모순을 직시하며 피폐한 농촌 현실을 주된 시적 대상으로 삼았으며, 가난하고 소외된 농촌의 구체적인 삶의 모습을 농민의 시각에서 다룬 시집이 『농무』라고

---

32 백낙청, 좌담 「詩人과 現實」, 『신동아』, 1973.7, 294쪽.

말하고 있다.[33] 과연 그럴까. 앞에서 살펴 본 대로 『농무』의 농민시는 1970년대 농촌의 문제를 다루고 있는 것은 사실이다. 그러나 '농민의 시각에서' 다루었는지에 대하여는 좀더 세심한 고찰이 필요하다. 주지하다시피 이 시편들은 지식인인 시인이 고향에 낙향하여 신산한 세월을 보냈던 생애적 체험과 관련되어 있다. 그 결과 이 시편들은 농민들과 같이 있으면서도 농민의 체험적 시각에서 구체적으로 그들의 고통을 묘사하지 못하고 있는 것이 아닐까.

이광호는 『농무』에 나타나는 목소리를 소외계층의 직접적 육성, 지식인의 각성된 목소리, 일반적 서정시 어법에 따른 목소리 등으로 구분한 바 있다.[34] 이것은 『농무』의 퍼소나가 '우리', '나' 그리고 '제3의 불특정의 화자' 이렇게 셋으로 나타나고 있음을 말하고 있는 것과 다르지 않다. 이를 농민시로 볼 수 있는 작품만을 대상으로 세분하면 다음과 같다.

① 퍼소나가 '우리'인 것 ―「겨울밤」, 「農舞」, 「꽃 그늘」, 「어느 8月」 등 4편
② 퍼소나가 '나'인 것 ― 「시골 큰집」, 「제삿날 밤」, 「장마 뒤」, 「시외버스 정거장」, 「친구」, 「잔칫날」 등 6편
③ 퍼소나가 '제3의 불특정 화자'인 것 ―「罷場」, 「오늘」. 「갈길」 등 3편

그러나 실제로 시적 상황을 자세히 들여다보면, ②와 ③의 경우도 내용의 대부분은 '우리'의 이야기를 하고 있는 것이다. 그래서 위와 같은 분류는 별다른 의미를 띠지는 못한다. 그래서 김종길의 "「나」라는 말

---

33 양문규(2000), 1쪽.
34 이광호(1988), 244~252쪽.

이 상당히 많이 나오면서도 詩人 자신은 별로 느낄 수가 없어요."[35]라
는 말이 타당하게 들린다. 『농무』의 시편들은 대부분 '나'가 아닌 '우
리'의 이야기를 내용으로 하고 있는 것이다.

> 못난 놈들은 서로 얼굴만 봐도 흥겹다
> 이발소 앞에 서서 참외를 깎고
> 목로에 앉아 막걸리를 들이키면
> 모두들 한결같이 친구 같은 얼굴들
> 호남의 가뭄 얘기 조합 빚 얘기
> 약장사 기타 소리에 발장단을 치다 보면
> 왜 이렇게 자꾸만 서울이 그리워지나
> 어디를 들어가 섰다라도 벌일까
> 주머니를 털어 색시집에라도 갈까
> 학교 마당에들 모여 소주에 오징어를 찢다
> 어느새 긴 여름해도 저물어
> 고무신 한 켤레 또는 조기 한 마리 들고
> 달이 환한 마찻길을 절뚝이는 파장
> ─「罷場」 전문

이 시에 나타나는 퍼소나는 구체적으로 드러나 있지 않은 '제3의 불
특정 화자'이다. 그러나 제1행이나 제4행에 '우리'라는 주어를 대입시
켜 읽어도 아무런 무리가 없는 것이다. 이처럼 비록 구체적 화자는 겉
으로 드러나지 않는다하더라도 이 시에는 '우리'라는 화자가 숨어 있
는 것으로 볼 수 있는 것이다. 즉 '나'의 이야기가 아니라 '우리'로서의

---

35 김종길, 좌담 「詩人과 現實」, 『신동아』, 1973.7, 301쪽.

농민들이 겪는 장날 모습인 것이다. 이러한 장치는 주관적인 삶의 고통을 말하는 것이 아니고 객관적인 입장에서 관찰자적 동참자의 시선으로 말하게 되는 것이다. 얼핏 '호남의 가뭄 얘기 조합 빚 얘기'가 스쳐 지나가지만 절실함은 없는 것이다. 오히려 흥겹고, 참외와 막걸리를 먹고 마시는 장날의 한가한 평화로움이 주된 분위기가 된다. 나아가 '섰다, 색시집'으로 가고 싶은 퍼스나의 욕망이 나타나며 더 나아가 서울을 그리워하는 모습으로 나타난다. 물론 그것은 힘든 농촌생활을 청산하고 싶은 농민들의 고달픔과 답답함의 표현이라고 이해되지만, 농사와 그 허탈감에서 오는 구조적 모순에 대한 사실적 묘사를 통해 보여주는 농민의 삶의 실상에서 오는 구체적 농민정서와는 거리가 있다. 그것은 국외자의 신분으로 일시적으로 함께하는 '우리' 농민의 정서를 표현하는 대변자 구실밖에는 못하고 있다는 뜻이다.

소줏병과 오징어가 놓인
협동조합 구판장 마루
살구꽃 그늘.

옷섶을 들치는
바람은 아직 차고
「건답 직파」 또는

「농지세 1프로 감세」
신문을 뒤적이는
가난한 우리의 웃음도
꽃처럼 밝아졌으면.

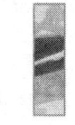

소줏잔에 떨어지는
살구꽃 잎.
장터로 가는 조합마차.
　　―「꽃 그늘」 전문

　여기서도 '나' 또는 구체적인 농민이 아닌 '우리'라는 퍼소나가 살구
꽃 그늘의 구판장 마루에서 한가한 시간을 보내고 있다. 이 시의 핵심
은 농민의 가난하고 힘든 삶에 있다기보다 농촌의 한 때를 서경적으로
스케치하는 데 있는 것 같다. '건답 직파'나 '농지세 1프로 감세'라는
농민의 삶에 대한 관심은 어쩐지 억지로 꿔다 놓은 느낌이다. 김종길은
"作爲性이나 虛構性이 강하다는 것은 詩人에 있어서는 의식이 강하다
는 것과 실지에 있어서는 같은 것이 될 수 있어요."[36]라고 지적하는데,
과연 신경림은 민중 또는 농민의식을 시편마다 강하게 드러내고 있는
게 사실이다. 그러나 위와 같은 시는 그 강한 의식마저도 뒤편에 머물
게 하고 있을 뿐이다. 이러한 관점에서 볼 때, 신경림의 농민시들에 구
체적인 청자가 거의 나타나 있지 않다는 사실도 시사하는 바가 크다고
하겠다. 일방적으로 주입하거나 설득하고자 하는 목소리라는 것이다.
이렇게 보면, 유종호의 "초기 작품에서 단일한 추상적 일반서술을 얻
고 있는 슬픔이 『農舞』의 시편에서는 그 구체적인 결을 보여줌으로써
사사로움을 넘어서 사회적 차원을 얻고 있는 것이"[37]라는 말도 온전하
게 인정하기 어렵게 된다. 대부분의 시에서 유종호의 말대로 그 슬픔은
보다 '사회적으로 정의된 슬픔'이라고 해도 작품 속에서 구체적이고
개별적인 농민의 삶이 형상화되지 못하기 때문에 리얼리즘의 농민시

36　김종길, 좌담「詩人과 現實」, 위책, 300쪽.
37　유종호(1982), 101쪽.

로서 농민과 민족의 피폐한 삶을 고발하고 민족의식의 위기상황에 대처했던 농민시의 값진 역사적 전통과는 거리가 있는 것이다.

이상과 같이 『농무』소재 농민시의 퍼소나를 검토한 결과를 요약하면, 신경림 시는 구체적 농민인 '나'가 아닌 '우리'라는 추상적 퍼소나가 농민의 대변자로 나타나 동지적이고 동정적으로 말하는 구조로 되어 있다는 것이다. 따라서 농민의 삶이 구체적이고 체험적으로 묘사되지 못하고 있다는 것이다. 그것은 시의 화자와 농민과의 거리감인 동시에 시적 감화력의 감소를 뜻하는 것이다.

4. 민요적 율격과 사계의 의미

먼저 농민시와 민요시와의 관계에 대하여 간략히 검토할 필요가 있을 것 같다. 농민시나 민요시는 우리 민족에게 있어 똑같이 민중과 친숙한 시문학의 갈래이다. 그렇기 때문에 농민시와 민요시는 공유영역이 상당히 넓은 편이다. 특히 주제, 정서, 가락 등이 양자 사이의 교집합 부분이다. 더구나 농민시의 원형이 민요이기 때문에 농민시의 리듬이 민요적 율격을 상당 부분 수용하고 있는 것은 당연한 것이다. 여기서는 신경림 시의 형태적 특성으로 '민요적 율격'을 검토해 보고자 한다. 그것은 앞 세대의 농민시에 나타나는 구조상 특징으로의 '민요적 율격'이 신경림의 농민시에도 뚜렷이 드러남을 확인하는 일이 될 것이다.

신경림은 지금까지 농민시인보다는 민요시인으로 많이 언급되어 왔다. 그것은 그 자신이 민중문학에 대한 열정과 민중에 친숙한 문화양식인 '민요'에 지대한 관심을 보인 결과인 것이다.[38] 이것은 염무웅의 말

---

38 신경림은 1984년 민요연구회를 조직하여 초대회장으로 활동했으며, 10년 가까운

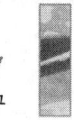

대로 "좀더 목적의식적인 민중문학의 형식 즉 민요의 가락"[39]에 대한 관심이라고 할 수 있다. 신경림은 "참다운 민중시라면 민중의 생활과 감정, 한과 괴로움을 가장 직접적이고 폭넓게 표현한 민요를 외면할 수 없다"[40]고 말하고 있다. 그 생각의 직핍적인 결과가 문학적으로는 『새재』, 『달넘세』, 『남한강』 등으로 나타났다고 연구자들은 이해했던 것이다. 따라서 그들은 신경림 시의 민요적 성격에 대해 많은 관심을 가질 수밖에 없었다.[41] 그러나 그 연구들은 대부분 『농무』 이후의 시들을 대상으로 논하고 있다. 그렇다면 『농무』의 시편들은 민요 또는 민요시와 관련이 없다고 보아도 좋은 것일까. 그렇지 않다. 우선 민중의 삶과 정서를 형상화하고 있는 이 시들이 민중의 형식인 민요와 무관할 수는 없다. 신경림이 본격적인 민요시를 쓰기 이전의 단계에도 민요적인 가락은 잠재하고 있었다는 것이 본고의 입장이다.

농민시의 원형은 민요이며, 민요는 민중의 노래로서 가난한 삶의 내용과 풍부한 해학성, 그리고 관용구, 동의어의 중복 등을 형식적 특성으로 한다. 이 "민요를 지향하면서 씌어진 개인 창작시"[42]가 '민요시'인 것이다. 전통적 농경국가였던 우리나라에서는 농민이 곧 민중이었기

민요기행으로 두 권의 책, 『민요기행1·2』(한길사, 1985, 1989)를 상재한 바 있다.
39 구중서·백낙청·염무웅(1995), 85~86쪽.
40 신경림(1983-가), 45쪽.
41 신경림 시에서의 '민요' 또는 '민요시'에 대해 관심을 보인 연구로는 다음과 같은 것들이 있다.
유종호, 「슬픔의 사회적 차원」, 『同時代의 詩와 眞實』(민음사, 1982), 98~119쪽.
신현춘, 「신경림論」, 『초등국어교육』 제4집, 서울교육대학교 국어교육과, 1994.
박혜경, 「토종의 미학, 그 성정적 감정이입의 세계」, 『신경림 문학의 세계』, 앞책, 104~124쪽.
윤영천, 「농민공동체 실현의 꿈과 좌절」, 『신경림 문학의 세계』, 앞책, 168~196쪽.
김윤태, 「민중성, 민요정신, 현실주의」, 『신경림 문학의 세계』, 앞책, 302~317쪽.
연은순, 「신경림 시 연구」, 『한국문예비평연구』 제4집, 1999.
42 오세영(1980), 38쪽.

에 '농민시'는 많은 부분 '민요시'와의 형식적 관련 아래서 전개되었던 것이다. 박혜숙은 민요시가 성립될 수 있는 요건을, ①율격상의 정형률, ②내용의 향토성과 비극성, ③반복구조, ④관용적 표현, ⑤시대적 조건 등으로 요약하고 있다.[43]『농무』의 농민시를 여기에 견주어 보면 내용면에서의 향토성과 비극성은 동일하다. 그러니까 형식적인 면에서 율격, 반복구조, 관용적 표현 등이 어떠한지가 본고의 관심사가 된다.

특히 민요의 양식적 특성은 율격상의 정형률에 있는 것인 만큼 본고에서는 이 문제를 위주로 검토해 보고자 한다. 민요에 나타나는 전통율격은 '2,3,4음보'이다.[44] 조동일은 전통율격의 계승방법으로, ①음보의 분단과 중첩, ②기준 음절수의 증감, ③상이한 음보의 결합 등을 제시한 바 있다.[45] 이제 『농무』의 농민시들을 검토해 보기로 하자.

> 아침부터/ 당숙은/ 주정을 ┆ 한다.
> 차일 위에/ 덮이는/ 스산한 ┆ 나뭇잎.
> 아낙네들은/ 뒤울안에/ 엉겨/ 수선을 떨고
> 새색시는/ 신랑 ┆ 자랑에/ 신명이 ┆ 났다.
> 잊었느냐고,/ 당숙은/ 주정을 ┆ 한다.
> 네 아버지가/ 죽던 ┆ 날을/ 잊었느냐고.
> 저 얼빠진/ 소리에/ 귀 기울여/ 뭣하랴.
> 마침내/ 차일 밑은/ 잔치집답게/ 흥청대어
> 새색시는/ 시집 ┆ 자랑에/ 신명이 ┆ 났다.
> 트럭이/ 와서/ 바깥 마당에/ 멎었는데도

---

43 박혜숙(1992), 39~41쪽.
44 민요의 전통율격을 2음보와 3음보로 보는 학자도 있고, 3음보와 4음보로 보는 학자도 있으나 여기서는 두 견해를 통합하여 2,3,4음보로 보고자 한다.
45 조동일(1978)

잊었느냐고,/ 당숙은/ 주정을 │ 한다.

네 아버지가/ 죽던 │ 꼴을/ 잊었느냐고.

　　　　　　　—「잔칫날」 전문

　이 시는 얼핏 보아 정형적 율격을 갖지 않은 작품으로 보인다. 그러
나 그렇지 않다. 위의 부호 '/'는 음보가 나뉘는 곳을, 점선 '│'는 나누
어 읽을 수도 있는 곳을 표시한 것이다. 여기서 '│'을 인정한다면 이
시의 율격구조는 '4/4/4/5/4/4/4/4/5/4/4/4'가 된다. 이대로 보면 제4행
과 제9행만 5음보이고 나머지는 모두 4음로 되어 있어 두 곳만 상이한
음보가 결합된 계승양상이다. 그 두 곳도 보는 사람에 따라서는 4음보
로 볼 수 있기 때문에 전체를 4음보격의 시로 읽을 수도 있는 것이다.
어느 것이든 이는 민요율격의 채용이며 계승이다. 이 시의 내용이 전통
적 결혼 풍속임을 생각하면 내용과 형식이 '민중적'으로 잘 결합하고
있는 양상인 것이다.

　저 앞에서 인용한 「罷場」의 경우도 유사한 예가 된다. 모두 13행으로
되어 있는 이 시도 율격구조가 '4/3(4)/4/4(3)/4/4/4/4/4/5(6)4/5/4'로
되어 있어 대체로 4음보의 율격을 가진 시로 읽을 수 있다. 「갈길」의 율
격구조 또한 '4/4/4/4/4/4/4/4'로 파악될 수 있으며, 「오늘」은 '2/3/2/2/
2/3/3/3/3/3/3/3/2/2/3/2/2/2/3/2/2(3)/2/2/2(3)3/2'로 되어 있어 2음
보와 3음보가 결합된 율격구조로 볼 수 있는 것이다. 그리고 저 앞에서
인용했던 「꽃그늘」같은 시는 '2/2//2/2/2//2/2/2//2/2/2'로 2음보의
율격구조로 되어 있다. 율격 이외에도 '한 다리를 들고 날나리를 불꺼
나/ 고갯짓을 하고 어깨를 흔들꺼나'(「農舞」), '면장은 곱사춤을 추고/ 지
도원은 벅구를 치고'(「오늘」)와 같은 반복구조가 심심찮게 나타나 민요
시로서의 형식을 보여주고 있는 것이다.

이렇게 보면 『농무』의 시들이 대부분 민요적 형식으로 구성되어 있다는 사실을 깨닫게 된다. 신경림은 일찍부터 민중적 삶과 정서를 민중적 가락인 민요의 리듬으로 형상화하는 분명한 싹을 틔워 놓았던 것이다. 이렇게 하여 신경림은 '쉬운 시'의 새 지평을 열고 거기에 민요의 리듬으로 민중적 생명력을 불어 넣어 '민중문학으로서의 농민시'를 우리 시사에 남기게 된 것이다. 민중문학에 대하여 신경림은, ① 민중의 삶 속에 깊이 뿌리박을 것, ② 민중으로부터 이해되고 사랑 받을 것, ③ 일반 민중의 사상과 의지를 결합시키고 승화시킬 것[46] 등을 요구하고 있는데, 그 자신은 민요적 율격을 통하여 그 요구조건을 상당 부분 스스로 충족시키고 있다고 해야 할 것이다. 그러나 유종호가 민요적 가락으로 오늘의 삶을 노래하는 것은 과도한 단순화를 동반하지 않고서는 불가능할 것이라고[47] 지적한 것처럼 민요시라고 해서 천편일률적인 형식을 양산해서는 곤란하다. 이런 점에서는 『농무』이후 일련의 장시집들이 오히려 문제가 된다고 하겠다. 현대와 현대인의 감각에 맞는 민요의 창조적 계승이야말로 신경림이 가장 크게 고민해야 할 대목이었던 것이다. 아무튼 신경림의 『농무』에 나타난 농민시들은 민요적 율격을 수용한 '민중문학적 농민시'로 읽을 수 있다. 이것은 앞 세대 농민시의 전통을 계승한 양상인데, 시대의 변화 양상이 주제적 특성으로 민중문학을 잉태한 것이라면 시대의 변화에 관계없이 형태적 특성인 민요적 가락은 농민시로서의 전통을 잇고 있다고 하겠다. 즉 민중문학적 농민시를 개화시키는 데 '민요적 율격'이 기여하고 있다는 말이다. 그것은 민중시와 농민시를 가르는 기준이 아니고 민중시와 농민시의 친족성을 나타내는 지표가 되는 것이다. 이 친족성의 상호융합 결과가 신경림

---

46 신경림(1982-나)
47 유종호(1982), 114쪽.

의 '민중문학적 농민시'로 나타났다고 볼 수 있다.

다음으로 살펴볼 것은 『농무』의 농민시편에 나타나는 '사계의 의미'
이다. 계절의 순환과 함께 농사는 반복되기 때문에 농민들의 삶은 사계
절의 변화와 밀접한 관련을 갖는다고 할 수 있다. 그러므로 농민시는
특별히 '사계시'라는 양식과 밀접한 관계를 맺게 되었으며,[48] 사계의
의미가 농민시의 주제와 밀착되어 전개되어 왔다.[49] 그리고 사계의 순
환이 영원성을 갖는 거처럼 농민시에 나타나는 사계의 의미도 농민의
삶이 획기적으로 개선되지 않는 한 달라지기 어려운 것이다. 여기서는
신경림의 시에 나타나는 사계의 의미를 앞 세대의 농민시에 나타나는
그것과 비교·검토함으로써 신경림 시가 가지고 있는 농민시로서의 특
성을 확인해 보고자 한다.

농민시로 읽힐 수 있는 13편의 시의 배경을 계절에 따라 나누어 보
면, 봄 1편, 여름 4편, 가을 2편, 겨울 3편 그리고 계절이 확실하지 않은
것이 3편이다. 또 하루 사이의 시간으로 보면, 밤 7편(저녁 포함), 낮이 5
편, 밤+낮이 1편이다. 조태일은 『농무』를 읽어 보면 겨울을 배경으로
한 시들이 25편이나 되고 밤을 배경으로 한 시들도 20여 편이나 된다
면서 이것이 농촌민중들의 절망적인 삶을 드러내는 배경적 의미를 갖
는 것으로 보았으나[50] 여기서는 그 비중보다도 사계절이 갖는 각각의
의미를 일제강점기의 농민시에 나타난 그것과 비교함으로써 양자 사
이의 같음과 다름을 살펴보고자 한다.

한 연구에 따르면, 일제강점기 농민시에 나타나는 '봄'은 보릿고개

---

48 서범석(1992), 260~267쪽 참조.
49 서범석(1992), 306~338쪽 참조.
50 구중서·백낙청·염무웅(1995), 143~147쪽.

로 표상되는 '굶주림'과 '떠남(흩어짐)' 그에 따른 '그리움'의 계절로 나
타난다.[51] 신경림의 『농무』에서 봄을 배경으로 한 농민시는 앞에서 보
았던 「꽃 그늘」 1편뿐인데 역시 '가난함'으로 나타나 서로 통하고 있
다. '농지세'가 신경 쓰이는 화자는 '가난한 우리의 웃음도/ 꽃처럼 밝
아졌으면'이라고 희원하고 있는 것이다.

그리고 '여름'은 일제강점기 농민시에서 별 희망 없는 농사로 '고역
의 땀을 흘리는' 계절이고, 기상상태(장마, 홍수, 가뭄, 우박 등)가 재앙을 몰
고 오는 '고통의 계절'로 나타난다.[52] 『농무』의 농민시에도 여름이 가
장 많이 나타나는데 그것은 '고통의 계절'임은 비슷하지만, '고역의 땀
을 흘리는 계절'은 나타나지 않는다. 십년 만에 만난 친구에게 생오이
안주와 막소주를 내고 틀국수를 대접하는 가난함(「친구」)이 나타나고,
무엇 때문인지 분명하지는 않지만, 여름은 농군들이 뿔뿔이 도망을 가
는 일(「장마 뒤」), 힘든 가뭄(「장마 뒤」와 「파장」) 등으로 '온통 세상이 썩는
것처럼 지겨웠다'(「어느 8月」)는 것이다. 그러나 땀 흘리는 고역은 나타
나 있지 않다. 농사와 관련된 '고역의 땀을 흘리는' 계절로 여름이 나타
나지 않는 것은 앞에서 말한 관찰자적 동참자의 입장에서 시인이 농촌
을 바라보고 있기 때문일 것이다.

일제강점기의 농민시에서 '가을'은 추수의 기쁨을 맛보는 행복한 수
확의 계절이 아닌 '빼앗김'의 계절이고, 더 이상 살 수 없는 '떠남의 계
절'로 나타난다.[53] 신경림의 「시골 큰집」에는 '……닭장에는/ 지난 봄
에 팔아 없앤 닭 그 털만이 널려' 있다. 그리고 '조합 빚이 되어 없어진
돼지 울 앞에는/ 국화꽃이 피어 싱그럽다'고 표현되어 있으며, 또 '남의

---

51 서범석(1991), 306~317쪽 참조.
52 서범석(1991), 317~322쪽 참조.
53 서범석(1991), 322~331쪽 참조.

땅이 돼 버린 논뚝을 바라보며/ 짓무른 눈으로 한숨을 내쉬는' 농민의
삶이 드러나 있다. 이 또한 가을이 '빼앗김'의 계절로 예나 다름없이 나
타나 있는 양상인 것이다. 다르다면 '우리는 가난하나 외롭지 않고, 우
리는/ 무력하나 약하지 않다'는 그 민중의식이 함께하고 있다는 것이
다. 풍속사적 농민시라고 할 수 있는 「잔칫날」에서는 술 취한 당숙이
청자인 '나'에게 '네 아버지가 죽던 꼴을 잊었느냐고' 주정하는 내용이
다. 역시 그 죽음에 관한 사실적이고 구체적인 묘사는 전혀 없다. 다만
불쌍하게 또는 억울하게 죽었을 것으로 추측만 될 뿐이다.

  '겨울'은 일제강점기 농민시에서 '굶주림'과 '죽음'의 계절로 형상화
되어 있다고 한다.[54] 저 앞에서 인용한 신경림의 「겨울밤」도 겨울을 배
경으로 한 작품이다. 여기에 '쌀값 비료값 얘기가 나오고' 서울로 식모
살이 간 분이가 등장한다. 이러한 모티프는 '굶주림'을 표상하는 것이
고, '……눈이여 쌓여/ 지붕을 덮어 다오 우리를 파묻어 다오.'라는 구
절은 절망에서 오는 자살의식의 표출로 '죽음'의 계절임을 암시한다.
「제삿날 밤」도 일종의 풍속사적 농민시인데 여기에서는 '울분 속에서
짧은 젊음을 보낸' 이름도 모르는 당숙의 제삿날 풍속이 재현되어 나타
나 있다. 그 울분도 짐작만 할 수 있는 추상적 농민상이라고 할 수 있겠
다. 아무튼 신경림에게서도 겨울은 '굶주림'과 '죽음'의 계절로 형상화
되어 있다.

  이상과 같이 살펴볼 때, 신경림의 농민시에 나타나는 사계의 의미도
일제강점기의 그것과 별반 다르지 않음을 알 수 있다. 그것은 농민들의
삶이 언제나 구조적 모순 속에 희생된 가난과 고통으로 점철된다는 것
을 의미하는 것이고, 그것이 시대나 계절에 관계없이 반복되고 있음을
나타내는 것이다. 다만 신경림의 농민시는 그러한 농민들의 삶이 일제

---

54 서범석(1991), 331~338쪽 참조.

강점기의 농민시에서처럼 비판적 사실주의로 묘사되고 있지 못하다는 것이다. 그리고 농민들을 그렇게 만든 대립적 관계에 있는 계층, 이를 테면 지주나 관리 또는 부당한 제도 등을 표현하고 있지 않다는 것이다. 일제 강점기의 농민시들이 대부분 지주와 소작농, 부자와 빈자, 도시와 농촌 등의 대립적 구조 속에서 저항의식을 표상하고 있는 것[55]과는 상당한 거리가 있음을 알 수 있다.

5. 결론

지금까지 1970년대 민중문학의 원조격으로만 논의되어온 신경림의 『농무』에 대하여 본고는 암묵적으로만 인지되어온 '농민문학' 또는 '농민시'의 관점에서 간략히 살펴보았다. 농민시로 분류될 수 있다고 생각되는 시편을 대상으로 그 주제적 특성과 시적 화자인 '우리' 퍼소나와 그 기능, 그리고 민요적 율격과 시간적 배경이 되고 있는 사계의 의미 등을 검토한 것이다. 그 내용을 요약하면 다음과 같다.

첫째, 『농무』에 실려 있는 농민시들이 전통적인 공동체적 삶의 공간인 농촌을 배경으로 현실적 농민들의 삶을 표현하고 있어 '풍속사적 농민시'의 성향이 결합된 '민중문학으로서의 농민시'라는 주제적 특성을 가지고 있다. 내용은 현실적 농민의 고통스런 삶의 탐구이고, 민중적 민족주의라는 이념적 방법을 통하여 형상화한 양식이다. 이것은 신경림으로부터 새롭게 시작된 1970년대의 새로운 농민시의 한 갈래라고 할 수 있다. 그러나 이 시편들은 농사와 관련된 농민들의 구체적 가난이나 고통의 세부를 묘사하거나 이와 관련된 구조적 모순을 형상화하

---

55 서범석(1991), 289~295쪽 참조.

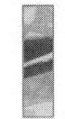

지는 못하고 있다.

둘째, 시의 퍼소나가 '우리' 또는 숨어 있는 '우리'로 나타나 있는 것이 대부분인데, 이들은 농민의 고통을 주관적인 입장에서 절실하게 사실적으로 묘사하지 못하게 되는 장애적 장치로 되어 있다. 그것은 민중에게도 농민에게도 철저하지 못한 시의식의 한계이다. 이는 시인이 한시적으로 같이하는 관찰자적 동참자의 입장에 있었던 생애적 사실과 관련되는 것이다. 따라서 시인은 체험적이고 주체적인 농민의 삶을 구체화하지 못하고 '우리' 농민에 대한 대변자의 기능만을 수행한 것이다. 그리하여 어떤 시에서는 농민의 삶에 대한 관심이 억지로 꿔다 놓은 느낌마저 들게 되며 어떤 작위성을 느끼게 한다. 의식이나 의도만 앞서 있고 그것마저도 절실하거나 철저하게 묘파해 내지 못하고 있는 것이다.

셋째, 지금까지 연구자들이 신경림 시의 민요적 율격을 많이 주목하였으나, 『농무』의 시편들에 대하여는 침묵하였다. 그러나 본고는 『농무』의 농민시들이 '민요적 율격'을 바탕으로 리듬을 형성하고 있다는 사실을 분석하고, 그것이 민중적 삶과 정서라는 시의 내용과 합치하고 있음을 밝혔다. 이 전통적 시의 리듬은 '쉬운 시'와 맞물려 민중에게 친숙하게 다가가 민중적 생명력을 불어넣는 긍정적 요소로 작용하면서 '민중문학적 농민시'로 구현되고 있다. 민중시와 농민시의 친족성이 상호융합하고 있는 양상이다.

넷째, 시간적 배경으로 춘하추동 사계의 의미를 분석하였다. 그 결과 '봄'은 가난의 계절로, '여름'은 고통의 계절로, '가을'은 빼앗김의 계절, '겨울'은 굶주림과 죽음의 계절로 분석되었다. 이러한 사계의 의미는 앞 세대 농민시의 주류를 이루고 있는 비판적 사실주의 농민시들이 남겨놓은 전통과 대부분 합치되는 내용으로서 신경림 시의 농민시적 성격을 규명할 수 있는 하나의 준거가 된다. 그렇지만 앞 세대 농민시의 강점이 되고 있는 대립적 구조나 농민들의 체험적 고통과 구체적으로 융합되어 나타나 있지는 않다.

신경림의 『농무』는 문학사적으로 의미 있는 기능을 수행한 시집임은 주지하는 바와 같다. 그러나 민중문학적 의미만을 강조한다면 그 뒤에 이어지는 농민시나 농민시인들에 대한 사적 연결 고리가 없어지는 것이다. 그런 의미에서라도 『농무』는 민중문학적 농민시를 다수 포함하고 있는 시집으로서 '민중문학으로서의 농민시'가 상당수 들어 있으며, 그것들이 전통적 '민요율격'과 결합되어 민중으로서의 농민의 삶을 형상화하여 이후로 이어지는 농민시의 단초가 되었던 것이다. 신경림 시의 문제점을 극복하면서 리얼리즘적 농민시를 이 땅에 꽃 피운 1980년대의 많은 농민시인들은 바로 신경림의 농민시에 원초적인 빚을 지고 있는 것이다. 신경림은 1970년대의 '민중문학적 농민시'를 출발시킨 시인으로서 중요한 역사적 함의를 갖는다.

참고문헌

신경림의 기본자료

〈시집〉

『農舞』, 월간문학사, 1973
『農舞』, 창작과비평사, 1975
『새재』, 창작과비평사, 1979
『달넘세』, 창작과비평사, 1985
『南漢江』, 창작과비평사, 1987
『씻김굿』, 나남, 1987
『가난한 사랑 노래』, 실천문학사, 1988

『길』, 창작과비평사, 1990
『쓰러진 자의 꿈』, 창작과비평사, 1993
『갈대』, 솔, 1996
『어머니와 할머니의 실루엣』, 창작과비평사, 1998
『뿔』, 창작과비평사, 2002
『신경림 시전집1.2』, 창작과비평사, 2004
『한국 전래 동요집 1.2』, 창작과비평사, 1981

〈평론집〉

『문학과 민중』, 민음사, 1977
『한국 현대시의 이해』(편), 진문출판사, 1981
『삶의 진실과 시적 진실』, 전예원, 1983-가
『마침내 시인이여』, 창작과비평사, 1984
『우리 시의 이해』, 한길사, 1986-가
『불은 언제나 되살아난다』, 창작과비평사, 2000

〈산문집〉

『농민문학론』(편), 온누리, 1983-나
『다시 하나가 되라』, 어문각, 1986-나
『진실의 말 자유의 말』, 문학세계사, 1988
『민요기행』1-2, 한길사, 1989
『시인을 찾아서.2』, 우리교육, 1998
『바람의 풍경』, 문이당, 2000
『우리 시대의 시인 신경림을 찾아서』, 웅진닷컴, 2002
『신경림 시인과 오현 스님의 열흘간의 만남』, 아름다운인연, 2004
『신경림』, 돌베개, 2004

여타 참고문헌

강정구, 「신경림 시의 서사성 연구」, 경희대학교 대학원 박사논문, 2003
강정구, 「신경림의 시집『농무』에 나타난 탈식민주의 연구」, 어문연구 32집,
     2004.3
강정구, 「탈식민적 저항의 서사시」, 한국시학연구 제12호, 한국시학회, 2005.4
고형진, 「서사적 요소의 시적 수용」, 한국어문교육 제3집, 고려대, 1988
구중서·백낙청·염무웅 편, 『신경림 문학의 세계』, 창작과비평사, 1995
김영대, 「우리가락의 정서와 신경림 시의 상관성 연구」, 어문논총 제14집, 동서
     문학회, 1999.9

김우창 외, 좌담 「시인과 현실」, 신동아, 1973.7
김윤식, 「문학에 있어 전통계승의 문제」, 세대, 1973.8
김지연, 「신경림의 시론과 시에 관한 연구」, 『성심어문논집』제22집, 가톨릭대
　　　학교 국어국문학과, 2000
김　현, 「울음과 통곡」, 신경림의『씻김굿』, 나남, 1987
박혜경, 「체험의 형상화로서의 농민시」, 실천문학, 1989 겨울
박혜숙, 『한국 민요시 연구』, 형설출판사, 1992
박혜숙, 「신 경림 시의 구조와 담론 연구」, 문학한글 제13호, 한글학회, 1999
배영애, 「신경림 시의 담화체계 연구」, 『현대시 연구』, 국학자료원, 2001
서범석, 『한국 농민시 연구』, 고려원, 1991
서범석 편, 『한국 농민시』, 고려원, 1993
성기각, 『한국 농민시와 현실인식』, 국학자료원, 2002
성민엽 편, 『민중문학론』, 문학과지성사, 1984
송상일, 「'농무'의 두 시점」, 문학과비평, 1988 여름
　신경림, 「민중문학의 참길」, 『이화』, 1978. 가
신경림, 「무엇을 어떻게 쓸 것인가」, 정경문화, 1982.2 나
신경림, 「역사의식과 농촌의식의 시」, 충청문예 55호, 1982.3 다
신경림, 「농민시의 참길」, 『농민시선집』(실천문학사)해설, 1985
신경림, 「과욕과 힘」, 홍일선 시집『농토의 역사』해설, 1986.4-다
신현춘, 「신경림론」, 초등국어교육 4, 1994.2
실천문학편집위원회 편, 『농민시선집』, 실천문학사, 1985
양문규, 「신경림 시 연구」, 명지대 대학원 석사논문, 2000
연은순, 「신경림 시 연구」, 한국문예비평연구 제4집, 1999.6
염형운, 「부재의식이 담아내는 민중의 삶」, 한국어문학연구 제10집, 한국외대,
　　　1999
오세영, 『한국 낭만주의 시 연구』, 일지사, 1980
유종호, 「슬픔의 사회적 차원」, 『동시대의 시와 진실』, 민음사, 1982
윤영천, 「시의 '리얼리즘 성취'에 대하여」, 인하대 인문과학연구소논문집,
　　　1995.1
이경수, 「70년대 한국시의 방향」, 『상상력과 부정의 시학』, 문학과지성사, 1986
이광호, 「'농무'의 세 가지 목소리」, 문학과비평, 1988 여름
임헌영, 「신경림의 시세계」, 『남한강』해설, 창작과비평사, 1987
조남현, 「농무의 시사적 의미」, 문학과비평, 1988 여름
조동일, 『우리 문학과의 만남』, 홍성사, 1978
한길자, 「신경림 시집『농무』연구」, 한양대 대학원 석사논문, 1997
홍성식, 「1970년대 농민문학론의 형성과 한계」, 한국문예비평연구 제16집,
　　　2005

제4장
홍일선의 농민시에 나타난 '땅'에 관한 고찰

1. 서론

농민시는 우리 고유의 문학적 풍토 속에서 형성되고 계승·발전되어 온 민족문학의 한 갈래이다.[1] 따라서 농민시는 농경민족으로 누천년 동안 문화를 온축하여 온 우리 겨레의 정신적 지맥에 뿌리를 내리고 농민의식 또는 농촌상황을 형상화하면서 민족문화의 한 흐름을 이어온 것이다. 이러한 농민시가 민족의 역사적 굴곡과 궤를 같이하면서 민족(문학)운동의 부분운동으로서의 농민운동과 연대하여 민족의식이나 민족적 정서를 담아온 것은 사적 순리이다. 그리하여 민족의 격변기인 일제강점기나 해방공간 또는 1970~80년대 근대화 과정에서 농민문학 또는 농민시가 민족의 생존과 미래에 주체적으로 대응하며 그 순리의 자장 안에서 민족문학의 꽃을 피워왔던 것이다. 사정이 이러함에도 불구하고 농민시 연구는 1990년대 이후에나 본격적으로 시도되었으며, 특히 1970~80년대 근대화 과정에서 용암처럼 분출되었던 농민시 또는 농민시인에 대한 연구는 거의 이루어지지 않았다. 이제 이에 관한 체계적

1 서범석, 『한국농민시 연구』(고려원, 1991), pp.33~78참조.

연구를 모아 문학사적으로 정리를 할 시기에 이른 것이다. 본고는 이러한 맥락에서 1980년대 농민시인의 한 사람인 홍일선(洪一善, 1950 ~   )의 농민시를 조명해 보고자 한다.

홍일선 시인은 1950년 경기도 화성군 동탄면 석우리에서 출생하였으며, 1980년『창작과비평』여름호를 통하여 등단하였고, 시집으로『농토의 역사』(실천문학사, 1986)와『한알의 종자가 조국을 바꾸리라』(두리, 1992) 등이 있다. 그는 수원농고를 졸업한 뒤 고향에서 직접 농사를 지으며 농민으로의 삶을 경험하였고, 영월·주문진 등지에서 탄광을 전전하기도 하였으며, "1980년 이후 몇 년 동안 영등포시장에서 전문적으로 식당에 곱창을 공급해주는 '백두산 푸줏간'을 운영하기도"[2] 하였다. 그러다가 다시 고향으로 낙향하기도 하는 등 당시 농민들이 겪었던 뼈아픈 삶의 전형적 궤적을 몸으로 겪은 시인이다. 이러한 체험은 농민시를 쓰는 그에게는 값진 문학적 자산이 되었겠지만, 개인적 행복과는 거리가 먼 삶이었을 것이다. 또 '시와 경제' 동인, 민족문학작가회의 사무국장(1991), 한국문학 평화포럼 사무총장, 시전문지『시경』편집주간(현재) 등의 이력은 홍일선 문학의 운동적 성격을 그대로 알려주는 지표가 된다고 말할 수 있을 것이다. 그러니까 그는 1980년대 민족문학의 한 축을 담당했던 일군의 민중문학적 농민시인 중의 한 사람인 것이다.

홍일선의 시에 관한 학술적 연구는 전무한 상황이 아닌가 싶다. 그의 시집에 붙어 있는 해설 두 편, 그리고 몇 편의 평론 정도가 그의 시에 관하여 논의된 전부라고 할 수 있을 것이다. 첫 시집인『농토의 역사』 해설에서 신경림은 홍일선 시의 감동의 원천을 '농촌적인 서정성'이라고 말하면서, 그 서정성이 "삶과 두루 엉켜 있는 것이요, 삶이 만들어놓은 땀과 피로 얼룩지고 때묻은 서정성"이라 규정하면서 "농촌을 가난

---

2 cafe.daum.net/21cnt. 홍일선 시인의 사촌 형이 쓴 글에서.

과 청승의 한 가지 색깔로 칠하는 편협에서 벗어나 농촌적 서정성을 격조높은 것으로까지 올려놓고 있다."³고 평가하고 있다. 그러면서도 이 시인이 바깥의 시각 즉 운동성을 끌어들일 때 가장 큰 덕목인 농촌적 서정성과 체험에 바탕한 현실성을 잃어가면서 통일지향의 시로서도 운동성을 지닌 시로서도 성공하지 못한다고 '시의 실패'를 날카롭게 지적한다. 김남주도 두 번째 시집 『한알의 종자가 조국을 바꾸리라』의 해설에서 홍일선의 시가 현실 농민으로서 농민의 정서를 소박하고 투박하게 표현하고 있다고 말하면서, 첫 번째 시집과 달라진 것은 조국의 통일이나 민족의 자주 등 시대의 중심적인 문제에 대한 접근이라고 지적하여 현실에 대한 대결의식을 긍정적으로 평가하고 있다. 그러나 "민족문제나 통일에 대한 그의 대응은 어딘가 좀 어색한 데가 없지 않다. 그 어색함은 그가 꿈꾸는 새로운 이상이 현실의 구체성을 얻지 못하는 데서 오는 경우도 있고 농촌 현실과는 동떨어진 차원에서 이상을 관념화시킨 데도 있는 것 같다."⁴면서 비판하기도 한다. 김윤태도 홍일선의 시가 "농촌 현실에 대한 인식은 곧바로 분단극복과 통일에 대한 지향, 반미반일 등 반제자주의식, 반민주적인 정권에 대한 투쟁으로 비약된다."⁵면서 의식의 과잉에서 비롯된 선언적이고 직설적인 면을 지적하고, '비개성화', 즉 상투화된 유형적인 목소리를 내고 있다고 비판한다. 맹문재 또한 홍일선의 시가 전원시에서 풍기는 허구적인 낭만성을 벗어났지만, 과도한 관념으로 설득력을 잃고 있다고⁶ 지적한다.

이상과 같은 홍일선 시에 대한 논의들을 요약하면, 시인이 직접 체험

3 신경림, 「과욕과 힘」, 홍일선 시집 『농토의 역사』(실천문학사, 1986)해설, pp.198~199.
4 김남주, 「현실을 그 구체적 내용과 정서로 형상화하는 데 성공한 시」, 홍일선 시집 『한알의 종자가 조국을 바꾸리라』(두리, 1992), pp.141.
5 김윤태, 「농민시에 대한 단상」, 『실천문학』(실천문학사, 1993 여름), pp.395.
6 맹문재, 『한국 민중시 문학사』(박이정, 2001), pp.226.

한 농민현실을 구체적으로 포착한 농촌적 서정성의 형상화가 긍정적 평가를 얻고 있으며, 의식의 과잉으로 인한 운동성과 대결의식이 구체성을 얻지 못하고 현실과 동떨어진 이상을 관념화시켜 시적 완결성을 훼손하고 있다는 점이 부정적 평가를 받고 있다고 하겠다. 이러한 평가는 대체적으로 공감되는 것이지만, 홍일선 시의 세계를 총체적으로 파악하기에는 턱없이 부족한 단편적 언급에 불과한 것이다. 이러한 상황에서 본고는 그의 시에 나타난 '땅'에 관하여 고찰하고자 한다. 시집 제목이 『농토의 역사』로 되어 있는 것도 '땅'이 시세계의 핵심 요소임을 시사하고 있지만, 시인 자신도 이 시집의 후기에서 "나의 이 작품들이 내가 살아왔고 그리고 또 내가 앞으로도 살아야 할 땅(나는 그 땅을 꼭 농촌이라고 부르고 싶다)의 현재에 어떤 의미를 가질 수 있는가 라는 의구심에 연유했다"고 말하고 있는 점도 '땅'이 시의식의 출발점임을 스스로 정시하고 있기 때문이다. 물론 시인 자신의 이러한 진술이 아니더라도 '땅'은 농업, 농사, 농민, 농민시인 등에게 있어 원초적인 모티프가 된다는 것을 굳이 설명할 필요는 없을 것이다. 땅의 사전적 의미로는 "① 강·바다·호수 등을 제외한 흙과 돌로 된 지구의 겉면, ② 영토, ③ 지방·곳, ④ 논과 밭의 총칭, ⑤ 토양, ⑥ 영역"[7] 등을 생각할 수 있다. ①이 기본적 의미이고 나머지 것들은 파생된 의미일 것이다. 홍일선 시에서는 그 성격상 주로 ④농토와 ②영토의 의미로 쓰이고 있다. 그러나 시문학의 본래 성격이 사물이나 사건의 서술이 아닌 발견에 의한 재창조의 형상화 작업에 있기 때문에 그 함축적 의미는 사전적 의미를 넘어 영역이 확대되거나 개별적이고 구체적으로 변동될 것으로 기대된다. 따라서 본고는 홍일선의 농민시에 형상화되어 있는 '땅'의 의미구조를 검토하여 그의 시세계를 총체적으로 파악하는 데 본질적 도구로 삼고

---

7 민중서관 편, 『국어대사전』(민중서관, 2000), pp.766.

자 한다. 그러니까 본고는 홍일선의 '땅' 모티프가 원형질의 기능을 수
행하고 있다고 판단하여 그 시적 기능을 고찰하고 문학적 의미구조를
검토하는 일에 목적을 두고자 한다. 그런데 '땅'의 의미구조를 고찰함
에 있어 '땅과 사람', '땅과 동·식물'라는 두 가지의 관계망을 중심으로
검토하고자 한다. 그것은 우리가 모색하고자 하는 땅의 문학적 의미가
결국은 '사람'인 농민이나 민족 또는 시인과의 관계에서 생성될 것이
며, 같은 땅에서 목숨을 이어가는 동·식물과 관계에서 재확인될 수 있
기 때문이다. 그래서 본고는 우선 '사람과의 관계에서 생성되는 땅의
의미를 검토하고, 다음에 동·식물과 사람의 관계에서 나타나는 운명적
동일성의 양상이 빚어내는 땅의 의미를 통하여 다시 확인하는 차례로
논의를 진행하고자 한다. 논의 진행을 위하여 분석 대상으로 삼은 작품
은 위에서 말한 두 권의 시집에 수록된 것으로 한정하고자 한다.[8]

2. 사람과의 관계에서 드러나는 땅의 의미

근대화 과정에서 대외지향적인 공업화에 의해 희생된 농촌 또는 농
민대중의 전락을 민중문학적 시각에서 형상화하면서 1970~80년대를
뜨겁게 달구었던 리얼리즘적 농민문학 또는 농민시 운동의 첫 장에 신
경림의 『농무』가 놓여 있다. 그러나 신경림은 농사와 관련된 농민들의
구체적 가난이나 고통의 세부를 묘사하거나 이와 관련된 구조적 모순
을 형상화하지는 못하고 있다. 농민들의 삶의 질곡을 인상적으로 스치

---

8 다른 작품도 상당수 있을 것이나 본고의 논의를 진행하는 데는 시집에 수록된 것
   만으로 충분하다고 판단된다. 그리고 앞으로 이 시집들에 들어 있는 작품을 인용
   할 때 개별주는 생략하기로 한다.

고 마는 비사실적 묘사와 직접적 감정토로에 그치고 있다는 것이다.[9]
홍일선은 신경림의 정신적 지향을 잇고 있기는 하지만, 그의 이러한 결
점을 극복한 자리에 농민시를 세우고 있다. 즉 체험의 형상화를 통한 농
민현실의 구체적 모습을 그려내고 있는 것이다. 농민의 가난과 고통의
세부를 묘사하고 비판하면서 나름대로 그 대안을 모색하는 데에 초점을
맞추고 있다. 그리하여 농촌의 붕괴상, 농민의 '굶주린 노동', 농산물 수
입문제, 추곡수매가 문제, 기상재해, 도시와 농촌의 대립, 면장이나 이장
의 횡포, 농협에 대한 비판, 이농민의 비참한 삶, 농촌공장 건립 비판 등
농촌·농민 문제의 세목들을 묘사하면서 이 세목들을 그의 이른바 '농촌
적 서정성'과 접목함으로써 농민시인으로서의 면목을 보여주고 있는 것
이다. 이와 같은 모든 문제는 당연히 농촌이라는 땅위에서 그 땅을 경작
하는 사람들의 삶과 관련되는 문제이므로 근본적으로 '땅'과 '사람'의
관계에서 생겨나는 것이다. 홍일선 시에서 땅은 크게 보아 두 종류의 사
람들과 관계망을 형성한다. 하나는 '농민'이며 다른 하나는 '민족'이다.

2.1 농민과 어둠의 땅

땅이 농민과 관계를 맺을 때 그것은 주로 논과 밭 즉 '농토'가 된다.
그것은 곧 곡식의 거대한 자궁으로서 삶의 젖줄이며 생명의 토대가 된
다. 농민은 땅을 갈고 땅에 농작물을 가꾸며 거기서 식량을 거둠으로써
땅의 생산력을 자신의 삶과 하나로 결속시킨다. 그러므로 근본적으로
땅은 농민의 소중한 자산인 동시에 꿈과 희망이 되는 것이다. 그런데
땅은 농업노동이라는 매개작용을 통하여 농민과의 관계가 비로소 완

결되는 것이다. 시집 『농토의 역사』의 첫머리에 실린 「석우리 1 —논」
은 이러한 땅의 본질적 의미를 암시하고 있다.

저 논은
언제부터 논이었을까
맨처음 누가
저 논에
텀벙 두 발을 담가
쟁기질 하면서
모를 심었을까
필경은
낫놓고 기역자도 모르는
사람들의 빈 마음에
생명들이 모여
푸르른 하늘
그리움이 모여
모가 되기도 하고
풀이 되기도 하여
저 논에
사랑을 담아
노동을 담아
저절로
스스로
모가 자랐을 것이다
　　　—「석우리 1 — 논」 부분

이 시는 논(농토)의 시원(始原) 묻는 것으로 시작된다. 여기에서 농사는 '쟁기질'이라는 사람의 '노동'에서 비롯되었음을 암시하고 있다. 그러면서 일하는 이 즉 농민의 '빈 마음에/ 생명들이 모여' 농작물이 된다고 하고, 거기에 농민의 사랑을 담은 노동이 모를 키운다고 함으로써 땅과 사람(농민)이 노동으로 관계를 맺을 때 농토가 탄생하고 있다. 즉 농토는 농민과 하나의 생명으로 연결된 것이 그 본래의 모습이라는 생각인 것이다. 그러할 때 그것은 '쌀이 되었을 것이'며 '밥이 되었을 것이다'는 것이다. '땅'과 '사람'이 하나가 되었을 때부터 농토가 되는 것이며, 생산성을 가진 삶의 젖줄이 된다. 그렇게 해서 땅은 사람을 키우는 어머니가 되는 것인데, 홍일선의 시에 수없이 어머니 모티프가 되풀이되고 있는 것은 우연이 아니다.

> 두 눈 가만히 감으셔도
> 둑 너머 큰 논 다랭이논
> 물꼬 넘치는 소리 들리고
> 꼬불꼬불 논두렁길
> 동부콩 주너니콩 여무는 것
> 다 보시는 흙의 어머니
> 당신의 한평생 고운 꿈
> 다만 저 흙 속에 묻어두고
> 여름 되면 보리 팔아
> 겨울 되면 쌀 팔아
> 장리쌀 고리채 허덕이면서
> 자식들 공부시킨 우리 어머니
> ─「석우리 2 ─ 흙의 어머니」 부분

이 시에서 어머니는 '흙의 어머니'로 명명되어 있는 농민의 표상이다. 어머니는 눈 감고도 물소리를 듣는 존재로서 흙뿐만 아니라 물과도 일체를 이루고 있다. 즉 어머니는 땅, 물과 함께 삼각형의 생산성적 고리를 이룸으로써 곡식을 생산하고 그것으로써 자식들을 기르는 성스러운 존재가 된다. 문제는 그 어머니가 '장리쌀 고리채에 허덕이면서' 한평생을 살아가야 하는 비장함에 있다. 그것이 이 땅 농민들의 숙명처럼 대물림되어 왔다는 것이 부끄러운 우리의 역사이며, 농민문학 또는 농민시가 아직도 씌어질 수밖에 없는 이유가 되는 것이다. 이 시에서 어머니는 '당신의 한평생 고운 꿈/ 다만 저 흙 속에 묻어두고' 흙을 어루만지면서 농사 지어 자식들을 기르고, 자식들은 그 흙과 어머니를 배신하고 고향(농촌)을 떠나지만 그 땅을 지키면서 고난의 삶 속에서 기다리는 사람이다. 따라서 어머니의 땅은 쌀과 밥이 되는 고마운 생명의 젖줄로만 머물러 있지 못하게 되는 것이다.

남 설악산이니 온천이니
놀러갈 때 안 가고
남 비료 줄 때 퇴비 내어
볏가마나 몇 가마 소출하는
그냥 논바닥이 아니다
낫 놓고 기역자도 모르는
조부님 무식한 고함이
아직도 두 눈 부릅뜬 논
구남매 뒤치다꺼리에
세월 보내신 우리 어머니
애잔한 슬픔이 녹아 있는 논

　　그리고 젊은 나의 분노가 살아
　　꿈틀거리는 논
　　　　　　─「석우리 9 ─ 어머니의 논」 부분

이 시에 나타난 논(땅)은 벼나 몇 가마니 소출하는 그런 단순한 논이
아니다. 조부님의 고함이 아직도 '두 눈 부릅뜬' 논이고, 구남매를 기르
며 신고의 세월을 보낸 어머니의 '애잔한 슬픔이 녹아 있는 논'인 것이
다. 곡식을 생산하는 농토로서의 '땅'은 농민들의 분노와 슬픔의 상관
물로 변주되어 있다. 그것은 농토와 농민 사이에 농민 아닌 사람 또는
농민을 괴롭히는 사람들의 개입에 의해 그렇게 변질되는 것이다. 이를
테면 도시인, 자본가, 정부나 관료 또는 농협이나 면장, 이장 등이 농토
를 슬픔과 분노의 땅으로 변질시키는 매개 기능을 수행하는 반농민적
사람들로 홍일선 시에 나타나 있다. 농촌에 들어서는 공장들에 대해서
홍일선의 시는 곳곳에서 비판의 날을 세우고 있다. 그 공장들은 농토를
잠식하고 땅을 오염시키며 농업을 위협하고 농민들을 괴롭히고 우롱
하는 것으로 드러나 있는데, 그 공장을 세우고 운영하는 사람들은 도시
인이며 자본가인 것이다. 농민을 위한 조직인 농협의 부정적 면모도
「석우리 5 ─ 농자금」을 비롯한 여러 시에서 사실적으로 그려내고 있
다. 면장은 '농민의 농자도 알지 못하는 자들이/ 낙하산 타고 내려와 면
장이 되어/ 이래라 저래라 군대식 명령조로'(「우리동네 면장감」)군림하는
존재다. 이장은 '농협 농자금/ 아무것도 모르는 동네 사람/ 이름으로 융
자 받아/ 고리채 사채 놓아/ 논밭 뺏고 집 뺏어/ 고향 쫓아낸'(「석우리 15
─ 이장 황보씨」) 도둑놈으로 나타난다.[10] 이러한 반농민적 인간들의 매개
에 의하여 농민들은 슬픔과 분노를 삼키면서 살아가야 하는 것이며, 따

10　이 시에서 화자의 아버지는 '땅 뺏겨 홧병으로 돌아간'(죽은) 것으로 나타나 있다.

라서 농민의 '전부요 최후요 미래였던'(「농민 서형석 씨」) 땅의 색깔은 바
뀌게 되는 것이다.

> 흙은 자기가 살아온 과거마저 거부하면서
> 어디서 태어나, 끝내는 돌아가야 할
> 어둠의 땅 그리움마저 송두리째 버리면서
> 다만 잠들지 못하는 저 아득한 벌판만이
> (……)
> 흙이여 그대는 신음 속으로
> 아무도 떠나지 않은 고통 속으로
> 길 떠났다 형극의 길 떠났다
> ─「흙의 노래 ─ 이모부님 고희에 붙임」 부분

 이 시에서 땅은 끝내는 돌아가야 할 그리운 곳이지만, 그 그리움마저
송두리째 버리면서 잠들지 못하는 '어둠의 땅'으로 그려져 있다. 땅과
사람의 원만한 관계망이 형성되지 못하고 갈등을 일으키고 있는 양상
이다. 그래서 흙은 신음과 고통의 형극으로 뒤덮인 어둠이 되는 것이
다. 물론 그 갈등은 땅이 사람(농민)을 배신해서가 아니라 반농민적 군
상들의 매개작용에 기인하는 것이다. 그러므로 그 형극의 길은 사람과
땅의 공통분모가 될 수밖에 없다. 따라서 농민과 땅의 공유 영역인 '어
둠'은 여러 방계의 유사항을 거느리면서 홍일선 시에 수없이 나타난다.
쏟아지는 어머니의 눈물과 노동이 만나는 곳은 '남의 땅'(「농토」, 「정처 없
네 아무도 없네」)이며, 죽음까지 넘어서는 절망을 끌어안고 뚝뚝 '피 흘리
는 땅'(「소의 슬픔」)이 된다. 그리고 농민들의 굶주린 노동이 살아 있는
'빈 땅'(「석우리 8 ─ 빈 밭」)이고, 걱정과 근심으로 가득한 겨울의 꽁꽁 '언

땅'(석우리 2 ― 흙의 어머니)이며, 공장부지로 빼앗긴 '핏발선 땅'(「석우리 8 ― 빈 밭」이며, '탄식의 땅'(「매춘」), '애원의 땅'(「삘닐리리 닐리리」)인 것이다. 이 처럼 시 속에서 변주된 '어둠의 땅'은 결국 사회의 모순구조에서 비롯된 농민들의 어두운 삶을 거의 모든 시편마다에서 조명하고 있는 홍일선의 농민시에서 원형질적 모티프로 기능하고 있는 것이다. 그것은 땅과 농민의 삶이 '어둠'으로 상호조응토록 기능하고 있음을 뜻한다. 결국 땅과 농민은 하나의 색깔로 채색되어 일체화되고 있다.

2.2 민족과 분단·매판의 땅

홍일선의 시는 '농민'과 '민족'이라는 두 개의 축이 의도적으로 강력하게 결합되어 있는 것이 특징이다. 그러므로 근대화 과정에서 소외되고 있는 농민의 삶을 그리고 있는 그의 농민시는 분단시대의 민족적 지향성을 적극적으로 수용하고 있는 모습을 보인다. 땅이 '민족'이라는 사람의 집합과 관계망을 형성할 때 그것은 기본적으로 '국토' 또는 '국가'를 의미하게 마련이다. 그것은 두말할 필요 없이 조상으로부터 물려받은 민족의 보금자리이며 요람으로서의 안락과 평화를 담보하는 자리이다. 그러나 농민과의 관계에서 이 땅은 '어둠의 땅'이었듯이 민족과의 관계에서도 그 빛은 어둡다. 홍일선의 시는 이 땅을 '분단의 땅', '매판의 땅'으로 그려내고 있는 것이다.

> 어린 동무들아
> 너희들의 조국은 하나일 뿐이다
> 이 땅에 북괴도 남괴도 없었다
> 첩자도 밀고자도 원래 없었다

어린 동무들아
너희들에겐 오직 하나의 조국이 있을 뿐이다
너희가 어깨동무해서
함께 지켜야 할 자주 통일의 나라
　　　—「어린 동무들아」 부분

　이 시는 원래 땅은 하나인데 지금은 분단되어 남과 북의 갈등이 있지
만, 원래 하나인 조국을 '자주 통일의 나라'로 지켜가야 한다는 소망을
어린 청자들에게 호소하고 있다. 첫 시집인 『농토의 역사』의 첫 작품
「석우리 1 — 논」에서도 홍일선은 '남이니 북이니/ 저 흙에/ 애당초 없
었는데/ 저 땅에/ 거대한/ 통일만 있었는데'라고 시작하고 있었다. 그
러니까 그는 땅을 애초부터 식량 생산의 젖줄로만 보지 않고 분단을 거
부하는 통일성의 이미지로 읽고 있었던 것이다. 그래서 소들까지도 '한
반도에 태어난 우리들/ 더군다나 반 쪽으로 분단된 땅/ 슬픈 땅의 우리
들'(「미국 소에게」)이라고 한탄하며, 남한 땅인 동해의 바닷가를 여행 중
인 화자가 난데없이 북한 땅인 '청진, 원산 넘나드는 저 파도의 이름을
부르고 싶구나'(「주문진 가는 길 1」)라고 읊조리고 있다. 이른바 통일지향
문학에 대한 의식의 과잉이 보이는 관념지향의 모습인 것이다. 이러한
의식의 과잉현상은 두 번째 시집 『한알의 종자가 조국을 바꾸리라』로
가면서 더욱 강화되고 있는데, 이 때문에 농민시보다는 통일지향의
시가 갈수록 수적인 우세를 보이고 있다. 이러한 통일지향의 민족의
식은 자연스럽게 반외세의 경향을 강하게 결합시켜 자주의식을 전경
화(foregrounding) 한다.

우리의 땅을
우리의 푸르른 하늘을
가로막은 원한의 민통선에 간다
미제 철삿줄로 막아놓은 민통선에 간다
미군들이 주인처럼 버티고 있는 민통선에 간다
우리 조국 우리 민족이 오손도손 정겹게 살은 땅인데
　　　　　　　　　　　　　　　—「님의 길」 부분

　'우리'라는 말을 여러 번 반복함으로써 자주의식을 드러내고 있는 이 시에서도 그 원형질은 분단된 '땅'이다. 땅이 갈라졌기 때문에 민족과 국가가 갈라진 것이며 민통선이 생긴 것이다. 그리고 그 분단의 원인을 외세라고 인식하기 때문에 민통선의 철삿줄은 미제품이고, 미군이 주인처럼 버티고 있다고 말한다. 그래서 이 시는 '민통선을 걷어내어/ 거길 민족통일선이라 이름 부르자'고 주장하며, '이제 아무도 막을 수 없다고/ 땅이 소리치네'라고 표현함으로써 분단소멸의 당위성을 '소리치는 땅'으로 형상화한다. 이와 같은 반외세 자주통일론의 형상화는 농민시에서 출발한 홍일선 시의 최종의 목표지점인 것처럼 보인다. 이러한 시적 행로는 그의 문학적 생애와 일치하는 것이기도 하지만, 문학의 예술적 완성도와는 점차 거리를 더해 가는 것이기도 하다. 그 거리는 김남주의 지적처럼 시인의 새로운 이상이 현실적 구체성을 얻지 못하거나 현실과 동떨어진 차원에서 이상을 관념화시키기 때문이다.[11] 「보리를 밟으며」에서 '새해부터는 품을 사지 않고/ 우리의 힘만으로 농사를 지어야지'라고 말한다든지, 「어머니의 봄」에서 '조금 힘들어도 우리 힘만으로 농사짓는 것이/ 우리 종자로 땀흘려 농사짓는 것이

11　김남주, 앞글, 141쪽.

/ 그게 봄이고 그게 통일이라는' 주장 등은 현실적 구체성이 결여된 좋
은 예가 될 것이다. 문명시대의 산업인 현대농업이 어떻게 고립된 농민
의 자력으로만 가능하겠는가. 더구나 그것이 곧바로 통이라는 식의 현
실과 동떨어진 견강부회가 어떻게 독자의 공감을 불러올 수 있겠는가.
이와 같은 비현실적 관념화는 '모자라면 모자라는 대로/ 우리 것 우리
끼리 서로 나누어 먹으며'(「석우리 21 - 농민 홍창유 소전」)라는 비발전적 논
리의 국수적 태도와 연결되며, '남북이 통일 되어야지/ 통일 없이는 두
엄더미도 헛거여'(「석우리 13 - 두엄더미」)라는 억지를 만들어 내는 것이다.
또 '정말 우리가 쳐죽여야 할 웬수는/ (……) 돈많은 놈들 배부른 놈들'
(「나는 헛살았다」)이라는 현실에 대한 극한의 분노와 '남한 칠백만 농민들
목을 가져가겠다는 미국놈들'(「만세 부를 수 없다 2」)이라는 거친 욕설, 나
아가 '곤봉에는 죽창으로!/ 최루탄에는 곡괭이로!/ 이제는 투쟁 투쟁만
이 우리의 살길이다'(「농민이 서야 민족이 선다」)라는 선동구호와 유사한 시
구까지 등장하고 있는 것이다. 비현실적 관념의 세계가 만들어낸 '분단
의 땅'이 키운 홍일선 시의 의미망들인 것이다. 이것은 "'리얼리즘시'
가 민중성이나 당파성의 충족에만 한정될 수 없다는 해묵은 진실을 미
학적·역사적으로 구체화해야 할 것이다"[12]라는 지적을 아직 넘어서지
못하고 있는 양상이라고 하겠다.

　국토(국가)로서의 땅은 홍일선 시에서 '분단의 땅'인 동시에 '매판의
땅'으로 나타나기도 한다. 매판(買辦)이란 본래 외국 자본에 붙어 사리
(私利)를 채우고 제 나라의 이익을 희생시키는 일 또는 그 사람을 뜻하는
말이다. 제3세계론에서는 매판자본(comprador capital)을 "저개발 국가에
서 정치적·경제적 지배력을 장악한 매판적 엘리트들이 선진자본주의

---

12 유성호, 「한국 리얼리즘시의 범주와 미학」, 『현대문학이론연구』(현대문학이론연
　　구학회 제24집, 2005), pp.182.

국가의 지배집단과 수직적으로 야합해 분업내지 교역관계를 맺음으로
써 자신들의 이익을 보호·유지할 뿐만 아니라 선진자본주의 국가의 착
취를 조장하는 자본"[13]으로 규정한다. 이러한 매판자본은, ①외국상품
을 국내시장에 판매시켜줌으로써 국내산업의 육성과 성장을 방해한
다, ②국내원료를 싼값으로 외국상인에 팔고 또 외국상품을 비싸게 매
입함으로써 국내의 부가 선진국으로 부당하게 이전된다, ③따라서 자
립적 경제체제 확립의 요체인 민족자본형성의 길이 봉쇄된다는 등의
반민족적인 부정적 성격을 띠는 것이다.[14] 농민들의 '굶주린 노동'을 통
하여 생산된 농산물이 헐값에 거래되어 '풍년들어도 한숨만 푹푹 쉬
는'(「팔복이 아리랑」) 이른바 '풍년공황'[15]과 같은 농민의 고통은 외국농산
물 수입과 직결되는 문제이기에 홍일선의 농민시에서 이 땅은 '매판의
땅'으로 규정되는 것이다.

　　　모르는 글자 동네 애들한테 물어가며
　　　팔복이네 양파농사 지었더니
　　　느닷없이 미국에서 양파 수입 해와
　　　농산물 수매가 전액 동결이라 아리랑
　　　작년에는 날씨 추워 마늘농사 잡쳐서 아라리요
　　　재작년엔 장마들어 파농사 작파했고
　　　망했네 팔복이는 수입 양파로 망했네
　　　아리랑 아리랑 아라리요 양파농사가 아라리요
　　　　　　　　　─「팔복이 아리랑」 부분

13 http://k.daum.net/qna/kin/home/qdetail
14 이필우, 「매판자본론의 재음미」, 『경상연구』(경상연구학회 제7집, 1983), pp.38
　　참조.
15 서범석, 『한국 농민시 연구』 앞의 책, pp.144~146 참조할 것.

해마다 농사를 망치고 있는 팔복이라는 농민이 미국산 양파 수입으로 올해에도 농사를 망치게 되었다는 내용을 담고 있는 이 시는 민요적 율격을 빌려 농민들의 한을 노래하고 있다. 팔복이는 처갓집에서 개량종 참외씨를 얻어다 심었지만 참외풍년으로 참외값이 똥값이 됐는데도 바나나는 수입되는 현실과, 잘 된 배추를 서울에 가 팔려했으나 값이 싸서 한강에다 배추를 던지고 만다는 내용이 인용부분 뒤에 길게 이어지고 있다. 이러한 경제구조 때문에 농촌은 '남몰래 울던 매판의 전답들'(「망우려 망우려」)로 가득한 절망의 땅이 되는 것이다. 「흙의 미래」에서 '가을걷이 추곡수매가 뻔하고/ 보리농사 하곡수매가 뻔하고/ 참깨 들깨 밀 목화 콩 농산물을/ 미국에서 모두 수입해 온다니/ 나라에 망조가 들어도 크게 들었구나'라고 한탄하는 것도 같은 이야기이다. 그러니 '툭하면 농수산물 수입하는/ 농수산부, 그들은 누구의 편인가'(「농민 서형석 씨」)라고 항의하게 되는 것이고, '저희 나라 농민들은 죽건 말건/ 미국 농민 일본 농민 살려주는 세상'(「석우리 14 — 농민의 소원」)이라고 비판하게 되는 것이다. 이러한 비판의식은 '매판 독점 재벌놈들'(「한알의 종자가 조국을 바꾸리라」)을 겨냥하게 되고, 통일지향문학론과 결합될 때 '매판의 남한 땅'(「땅의 진실」)으로 드러나는 것이다. 그러니까 홍일선이 읽은 이 땅은 '분단의 땅'이며 '매판의 땅'이 되어 앞에서의 '검은 땅'과 하나의 의미자장을 이루게 되는 것이다. 그것은 결과적으로 비판과 대결 그리고 투쟁의 '농민시' 혹은 '통일지향시'로 나타난다.

3. 동·식물과 사람 그리고 땅의 일체성

동물이나 식물도 사람과 마찬가지로 땅에서 나고 땅에서 자라며 결국은 땅으로 돌아가는 존재다. 같은 땅에서 사는 동·식물들은 그 땅에 사는 사람들과 운명을 같이한다. 그러므로 홍일선의 시에 나타난 땅이 사람과의 관계망에서 '어둠의 땅'이었다면, 동·식물과의 관계망에서도 '어둠의 땅'이 될 수밖에 없다. 그리하여 홍일선의 농민시에서는 '땅=사람=동·식물'이라는 등식이 성립된다. 예를 들면, '너의 이름을/ 꽃이라 부르지 말자/ 땅이라고 부르자/ 슬픔이라고 부르자/ 어둠의 땅'(「야생화」)이라고 노래함으로써 '야생화=땅=슬픔'의 등식을 만들어 낸다. 그러나 땅, 사람, 동·식물이라는 세 가지 요소는 엄밀히 말하면 두 가지로 구분된다. 즉 땅이 영원성을 가진다면 사람이나 동·식물은 그 땅에 운명을 걸고 함께 살아가는 일회적인 존재들이다. 그러므로 여기서는 특히 농민(사람)과 동·식물과의 일체성이 홍일선의 시에 어떻게 형상화되는지를 구체적으로 살펴보고자 한다. 그것은 양자 사이의 운명적 일체성을 확인하는 것이면서, 동시에 농민 또는 농민시인이라는 '사람'(시인)의 감정이입 양상을 확인하는 일이 될 것이다. 그렇게 함으로써 우리는 홍일선 시의 '땅'의 의미를 재확인하면서 그의 시의식을 검토하게 될 것이다.

3.1 동물과 농민의 동질성 ― 대결의식

홍일선의 시에 나타나는 동물 이미지로는 소, 돼지, 개구리, 붕어 등과 메뚜기, 쇠똥벌레, 반딧불 같은 곤충들이다. 그러나 출현 빈도나 중요도에서 단연 '소'가 으뜸가는 이미지라고 할 수 있다. 소는 뛰어난 노동력과 식재를 제공해 주는 까닭에 가축 중에서 가장 유익한 동물로 인정된다. 농경민족인 우리 민족은 소에 대한 친밀감과 애정이 깊었으며 이러한 사정은 문학에도 반영되어 면면한 역사를 이어왔다. 특히 일제

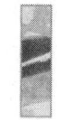

강점기 농민시에도 '일하는 소', '팔려가는 소', '속박된 소', '저항하는 소' 등으로 표상되어 농민과 동격명사로서 그들의 빼앗긴 삶 그리고 저 항의식까지 담고 있는 대표적 이미지로 형상화되면서 애정과 찬미의 대상으로 나타나 있다.[16]

저녁 고샅길 송아지 몇 마리
저희들끼리 마을로 돌아올 때
송아지 고삐를 놓친 아이들이
느티나무 밖으로 뛰어가고
머얼리 붉게 지는 노을 너머
저희들의 미래를 남몰래 다짐하며
그대 침묵의 흙이여
그대 애초 꿈이 무엇이었느냐고
　　　―「흙의 노래 ― 이모부님 고희에 붙임」 부분

　한 폭의 그림처럼 아름다운 농촌의 풍경이 나타나 있는 이 부분에 서 송아지와 아이들 그리고 느티나무는 침묵하는 땅의 미더운 받침 위에 그려져 있다. 동·식물과 사람이 일체를 이루어 꿈을 만들어 내 고 있는 모습이다. 그러나 이 시의 앞부분에는 '어둠의 땅' 위에 버 림받은 사내들의 슬픔이 나타나 있는 것으로 보아 이 장면은 미래에 마땅히 이루어져야 할 꿈에 지나지 않는 것이다. 그러니까 이 부분 에 그려진 송아지들의 평화로운 모습도 현실세계의 모습은 아닌 것 이다.

16 서범석, 한국 농민시 연구, 앞책, pp.272~283 참고.

소값이 자꾸 떨어질 때
아예 소는 기르지 않기로 작정하고
작년 이맘때 송아지 살 때 값인
백만 원을 조금 더 받고 팔아버렸다
홧김에 서방질 한다고
얼떨결에 경운기를 샀지만
오산 장날 소를 끌고 갈 때
소는 우리집을 자꾸만 뒤돌아보지만
헐값에 팔려가는 소의 운명이나
이렇게 당하고 저렇게 당해
그저 땅이나 파고 사는 우리 팔자나
똑같다고 느껴진 건 무슨 까닭인가
빈 외양간을 애써 외면하지만
　　　　　　―「소의 슬픔」 부분

　이 시에 나타난 소는 평화스런 꿈의 상징물이 아닌 '팔려가는 소'로
서 구조적 가난에서 헤어 나오지 못하는 현실적 농민과 동격이 된다.
농민 화자의 입장에서 보면 '헐값에 팔려가는 소의 운명이나/ 이렇게
당하고 저렇게 당해' 고생하는 자신이나 공동의 비극적 운명인 것이며,
소의 입장에서 보면 송아지 값밖에 되지 못하는 가치하락의 존재이며
경운기(개발문명)에 밀려나 추락하는 존재로서 농민과 같은 운명이 되는
것이다. 그래서 '소는 우리집을 자꾸만 뒤돌아보'고, 화자는 '빈 외양간
을 애써 외면하'는 동병상련의 일체감을 나누는 것이다. 그리하여 땅은
'어찌 저 흙이 그냥 흙이랴/ 흙은 우리의 힘이고 희망인데'라는 당위적
꿈이 절망으로 뒤바뀐 '흙이 제 가슴의 피를 뚝뚝 흘리'는 모습으로 농

민과 소에 호응하고 있는 것이다. 「미국 소에게」에서는 '한반도에 태어
난 우리들/ 더군다나 반 쪽으로 분단된 땅/ 슬픈 땅의 우리들은/ 하루종
일 논밭에 나가/ 땡볕 노동 속에 살았다'라고 한국소가 농민들과의 일
체감을 말하면서 '미국 소야 미국 소야/ 이 가난한 땅에서/ 이 분단의
땅에서 떠나거라'고 소리친다. 소는 '분단의 땅'에 살고 있는 사람들과
마찬가지로 반외세 자주의식의 형상물로 나타나 있는 것이다. 또 「오
산장 시오릿길」에서는 '사료값도 안 나와 에미 소 한 마리/ 장터에서
제 손으로 죽인' 농민이 '경찰들에게 개처럼 끌려갔다는' 이야기를 통
하여 현실에 대한 저항의식을 나타내는 객관적 상관물로 '소'를 등장
시키고 있다.

이 밖에도 메뚜기는 통일염원의 상관물로(「메뚜기의 꿈」) 나타나며, 붕
어는 농촌에 들어선 고장들의 환경오염을 고발하는 소재로(「재종형님」),
돼지는 소와 동일하게 헐값에 거래되는 농촌 경제 파탄의 상징물로, 쇠
똥벌레와 반딧불은 '분단의 밤 원귀'로 등장하고 있다. 그러니까 홍일선
시에 나타나는 동물들은 하나같이 '어둠의 땅', '분단의 땅', '매판의 땅'
에 살고 있는 이 땅의 사람들과 일체를 이루면서 고발, 비판, 투쟁 등의
대결의식을 형상화하는 중요한 이미지로서 기능하고 있는 것이다. 그것
은 '땅' 이미지가 가지고 있는 역동적인 흡인력의 결과라고 할 수 있다.

3.2 식물과 농민의 동일성 — 농촌적 서정성

홍일선 시에서 식물 이미지는 동물 이미지보다 훨씬 높은 출현빈도
를 보이고 있다. 그러나 그러한 현상이 어떤 특별한 의미를 지니는 것
은 아니다. 동물이나 식물이나 같은 땅에 놓인 공통의 운명적 존재들이
기 때문이다. 똑같은 '검은 땅'에서 동물은 불행한데 식물은 행복하게

살아갈 수 없는 것은 자명한 이치이다. 이는 같은 땅에서 같은 사람(농민)들과 맺는 관계에서 발생하는 운명이기 때문이다. 다시 말하면, 어려운 삶을 살아가고 있는 이 땅의 농민들 또는 농민시인의 시선에 잡히는 형상은 동물이나 식물이나 다를 수 없는 것이다. 홍일선 시에 나타나는 많은 식물 이미지들도 근본적으로 농민과의 동일성으로 형상화되고 있다. 그래서 식물 이미지들은 모두 화초나 정원수 같은 귀족식물이 아니라 쑥, 들국화, 냉이, 민들레 등의 잡초군상이 주류를 이루고 있는 것이다.

> 누가 돌보지 않는데
> 저희들끼리 스스로
> 무리를 이루어
> 짓밟아도 짓밟아도
> 살아나는
> 살아나는
> 잡초의 밭
> 오랜 세월
> 예속의 세월
> 쐐기가 자라고
> 억새풀이 제 키만큼 자란
> 빈 밭
> ―「석우리 8 ― 빈 밭」 부분

이 시에 나타난 땅은 '빈 밭'이다. 이 땅은 원래 농민들이 꿈을 가지고 보리, 밀, 콩 등을 심어 농사짓던 밭이다. 그러나 '이제는 미국에서

일본에서/ 보리 밀 콩 녹두 조 수수/ 다 수입해 와' 빈 밭이 되었고, '한 일합작 공장부지로 묶였다는' 땅이다. 그러니까 잘못 된 농업정책에 의해 농민이 거덜나고 농촌이 피폐하게 된 현실을 강하게 비판하고 있는 시에 형상화된 '빈 땅'은 '핏발 선' 땅의 이미지와 동궤를 이루는 것이다. 이 땅에 자라난 쐐기풀, 억새풀 같은 잡초는 ①'짓밟아도 짓밟아도' ②'살아나는/ 살아나는' 존재들이다. ①은 억압의 계속성을, ②는 갱생의 반복성을 나타내기 위하여 전자는 행 가름을 하지 않았고 후자는 행을 갈라놓았다. 억압이 계속되지만 반복해서 다시 살아나 오랜 '예속의 세월'을 견디어내는 것이 잡초의 생리이다. 이러한 잡초의 생리는 시대마다 소외 되지만 면면한 역사를 견디며 이 땅을 지켜온 농민들과 일체를 이루면서 홍일선의 시에 형상화된다. 이 시의 뒷부분에 나오는 아우, 나, 어머니 등이 바로 농민이며 잡초와 동일한 운명의 존재들인 것이다. 같은 땅에 살고 있는 농민과 식물은 동일한 존재로서 '핏발선 땅'이 만들어내는 공동의 비극적 운명을 겪어야 하는 것이다. 그것은 "산업화와 지배계급의 농업경시정책으로 농촌이 피폐해지고 또한 삶의 뿌리까지 뒤흔들 수 있는 농산물 개방 압력이 점차 가중되고 그럼으로써 농촌인구는 급격히 감소되어 여기저기 빈집만 늘어나 잡초만 무성하게 자라고 있는 작금의 현상을 반영하고 있는"[17] 1980년대 농민시의 한 양상을 보여주는 시인 것이다.

들국화 잎새에서는
재문이 어머니
긴 한숨이 들려온다
올 농사도 글렀는데

---

17 변경섭, 「삶의 깊이와 진정성으로의 만남」, 『정세연구』 제46호, 2005, pp.140.

농협돈은 어찌 갚고
한서방네 이자돈은
무슨 수로 갚느냐고
재문이 어머니
들에 나와
들국화에게 물어본다
어린 들국화
노오란 향기 속에서는
살았는지 죽었는지
여태까지 소식 없는
재문이 누이
겁많은 얼굴이 살아난다
　　　ー「석우리 10 ー 입동 무렵」 부분

　이 시에 나타난 들국화는 재문이 어머니의 한숨까지 공유하고 있는 존재로서 가을이 와 추수를 해도 빚 갚을 길 없는 적자 영농의 상태에 있는 농민의 대화상대가 됨으로써 사람과 동격이 된다. 그리고 '입 하나라도 줄여보자고/ 열두 살 어린 것'이 에미 품 떠나 서울로 식모살이 가 '여태까지 소식 없는/ 재문이 누이'의 얼굴을 대신하고 있다. 그러니까 어머니는 밤에 벌판에 나와 '미친 사람처럼/ 들국화 꽃송이에 입맞춘다'는 것이다. 그리고 어머니는 '흠뻑 서리를 맞고서야/ 남김없이 꽃을 피워/ 비로소 저의 향기를 땅에 주고' 땅으로 돌아가는 들국화를 통하여 유기체적 삶의 깊은 의미를 깨닫기도 한다. 식물인 들국화가 삶의 깊고 영원한 진리까지도 농민에게 가르쳐 주는 스승이나 선지자의 구실까지도 떠맡고 있는 모습이다. 그러니까 식물 모티프는 홍일선의 시

에서 희로애락의 정서를 교감하는 삶의 대화상대로서 현실극복의 지혜까지도 함께하는 동반자적 일체감을 형상화는 객관적 상관물로서 농촌적 서정성을 표출하는 도구로서 작용하고 있다.

이 밖에도 미류나무는 폐농하고 떠난 형님(「석우리 3 ─ 형님의 벌판」), 쑥은 이농민 봉선 애비(「석우리4 ─ 그리운 사람들」), 민들레는 공장을 나와 다시 농사지으려는 나(「석우리7 ─ 공장길」), 목화는 시집간 누님(「석우리 11 ─ 목화밭」), 냉이는 실농하고 떠난 옥봉이 누나(「석우리 16 ─ 입춘대길」), 달맞이꽃은 어디론가 떠나 아주 먼 곳을 헤매는 그대(「석우리 22 ─ 달맞이꽃」) 등으로 사람(농민)과 동일체가 되어 시속에 나타난다. 그리하여 식물 모티프들은 늘 애정과 그리움의 표상이 되어 홍일선 농민시의 저 '농촌적 서정성'을 구축하는 대표적 이미지로 꽃을 피우고 있는 것이다. 땅은, 땅이 키운 식물 그리고 그 땅에 살고 있는 사람과 일체를 이루면서 홍일선의 농민시에 형상화되고 있는 것이다.

4. 결론

이상에서 본고는 1980년대 발흥한 일군의 민중문학적 리얼리즘 농민시인 중 한 사람인 홍일선의 농민시에 나타난 핵심적 모티프인 '땅'에 관하여 그 의미구조를 간략히 고찰하여 보았다. 시인 자신도 의도적으로 작품을 통하여 땅의 의미를 모색하고자 하였을 뿐만 아니라 그의 대부분의 작품이 '땅 이미지'를 바탕으로 하여 시의식을 형상화하고 있기 때문이다. '땅'은 홍일선의 시에서 '사람' 또는 '동·식물'과 더불어 일체적 동일성의 관계망을 이루면서 농민적 삶의 현실을 고발·비판하는 대결의식과 농촌적 서정성을 그려내는 원형질적인 요소로 기능하고 있음을 확인할 수 있었다. 이를 요약하면 다음과 같다.

첫째, '땅'은 사람과의 관계망에 따라서 그 의미가 달라지는데, 홍일선의 시에서는 '농민'과 '민족'이라는 두 가지 요소와의 관계에서 기본적으로 '농토'와 '영토(국토)'라는 의미로 사용되고 있다.

둘째, 농민과의 관계에서 보면, 땅은 본래 생산력을 가진 삶의 젖줄로서 농민에게 어머니와 같은 존재이지만, 홍일선의 시에서는 농민들의 분노와 슬픔의 상관물로 변주되어 있다. 그것은 주로 도시 자본가나 정부와 관료 등의 반농민적 인간들의 부도덕한 매개작용에 의하여 '어둠의 땅'으로 의미가 변환되어 나타난다. 이 '어둠의 땅'이 거느리고 있는 의미적 유사항들은 '남의 땅', '피 흘리는 땅', '빈 땅', '언 땅', '핏발 선 땅', '탄식의 땅', '애원의 땅' 등이다.

셋째, 민족과의 관계에서 보면, 땅은 본래 조상으로부터 물려받은 민족의 보금자리이지만, 홍일선의 시에서는 통일지향의 민족의식으로 인하여 '분단의 땅' 또는 '매판의 땅'으로 그려지면서 반외세 자주의식을 전경화하는 모티프로 기능하고 있다. 그러나 과잉된 비현실적 관념화로 인하여 비발전적 국수적 태도와 함께 논리적 모순과 억지, 현실에 대한 극한의 분노, 거친 욕설, 비판이나 투쟁과 그에 대한 아지프로 등의 한계를 노정하고 있다.

넷째, 이처럼 사람과의 관계에서 변주된 땅의 의미는 '동·식물'의 경우에도 그대로 적용되고 있다. 그러므로 구조적 모순에 희생되어 힘겨운 삶을 이어가야 하는 사람과 마찬가지로 동·식물들도 '어둠의 땅'에서 어렵게 생존하면서 농민과의 운명적 일체성을 가지고 형상화된다.

다섯째, 동물 모티프로는 소를 비롯하여 돼지, 개구리, 붕어, 메뚜기, 쇠똥벌레, 반딧불 등이 나타나는데 하나같이 '검은 땅', '분단의 땅', '매판의 땅'에 살고 있는 사람(농민)들과 일체를 이루면서 고발, 비판,

투쟁, 등의 대결의식을 형상화하는 중요한 이미지로 기능하고 있다.

여섯째, 식물 모티프로는 화초나 정원수 같은 귀족 식물이 아닌 쑥, 들국화, 냉이, 민들레 등의 잡초군상이 주류를 이루고 있는데, 농민들과 희로애락의 정서를 교감하는 대화상대로서 현실극복의 지혜까지도 함께하는 동반자적 일체감을 형상화하는 객관적 상관물이다. 그리하여 식물 모티프는 농민 그리고 땅과의 동질적 관계를 형성하면서 애정과 그리움의 표상이 되어 '농촌적 서정성'을 구축하는 대표적 이미지로 두루 나타나 있다.

땅은 인간의 영원한 고향이며 어머니이다. 그러나 농민시인 홍일선이 읽은 땅의 현실적 의미는 쉽게 돌아가 안길 수 있는 따뜻한 품이 아니고, 살아가기 어렵고 불편한 '어둠의 땅'이었다. 그것은 이 나라의 구조적 모순이 농민과 땅의 원만한 관계망을 형성하지 못하도록 작용한 결과이다. 그 갈등구조의 양상이 홍일선 시의 세계이다. 갈등구조가 농민의 현실적 삶과 고통의 세부와 체험적으로 결합될 때 시인의 현실타개의 의지를 구체적으로 형상화한 리얼리즘적 농민시가 되었고, 갈등구조가 조급한 비현실적 이상의 관념화와 만날 때 비합리적인 해결 전망을 도식적으로 거칠게 쏟아냄으로써 문학적 감응지수를 낮추었다.

참고문헌

김영호, 「농민시의 가능성」, 『삶의 문학』제6집, 동녘, 1984, pp.321-332
김윤태, 「농민시에 대한 단상-고재종과 홍일선」, 실천문학 30권, 1993, pp.395
맹문재, 『한국 민중시 문학사』, 박이정, 2001
박혜경, 「체험의 형상화로서의 농민시」, 『실천문학』, 1989 겨울, pp.229-239
변경섭, 「삶의 깊이와 진정성으로의 만남」, 『정세연구』제46호, 2005, pp.140
서범석, 『한국 농민시 연구』, 고려원, 1991

서범석, 「신경림의 '농무' 연구」, 『국제어문학』제37집, pp.163-195
유성호, 「한국 리얼리즘시의 범주와 미학」, 『현대문학이론연구』제24집, 2005,
          pp.182
이필우, 「매판자본의 재음미」, 『경상연구』제7집, 1983, pp.38
홍일선, 『농토의 역사』, 실천문학사, 1986
홍일선, 『한 알의 종자가 조국을 바꾸리라』, 두리, 1992

'낙동강'의 시인 양우정(梁雨庭)

　민족문학사의 강물은 부단히 흐르면서 오늘의 한국현대문학을 이루고 있다. 그러나 이러한 역사의 강물은 간혹 둑이 무너져 유실(遺失)되기도 하고 장애물에 막혀 침전(沈澱)되기도 하여 온전한 모습의 그림을 그리지 못하고 있는 것이 사실이다. 이러한 와중에서 유실되거나 침전된 문인 중 한 사람이 시인 양우정(梁雨庭 ; 1907~1975)이다. 이 경우 우리는 그 실종의 이유를 역사적 가치부재나 가치소멸로 단정하기 쉽다. 그러나 그와 같은 단순한 판단은 옳지도 않거니와 우리에게 아무런 도움도 될 수 없다는 것이 본고의 출발점이 된다.

　본명이 창준(昌俊)이었던 양우정은 지금까지 몇몇의 문학사적 저술 속에서 카프 및 군기(群旗)사건과 관련하여 간혹 이름만 보일 뿐이었으며, 농민시나 민요시 등의 연구물 속에 몇 개의 작품만이 단편적으로 언급되어 있을 뿐이다. 따라서 그의 생애나 문학사적 가치는 종합적으로 연구된 바 없는 것이다. 그러나 그는 일제강점기에 카프맹원으로 활동하면서 기관지『군기(群旗)』의 주간을 맡았으며, 『음악과 시』라는 예술잡지를 발행했고, 현실주의적 경향의 시 40여 편과 소설 1편 그리고 몇 편의 의미 있는 문학비평문을 각종 지지(紙誌)에 발표했던 문인이다.

이와 같은 그의 문학적 족적이나 특이한 생애로 볼 때, 우리는 결코 양우정 시인이 문학사의 뒤켠에 매몰되어도 좋을 인물이 아님을 짐작할 수 있는 것이다.

양우정은 1907년 11월 15일(음력) 경상남도 함안군 함안면 북촌리 1130번지에서 부친 남원 양(梁)씨 한익(漢益)과 모친 김해 김(金)씨 이춘(二春)과의 사이에서 4남3녀 중 장남으로 출생하였다. 중농의 농가에서 태어난 그는 비교적 유복한 유년시절을 보냈으며 부친에게 한문을 수학하였다고 한다. 이어서 함안보통학교(현 함안초등학교)에 입학하고 동교를 졸업하였으나 자세한 학적사항은 알기 어렵다. 어림잡아 1911년부터 1918년 사이에 초등교육을 받은 것으로 추정된다. 그후 관립 대구고등보통학교(현 경북고등학교)로 유학하게 되었는데, 4학년 때에 반일학생사건에 관련되어 퇴학당하였다. 그 후 양우정은 일본으로 건너가 2년 정도 방랑생활을 하게 되는데, 이 때 와세다대(早稻田大) 전문학부 경영학과를 다니다가 중퇴하고 귀국하였다. 귀국 후에는 신간회(新幹會)의 지방지부에 가담하기도 하고 농민소작쟁의 등에 참가하는 등 실제 운동에 투신하게 된다. 1928년경에는 카프 중앙위원이 되었고, 팔봉과 회월이 사회부장과 문예부장을 맡고 있던 「중외일보」에 수십 편의 시를 발표하면서 본격적 문단생활을 시작하였다.

1945년 해방 직후 상경한 양우정은 언론계에 투신하여 활약하게 되는데, 이종영(李鐘榮)이 운영하던 반공신문인『大東新聞』(1945. 11창간)의 주필을 시발점으로 하여, 1946년 3월에는『현대일보』를 창간하고 이어서『평화일보』창간, 1948년에는 영자지『유니온 타임스』창간, 1949년 1월에는『연합신문』을, 1952년 4월에는 연합신문의 자매 통신사인『동양통신』을 창설하는 등 언론계에서 두각을 나타내게 되었다.

한편 대한독립촉성국민회(大韓獨立促成國民會)의 선전부장으로 반탁 투쟁에 앞장서기도 하였는데, 이러한 활동을 발판으로 하여 양우정은 정계에 투신하게 되었다. 특히 이승만의 총애를 받아 급성장하게 되는데 그 또한 이승만에 대한 충정이 남달리 컸던 것으로 보인다. 이렇게 해방후에 언론인 또는 정치인으로 변신하게 된 양우정(梁雨庭)은 1949년에 이름까지도 아예 양우정(梁又正)으로 개명한다.

이름표를 바꿔 단 양우정은 드디어 1950년 5월 제2대 민의원(무소속, 함안)에 당선되었다. 원내에 진출한 그는 무소속 의원을 규합하여 신정동우회를 결성하였으며 외무위원장이 되었고, 자유당 결성에 공헌하여 정무국장이 됨으로써 일약 자유당의 실세가 되고, 부산정치파동을 거치면서 자유당의 제2인자로 부상하여 각종 권력과 금력을 행사하게 되었다. 정계에서 극적으로 성장한 양우정은 얼마 되지 않아 족청거세라는 큰 물결에 휩쓸려 고난을 겪게 된다. 소위 정국은(鄭國殷)사건이라는 간첩단사건에 연루되어 1953년 10월에 체포되어 징역 7년 판결을 받고 의원직도 상실하게 된다. 그러나 이승만 대통령의 총애가 두터웠던 그는 이듬해인 1954년 2월에 특사로 풀려났다. 이후 약 7년 동안 세상과 담을 쌓고 은거하게 된다. 그러다가 그는 1965년 뇌졸중으로 쓰러져 언어와 지체가 자유롭지 못한 삶을 살다가 드디어 1975년 11월 11일 타계하고 말았다. 그리하여 다시 피어난 문학에 대한 꿈도, 정치적 재기도 이루지 못하고 파란만장했던 삶을 마감하였던 것이다.

카프의 정식맹원으로 활동하였으나, 개성지부를 중심으로 기관지 『군기』를 발간하면서 민병휘, 이적효와 결탁하여 카프중앙위원회의 지도방침에 불만을 품고 카프쇄신동맹을 결성하여 최악의 개량주의라고 카프를 비판하여 1931년에 제명된 바 있는, 적극적 카프 맹원이었던 양우정의 농민시들은 철저하게 민중적이라 할 수 있다. 「농부의 노래」, 「호불아비」, 「면서긔」 등에서 당시 농민들의 고난의 삶과 일제의 착취상을 부각시키고 하향식 근면주의 허상을 비판한다. 그리고 그의 농민시들은 대개 전래적 민요조를 바탕으로 하고 있다. 민중적 시각에서 '민요의 문예적 이해'에 도달해 있던 양우정의 시는 민요적 전통에 굳건히 뿌리박고 있음으로 해서 이상적인 농민시의 요소를 두루 갖추고 있다고 말할 수 있다. 이러한 작품 세계를 보여주는 대표적 작품이 「낙동강」이다.

「낙동강」은 총 5부 15연(각부 3연) 179행으로 되어 있는 장형의 농민시이다. 구성진 민요가락에 맞춰 이 강산에 살고 있는 백성(농민)들의 한 많은 삶을 낙동강의 길고 긴 물굽이만큼이나 길게 읊어나가고 있다. 이 시는 그 원형이라고 할 수 있는 민요의 민중요적 성격과 함께 낙동강과 함께 굽이굽이 흘러온 그들의 전통적 정서를 유구한 강물 이미지로 형상화한 탁월한 시다. 이 시에 등장하는 어린 초부, 강촌 아낙네, 강나루 사공, 지리산 골짜기 늙은 할미, 물에 빠져 떠내려가는 어린 산송장 등은 대대로 이 강산을 지켜온 한 많은 백성들이다. 이 백성들의 어제와 오늘의 삶을 굽이굽이 흐르는 낙동강물에 실어 노래했다. 민요적 가락, 전통적 정서, 농민들의 빼앗긴 삶 등의 이상적 조화는 이 시가 역사와 현실에 충실하면서도 문학의 내적 질서도 외면하지 않았음을 뜻하는 것이다

일제강점기 아래서 카프 시인들은 농민문학에 대해 지대한 관심을 드러내지만, 그것은 대체적으로 운동적 관심 이상의 것이 되지 못했음은 주지의 사실이다. 즉 계급투쟁의 한 방편으로서 농민문학을 수용하여 도식적인 계급적 대립과 혁명투쟁을 위한 선전·선동의 시를 창작했던 것이고 그나마 수적으로도 많은 양의 작품을 남기고 있지 못한 실정

이다. 그러나 양우정은 일련의 「낙동강」 시를 위시하여 다수의 농민시
를 남기고 있지만, 그것들의 대부분은 '프로문학으로서의 농민시'가
아닌 '비판적 리얼리즘의 농민시'로서 성공적인 모습을 보여주고 있는
것이다. 양우정은 실로 '낙동강'의 시인이라 할 만하다. 왜냐하면 그는
위에서 언급한 시 이외에 「낙동강」이라는 두 편의 작품과 「낙동강곡」
이라는 비슷한 제목의 시 한 편을 남기고 있기 때문이다. 또한 제목은
그렇지 않더라도 '낙동강' 이미지가 들어 있는 시를 몇 편 더 쓰기도 하
였다. 이들 작품에서 그는 낙동강을 '백성의 젖줄'로 비유하면서 그 소
유권이 조선민족에게 있음을 암시하도 하고, 낙동강을 '권력의 강'으
로 규정하여 비정한 탈취에 대한 원망과 그것으로부터의 탈피와 희망
을 함께 함의하기도 한다. 한편 양우정은 또 하나의 「낙동강」이라는 시
를 육필원고로 남겨놓고 있는 데 그것은 1960년에 쓰여진 작품이다.
여기서는 낙동강이 '잊을 수 없는' '정다운 강'으로 그려져 있어 시대의
변화를 실감할 수 있게 한다. 그에게 있어 낙동강은 일제강점기에는 한
과 설움, 슬픔의 강이었고, 해방 후에는 그리움의 강으로 길이 흐르고
있는 것이다.

　이와 같이 살펴보았을 볼 때, 양우정은 시를 통해 낙동강에 대해 각
별한 애정과 의미를 부여하고 있음을 알 수 있다. 그의 이러한 낙동강
사랑은 무엇보다 낙동강이 그의 고향에 흐르고 있는 강이라는 데서 비
롯된 것이라고 할 수 있을 것이다. 그는 낙동강 유역 함안 땅에서 출생·
성장하였기에 고향의 대표적 이미지지로서 늘 낙동강을 간직하고 살
았던 것이다. 그러나 앞에서 보았던 것처럼 낙동강은 고향을 환기시키
는 단순한 이미지가 아니다. 그것은 고향인 동시에 농촌이며 농촌인 동
시에 국토였다. 따라서 낙동강 유역의 백성들은 고향 사람들이면서 민
족이며 또 국민이었다. 그리고 끊이지 않고 흐르는 민족의 역사였던 것

이다. 그러기에 일련의 '낙동강' 시들은 민중들의 삶과 그 깊은 한과 슬픔을 민요적 가락으로 아우르고 있는 것이다. 양우정은 '낙동강'의 시인이다.

양우정이 남긴 대부분의 시들은 그의 현실주의적 문학관을 비판적 리얼리즘의 농민시로 그려내고 있다. 그렇다고 볼 때, 문제가 되는 것은 프롤레타리아 문인으로서의 정체성을 뚜렷이 했던 양우정이 어째서 소위 프로시 또는 카프시라고 하는 즉 사회주의 리얼리즘으로서의 시를 창작하지 않았는가 하는 점이다. 이에 대한 답은 간단하다. 그는 문학과 각 장르(농민문학, 아동문학, 민요문학 등)에 대해 적확한 이해를 가지고 있었기 때문이다. 문학을 문학으로 보는 눈을 가지고 있었기 때문에 그의 시에 민중(프롤레타리아)의 삶을 담는다 해도 그는 탈양식적인 다급한 투쟁성을 노정하지는 않았던 것이다. 이는 이데올로기보다는 문학이, 문학보다는 민족이 그에게는 더 소중했다는 사실을 입증하고 있는 셈이다. 이러한 사정은 그가 문학을 통해 프롤레타리아 계급혁명을 꿈꾼 것이 아니고 당시 프롤레타리아 운동의 '민족운동으로서의 성격'을 수용한 것으로 이해되어야 함을 말해주는 것이다. 그러니까 그에게 있어 이데올로기는 민족보다 우선하는 것이 아니고 민족독립을 위해서 일시적으로 그것을 수용한 것에 지나지 않았다고 할 수 있다. 이는 해방 후에 전개되는 그의 삶이 보다 확실하게 증명하고 있다. 해방 후에 저술한 『싸우는 민족의 이론』에서 우리가 알 수 있는 것은, ① 공산주의에 대한 비판, ② 투철한 민족주의로 요약된다. 그러니까 해방이 되고 문인의 길을 떠난 후에도 그에게 지속되는 사상은 오직 '민족주의' 그것이었던 것이다.

양우정은 본래 정치의식이 강했던 인물로 보인다. 그리고 그 의식은 오로지 민족주의로 일관되고 있음을 확인할 수 있는 것이다. 그는 이러한 의식을 가지고 일제강점기에는 문학을 했던 것이고, 해방 이후에는 정치를 하였던 것이다. 우정(雨庭)에서 우정(又正)으로의 변신은 따라서 시대적인 상황 때문인 것으로 판단된다. 정치를 할 수 없었던 시기에는 문학을 통해서, 그 후에는 정치를 통해서 그는 민족주의를 실천하려 했던 것이다. 그러므로 그 둘의 거리는 시대적 상황에 따라 다르게 보일 뿐이지 실은 하나로서 거리가 없는 것이었다. 그의 모든 삶은 '민족' 그 것을 떠나지 않았다. 민족의 생존과 발전을 가로막는 내·외부의 적과 치열하게 싸우는 삶의 연속이었다. 그가 일제강점기에 남긴 문학은 민족의 정체성이 극도의 위험에 처해 있을 때 피워낸 민족주의 문학의 한 전범이었다. 옹근 민족문학사를 위해 양우정이 남긴 문학을 점검하고 올바른 평가를 시도하는 것은 필요하고도 정당한 일이다.

비평의 빈자리와 존재 현실

The Emptiness of Criticism and the Reality of Being

정호승(鄭昊昇) 되찾기의 겉과 속

1. 실종문인, 민족적 비극의 표상

문학은 '개인'으로부터 그들이 모여 살고 있는 '사회'까지를 대상으로 하는 사회과학의 한 분야로 볼 수 있다. 본질적으로 사회적 함의(含意)를 띠고 있는 것이 문학인 것이다. 그런데 개인과 밀접한 관계를 가지고 있는 중단위 사회가 민족(국가)사회이다. 그래서 문학은 민족사회를 단위로 구별되어 존재한다. 민족사회는 언어, 혈통, 풍습, 정서 등이 같아서 변별력이 강하기 때문이다. 예를 들어 경기문학과 충청문학은 변별력이 없거나 극미하지만, 한국문학과 영국문학은 선명한 변별적 자장이 형성되는 것이다. 그래서 민족이나 나라마다 그 문학의 특수성이 검출되는 것인데, 그것은 그들이 처한 고유한 사회·역사적 환경 때문이다. 문학은 기본적으로 민족성을 토대로 피어나는 꽃이다.

한국 근·현대문학의 특수성을 만드는 요인을 크게 두 가지로 볼 수 있다. 하나는 '서구문화의 수용'이고, 다른 하나는 '민족 수난사'이다. 전자는 주로 근·현대문학의 촉발요인으로 작용했고, 후자는 그것의 특수성을 조성하는 무거운 요인이 되었다. 그래서 '일제강점'과 '민족분단'은 한국

근·현대문학의 특수성을 강하게 통제하고 있는 두 기둥이라고 할 만하다. '일제강점'은 민족 주체성의 보존과 관련된 민족문학의 검증요소로서 작동될 뿐만 아니라, 민족 언어의 훼손 및 장애 문제나 검열 문제 등을 내포하면서 한국문학의 민족의식이나 고유성을 확인하는 전제가 된다. 한편 '민족분단'은 분단 이후와 그 이전까지도 한국 문학사를 반쪽 문학사를 만들어 놓았으며, 언제 해결될지 모르는 민족문학의 정체성(Identity)을 묻고 있다. 또한 이데올로기와 표현의 자유를 제약함으로써 한국현대문학의 깊이와 높이를 규제하는 요인으로 작용하였다. 한 마디로 '민족분단'은 한국문학의 비극적 특수성의 외연과 내포를 형성하고 있는 것이다.

'민족 수난사'의 흐름 속에서 '민족분단'이라는 강물은 비극적 특수성이라는 홍수를 이루면서 민족의 보물인 작품이나 작가가 '실종' 또는 '매몰'되는 재해를 불러와 그 비극성을 고조시켰다. 우리가 흔히 쓰고 있는 '실종문인'은 그러니까 그 자체가 우리 민족문학사의 비극적 특수성을 단적으로 보여 주는 존재인 것이다. 수많은 문인이 실종되다니, 그것은 다른 나라에서는 찾아보기 힘든 일일뿐만 아니라 '실종문인'이라는 단어 자체가 없거나 생소할 것이다. 그러나 어찌하랴, '실종문인'은 한국문학사에서 빼내지 못한 가시처럼 미해결의 문제로 아직 아프게 걸려 있는 것을.

한국문학사에서 실종문인은 월북문인을 비롯해서 납북문인, 재북문인 등으로 나누어 볼 수 있다. 그 중에서 가장 많은 부분을 차지하고 있는 것이 월북문인이다. 월북문인은 월북시기에 따라 3차로 나누어 볼 수 있다. 제1차 월북문인은 조선문학건설본부(1945.8.16 설립)와 조선프롤레타리아문학동맹(1945.9.17 설립)이 조선문학가동맹(1946.2.)으로 통합되는 과정에서 주도권을 상실한 카프 맹원들(이기영, 한설야, 송영, 윤기정, 안막, 박세영 등)이 월북함으로써 발생하였다. 제2차 월북문인은 1947년부터

1948년 8월 사이에 생겨나게 되는데, 이는 미군정당국이 박헌영에 대한 체포령을 발표하면서 조선문학가동맹의 중심인물들(이태준, 임화, 김남천, 이원조, 홍명희, 안회남, 허준, 박찬모, 현덕, 김소엽, 김동석,김영건, 조영출, 조남령, 조벽암, 조허림 등)이 월북한 것을 가리킨다. 제3차 월북문인은 1950년 6.25 한국전쟁 중에 발생하였다. 서울에 남아 있던 조선문학가동맹 문인들은 이를 해체하고 사상전향을 선언한 후 국민보도연맹에 가입하여 전향의지를 실천하던 중 전쟁이 발발하였고, 그 전쟁의 와중에서 자의 또는 타의로 북으로 향했던 것인데, 이용악, 이병철, 이선을, 조운, 김상민, 유종대, 박산운, 김광현, 박태원, 정지용, 설정식, 이흡, 김상훈, 임학수, 여상현, 임호권, 양운한, 지봉문, 엄흥섭 등 실로 다수의 문인들이 이에 속한다. 이들은 해방과 전쟁이 세상을 뒤흔드는 격동의 시기에 이중 삼중의 사상적 혼란을 겪다가 전화에서 잠시 비껴 있고자 하다가 끝내 분단의 긴 세월 속에서 역사의 고초를 한 몸으로 겪으면서 망각되고 매몰된 비운의 문인들로서 민족사의 비극성을 상징적으로 보여주는 주인공들이다.

이 글에서 다루고자 하는 시인 정호승(鄭昊昇, 1916 ~ ?)도 제3차 월북문인의 한 사람으로 고난의 문학적 생애가 매몰되었던 비극의 주인공이었다. 필자는 이 글에서 묻혀 있던 정호승 시인을 처음으로 발굴한 사람으로 그 경위와 의미를 되새겨 보고자 한다.

2. 고향, 그 뽑히지 않는 마목(馬木)

시조시인 정완영은 「버꾸기 소리 떠내려 오는 시냇물에서」에서 이렇게 말한다. 고향이란 그 사람의 가슴엔 사랑의 원류이기도 하고 눈물의 원천이기도 하고, 때로는 보석이기도 하고 병이기도 하며, 버리려야 버려지지도 않는 모토(母土)인 것이며, 뽑으려야 뽑아지지도 않는 마목(馬木) 같은 것이라고. 실로 고향은 어머니와 의미 자장을 함께하는 사랑의 이름인 것이다. 그래서 고향을 떠나게 되더라도 사람들은 언제나 그 마목으로 돌아가고자 하는 인력에 이끌리면서 살아가게 마련이다. 거기에 매여 있는 마음의 고삐를 풀지 못하고 그 주위를 맴돌며 벗어나지 못하는 것이다. 매몰되었던 정호승 시인을 필자가 찾아내게 된 것도 이 마목의 덕분이었다. 정호승 시인은 그의 작품 여기저기에 마목의 위치를 확인할 수 있는 단서를 남겼고, 그의 가족들은 그 마목으로 돌아와 그것을 지키며 살고 있었던 것이다. 필자 또한 그 마목에 이끌려 그곳을 찾았던 것이다.

정호승 시인은 충주 지방 사람이면 금방 알 수 있는 '鷄足山', '모시레들', '彈琴臺', '虎岩堤', '合水머리 같은 지명들을 작품 속에 사용하였다. 그리고 '풀무고개에서'라고 작품을 쓴 장소를 부기한 것이 여러 편 있었던 것이다. 더구나 '蜘蛛峰밑 넓은들에 너울치는/ 가난한 모밀꽃 香氣를 마시고/ 아담스런 木花송이에 쌓여/ 풀무고개 기슭 오막사리 초가집 굴앙선에서도/ 북도더 키워지든 이몸이였다우(「잡스러운이몸」)'라는 구절이 있어, 그가 풀무고개 출신임을 추정할 수 있었다. 또한 '情겨워 뛰놀든 풀무고개(「노래를 잊은 이몸」)'나 '풀무고개 성황나무 가지에/ 내넋은 파랑새되여 앉는다(「故鄕을 떠나며」)' 등에서도 이러한 사실은 간접적으로 확인되는 것이었다. 이에 필자는 충청북도 충주시 가금면 창동이 정호승 시인의 마목일 것이라고 추단하였던 것이다.

필자는 박사학위논문이며 최초의 학술저서인 『한국 농민시 연구』를 집필하기 위하여 다년간에 걸쳐 농민시 작품들을 수집하고 있었다. 1987년경부터 1989년 사이일 것으로 생각하는데, 어느 날 정호승 시인의 『모밀꽃』이라는 생소한 시집을 보게 되었다. 그 시집에는 농민시들

이 여러 편 들어 있었고, 그것들을 읽는 중 충주지방 지명들을 보면서 이 시인의 마목이 필자의 고향과 같은 충주지방에 있을 것으로 생각하였다. 그리고 이 논문작업이 끝나면 낯 선 이름들의 실종 농민시인들을 찾아내어 연구하려는 계획을 가지고 있었던 터라 먼저 필자의 고향 시인일 것으로 생각되는 정호승을 찾겠다고 후일을 기약했다. 그리고 논문이 끝나고 바로 충주지방의 오래된 문학지인『중원문학』제13집(1991.12)에「鄭昊昇論—아름다운 것들의 悲劇」이란 글을 실었다. 그것은 정호승 시인의 존재를 먼저 고향 사람들에게 알리고 그의 생애를 밝히는데 그들의 도움 받기를 기대해서 한 일이었다. 그러나 충주문인들도 그에 대한 어떤 단서도 필자에게 제공하지는 못했다.

그 날 1992년 2월 27일(목)은 방학 중 모처럼 한가한 시간을 얻은 날이었기 때문에 가족들과 함께 '정호승 찾기' 나들이에 나섰다. 나들이라고 쓰는 까닭은 쉽게 찾으리라는 기대를 할 수 없었기 때문에 못 찾으면 그냥 고향 나들이나 하고 오겠다는 심산이었다는 뜻이다. 그때 필자는 미리 고향 친구에게 전화를 해서 '풀무고개'가 있는 곳이 가금면 창동이라는 정보를 입수해 놓고 있었다. 선산에 들러 성묘한 후에 창동으로 향했다. 이 마을은 신립 장군의 이야기가 깃들어 있는 충주의 명승지인 탄금대에서 아주 가까운 곳이었다. 그리고 필자가 어린 시절 산 넘어 남한강에 놀러 갔을 때의 추억이 서려 있는 마을이기도 했다. 창동에 당도하니 남한강변의 작은 촌락이라 풍광은 아름다웠지만, 정호승 시인에 대해 물어볼 만한 마땅한 곳은 별로 없었다. 몇몇 행인들에게 물어 보면서 동네를 한 바퀴 돌고 나서 어느 작은 가게 앞에 모여 있는 대여섯 명 동리 주민들을 만나 탐문을 계속하였다. 그 마을에서 오래 살고 있는 주민들이지만 정호승이라는 이름을 아는 사람은 없었다. '그렇지, 그 많은 세월이 흘렀는데, 쉽게 찾을 수는 없겠지. 오늘은 헛

수고했나 보다.'라고 생각하며 막 자리를 뜨려고 하는데 오십대쯤 되어 보이는 남자가 지나가다 우리의 이야기에 끼어들었다. 그 사람은 필자의 신분과 목적을 물었고, 이어서 충주 출신인지를 물었다. 충주 출신이라는 필자의 대답을 듣고, 그 분은 "그럼, 어느 학교를 다녔냐?"고 물었다. 그런 대화중에 그 분이 필자의 고등학교 선배임이 확인되었고, 그 확인은 그 선배의 적극적 협조심을 유발하였던 것 같다. 그리하여 "그럴 가능성이 있는 집은 저 집밖에 없으니 거기 가서 확인해 보라"며 마을의 어느 외딴집 한 채를 가리켰다.

이미 해가 서산에 걸리는 저녁 무렵 필자는 그 외딴집에 당도하였다. 마침 주인인 듯한 중년의 신사가 대문간에서 무슨 일인가 하다가 필자의 방문을 의아한 눈길로 받아들였다. 사정 이야기를 들은 그는 좀 심각한 표정으로 변하더니 일단 들어오라고 하였다. 우리는 시집 『모밀꽃』의 사본을 두고 방안에서 마주 앉아 이야기를 진행하였다. 그런데 이미 그는 뭔가 흥분되어가는 모습이 역연하였다. 그러더니 그의 작은아버지와 전화통화를 시도하였다. 그리고 자신의 부친 호가 '호승'인지를 물었고, 아버지가 남겼다는 시집의 이름이 '모밀꽃'인지를 물었다. 이 두 가지가 사실임을 숙부로부터 듣는 순간 그는 엉엉 울면서 더이상 말을 잇지 못하고 격한 감정에 휩싸였다. 그리고 어머니를 찾아오도록 가족들에게 일렀다. 이내 어머니가 이웃집에서 돌아오셨고, 사정을 알게 된 가족들은 모두 울음바다가 되고 말았다. 그분들의 기분이 진정되기까지는 꽤 긴 시간이 흘렀던 것으로 기억하고 있다. 그분들은 정호승 시인의 장남과 부인이었던 것이다. 고향이라는 마목이 시인과 가족과 필자를 한 자리에 불러들인 것이다.

3. 정호승, 그 비운의 생애

필자는 창동에서 드디어 부인 정정순(鄭丁順) 여사와 장남 정태준(鄭泰駿) 선생을 비롯한 정호승 시인의 가족들을 만나 그의 생애를 확인하게 되었으며, 시인의 작품을 다시 찾게 된 가족들과 기쁨을 함께하였다. 그러나 충주시 가금면 창동은 정호승 시인의 출생 또는 성장지는 아니었으나, 그의 큰댁을 비롯한 일가들이 집성촌을 이루어 사는 곳이며, 따라서 시인이 고향 마을과 다름없이 가까이 할 수밖에 없었던 곳이며, 선산이 있고 현재 가족들이 살고 있는 그의 본향임을 알게 되었다. 그의 출생지인 충주시 교현동은 창동과 불과 3㎞ 정도 떨어진 가까운 곳이다. 이제 정호승 시인의 생애에 관하여 다시 한 번 간략하게 되돌아볼 필요를 느낀다.

먼저 정호승 시인에 대한 기록들의 오류가 심각했었다는 것을 먼저 밝히고자 한다. 서울대학교 동아문화연구소에서 펴낸『국어국문학 사전』(1981)에서는『조선문학』지에 대하여 "중국인 정호승(鄭昊昇)의 출자로 발간된 문예지. 1933년 이무영(李無影)을 편집·발행인으로 하여 나오다가 한때 중단, 1935년 지봉문(池奉文)이 이어받아 1939년까지 결호·합병호를 내면서 발행되었다. 당시의 중견문인들이 대부분 여기에 작품을 발표했다."라고 기술하고 있다. 그러나 중국과는 아무 관계가 없는 시인의 국적을 무슨 근거에서 바꾸어 놓았는지 알 수 없지만 다만 그 오류가 놀라울 뿐이다. 그리고 한국정신문화연구원에서 펴낸『한국민족문화대백과사전20』(1991)에서는 역시『조선문학』을 설명하는 자리에서 정호승을 '정민승(鄭旻昇)'으로 잘 못 읽고 있다. 한국사전연구사 판『국어국문학자료사전』(1994)에서도 그대로 '정민승'으로 답습하고 있다. 이러한 사전류의 중대한 오류는 정호승 시인을 되찾는 길을 흐려

놓고 또 더디게 만들었을 것이다.

본명이 정영택(鄭英澤)인 시인 정호승은 1916년 1월 5일(음력 1915년 12
월 1일)에 충청북도 충주시 교현동(당시 충주군 충주면) 420번지에서 태어
났다. 조선시대 일급의 시인이었던 송강 정철(鄭澈)의 13대손이기도 한
그는 부친 정운익(鄭雲益)과 모친 이순세(李淳世)와의 사이에서 3남1녀 중
장남으로 부유한 가정에서 출생 · 성장했다. 그의 집안은 증조부(鄭海晏)
가 가선대부로서 돈령부동지사(종2품)를 지냈으며, 조부(鄭弼源)는 안주
목사를 지냈고, 종조부(鄭敬源)는 이조참판 및 평양감사를 지내는 등 대
대로 고관대작을 지낸 명문가였다. 따라서 그의 결혼 당시까지도 이백
석지기의 부유한 가세를 유지하고 있었다.

정호승은 1923년 4월에 충주공립보통학교(현 교현초등학교)를 입학하
였고, 개근상을 수상하는 등 모범적이며 순탄한 학교생활을 영위했다.
6학년때인 1928년에 부친을 여의었고 이듬해 3월 동교를 졸업(6년)했
다. 그는 입학 전에 서당에서 한문을 공부했으며, 유치원도 다닌 것으
로 당시의 학적부에 기록되어 있다. 보통학교 시절 그의 학과성적은 중
간 정도였으며, 가창 과목의 성적이 특히 뛰어났는데 이는 그의 예술적
재능을 암시해주는 자료가 아닌가 생각된다. 그의 장남인 정태준 선생
이 음악교사로 정년퇴임을 한 자곡가라는 사실은 이와 무관하지 않을
것 같다. 보통학교를 졸업하면서 곧바로 정호승은 서울의 중앙고보에
진학했다. 그러나 그의 학교생활은 순탄하지 못했는데 우여곡절 끝에
4년간 겨우 2학년을 마치고 중퇴, 낙향하고 말았다.

1933년에는 강릉최씨 최덕용(崔德容)과 결혼하였으나 2년 뒤에 자결
로 사별하는 참극을 겪었다. 1935년 서울로 올라온 정호승은 왕십리에
서 생활하며, 동향인으로 추정되는 소설가 지봉문(池奉文)과 동업으로
종로 4가에서 경충무역사란 운수사업체를 열고 그 건물 2층에는 조선

문학사를 차려 1930년대의 대표적 문예지인『조선문학』을 발간하게
된다. 이 무렵의 수년 간이 시인 정호승으로 하여금 본격적으로 문학활
동을 시작하게 만든 때일 것으로 추정된다. 그의 등단 경위는 확실히
알 수 없으나, 이『조선문학』을 통해 역시 동향의 선배 문인인 소설가
이무영과의 교분이 두터워졌을 것이다. 원래『조선문학』은 1933년 이
무영을 편집 겸 발행인으로 하여 시작되었으나 그 뒤 정호승, 지봉문
등이 뒤를 잇고 있다. 이는 세 사람의 동향 문인들이 1933년부터 1939
년까지『조선문학』을 통해 굳게 협력했을 것임을 짐작할 수 있는 사실
인 바, 이들의 친분관계는 가족들의 증언에서도 확인된다. 그리고 발행
인이 되지는 않았지만 또 한 사람의 동향 문인인 시인 이흡(李洽)도 이들
과『조선문학』을 통해 결속하고 있었다. 바로『조선문학』을 고리로 한
이와 같은 친분관계가 정호승이 시인으로 등장하는 자양과 계기가 되
었을 것이다. 사실 그의 시에 나타나는 농민문학적 성향은 자타가 공인
하는 대표적 농민소설가 이무영과의 이러한 친밀관계와 무관하지 않
으리라.

　1938년 정호승 시인은 새로운 인생길에 들어서게 되는데 그것은 부
인 정정순 여사와의 연애와 그에 따른 결혼이다. 당시 충주공립보통학
교의 교사로 시인의 집에 하숙하고 있던 여사와 탄금대를 배경으로 한
아름다운 연애 끝에 그해 8월 결혼했던 것이다. 같은 학교 교감 선생의
소개로 정호승 시인의 집에 하숙하게 되었던 정정순 여사는 첫 만남의
날짜(4월 24일)까지 선명하게 기억하고 있었으며, 그 이튿날 교안에서
사랑을 고백하는 연시를 발견했노라고 증언했다. 결혼은 8월 24일 서
울 화신 뒤의 태서관에서 있었고 한다. 이 결혼으로 하여 그는 2남3녀
의 아버지가 되며, 시의 배경을 이루고 있는 충주시 가금면 창동리를
지켜 살아온 이들 가족들이 있어 필자는 그를 세상에 알릴 수 있었다.

　결혼 다음 해인 1939년 정호승 시인은 조선문학사에서 첫 시집이자
아마도 마지막일 것으로 추정되는 시집 『모밀꽃』을 발행하게 된다. 이
시집은 해금 이전 모든 월북 문인들의 작품과 마찬가지로, 지금까지 철
저히 매몰되었었다. 가족들까지도 험난한 민족사의 풍랑 속에서 그의
시집을 보존하지 못하고 있었던 것이다. 초등학교 교사를 지낸 정정순
여사는 늘 관계기관의 감시를 받았고, 타의에 의한 전보발령을 받는 등
의 고초를 겪었다는 것이다. 따라서 자제들도 어린 나이에 여러 학교를
옮겨다니는 등의 어려움 속에서 성장했다.

　1945년 민족 해방을 맞았을 때 정호승 시인은 이미 좌경사상에 물들
어 있었으며, 남로당에 입당하고 좌익운동을 했다. 또한 이 무렵 그는
정치적 색채가 짙은 동인지 『我友聲』을 발간하기도 했다고 한다. 이러
한 일련의 사건들로 1946년 청주교도소에서 6개월간(2년형 선고 후에 감
형) 옥고를 치르게 된다. 1948년에는 남북협상을 위한 김구의 입북을
따라 북행하기도 했으며, 그 해에 2차 옥고를 치르기도 했다. 해방 공간
에서 좌익 문인으로 활동했던 시인은 1950년 6·25 동란 중 충주지역
예술동맹위원장을 지낸 것으로 알려졌으며, 결국 그는 1950년 추석에
가족과의 영원한 이별이 될 월북길에 오름으로써 이른바 제3차 월북
문인의 대열에 합류하게 된 것이다.

　정호승 시인은 착하기 그지없는 성품이었으나, 넉넉한 가정환경 탓
이었겠지만 당시의 대부분의 양갓집 자제들이 그러했던 것처럼 근면
성이나 생활력은 부족했던 것으로 여겨진다. "빗자루 하나 들지 않았
으며, 이발하러 가면 이발소가 휴일이고 목욕하러 가면 목욕탕이 휴일
이었다"는 부인의 증언이다. 그러나 그는 농촌활동에 상당한 취향을
가져 양축이나 과수원 경영 등을 하였으며, 유명한 이무영의 귀농의 현
장인 군포에도 직접 가서 살펴보았고, 이상 농가 건설의 꿈을 가지고

경기도 양수리에 가서 농사를 짓겠다는 의욕을 나타내기도 하였다고 한다. 아마 이러한 지식인의 이상주의가 그를 좌경의 길로 들어서게 하였을 것으로 필자는 짐작한다. 그러나 정호승 시인이 월북한 후의 어떤 소식도 가족들에게 전해진 바 없으며, 따라서 그는 생의 끝지점도 물음표 속에 묻혀지는 비운의 생애로 우리 앞에 남아 있는 것이다. 그와 문학적 호흡을 긴 시간 함께했을 이흡 시인의 미확인 시집의 이름이기도 한 '未完成의 悲劇'을 긴 여운으로 우리 앞에 펼쳐 놓고 있다.

4. 『조선문학』, 정호승 문학의 둥지

앞에서도 언급하였지만, 정호승 시인은 『조선문학』이라는 둥지에서 그의 문학을 싹 틔우고 꽃 피웠던 인물이다. 그리고 『조선문학』은 그 자신의 손으로 만든 둥지였다. 부인 정정순 여사는 당시 『조선문학』의 경비는 거의 정호승 시인이 조달한 것으로 증언하고 있다. 아무튼 필자는 정호승 시인이 당시의 대표적 문예지였던 『조선문학』을 발행하였다는 중요한 사실을 확인하게 된 셈이다. 그러나 이러한 사실은 왜곡되어 정호승 시인의 『조선문학』 발간 사실이 망각되어져 왔다. 각종의 사전에는 『조선문학』의 발행인으로 이무영, 지봉문 두 사람만을 적고 있다. 그리고 그들이 『조선문학』을 맡았던 시기도 일치하지 않는 등의 혼란을 보이고 있다. 간혹 정호승을 거명했더라도 발행인이 아닌 출자자로만 기록하고 있다. 그리고 『조선문학』에서 편집 겸 발행인으로 되어 있는 그의 본명을 대하더라도 그가 시인 정호승임을 알기는 어려웠을 것이기에 그는 길고도 깜깜하게 매몰되어 있었던 것이다. 이제 우리는 시인 정호승이 많은 재력과 정신적 노력을 투여하면서 동향 문인들인

이무영, 지봉문 등과 힘을 합쳐 1933년에 창간하고 1939년에 폐간된 순수 문예 종합지 『조선문학』을 발행한 인물임을 확인해 두어야 할 것이다.

『조선문학』은 처음에 『문학타임스』로 출발하였다. 동아일보 1933년 1월 6일 기사에는 『문학타임스』가 임가순(任嘉淳), 조벽암(趙碧巖), 이흡(李洽) 등이 창간한 것으로 되어 있다. 1933년 2월에 이무영을 발행인으로 창간된 이 순간(旬刊) 잡지는 1933년 5월 특집호를 계획했으나, 원고의 대부분이 일제의 검열에 걸리는 고초를 겪다가 동년 10월 『조선문학』으로 개제하였던 것이다. 그리하여 1933년 10월 10일 창간된 순문학지 『조선문학』은 편집 겸 발행인 이무영으로 출발하였다. 정확하게 고증하기는 어려우나 남아 있는 『조선문학』지를 자료로 분석해 보면 이무영은 출발기 1~2년 동안 발행인으로 활동한 것으로 보이며, 그 후 1937년 7월까지 정호승이 맡아서 발행하였다. 1937년의 8월호 편집후기에는 "經理에 編輯에 다시 맞날수없는 本社主幹이든 昊昇鄭英澤氏는 事情에 依하야 섭섭하게도 자리를물러섰다. 朝鮮文學이 그를노친다는 것은 크나큰 損失인줄을 알면서도노치었다. 그러나 그職名만을버릴뿐이요 前과같이 도와주실것을 生覺하면 職을 辭하는데만 暫間섭할뿐이다."라고 기록되어 있다. 이처럼 정호승은 1937년 7월호까지 『조선문학』의 발행인이었지만, 그 후에도 계속해서 이 잡지에 작품을 발표하고 있는 것으로 보아 정호승 시인은 처음부터 끝까지 『조선문학』과 문학적 삶을 함께한 것으로 생각된다.

『조선문학』은 "당시 조선문학의 광장이라 할 만큼 많은 중진작가들의 작품을 게재하는 한편 경향주의 문학을 배제하고 순수문학 터전을 닦는데 공헌했다. 이효석·이무영·주요섭·김소운·조용만·이헌구·홍효민 등 쟁쟁한 문인들이 창간호를 장식"(교육출판공사, 『한국문학대사전』,

1981)하였고, 그 후 "필진은 순수문학과 경향문학을 망라한 중진들로서 당시의 문단에 큰 영향력을 끼쳤다."(동아출판사, 『동아원색세계대백과사전25』, 1983)고 평가된다. 이처럼 그 시절 거의 유일한 종합문예지였던 『조선문학』을 정호승 시인은 가장 길게 편집·발행을 맡아 공헌하였고, 그 재정적 책임도 도맡았던 것으로 판단된다.

발표지면이 확인되는 정호승 시인의 첫 작품 「불안이풀리든날」도 『조선문학』(1936.6)에 실려 있고, 그의 남아 있는 유일한 시집도 물론 『조선문학』에서 발행되었다. 『조선문학』은 정호승 시인의 문학적 둥지였음이 확실하다. 그렇지만 그는 『동아일보』, 『시건설』, 『풍림』, 『자오선』 등의 다른 지면에도 널리 작품을 발표하였음이 확인된다.

5. 아름다운 것들의 비극

시인 정호승은 고향을 중심으로 한 아름다운 농촌 풍경을 배경으로 당시 우리 민족의 좌절과 슬픔 그리고 고난의 삶을 형상화함으로써 향토적 서정성을 바탕으로 민족의 비극성을 사실적으로 그려낸 능력 있는 시인의 한 사람이었다. 그는 「早春」, 「望頭石」, 「찔레꽃」, 「귀여운 손님」, 「서투른 도적」 등의 작품에서 '향토적 서정 세계'를 그려내고 있다. 한편 「憂鬱」, 「오솔길」, 「슬프구나」, 「호들기여」, 「나는 蕩兒」, 「잡스러운 이몸」, 「소작인」 등에서는 '부정적 현실 세계'를 형상화한다. 이 '향토적 서정'과 '부정적 현실'이 교직되어 있는 것이 정호승의 작품 세계의 핵심인 것이다. 부정적 현실이 향토적 서정 위에 펼쳐질 때 비극성은 더욱 선명하게 부각되기 마련이다. 그래서 『모밀꽃』의 맨 앞에 실린 시 「호들기여」의 첫 연에서부터 '까닭모를 슬픔이/ 따스한 봄위

에 차다'라고 시작하고 있다. 아름다운 봄의 자연 위에 부정적 현실인
식의 결과인 '까닭모를 슬픔'이라는 비극적 정서를 겹쳐 놓은 것이다.
그리고 「憂鬱」이란 시에서는 '바라보는 綠色의 보리밭이여/ 이름이 故
鄕이라 搖籃마저 우울쿠나/ 아름다운 것들은 悲劇들을 지녔구나'라고
노래함으로써 '아름다운 것들의 비극'이라는 그의 시세계의 핵심을 적
시하고 있다. 이런 사정을 시인의 대표작이라 할 수 있으며, 시집의 표
제작이기도 한 「모밀꽃」을 통하여 자세히 보기로 하자.

어느 女人의
슬픈 넋이 실린양
햇쪽이 웃고 쓸쓸한
모밀꽃

모밀꽃은
하이얀꽃
그女人의 마음인양
깨끗이 피는꽃

모밀꽃은
가난한꽃
그女人의 마음인양
외로이 피는꽃

해마다 가을이와
하이얀이 피여나도

그마음 달낼길없어
햇쪽이 웃고 시드는꽃

세모진 주머니를 지어
까 – 만 주머니 가득
하이얀 비밀을 담어놓고
아모말없이 시드는꽃

정호승의 시에서는 메밀꽃이 각별한 의미를 가진 객관적 상관물로
나타난다. 그의 시집에는 '모밀꽃'이라는 제목의 시가 두 편 있으며, 시
집 이름을 『모밀꽃』이라고 한 데에서도 그가 메밀꽃에 대해 깊은 관심
을 가지고 있었음을 알 수 있다. 뿐만아니라 그의 시집 『모밀꽃』의 맨
앞쪽에 있는 서시적 성격의 '나는/ 들 가온데 외로이 선 허수아비/ 소
슬바람에 풍겨오는/ 모밀꽃을 사랑한다'라는 글귀를 통해 메밀꽃에
대한 그의 남다른 애정을 선언하고 있기도 하다. 사실 '가을이면 가난
한 모밀꽃 향그러운 山기슭('나는송아지늬가좋아」)'등의 시구에서 짐작되
는 바대로 그의 성장 과정에서 고향의 메밀꽃은 그의 정서를 자극하는
중요한 몫을 담당했을 가능성은 충분히 있다. 메밀꽃은 정호승 시의
호재였다.

이 시에서는 메밀꽃이 어느 여인으로 자아화되어 있다. 그런데 그 꽃
은 제2연에서 '깨끗이 피는꽃'으로, 제3연에서는 '외로이 피는꽃'으로
되어 있다. 이것은 바로 '순결'과 '고독'을 나타낸 것으로 그의 본래적
자아와 현실적 자아의 속성을 표상한 것이다. 따라서 그 여인은 바로
본성적으로 순결한 존재이지만 현실적 고통에서 좌절하고 있는 힘없
는 존재로서의 고독한 농민의 전형이 된다. 메밀꽃은 일종의 구황 작물

이며, 작고 가냘픈 모습과 색깔로 무리를 이루어 피는 꽃이라는 점을 상기할 때, 당시 농민의 객관적 상관물로서 메밀꽃은 향토적 서정과 질 곡적 농민 현실을 조화롭게 배합한 간극 없는 이미지로 정호승 시에서 피어난 것이다. 끝연의 '하이얀 비밀'은 언젠가는 본래적 아름다움의 속성을 되찾을 수 있다는 신념의 결실로서의 메밀 열매를 그린 것으로 볼 수 있다. 그것은 바로 민족적이고 국가적인 의미를 환기하는 것이라 고도 볼 수 있는데, '모밀꽃이/ 많이 피는 해는/ 마음이 가난하고/ 나라 가 가난하고(「모밀꽃2」)'와 같은 부분과 관련시켜 볼 때 더욱 분명해진 다. 이와 같이 농민의 척박한 삶을 역사적이고 민족적인 시각으로 파악 한 정호승은 이를 향토적 서정에 융합시켜 '모밀꽃'으로 피워내는 시 적 성취를 이루었던 것이다. 식민정책에 의해 생성된 민족적 '관계망의 파괴'는 정호승 시에 있어 현실의 대명사이며, 그러한 절망적 현실 속 에서 피어나는 서정은 '모밀꽃'으로 상징되었다. 이 메밀꽃은 이상과 현실, 긍정과 부정, 과거와 현재, 자연과 인간, 하양과 까망, 따뜻함과 차가움, 해빙과 동결, 봄과 겨울, 기쁨과 슬픔, 삶과 죽음, 희망과 좌절 등을 변증법적으로 통합하면서 '아름다운 고향의 자연'과 '상실된 민 족의 현실'을 교직하는 미적 구조를 성취하고 있다. 당대의 다른 시들 과 비교해 볼 때, 미적 성취의 수준이나 시의식의 무게가 결코 가볍지 않은 것이다. 그래서 우리는 묻혀 있던 보배가 더욱 값지고 빛나는 현 상을 여기서 만나게 된다.

『문예월간』, 『문학건설』, 『문학』, 『문학창조』, 『신인문학』, 『삼사문 학』, 『예술』, 『풍림』, 『삼천리문학』 등 당시의 문학지들이 대개 창간호 로 끝나거나 잘해야 1~2년을 넘기지 못했음을 떠올릴 때, 정호승 시인 이 7년간(1933.10~1939.7, 통권 19호)이나 『조선문학』을 발행한 주인공이 었음을 생각하면 그 보배스러움이 더욱 돌올하기만 하다. 그의 개인적

삶의 이념적 굴절 그리고 월북 후 종적을 알 수 없음이 아직 민족적 비극의 상징으로 남아 있어 안타깝다. 그렇지만 묻혀 있던 정호승 시인의 존재가 이 세상에 알려진 뒤 도종환 시인의 평론 「시집 '모밀꽃'과 정호승의 생애」, 조용훈 교수의 학술서 『정호승 연구』, 그리고 몇 편의 학술논문들이 발표된 것은 시인의 신산하고 뜨거웠던 문학적 삶에 대한 작은 보답들이라 하겠다. 그리고 아버지의 문학적 핏줄을 이어받은 시인의 장남 정태준 선생이 아버지의 시집과 만난 후 얼마 되지 않아 시인으로 등단하여 이미 여러 권의 시집을 내는 놀라운 재능을 보여 주고 있는 것은 '다시 피는 메밀꽃'의 기쁨이고, 남편과 헤어져 반세기 동안 고통의 삶을 살던 시인의 부인 정정순 여사가 끝내 그를 만나지 못하고 남편의 시집만 가슴에 품고 저 세상으로 가신 것은 영원한 슬픔으로 남는다. (이 글에는 『국어국문학』 제108호에 실린 필자의 논문 「정호승의 생애와 농민시」의 내용과 중복되는 부분이 있음.)

비평의 빈자리와 존재 현실

The Emptiness of Criticism and the Reality of Being

제2부

김종삼 시의 빈자리와 디아스포라

제1장

김종삼 시의 건너뜀과 빈자리

1. 디아스포라적 삶의 빈자리

　김종삼(金宗三, 1921~1984) 시인이 타계한 것이 불과 30년도 되지 않아 일정부분 우리와 동시대를 살고 간 시인이지만, 몇 가지 생애적 자료의 불확실성을 바로잡을 필요가 있음을 먼저 말하고 싶다. 첫째는 그의 출생지인데, 김종삼 시인의 문학적 삶을 살펴보기 위하여 자료를 뒤지다 보면 모든 자료에서 '황해도 은률 출생'이라는 기록을 보게 된다. 그러나 김종삼은 은률 출생이 아니고 '평양 출생'이라는 것이다. 아직 정정하게 생존하는 시인의 부인 정귀례 여사의 증언에 따르면, 은률은 시인의 외가가 있던 곳으로 유아시절 얼마 동안 머무른 곳이기는 하지만 김종삼은 평양에서 출생하였다는 것이다. 그의 친형인 김종문의 출생지가 평양인 점을 감안하면 신빙성 있는 증언으로 판단된다. 그리고 그의 생일문제인데 1921년 3월 19일생으로 나와 있는 자료들이 많은데, 이는 틀림없는 오류로 판단된다. 김종삼 시인의 생일은 1921년 4월 25일이고, 그의 생존시에도 양력으로 가족들이 4월 25일에 생일을 기념하였다는 것이다. 그러니까 태어난 공간과 시간이 모두 오류인 셈인데

이는 그의 생애의 빈자리가 큼을 상징적으로 보여 주는 일이 아닐 수
없다.

　아무튼 그는 북한 땅에서 태어나 평양의 광성보통학교를 졸업하고
숭실중학교를 다니다가 중퇴하고 1938년 일본으로 가서 동경의 도요
시마상업학교에 편입학하여 1940년에 졸업하였다. 2년 뒤인 1942년에
는 일본 동경문화원 문학과에 입학하였으나, 1944년 6월까지 다니고
중퇴하였다. 중퇴 이유는 문학을 공부한다는 것에 반대하여 집에서 학
비를 보내 주지 않았기 때문이라고 한다. 이어서 7월에 동경 출판배급
주식회사에 입사했다가 12월에 사직하고, 부두 노동자 등으로 전전하
다가 이듬해 8월 해방직후 귀국하였다. 그리고 1947년 봄 월남하여 대
부분 서울에서 살았다. 1953년에는 황해도 연백 출신으로 김종삼 시인
과 친분이 두터웠던 문학평론가 임긍재가 주관하던『신세계』에 작품
을 발표함으로써 시인으로서의 문학적 삶을 시작하여 1984년 12월 8
일 타계할 때까지 약 30여 년간 시인으로서의 삶을 살았다. 그러나 생
활인으로서의 개인적 삶은 크게 행복하지 못했던 같다.『군사 다이제
스트』편집부, 국방부 정훈국 방송과 상임연출가(음악담당), 동아방송 제
작부(음악담당 프로듀서) 등에서 근무했지만 안정된 직장생활을 길게 하
지는 못했다. '술'과 '음악'에 대한 심취는 그의 경제적 삶을 더욱 고단
하게 했던 것 같다. 제법 월급을 많이 받을 때에도 그는 가정보다는 천
상병 같은 문단 술친구들을 비롯한 타인들과의 교유에 더 신경을 써서
생활비는 조금씩밖에 내놓지 않았다는 것이다. '생활의 윤택'과 '시의
광채'는 양립할 수 없다는 그의 신념이 발현된 생애였다고나 할까. 그
는 기인적 행로를 술과 음악에 취해 걸어간 사람이었다. 그러니까 그의
생애는 디아스포라적 삶의 연속이었고 그에 따른 고통, 그리고 그 고통
을 잊기 위하여 방황의 길을 걸어간 사람으로서, 가족도 있고 나라도

있었지만, 마음의 공간은 늘 비어 있었는지 모른다.

디아스포라(diaspora)는 '흩어짐'의 뜻으로, 팔레스타인 이외의 지역에 살면서 유대적 종교 규범과 생활 관습을 유지하는 유대인을 이르는 말이다. 그러니까 김종삼도 고향에서 일탈하여 평생 뿌리 뽑힌 삶을 영위하였던 것이고, 그의 정신은 항상 떠나온 출발점에 대한 그리움 속에 자리잡고 있었다. 여기서 비롯된 마음의 빈자리는 계속되었고 그 공간에 '술'과 '음악'을 채우고 불쾌해지거나 노여울 때 '시'를 썼다고 한다. 그의 시세계가 '흩어진 것에 대한 그리움'과 상실된 '순수 세계'를 음악과 관련된 언어 등으로 인유하여 노래하였고, 그의 작품수가 문학적 생애에 비하여 턱없이 과작인 까닭이다. 디아스포라적 삶에서 오는 마음의 빈자리가 김종삼 시인의 삶의 공간이었고, 시의 터전이었던 것이다. 김종삼 시인의 생애에서 탈공간(脫空間, dislocation) 경험은 크게 셋으로 나누어 볼 수 있다. ① 출생지(평양 또는 은율)에서 성장지(평양 또는 은율)에로의 전치(轉置, displacement), ② 조국에서 식민지 본국(일본)으로의 전치, ③ 북한에서 남한으로의 전치가 그것이다. 그것은 '삶의 건너뜀'이고 그에 의한 빈자리에 자아의 능동성과 유효성이 폐기되거나 윤색될 가능성이 크다. 이러한 자아는 원점을 향한 그리움, 현실적 삶에서의 소극성(이는 김종삼의 경우 순수지향의식으로 나타나는 듯하다.), 떠돌이로서의 불안감, 고통에 대한 숨김이나 전유(轉有, appropriation) 등으로 의식화되어 김종삼 시에서 형상화된 것으로 생각한다. 이러한 시의 주제적 측면은 그에 상응하는 방법적 특성을 불러오기 마련인데, 그게 바로 '건너뜀에 의한 빈자리 만들기'라고 판단된다.

2. 시, 그 비밀의 존재

시는 그때마다 무엇이 보이나 하고 궁금히 여기는 사람들 앞에서 문을 열어 보이고 곧 문을 닫아 버린다는 미국의 시인 샌드버그(Carl Sandburg)의 말처럼 분명한 정체를 쉽게 드러내지 않는 비밀의 세계에 위치한다. 이형기 시인의 말처럼 '정체불명의 영원한 미지수'가 시이기 때문에 포우(E. A. Poe)는 "시에 대한 정의는 단지 말의 전쟁에 지나지 않는다."라고 정리했고, 엘리엇(T. S. Eliot)은 "시 정의의 역사는 오류의 역사"라고 단정했을 것이다. 그러니까 시는 사람들이 얼른 알아보고 이해할 수 있는 그런 존재가 아니다. 그래서 난해하고 모호한 상징물로서 존재하는 것이 시의 본성인 것이다. '무한다면체'의 얼굴에 깊고 넓은 함축성을 품고 있는 괴물이라고나 할까. 그러니까 독자들은 시적 상황이나 내용 또는 사상 등을 만족하게 들여다 볼 수 없는 것이고, 그렇게 하려고 하는 것은 시에 대하여 모르거나 오해하고 있는 것이리라. 시를 창작하는 입장에서도 가능하면 숨기고 감추면서 비밀의 여백을 될 수 있는 대로 많이 두도록 노력 하는 것은 당연한 것이리라.

비밀스러운 존재라는 것은 정체를 잘 모른다는 말이다. 이러한 존재를 만들어 내기 위해서는 첫째로 몸의 일부분(또는 전부)을 '숨김'이 필요하다. 둘째로는 몸이 다 보이더라도 '변장'을 하여 그 정체를 잘 알아볼 수 없도록 하여야 한다. 앞의 것을 '숨김의 건너뜀'이라 부르고자 하는데 이는 형태적으로 부분을 숨김(생략, 비약)으로써 의미의 건너뜀을 통하여 빈자리를 만드는 방법이다. 이는 의도적 생략이나 유추가 난해한 비약, 불완전한 구문, 시제의 불연속 등으로 요약할 수 있겠다. 뒤의 것은 '변장으로서의 건너뜀'이라고 이르고자 하는데 이는 비유나 상징 등의 수사적 방법을 통한 의미의 함축으로 빈자리를 만드는 것이다. 김

종삼의 시를 보면 '숨김의 건너뜀'과 '변장으로서의 건너뜀' 두 가지가 모두 적극적으로 활용되어 시의 본질로 핍진(逼眞)한다. 그러니까 김종삼 시인은 '건너뜀'으로 비밀의 공간을 조성하였고, 그것을 통하여 시의 본질인 '비밀의 존재'를 창조하려고 하였던 것이다. 이는 형식주의자의 용어를 빌면 '낯설게 말하기'라고 할 수 있다. 비틀기, 반대로 말하기, 모호하게 말하기, 꺾기, 빼기, 곱하기, 나누기, 숨기기(감추기), 비워 두기, 비논리적으로 말하기 등을 통하여 '긴장'을 조성하고 그 긴장을 감내하는 시간을 통과하면서 이해와 동감을 만나는 순간에 감격적으로 도달하게 하여 독자들의 가슴을 울려 '감동'을 불러일으키게 하는 것이다. 그 긴장이 때린 감동의 파장이 클수록 독자의 가슴에 잊히지 않는 '감명(感銘)'으로 새겨져 오랜 시간을 견디는 것이다.

시의 본질을 꿰뚫은 김종삼의 '건너뜀'은 우리들에게 그의 시를 오랜 동안 보게 하고, 생각하게 하고, 곱씹게 하고, 아름다움의 세계에 젖게 하는 요체가 되는 것이다.

3. 「북치는 소년」과 건너뜀

시는 산문과는 다른 담화구조로 되어 있다. 그 형태적 다름은 무엇보다 산문문학에 비해 그 길이가 짧다는 것이고, 또 하나는 행과 연의 구분이 있다는 것으로 요약된다. 이것이 시형식의 본질적 특징이다. 같은 이야기를 하더라도 짧게 말한다는 것은 생략이나 응축에 의한 빈자리 설정으로 독자들이 참여할 수 있는 상상의 공간을 제공하여 효과적으로 말한다는 것이 된다. 또 행과 연을 구분하여 말한다는 것도 행과 행 사이 또는 연과 연 사이에 빈자리를 두고 건너뜀을 본질로 한다는 뜻이다. 이와 같은 '건너뜀'에 의한 '빈자리'의 설정은 시의 본질적 특성으로 판단된다. 이러한 '건너뜀'은 의미의 불확정성을 가져오게 되며, 그것은 시의 중요한 효과요인으로 기능한다.

　김종삼 시인과 비슷한 시대를 살다 간 유명한 시인으로 우리는 김춘수와 김수영 시인을 쉽게 떠올릴 수 있다. 여기서는 세 시인의 대표작인 「꽃」과 「풀」 그리고 「북치는 소년」을 대상으로 하여 '건너뜀'의 양상을 비교적으로 살펴보고자 한다. 그것은 누가 시의 본질에 더 가까이 갔는가의 문제와 직결되는 일이다.

　　내가 그의 이름을 불러 주기 전에는
　　그는 다만
　　하나의 몸짓에 지나지 않았다.

　　내가 그의 이름을 불러 주었을 때
　　그는 나에게로 와서
　　꽃이 되었다.

　　내가 그의 이름을 불러 준 것처럼
　　나의 이 빛깔과 향기(香氣)에 알맞은
　　누가 나의 이름을 불러다오.
　　그에게로 가서 나도
　　그의 꽃이 되고 싶다.

　　우리들은 모두
　　무엇이 되고 싶다.

너는 나에게 나는 너에게

잊혀지지 않는 하나의 눈짓이 되고 싶다.

　　　　　　　　　　—김춘수, 「꽃」 전문

　1952년에 발표된 이 시는 서정적 자아가 '그'를 불러 주었을 때 그가 '꽃'이 되었다는 것과 자신도 누군가의 꽃이 되고 싶으니 '나'를 불러 달라고 말하면서 우리들은 모두 서로의 '꽃' 또는 '눈짓'이 되고 싶다는 소망을 전하고 있다. 그리하여 독자들은 상징적으로 암시된 '꽃'과 '눈짓'의 '변장으로서의 건너뜀'을 만나게 된다. 그러니까 그, 나, 우리들을 변장시킨 '꽃'의 시적 변용에 주목하게 만든다. '사람'을 '꽃'으로 바꾼 의미의 건너뜀을 통하여 감동에 이르는 것이다. 그러나 그것은 너무 단순한 시적 장치에 머무르고 있다고 생각한다. 즉 시의 형태적 측면이나 문장구조에서 '숨김의 건너뜀'이 없다는 것이다. 이 시를 산문으로 붙여 놓아도 아무런 이상이 없다. 문장성분 하나 빠진 것이 없는 완성된 구문의 나열에 그치고 있다. 필연적 사유도 없이 문장이 끝날 때마다 마침표를 찍은 것도 산문적 발상의 결과이다. 그것은 행과 연을 구분한 것이 특별한 의미를 갖지 못한다는 것을 의미하며, 시의 본질적 특성에 알맞은 구조라고 말하기 어렵다. 생략된 언어나 사건이나 생각이 하나도 없이 완벽한 진술로 되어 있다. 이러한 설명적 형식은 산문에 적당한 방법이다. 그렇다고 이 시가 산문시도 아니다. 이 작품은 시의 본질에 도달하기 이전의 산문적 언술과 그에 따른 상상력의 부족을 드러내고 있다고 하겠다. 예술적 상상력이 미흡하고 따라서 시를 이해하는 시간이 그리 오래 걸리지 않으며 그래서 시적 긴장도 높지 않다. 한국의 대표적 시인의 대표시가 되기에는 부족한 구석이 많은 편이다. 독자의 몫으로 배정되어야 할 빈자리가 너무 좁다는 말이다. 김수영의

「풀」 또한 비슷한 모습이다.

풀이 눕는다
비를 몰아오는 동풍에 나부껴
풀은 눕고
드디어 울었다
날이 흐려서 더 울다가
다시 누웠다

풀이 눕는다
바람보다도 더 빨리 눕는다
바람보다도 더 빨리 울고
바람보다 먼저 일어난다

날이 흐리고 풀이 눕는다
발목까지
발밑까지 눕는다
바람보다 늦게 누워도
바람보다 먼저 일어나고
바람보다 늦게 울어도
바람보다 먼저 웃는다
날이 흐리고 풀뿌리가 눕는다
　　　　　　　　　—김수영, 「풀」 전문

1968년에 발표된 「풀」 역시 '풀'과 '바람'이라는 대립적 두 시어의

상징적 암시에 의한 의미의 건너뜀 말고는 이렇다 할 숨김의 미학이 보이지 않는다. 그러나 김춘수의 꽃보다는 '울다'와 '웃다'라는 행위의 상징도 겹침으로써 보다 비밀스러운 장치를 하고 있다고 할 수 있지만, 문장성분 하나 빠지지 않은 완성된 모습의 구문은 여전하다. 두 거장의 이러한 시적 기술(記述)은 산문적 진술과 별로 다를 것이 없다. 시는 시의 문법이 존재하는 것이 아닐까. 시의 본질적 특성에 도달하였다고 말하기에는 어딘가 부족한 것이다. 누구의 말대로 우리는 '우상의 가면'을 대하고 있는 것은 아닐까. '변장으로서의 건너뜀'은 있어도 '숨김의 건너뜀'이 없는 이들의 시는 범박하게 말하면 시의 본질에 반쯤만 접근한 것은 아닐. 물론 이 작품들을 꼼꼼히 읽으면 더 많은 시적 장치와 시적 구조를 찾아내기란 어려운 일은 아니다. 그렇다고 하더라도 비밀의 존재인 시에 있어 형식적 측면이나 구문적으로 건너뜀의 공간이 더욱 넓었으면 하는 바람을 버릴 수가 없다. 그것은 독자의 몫을 축소시킨 것에 대한 아쉬움인 것이다. 이제 1969년 시집 『십이음계』에 실린 김종삼의 「북치는 소년」을 보자.

　　내용 없는 아름다움처럼

　　가난한 아희에게 온
　　서양 나라에서 온
　　아름다운 크리스마스 카드처럼

　　어린 羊들의 등성이에 반짝이는 진눈깨비처럼
　　　　　　　　　　　―김종삼, 「북치는 소년」 전문

이 시는 우선 앞의 두 작품보다 훨씬 간략한 형태로 되어 있다. 불과 다섯 행의 가벼운 몸무게를 가지고 있지만 커다란 빈자리를 독자들에게 마련해 주고 있다. 우선 제목을 보면 「꽃」이나 「풀」은 누구나 다 아는 보통명사로 되어 있다. 그러나 「북치는 소년」은 어떤 특정한 사람이거나 특정한 사정을 아는 사람만이 이해할 수 있는 것으로 고유명사와 비슷한 기능을 하는 제목으로 되어 있어 독자의 궁금증이나 상상력을 부르는 어떤 빈자리가 들어 있다. 그 빈자리를 메울 수 있는 의미는 숨어 있는 것이다. '크리스마스 카드'에서 유추할 수 있는 '북치는 소년'은 성탄 캐럴의 제목이다. 이 음악의 제목과 관련하여 독자에게 아직 숨겨진 2차적 내용으로 다음과 같은 이야기도 있다. 프랑스가 오스트리아와 전쟁을 하고 있을 때, 북치는 소년병사가 있었는데, 탄환도 부족하고 사기도 떨어진 프랑스 군의 사령관이 퇴각명령을 알리는 북을 치라고 하였으나, 소년은 눈물을 흘리며 퇴각의 북을 칠 줄 모른다고 하면서 진군의 북을 쳐서 지원군이 온 것으로 이해한 병사들이 용기를 내어 진군함으로써 승리를 가져왔다는 것이다. 그러나 사령관이 그 소년을 다시 찾았을 때 소년은 이미 적탄을 맞고 북채를 두 손으로 굳게 움켜쥔 채 죽어 있었다는 이야기이다. 이 시는 제목만 가지고도 이렇게 큰 빈자리를 마련하여 긴장을 불러오고 있다. 김종삼은 많은 시에서 고유명사, 음악용어 등을 사용하여 이러한 빈자리를 독자에게 내어주고 있는 것이다.

무엇보다 이 시의 구문적 특성은 문장성분을 제대로 갖춘 완전한 문장이 하나도 없다는 것이다. 문장의 주성분인 주어도 서술어도 찾을 수 없는 몇 개의 구절만으로 되어 있는 시다. 그래서 우리는 숨어 있는 주어와 서술어의 정체를 밝히려고 긴장하게 된다. 숨긴다는 것은 긴장을 조성하는 일이다. 긴장의 시간이 흐른 다음 우리는 시의 제목으로 주어

를 유추할 수 있다. 즉 '북치는 소년'이라는 음악이 '내용 없는 아름다움처럼' 어떠하고, 가난한 아이에게 서양나라에서 온 '크리스마스 카드처럼' 어떠하며, 어린 양들의 등성이에 반짝이는 '진눈깨비처럼' 어떠하리라는 사실을 암시받게 된다. 그 다음은 숨겨진 서술어를 찾을 차례이다. 그것은 '어떠하다'에 해당하는 말일 것이다. 그러나 한 단어로 분명하게 제시하기는 어려운 것이 사실이다. 독자들은 '순간적이다', '일회적이다', '허망하다', '순수하다', '이상적이다', '아름답다', '의미 깊다', '유혹적이다', '유일하다', '살고 싶다' 또는 '죽고 싶다' 등을 연상하면서 미적 긴장의 파장에 공명하게 된다. '건너뜀에 의한 빈자리'의 진가와 만나게 되는 것이다. 「꽃」이나 「풀」보다 훨씬 큰 빈자리 속으로 독자들의 상상력이 들어가서 미적 유희와 정신적 쾌락에 동참하게 된다는 말이다. 순수 세계를 지향하는 시인의 미의식을 음미할 수 있는 대표작이라고 말하기에 주저할 필요가 없다. 그것은 '숨김의 건너뜀'이 이룬 미적 결실이다.

　「북치는 소년」은 확장직유의 형식으로 되어 있다. 직유는 다 아는 것처럼 'A가(이, 은/는) B처럼(같이, 듯이) ~하다'의 형태로 이루어지는데, 확장직유는 B가 복수로 나열되는 형태를 말한다. 그리고 관계사 뒤의 서술어인 '~하다'에 의하여 A와 B의 동일성이 드러나는 설명적인 비유가 직유이다. 위의 시에서 A와 B는 원관념과 보조관념에 해당하는 것인데, A는 모두 숨어 있고, B만 세 개로 노출되어 있다. 그리고 설명부분인 서술어 '~하다'가 생략되어 숨어 있다. 따라서 직유이지만 설명적 부분을 감춤으로써 은유적 성격이거나 아니면 더 나아가 상징적 함축성을 가지게 하여 보편적인 직유와는 아주 다르게 비밀의 세계를 창조한다. 직유이든 은유이든 비유는 'A=B'라는 동질성(등가성)을 원리로 하여 이루어진다. 이 시에서 A를 '북치는 소년'이라는 음악으로 본다면 그것은 복수의 B처럼 '어떠하다'는 것인데 그것마저 생략되어 불확정성을 더욱 고조시킨다. 즉 '북치는 소년=내용 없는 아름다움=크리스마스 카드=진눈깨비'로 유추하여 읽을 수 있지만 또 하나의 등가항인 '어떠하다'가 생략되어 긴장의 미학을 창조하고 있는 것이다. 그러니까 이 시는 '숨김의 건너뜀'과 '변장으로서의 건너뜀'을 모두 갖추고서 몇 겹의 베일에 싸여 있는 비밀스러운 존재가 된다. 그리하여 이중삼중으로 건너뛰어 독자의 미적 상상력을 커다란 빈자리로 초대하여 즐기게 하는 것이다.

4. '건너뜀'의 대 잇기

지금까지 살펴본 김종삼 시의 '건너뜀'의 방법은 시의 본질에 접근하려는 그의 독특한 노력이나 재능으로 인정하여도 좋을 것이다. 그것은 실험적 기법, 개성적 세계관, 모더니즘적 미의식의 발현 등으로 평가할 수 있을 것이다. 그러나 이에 따른 '난해성'의 문제를 많은 사람들이 우려할 수밖에 없는 것도 또한 사실이다. 그렇지만 대중에게 쉽게 많이 읽히기 위하여 시를 짓는다면 시의 본질을 외면하는 것이며 시의 발전 또한 기약할 수 없다는 것 또한 엄연한 사실이다. 현재 한국시단을 휩쓸고 있는 '난해시' 문제 또한 이러한 연장선에서 이해할 수 있을 것이다. 이러한 시들은 김종삼이라는 거울에 비춰 볼 때 나름대로의 진정성 있는 예술창조의 한 모습으로 평가할 수 있을 것이다.

매미가 허물을 벗는, 점액질의 시간을 빠져나오는, 서서히 몸 하나를 버리고, 몸 하나를 얻는, 살갗이 찢어지고 벗겨지는 순간, 그 날개에 번

갯불의 섬광이 새겨지고, 개망초의 꽃무늬가 내려앉고, 생살 긁히듯 뜯기듯, 끈끈하고 미끄럽게, 몸이 몸을 뚫고 나와, 몸 하나를 지우고 몸 하나를 살려내는, 발소리도 죽이고 숨소리도 죽이는, 여기에 고요히 내 숨결을 얹어보는, 난생처음 두 눈 뜨고, 진흙을 빠져나오는 진흙처럼

　　　　　　　　　　　—오정국, 「진흙을 빠져나오는 진흙처럼」 전문

　김종삼의 「북치는 소년」에 보이는 '건너뜀'의 방법이 한결 발전된 모습으로 이 시에 나타나 있음을 우리는 쉽게 확인할 수 있다. 산문시의 형태를 띠고 있지만 주어와 서술어를 갖춘 완전한 문장이 하나도 없는 시적 구문을 통하여 「북치는 소년」의 혈통을 확인하게 된다. 오정국이 김종삼 시를 어떻게 수용하고 있는지 필자는 알 수 없다. 그러나 이러한 시적 구문을 사용하고 있다는 것은 그가 고뇌를 통하여 깨달은 시적 본질의 영역에 가 있음을 이해하기는 어렵지 않다. 제목이 암시하고 있는 바처럼 이 시의 핵심은 '진흙을 빠져나오는 진흙처럼'에 놓여 있다. 그러나 「북치는 소년」처럼 직유형태를 분명하게 찾아보기 어렵도록 앞부분이 복잡성을 띠고 있다. 그 복잡성의 내용을 종합하고 마무리하는 결론적 성격을 마지막 직유 부분이 함축하고 있는 것으로 판단된다. 이 직유 부분에서 원관념인 A도 보조관념인 B도 그것들의 동일성 설명 부분인 서술어도 모두 '건너뜀'으로 처리되어 「북치는 소년」보다 더욱 난해하고 동시에 긴장이 높고 의미가 깊다. 그러나 필자는 이 시를 '진흙을 빠져나오는 진흙처럼'이 일단 가상의 A1이고 앞부분들이 모두 A1과의 동일성을 설명하는 서술구문으로 가상 B들의 복합체로 보고자 한다. 그렇게 읽으면서 숨어 있는 진짜 A의 정체를 풀어가는 방법을 택하자는 독법이다. 그렇게 볼 때 가상의 A1은 매미가 허물을 벗는 것이며, 점액질의 시간을 빠져나오는 것이며, 서서히 몸 하나를 버

리고 몸 하나를 얻는 것인데 그것은 살갗이 찢어지고 벗겨지는 순간이다. 그때에 날개에 번갯불의 섬광이 새겨지고, 개망초의 꽃무늬가 내려 앉는 새로운 생성이 이루어진다. 그 시간은 생살 긁히듯 뜯기듯 고통을 수반하는 시간이며, 끈끈하고 미끄럽게, 몸이 몸을 뚫고 나와, 몸 하나를 지우고 몸 하나를 살려내는 신비한 시간이다. 이와 같은 '고통을 통과한 탄생'의 신비함은 발소리도 죽이고 숨소리도 죽이는 경외의 시간이 되며, 생명체인 서정적 자아의 숨결을 고요히 얹어보는 동질성 확인의 시간처럼 보인다. 이렇게 보면 이 시에 나타난 비유체계는 '진짜 A = 가상 A1 = 가상 B들의 복합체(설명부분)'가 된다. 요약하면 A는 '진흙을 빠져나오는 진흙처럼'과 같은 것으로서 새롭고 신비한 존재의 생성 시간이거나 생성 그 자체가 된다. 그러니까 A는 몇 겹의 비밀에 쌓여 있어 정체를 숨기고 있는 그 무엇인데 우리는 다만 생명생성, 예술창조, 가치구현, 이상실현 등을 상정하면서 정답 없는 미적회로를 유영하게 되는 것이 아닐까. 어쩌면 김종삼의 '내용 없는 아름다움'에 빠져 미적 유희를 즐기듯이 말이다.

> 두 개의 목이
> 두 개의 기둥처럼 집과 공간을 만들 때
> 창문이 열리고
> 불꽃처럼 손이 화라락 날아오를 때
> 두 사람은 나무처럼 서 있고
> 나무는 사람들처럼 걷고, 빨리 걸을 때
> 두 개의 목이 기울어질 때
> 키스는 가볍고
> 가볍게 나뭇잎을 떠나는 물방울, 더 큰 물방울들이

숲의 냄새를 터뜨릴 때
두 개의 목이 서로의 얼굴을 바꿔 얹을 때
내 얼굴이 너의 목에서 돋아나왔을 때
　　　―김행숙, 「숲속의 키스」 전문

　김행숙의 이 시에서 우리는 반복되는 '～ㄹ때'라는 시간의 제시만을
만날 뿐 완전한 문장은 하나도 찾을 수가 없다. 그만큼 빈자리가 크게
자리잡고 있는 것이다. 다만 「숲속의 키스」라는 제목에 의지 하여 그것
이 숲속에서 키스할 때라는 것을 암시받을 뿐 어떠한 의미도 확실하게
해석하기 어렵다. 그냥 '익명의 중얼거림'의 연쇄로 이루어진 언어조
직을 통하여 데리다가 말하는 차연(差延)에 편승할 뿐이다. 김종삼 시에
서 보는 '숨김의 건너뜀'과 '변장으로서의 건너뜀'을 모두 가지고 있지
만, 그 정도가 지나쳐 이 시가 만들고 있는 비밀의 정체를 파악하기는
지난하다. 여기서 '두 개의 목'은 환유적 표현으로 키스하는 두 사람을
떠올리게 하고, '집과 공간'은 정감 있는 사이로, '불꽃처럼 손이 화라
락 날아오를 때'는 열정적 포옹으로, '두 개의 목이 서로의 얼굴을 바꿔
얹을 때'는 완벽한 합일 정도의 정황을 감지할 뿐이다. 그러나 이러한
느낌도 정확하게 읽은 것이라고 말하기는 어렵도록 조직되어 있는 것
이 사실이다. 극도의 '낯설게 하기'에 의한 긴장의 시간이 너무 길어 숲
속에서 하는 키스의 막연한 감각적 잔여만이 남게 된다.

분홍색 얇은 꽃 이파리 결 따라 팔랑거리는 물
암술 수술의 간절함으로 가녀린 물
비린 거울처럼 내가 비춰지는 몸속의 물
비추다가 순식간에 사라지는 물

바람에 섞여 흩어지다가 머리칼을 적시는 물
방바닥까지 내려온 구름처럼 나를 잠기게 하는 물
흐릿한 먹물로 찍어 쓴 초서처럼 내 몸 위에 씌어지는 물
그 물결로 나를 살랑살랑 흔드는 물
햇볕에 마르는 희디흰 광목에
보고 싶은 얼굴의 형상으로 번지다 마는 물
알약과 함께 삼켜지는 물
저녁나절 창문을 어루만지다 돌아가는 물
어항에 담겨 물고기의 숨이 되는 물

방 한가운데서 거룩하게 끓어오르는 물
향기로운 찻잎을 적시는 물
서로 마주 앉아 예를 다해 정중하게 마시는 물
이어서 내장을 닦고 방광에 모이는 물
더러운 물
썩어서 끓어오르는 물
네 살갗의 작은 구멍마다 송송 맺히는 물
짠물

물이 물을 때렸어. 뱀처럼 엉킨 물. 발가벗은 물. 물이 물을 박살냈어.
철썩철썩 때리는 물의 손가락. 기어가는 물. 뒹구는 물. 쇠처럼 굳은 물.
참지 못하고 마침내 쏟아지는 물. 뺨 위에 씌어지다 귓바퀴 뒤로 흘러내
리는 물. 물과 물이 마주 앉아 서로를 비추다 가버렸어. 물속에 차곡차
곡 쌓이는 나날의 그림자. 축축한 이 거울이 죽으면 나도 죽게 되는 물.

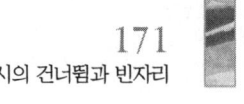
(입속에서 하루 종일 물이 끓었어)

―김혜순, 「마음」 전문

김혜순의 「마음」 역시 문장성분을 제대로 갖춘 문장을 거의 찾아보기 어렵다. 김종삼의 「북치는 소년」에 나오는 '건너뜀'의 양상이 여기서는 더욱 복잡하고 극단적이어서 난해하기 이를 데 없다. '물'이라는 기표에서 끝없이 미끄러져 나가는 기의들을 좇아 환유된 이 시의 의미 구조를 파악한다는 것 역시 도로가 될 가능성이 크다. 그렇다고 여기에서의 '물'을 원형상징으로 읽기에는 그 의미망이 너무 복잡다단하다. 그야말로 '흐릿한 먹물로 찍어 쓴 초서처럼' 불분명하고 얽혀 있어 해독하기 어렵다. 모두 4연으로 되어 있는 이 시에서 제1~2연은 행갈이를 하였으나 제3연은 행 구분이 없는 산문의 형태를 취하고 있다. 그리고 마지막 제4연은 괄호 속에 넣고 있다. 그럼에도 불구하고 제4연은 내용의 구조를 총괄적으로 함축하는 것으로 판단되어 주목을 요한다. 여기에서 '하루'를 '일생'을 뜻하는 기본 개념적 은유로 읽을 수 있고, '끓다'를 '분노한다/원망한다/괴롭힌다' 정도로 읽는다면, '물'이 일생 동안 서정적 자아 또는 인간을 괴롭히는 존재로 이해할 수 있다. 그런데 제1~2연에 보이는 물은 대체로 부정적인 속성과 긍정적인 속성을 함께 가지고 있지만 결국은 '더러운 물'이고 '짠물'이다. 그것은 불결하지만 고통 속에 간직하며 살아야 하는 인생 앞에 지속적으로 펼쳐지는 고난과 그에 따른 인고의 숙명을 암시하는 것처럼 보인다. 그리고 제3연은 이 '물'들이 죽을 때까지 벗어날 수 없는 상호관계성에 의하여 유지됨을 형상화한 듯이 보인다. 결국 이 시의 '물'은 인간의 숙명, 이상, 본성 등과 관련된 삶의 지속적 고뇌나 고통과 관련되리라고 추단할 수는 있다. 그러나 이 시의 의미망은 그렇게 단순하게 요약될 성질의 것

이 아니다. 극단적으로 복잡미묘한 양상으로 짜여 있어 구조주의적 중심이나 목적을 상정하여 읽히기를 거부하고 있는 것인지도 모른다. 아무튼 김종삼이 시도했던, 그리고 필자가 시의 본질이라고 말했던 '건너뜀'은 이 시대 들어 극단적인 경향을 보이면서 건너뜀의 미학을 실현하고 있다.

5. 방법론의 외연 넓히기

지금까지 본고는 김종삼 시인의 탈공간의 디아스포라적 삶에서 빈자리를 발견했고, 그 빈자리를 술과 음악 그리고 시로 채웠다고 말했다. 이러한 시인의 자아는 그 빈자리에 폐기되거나 윤색되어 원점을 향한 그리움, 순수지향의식, 삶의 불안감, 숨김이나 전유 등이 혼합된 주제의식을 형상화한 것으로 추정하였다. 그리고 이러한 시의 내용에 조응하는 '건너뜀'이라는 창작방법을 통하여 빈자리를 만들어 냈다고 주장한 셈이다. 이 '건너뜀에 의한 빈자리'는 시의 본질을 구현하는 방법으로 독자들의 상상력을 미적 세계로 동참하게 하여 즐기게 하는 의미 깊은 시적 장치로서 기능함을 비교적으로 제시하였다. 또한 '건너뜀에 의한 빈자리'는 후대 시인들의 작품에도 많은 영향을 주었을 것으로 추단하고 그 '대 잇기'의 양상을 간략히 소개하였다. 그러나 다음과 같은 반론을 예상할 수 있다.

첫째, '건너뜀'에 의한 난해성이 시의 본질이라고 하였지만, 그 정도를 어디까지 이해하고 수용하여야 하느냐하는 것은 문제로 남는다.(물론 혹자는 난해할수록 좋다고 말하겠지만……)

둘째, '빈자리'를 통하여 독자를 참여하게 한다고 하였지만, 그로 인

한 난해성은 독자를 참여하게 하기보다는 오히려 시를 기피하게 만드는 모순된 진리라고 지적할 수 있을 것이다.

셋째, 한국의 현대시에 보이는 '건너뜀'이 김종삼의 방법만을 이은 것은 아니라는 것이다. 그리고 이 글은 '변장으로서의 건너뜀'보다 '숨김의 건너뜀'을 강조한 모습을 보이고 있는데 그것이 합당한 것인가.

필자는 이러한 반론에 대하여 이렇게 말하고 싶다. '건너뜀'의 정도나 수용여부는 시인 개인의 체질과 선택의 문제이다. 그러나 '건너뜀'이 시적 기술의 본질인 것만은 사실이다. 그리고 이에 따른 독자들의 시 기피현상도 독자의 몫일뿐이다. 독자를 고려하여 시의 본질을 외면할 수는 없는 일이다. 물론 '건너뜀'이 김종삼만의 것은 아니지만 그가 산 시대에 그만큼 시의 본질에 근접한 시인은 많지 않은 것이 사실이다. 또 김종삼의 시도 약한 '건너뜀'으로 느슨한 긴장감을 주는 시들이 적지 않음도 사실이다. '숨김의 건너뜀'을 강조한 것은 사실이지만 많은 시인들이 '변장으로서의 건너뜀'에 편향되어 있는 것은 재고할 일이라고 생각한다. 시 창작에 있어 어디 정답이 있겠는가. 다만 이러한 논의를 통하여 그 방법적 외연을 넓혀 나가기를 바랄 뿐이다.

비평의 빈자리와 존재 현실

The Emptiness of Criticism and the Reality of Being

제2장

김종삼 시의 '서정적 자아'와
분단의식

1. 분단의 자력선(磁力線)

한국의 근현대문학을 시기 가름할 때, 민족문학의 입장에서 보면 그
것은 크게 두 시기로 나누어 볼 수 있다. 일제강점기와 분단시대의 문
학이다. 물론 태동기인 개화기와 잠깐의 광복기가 있기는 하지만, 개화
기는 일제강점 그리고 광복기는 분단시대와 직간접으로 연결되기 때
문이다. 따라서 한국에서의 본격적인 근현대문학은 일제강점기와 민
족분단시대의 두 시기로 가름할 수 있는 것이다. 민족주의 입장에서 보
면 일제강점기는 독립을 향한 저항의식이, 민족분단시대에는 통일지
향의식이 가장 중요한 가치를 차지하게 됨은 필연적이다. 이러한 시대
의식은 그 시대 모든 문학의 바탕을 이루는 것이기 때문에 혹시 그것과
관련 없는 것처럼 보일지라도 그것의 간접적 영향 아래 피어난 꽃이며
열매가 작품인 것이다.

김종삼 시인의 작품 역시 그러하다. 그것은 분단시대 문학이라는 자
장 아래서 그 의식의 쇳가루들이 그려낸 자력선(磁力線)의 형상화인 것
이다. 김종삼은 특히 북한 출신으로 월남하여 전쟁을 겪고 그 상처 안

에서 신음하다 간 사람이기 때문에 '분단의식'이야말로 김종삼 시의 원형질인 것이다. 김종삼은 그의 산문 「먼 '시인의 영역'」에서 "나는 살아가다가 '불쾌'해지거나 '노여움'을 느낄 때 바로 시를 쓰고 싶어진다."고 시를 쓰는 모티브에 대해 말했다. 여기서의 '불쾌'와 '노여움'이란 시의 동인(動因)이므로 그 내용 또한 이 자장 안에 속할 것으로 추단할 수 있다. 즉 그것들의 표출이거나 함의일 것이다. 김종삼은 이 글에서 스스로 처녀작이라고 생각하고 있는 「돌각담」에 대하여 다음과 같이 말하고 있다.

> 걷고 걷던 7월 초순경, 지칠 대로 지친 끝에 나는 어떤 밭이랑에 쓰러지고 말았다. 살고 싶지가 않았다. 얼마나 지났던 것일까, 다시 깨어났을 때는 주위가 캄캄한 심야(深夜)였다. 그러면서 생각한 것이 〈돌각담〉이었다.[1]

여기서 피란을 가게 된 것은 6.25 전쟁 때문이며, 그의 형이 육군 중령이었기 때문에 잡히면 반동가족으로 참살한다는 소문 때문이며, 살고 싶지가 않았다는 것은 양친이 서울에 남아 있었기 때문이었다. 분단과 그에 따른 전쟁의 고통, 즉 '불쾌'와 '노여움'이 김종삼의 처녀작을 잉태했던 것이다. 다시 말해 그의 처녀작부터 민족분단의 상황이나 거기에서 생성된 분단의식의 자장 속에서 형상화되었던 것이다.

분단문학이란 남북 분단의 원인에 대한 탐구, 분단으로 인한 상처와 아픔, 분단을 극복하기 위한 의지 등 분단과 관련된 내용을 다룬 문학을 총칭하는 것이 사전적 개념이다. "8·15광복 뒤 분단시기에 우리 민족이 겪는 모든 갈등과 고뇌를 극복하고자 올바른 민족의식에 입각해

---

1 「피란길」, 『문학사상』, 1975.7(이 글은 시 「허공」에 덧붙여 실린 것이다.)

서 창조하는 일체의 문학행위"[2]로 임헌영은 분단문학을 규정한 바 있다. 그러니까 8·15광복 이후 현재까지는 물론 더 나아가 민족통일이 이루어지는 그 날까지가 문학사적으로 볼 때 '민족분단문학 시기'인 것이다. 전후시인으로 분류되기도 하는 김종삼은 그의 문학적 생애가 모두 분단과 관련될 수밖에 없었다. 지금까지 김종삼 시를 분단문학 또는 전쟁문학으로 고찰한 연구가 없는 것은 아니다.[3] 그러나 이들은 모두 다른 주제를 논하는 가운데 그것의 한 부분으로 다룬 것으로 총체적 연구가 진행되지는 못하였다. 이에 본고는 김종삼 시의 분단문학으로의 성격에 관하여 '서정적 자아'를 중심으로 총체적으로 검토하기로 한다.

우리는 일반적으로 시에서 말하고 있는 화자를 '서정적 자아(Das lyrische Ich)'라고 부른다. 또 시인이 극적 인물로 탈을 쓰고 등장하여 말을 건넨다는 뜻으로 퍼소나(persona)라고도 한다. 그런데 서정적 자아에서 '서정(抒情)'은 장르와 관련된 것이기도 하지만, 자의(字義)로 볼 때 그

---

2 임헌영, 『분단시대의 문학』, 태학사, 1992.
3 다음과 같은 논저들이 여기에 속한다.
　김용희, 「한국 전후시의 '현대성'과 그 계보적 가설-김종삼 시를 중심으로」, 『한국 근대문학연구』 제19호, 한국근대문학회, 2009.
　송경호, 「김종삼 시 연구」, 서울시립대학교 대학원 박사학위논문, 2006.
　송경호, 「김종삼 시의 죄의식과 '집'의 상상력」, 『문학과 종교』 제12권2호, 2007.
　오형엽, 「전후 모더니즘 시의 음악성과 시의식」, 『한국시학연구』 제 25호, 한국시학회, 2009.
　이성민, 「김춘수와 김종삼 시의 허무의식 연구」, 조선대학교 대학원 박사학위논문, 2011.
　이위조, 「김종삼 시의 죽음 의식에 관한 연구」, 『청람어문학』 제18집, 청람어문학회, 1997.
　이해금, 「김종삼 시 연구」, 이화여자대학교 대학원, 석사학위논문, 2001.
　조효주, 「김종삼 시 연구」, 경상대학교 대학원 석사학위논문, 2010.
　주완식, 「김종삼 시의 죽음의 수사학 ㅇ녀구」, 서강대학교 대학원 석사학위논문, 2009.
　한이각, 「김종삼 시 연구」, 서울여자대학교 대학원 박사학위논문, 1995.
　허금주, 『한국 현대시인 탐구·Ⅱ』, 리토피아, 2009.

것은 '자신의 정서를 꺼내어 펼침'의 뜻이다. 그럼 정서를 표출하는 '자아'는 누구인가. 물론 시의 화자이지만 그 화자의 정서의 원소유자는 시인 자신과 무관할 수 없다. 따라서 시에서의 서정적 자아란 '시인의 정서적 자아'의 한 모습과 다르지 않은 것이다. 그러니까 서정적 자아의 말하기는 시인 자신의 감정 표출이거나 그 감정이 이끌거나 만들어 낸 것이라고 할 수 있다. 따라서 시에서의 서정적 자아의 목소리나 태도는 시의식과 밀접한 관련을 갖는다. 이렇게 볼 때 시의 서정적 자아에 관한 고찰은 시인의 정서나 의식을 검출할 수 있는 하나의 지표가 될 수 있을 것이다.

2. 디아스포라로서의 서정적 자아

지상의 현세적 삶에 뿌리내리지 못하고 불안과 고통의 삶을 갈등 속에 이어간 김종삼 시의 서정적 자아에 관하여 혹자들은 '보헤미안(Bohemian)'이라고 언급하여 왔다. 보헤미안은 사회 관습에 거리낌 없이 방랑하면서 자유분방한 생활을 하거나 그러한 성향을 가진 사람이라는 뜻이다. 이 말의 연원은 프랑스어 보엠(Bohme)에서 찾을 수 있는데, 체코의 보헤미아 지방에 유랑민족인 집시가 많이 살고 있었으므로, 15세기경 프랑스인들이 집시(Gypsy)를 보헤미안이라고 부른 데 있다. 그러나 보헤미안이라는 말 속에는 그들의 문제적 삶과 관련하여 부랑자·사기꾼·도둑놈이란 뜻도 함께 녹아 있음에 유의해야 한다. 김종삼의 실제적 삶이나 시 속에 나타나는 서정적 자아의 모습이 사회적 관습에 얽매이지 않는 자유분방하고 방랑적인 면이 있는 것은 사실이지만 보헤미안이 거느리는 부정적 이미지와는 결부될 수 없다.

   디아스포라(diaspora)는 '흩어짐', '이산(離散)'의 뜻으로, 팔레스타인 이외의 지역에 살면서 유대적 종교 규범과 생활 관습을 유지하는 유대인을 이르는 말이다. 보헤미안은 정착하여 살지 못하고 방랑하지만, 디아스포라는 비록 조국(고향)을 떠났지만 다른 곳에 정착하여 살면서 떠나온 곳의 삶의 방식과 그에 대한 그리움을 가지고 살아간다. 보헤미안은 삶의 목표나 미래가 불확실한 방랑의 삶이지만, 디아스포라는 목표가 뚜렷하고 떠나온 이상향에 대한 분명한 미래를 소망하는 수구초심의 삶이라고 할 수 있다. 둘은 너무나 다른 것이다. 따라서 본고는 김종삼의 생애와 관련지으면서 그의 서정적 자아를 '디아스포라'의 의식적 특성을 가진 인물로 보고자 한다. 한민족의 디아스포라는 일제강점기 식민치하를 겪으면서 집중적으로 발생하여 2000만 민족의 1/3 가량이 한반도를 떠난 것으로 추정된다. 그리고 6.25 전쟁으로 발생한 많은 수의 남북한 이동인들도 디아스포라이다. 또한 최근 북한 동포들의 탈북 러시는 새로운 양상의 디아스포라를 양산하고 있다. 이렇게 보았을 때 김종삼도 고향에서 일탈하여 평생 뿌리 뽑힌 삶을 영위하였던 것이고, 그의 정신은 항상 떠나온 출발점에 대한 그리움 속에 자리 잡고 있었기에 디아스포라인 것이고, 그러한 정신이 창조한 시의 서정적 자아 역시 디아스포라이다. 한편 이와 유사한 용어로 '파리아(Pariah)'를 떠올릴 수도 있는데, 이는 인도의 카스트 아래의 카스트 계층으로서 불가촉천민으로 '부랑자' 또는 '사회적으로 버림받는 자'라는 뜻이다. 오늘날에도 파리아들은 인도에서 엄청난 차별대우를 받기 때문에 사회적인 것을 포함, 모든 면에서 격리 수용되어 생활한다. 그러나 파리아는 조국인 인도를 떠나서 살지 않기에 비극적 운명의 존재라는 점에서는 디아스포라와 같지만, 그 생성원인과 생존공간이 다르기 때문에 김종삼의 서정적 자아의 경우 '파리아'보다는 '디아스포라'에 더 가깝다. 아무튼 김

종삼의 경우 디아스포라와 같은 소외되고 비극적인 삶에서 오는 마음
의 빈자리가 김종삼 시인의 삶의 공간이었고, 그 시의 터전이었던 것이
다. 그리하여 '흩어진 것에 대한 그리움'과 상실된 '순수 세계'를 음악
을 비롯한 예술과 관련된 언어 등으로 인유하여 노래하였던 것이다.

김종삼 시인의 생애에서 탈공간(脫空間, dislocation) 경험을 보면 출생
지에서 성장지로, 조국에서 식민지 본국인 일본으로, 그리고 북한에서
남한으로 전치(轉置, displacement)되었다. 이러한 전치 경험은 '삶의 건너
뜀'이고 그에 의한 빈자리에 자아의 능동성과 유효성이 폐기되거나 윤
색되었을 가능성이 크다. 따라서 서정적 자아는 원점을 향한 그리움, 현
실적 삶에서의 소극성(이는 김종삼의 경우 순수지향의식으로 나타나는 듯하다.),
떠돌이로서의 불안감, 고통에 대한 숨김이나 전유(轉有, appropriation) 등
으로 의식화되어 김종삼 시에 형상화된 것으로 생각한다.

廣漠한地帶이다기울기
시작했다잠시꺼밋했다
十字型의칼이바로꼽혔
다堅固하고자그마했다
흰옷포기가포겨놓였다
돌담이무너졌다다시쌓
았다쌓았다쌓았다돌각
담이쌓이고바람이자고
틈을타凍昏이잦아들었
다포겨놓이던세번째가
비었다.
—「돌각담」 전문[4]

앞에서 언급한 바처럼 이 시는 김종삼이 스스로 처녀작으로 말하고 있는 작품이다. 처녀작은 작가로서의 문학적 인식의 출발점을 확인함으로써 작가의 상상력 구조의 원형을 찾을 수 있는 중요한 자료적 가치를 지닌다. 따라서 여기에 나타나는 서정적 자아는 김종삼의 시적 상상력의 원형질을 함축하고 있는 존재가 될 수 있을 것이다. 그러면 이제 띄어쓰기와 행과 연의 완벽한 무시로 독해가 쉽지 않은 형태시로 되어 있는 「돌각담」의 서정적 자아에 대하여 살펴보자. 먼저 이 자아가 처한 세계 즉 시간과 공간을 보면, 그 시간은 '凍昏'이며 그 공간은 '廣漠한 地帶'이다. 이로써 서정적 자아는 추운 겨울 황혼녘에 넓고 적막한 곳에서 돌각담을 쌓고 있어 춥고 괴로운 황망한 존재로 드러난다. 마음에 걸려 유쾌하지 않고 속이 언짢다는 뜻의 '꺼밋하다'도 잠시밖에는 생각할 겨를이 없는 다급하고 불안한 존재인 것이다. 돌각담은 평북방언 사전에 의하면 '돌무더기'이며, 이는 민속적으로 '애기무덤'의 한 형태이다. 그러니까 이 시의 서정적 자아는 전쟁 중 피난길에서 죽은 이의 간이무덤을 다급하게 만드는 행위를 불완전하게(마지막에 세 번째가 빔으로서) 마쳤다는 기억을 권명옥의 해석처럼 '凍昏' 즉, 시뻘겋게 얼어붙은 불변적 황혼의 미미지로 새겨 놓은 것이다.[5] 이 시에서 '견고하고 자그마한 칼'은 죽은 이의 사망원인을 떠올리게도 하고, 망자를 위한 푸닥거리를 대신한 민속행위와도 관련시켜 읽을 수 있다. 또 '흰옷을 포겨놓은' 행위는 백의민족으로서의 망자의 옷가지를 떠올리게 한다. 「돌각담」에는 월남한 디아스포라로서의 김종삼의 서정적 자아가 전하

4 권명옥 편, 『김종삼 전집』, 나남, 2005, 40쪽. 이 글에 인용되는 김종삼의 시는 모두 이 책에서 인용하기 때문에 이하 텍스트에 관한 각주는 생략할 것임.
5 권명옥, 「적막의 미학」, 『한국문예비평연구』제15집, 한국현대문예비평학회, 2004.

는, 전치 이전의 고향 사람들인 북한군에 의해 벌어진 전쟁 중 피난길에 겪은 참담하고 황망한 불안의 정서가 난해한 구조 속에 숨어 있는 것이다.

　　방대한

　　공해 속을 걷자

　　술 없는

　　황야를 다시 걷자
　　　　—「걷자」 전문

　「걷자」는 총 4행밖에 되지 않는 단형의 모습으로 그려져 있다. 그런데 행 사이를 비움으로써 각 행이 모두 한 연을 이루고 있어 우선 형태적으로 두루 '비어 있음'의 의미와 조응한다. 또한 그런 형태 때문에 읽는 시간을 더디게 만들어 그 의식이 지속적으로 '끝나지 못함'을 암시한다. 이 지속성은 마지막 행의 '다시'에 의하여 확실하게 표출되고 있다. 즉 이 시의 서정적 자아의 행위는 계속하여 끝없이 '걷자'로 요약될 수 있다. 시의 제목 또한 이러한 내용을 응축하고 있다. 그런데 서정적 자아의 목소리는 다른 사람들에게 걷자고 청유하는 그것이 아니라 자신에게 다짐하는 독백의 목소리이다. 외롭게 혼자이지만 계속하여 걸어가야 한다고 스스로에게 확인하는 비장함이 느껴진다. 비장함은 마땅히 있어야 하는 것이 현실적으로 불일치할 때 느끼는 존재의 비극성이다. 그러나 이 시에서 서정적 자아는 현실과 불일치하는 '있어야 할

이상적인 무엇'에 대하여는 말하지 않는다. 다만 부정적 현실로 짐작되는 '공해 속'과 '술 없는' 그리고 '황야'가 제시되고 있을 뿐이다. 그리고 그 부정적 현실은 제1행의 '방대한'이 전체적으로 수렴하면서 전제하고 있는 양상이다. '공해(公害)'는 급속한 산업화에 따라 공장의 폐수, 매연과 소음, 각종 쓰레기 등으로 자연환경이 오염되어 입는 인위적인 재해를 이르는 말로 여기서는 더 넓은 상징적 의미를 함축하고 있다. 서정적 자아는 재해로 뒤덮인 이 세상을 걸어가고 있으며 또 걸어가야 하는 비운의 존재가 된다. 이럴 때 김종삼이 그렇게 좋아하던 술이라도 있으면 위안이 될 텐데 그마저 없다는 것이다. 따라서 이 세상은 버려진 거친 들판, 즉 황야(荒野)인 것이다. 이러한 세상을 지속적으로 걸어야 하는 서정적 자아는 이방으로 전치된 디아스포라의 끝나지 않는 불운과 외로움과 괴로움으로 점철되는 '불안의 존재'라고 하지 않을 수 없다. 그의 술에 대한 과도한 집착과 담배 파이프로 각인된 이름난 애연가의 모습은 디아스포라로서 가지게 된 불안의식의 표상일 것이다.

3. 분단의식으로 바라보는 눈길

디아스포라로서의 김종삼 시의 서정적 자아는 그 존재 형성의 단초가 된 민족분단과 그 비극의 정점인 6.25 전쟁을 비껴나서 생각할 수는 없다. 여기서는 먼저 서정적 자아의 분단의식이 드러나는 면모를 살펴보고자 한다. 이산 유대인인 디아스포라들은 떠나온 팔레스타인을 바라보면서 그곳에서의 삶을 그리워하며 회상하거나, 정착한 이방에서의 소외되고 고된 삶의 애환을 가지고 살아간다. 마찬가지로 김종삼 시의 서정적 자아 역시 떠나온 곳에 대한 '그리움의 회상'과 '소외된 삶의 애환'의 눈길로 세상을 바라보는 디아스포라로서의 이중정체성을 보이고 있다.

> 아무리 아름다운 자연의
> 풍경이라 할지라도 나에겐
> 참담하게 보이곤 했다
> 어느덧
> 서른 여덟 해
> 그녀가 살아 있다면
> 나처럼 무척 늙었겠지
> 죽었다면 어떤 곳에 묻히었을까
> 순진하였던 그녀가
> 가난하여도 효성이 지극하였던 그녀가
> ─「북北녘」 전문

  '북녘'으로부터 전치된 38년을 회상의 눈길로 바라보고 있는 이 시는 연으로 나뉘어 있지는 않지만, 내용상 앞부분 3행과 중간 부분 2행 그리고 뒷부분 5행으로 나누어 볼 수 있다. 중간부분 '어느덧/ 서른 여덟 해'가 원인부분이고, 앞부분과 뒷부분은 그 결과의 내용을 담고 있다. 「북녘」이라는 시의 제목으로 짐작되듯이 그 원인은 민족분단이며, 그 38년은 38선을 연상하게도 하여 '분단'이 내용의 관건임을 함축한다. 앞부분은 남녘에 머물고 있는 서정적 자아의 분단 때문에 생긴 정신적 증상이며, 뒷부분은 북녘에 두고 온 가난하지만 순진하고 효성 지극했던 그녀를 잊지 못하는 안타까움의 정서적 현상이다. 서정적 자아는 '불안한 그리움의 눈길'로 세상을 더듬고 있는 것이다. 여기서 들리

는 어떤 '아름다운 자연의 풍경도 참담하게 보인다'는 서정적 자아의
눈길은 이산의 끈질긴 아픔을 독자의 가슴으로 애잔하게 옮겨 놓는다.
이러한 '아름다운 것들의 비극'은 일제강점기 시에서도 흔히 볼 수 있
는 모티프인데, 사랑하는 사람이나 나라를 잃은 사람들의 병적 증상인
것이다. 아름다움을 아름다움으로 느낄 수 없는 정서적 마비 또는 결여
현상이라 하겠다. 그러니까 이 시에서 만나게 되는 김종삼의 서정적 자
아의 눈길은 이곳의 아름다움은 느끼지 못하면서 저곳(북녘)의 '그녀'에
만 몰입하는 외롭고 불안한 시선인 것이다. 머리말 대신으로 쓰는 「서
시(序詩)」에서도 '헬리콥터가 지나자/ 밭 이랑이랑/ 들꽃들일랑/ 하늬바
람을 일으킨다/ 상쾌하다/ 이곳도 전쟁이 스치어 갔으리라.'고 읊고 있
다. 이 또한 '아름다운 것들의 비극'이 김종삼 시 이해의 입구에 자리하
고 있음을 암시하고 있는 것이다.

걷고 있다 어느 古宮 담장옆을

옛 고향땅
녹음이 짙어가던 崇實中學과
崇實專門 校庭과
崇義女高 뜨락
장미 꽃포기들의 사이 길을

흰 구름 떠 있던
光成高普
正義女高 담장옆을
酒岩山 그림자가 드리워진

     대동강 상류쪽을

     또 어디였던가.
          —「또 어디였던가」 전문

   이 시에서도 서정적 자아는 역시 옛날 고향땅을 그리움의 눈길로 더
듬고 있다. 어느 고궁 담장옆을 지나며(첫행) 회상의 눈길로 고향의 학
교들, 길들, 대동강 등을 추억하고 있는 서정적 자아의 목소리는 '또
어디였던가(끝행)'로 끝남으로써 그 그리움의 눈길이 끝나지 않음을 아
니 끝날 수 없음을 암시하고 있다. 그러니까 이산 이후 이 디아스포라
로서의 서정적 자아는 38년 동안 떠나온 고향땅을 늘 더듬어 회상하는
그리움의 화신이라는 말이다. 이러한 서정적 자아의 애처로운 눈길은
「달구지 길」, 「아우슈뷔츠·1」, 「실록(實錄)」, 「서시(序詩)」, 「평화롭게」
등을 비롯한 김종삼 시의 모든 서정적 자아의 눈길이라 해도 과언이
아니다. 다음은 '소외된 삶의 애환'을 바라보는 서정적 자아의 눈길을
살펴보자.

     한 離散가족의 경우를 보았다.

     다 늙고 가난과 질병과 상흔에 찌들린
     서로의 참담한 모습이 畵面에 비치자,
     울부짖다가
     부축을 받는
     흔들림을 보았다.
     그렇다.

죽음만이 참사가 아니다.

　　　—「이산가족」 전문

　이 시는 1984년 5월 『학원』지에 발표된 작품으로, '畵面에 비치자'에서 짐작되는 바대로 1983년에 있었던 KBS 특별 생방송 '이산가족을 찾습니다'의 시청경험과 관련이 있는 것으로 보인다. 이 방송은 1983년 6월 30일에 시작하여 138일에 걸쳐 453시간 45분 동안 계속됐는데, 출연한 이산가족은 5만3536명에 달했고, 1만189건의 상봉이 이루어진 하나의 역사적 사건이었다. 방송 기간 KBS 본관 앞은 가족을 찾으려고 모인 사람들로 인산인해를 이뤘고, 만남의 감격과 이산가족의 아픔을 생생하게 전하며 세계적인 화젯거리가 된 바 있다. 위의 시는 이 방송을 본 서정적 자아의 눈길로 그려진 '소외된 삶의 애환'에 대한 보고서라 할 만하다. 디아스포라가 바라보는 디아스포라의 삶인 것이다. 타향으로 전치되어 살아온 디아스포라들의 삶의 내용은 늙음, 가난, 질병, 상흔이며 그 애환의 모습을 서로 확인하며 울부짖는 장면이다. 그리고 거기에서 서정적 자아가 찾아낸 것은 '흔들림'으로 요약되며, '죽음만이 참사가 아니다.'라는 판단내용을 '그렇다.'라고 결론적으로 확인한다. 여기서의 '흔들림'은 디아스포라들과 그 민족의 것이며 그것은 불안한 미래와 관련된다. 일반적으로 '흔들림'은 마음의 움직임 또는 사랑의 시작 등으로 작용하는데, 김종삼 시에서의 '흔들림'은 공포나 불안의식을 표현하는 수단으로 나타나는 특이한 경우이다. '지금도 흔들리는 달구지 길'(「달구지 길」)에서의 흔들림도 이와 관련될 것이다. 또 '죽음만이 참사가 아니다.'라는 확언은 '이산'이 곧 '죽음'과 같은 고통임을 말하는 것이다.

위에서 본 바와 같은 분단의식의 소유자인 서정적 자아에게 그 의식의 진원지인 '전치의 현장'은 트라우마로 각인되어 있을 것으로 추단된다. 김종삼이 월남하던 과정을 우리는 상세하게 알 수는 없다. 그러나 다음과 같은 시들은 그 전치의 과정을 형상화한 것으로 이해할 수 있다. 그것이 경험적 사실이 아니더라도 말이다. 분단으로 하여 월남한 사람이 김종삼 한 사람이 아니기 때문이며, 그는 사실의 기록자가 아니라 시로 새로운 세계를 창조하는 시인이기 때문이다. 즉 그 전치의 현장은 민족적인 의미의 형상화라는 말이다.

> 1947년 봄
> 深夜
> 黃海道 海州의 바다
> 以南과 以北의 境界線 용당浦
>
> 사공은 조심 조심 노를 저어가고 있었다.
> 울음을 터뜨린 한 嬰兒를 삼킨 곳.
> 스무 몇 해나 지나서도 누구나 그 水深을 모른다.
> ─「민간인(民間人)」 전문

이 시의 서정적 자아는 '민간인'으로서 1947년 '以南과 以北의 境界線 용당浦'의 바다를 통하여 심야에 남으로 전치되던 현장을 회상하고 있다. 위험한 분단의 선을 넘어 디아스포라의 길을 시작하는 일행이 겪은 참담한 사실을 객관적 거리를 두고 담담히 떠올리고 있는 것이다. 들켜서는 안 되는 탈북의 깊은 밤 바닷길에서 영아의 울음소리는 있어서는 안 되는 소리이기에 그 소리의 주체를 바닷물 속에 넣어 버린, 있

어서는 안 되는 비극적 행위를 기록하고 있다. 그래서 20년이 지나서도 잊을 수 없는 서정적 자아의 통한의 눈길과 우리는 마주하게 되는 것이다. 따라서 마지막 행의 '누구나 그 水深을 모른다.'는 진술은 분단으로 인하여 겪는 그 민족적 비극이 아무도 짐작할 수 없을 만큼 깊다는 표현이고, 그 '水深'은 끝나지 않는 민족의 '愁心'으로 독자의 가슴에 새겨진다. 제목이 '민간인'으로 되어 있는 것은 군인도 아닌 민간인이 겪어야 하는 분단에 의한 군사적 피해를 역설적으로 드러내고 있는 것이다. 다음의 시도 사정은 마찬가지이다.

> 해방 이듬 이듬해 봄
> 十時―十―時
> 솔밭 속을 기어가고 있음
> 멀리 똥개가 짖고 있음
> 달뜨기 전 넘어야 한다 함
> 경계선이 가까워진다 함
>
> 엉덩이가 들린다고 쥐어 박히고 있음
> 개미가 짖고 있음
> 달뜨기 전 넘었음
>
> 빈 마을 빈집들 있음
> 그런 데를 피해가고 있음
> 시간이 지났음
>
> 경계선이 다시 나타남

총기 다루는 소리 마구 보임

시야에

노란

붉은

검은 빗발침

개새끼들 길을 잘못 들었음

간간 遠近의 고함이

캄캄한 拘置所 전체가 벼룩떼이다

순찰 한 놈이 다녀갔음 벽 한 군데 거적떼길 들추어보았음 굵은 삭장 귀 네個가 가로질린 살창임 합세하여 잡아당기고 있음 흙덩어리 떨어진 소리 가 오래가고 있음

짐작 時計

二時 빠져 나갈 구멍이 뚫리고 있음

腦波 일고 있음

현재 罪目 反動 및 破壞分子

三時

三時─四時 아직 순찰 없음

두 다리부터 빠져나와 있음

허연 달 밑

기어가기 시작함 엉덩이가 들린다고
쥐어박히고 있음
달 지는 쪽 西쪽과
南쪽 파악하였음 엉덩이가 다시
높아지고 있음
　　　　　─「달 뜰 때까지」 전문

　이 시는 앞의 「민간인」보다 구체적으로 실감나게 탈북(전치)의 현장을 그리고 있다. 「민간인」이 서정적 자아의 회상의 눈길로 그린 것이라면, 이 시는 현재적 시점으로 바라보고 있기 때문에 그 불안과 공포의 정서가 극적으로 실감나게 표출되어 있다. '달 뜰 때까지'(달이 뜨면 훤해져서 발각될 위험이 있으므로) 분단의 선을 넘어야 하는 일행은 10시부터 11시 사이 한 시간 동안이나 엉덩이가 들리지 않게 기어서 '달뜨기 전'에 넘었으나 그것은 길을 잘못 든 것으로 일행은 붙잡혀 구치소에 갇힌다. 그리고 탈출하기 위해 구멍을 뚫어 새벽 4시 경에 겨우 '두 다리부터 빠져 나와' 다시 남향 길을 '엉덩이가 들리지 않게' 기어가고 있다. 이러한 탈출의 극단적 공포는 일상에서 느끼는 시간과 공간에 대한 의식을 다르게 만든다. 이 시에 나타난 탈출에 걸린 시간은 약 6 시간 정도인데 6년보다 길게 느껴졌을 상대적 시간의식을 표현하기 위하여 여러 방법을 끌어들이고 있다. 먼저 제목을 '달 뜰 때까지'로 하여 촉박함을 나타내고, '흙덩어리 떨어진 소리가 오래가고 있음'으로 공포의식을 표현하고, 시각을 알리는 단어는 모두 한자어로 하였으며, 시각을 나타내는 단어(三時)만으로 한 행을 만들기도 하였다. 이러한 긴박한 시간이기에 공간의식은 흐려지고 전반적으로 탈출행위만이 현재진행형으로 반복되고 있다. 그리하여 '개미가 짖고 있음', '총기 다루는 소리가 마구 보임' 등의 감각의 혼란양상이 나타나 불안의식과 긴박감을 드러내기도 한다. 분단의식으로 가득한 서정적 자아가 디아스포라로 전치되는 현장을 공포와 불안의 눈으로 잡아서 그려내는 지울 수 없는 아픔의 이미지로 짜인 시들이다.

4. 전쟁 참상의 상흔과 평화 염원의 목소리

이제 디아스포라로서 서정적 자아에게 형성된 비극성의 정점이 되는 6.25 전쟁과 관련된 전쟁문학으로서의 김종삼 시에 관하여 논의해 보기로 하자. 웹스터 사전은 "국가 또는 정치적 조직 집단 간에 폭력이나 무력을 행사하는 상태 또는 사실, 특히 둘 이상 국가 간에 어떠한 목적을 위해서 수행되는 싸움"이라고 전쟁을 정의하고 있다. 그러나 칸트의 말대로 '발전을 위한 필요악으로서의 전쟁'을 역사발전의 법칙으로 진단할 수도 있다. 그러니까 파괴와 창조라는 전쟁의 이율배반성이 인류사의 패러다임을 움직여 온 것은 사실이다. 이처럼 전쟁은 인류평화의 역설적 현상이지만 그 결과는 인간의 시간적, 물질적, 정신적, 문화적인 여러 현상을 불행으로 이끈다. 그래서 전쟁문학에서는 전쟁의 시작과 전쟁 중에 나타나는 인간의 무모성이나 잔혹성에 관한 고발과 반성의 실존적 휴머니즘이 그 중심을 차지한다. 그러나 김종삼의 전후시에서 6.25전쟁의 참혹상을 직접적으로 고발하거나 비판하는 내용의 시는 없다. 저 앞의 「돌각담」에서 본 것처럼 함축적으로 암시하거나 '아우슈뷔츠'로 우회하는 간접적이고 소극적인 방법을 택하고 있다. 이는 전치된 서정적 자아가 갖게 되는 떠돌이로서의 불안의식에 의한 고통의 숨김이나 전유 또는 현실적 삶에서의 소극성으로 읽힌다. 전쟁

체험이 하나의 원죄적 억압기제로 작용하여 주체의 욕망을 간접화시키고 있는 것이다. 아니면 두루 말하고 있는 순수지향의 미의식이 작용한 때문이라고 볼 수도 있을 것이다.

> 몇 줄 추리지 않을 수 없다
> 다시 본 再收錄이다
> 나치 獨逸로 하여 猶太族 七百五拾萬
> 아우슈뷔츠收容所에선 戰勢 기울기 시작 하루에 五千名씩 죽였다 한다
> 나치軍들의 와살스러운 軍靴소리들은
> 有夫女들과 處女들도 발가벗겨 깨스室에 처넣었고
> 울부짓는 어린 것들을 끌어다가 同族들이 판 깊은 구덩이에 同族들 지켜보는 가운데 던졌고
> 반항기가 있는 者들은 즉각 絞首刑에 處하였고
> 높은 굴뚝에서 치솟는 검은 煙氣는
> 그칠 날이 없었고
> 날마다 늘어나는 死者들의 衣類와
> 眼鏡과 신발들은 산더미처럼 쌓여갔고
> 死者들의 머리카락들은 軍服만들기 織造物이 되었고
> 死者들의 뼈가루들은 農作物 肥料가 되었고
>
> ―산채로 무서운 毒藥방울의 醫學實驗用이 되었고
>
> 人間虐殺工場이었던 아우슈뷔츠 近方에선 지금도 耕作을 하지 않는다고 한다.
>
> ―「실록(實錄)」 전문

이 시는 김종삼 시 중에서 전쟁의 참상을 가장 구체적이고 적극적으로 고발하고 있는 시라고 할 수 있다. 그래서 제목도 「실록(實錄)」인 것이다. 아우슈비츠(Auschwitz)는 두루 아는 바처럼 폴란드 남부의 화학공업도시인데 2차 세계대전 당시 나치 독일이 유태인등 나치즘에 반대하는 사람들을 750만 명이나 대량 학살하여 그 비인간적 만행이 세계적으로 알려진 강제 수용소가 있던 곳이다. 김종삼은 이 '아우슈비츠'에 집착하여 이와 관련된 여러 편의 시를 남기고 있는데, 「실록(實錄)」을 비롯하여 「지대(地帶)」, 「아우슈뷔츠·Ⅰ」, 「아우슈뷔츠·Ⅱ」, 「아우슈뷔츠 라게르」 등이 그것이다. 「실록(實錄)」은 비인간적 학살의 참상을, 「지대(地帶)」는 전쟁에서 겪는 공포감을, 「아우슈뷔츠·Ⅰ」은 전쟁에 의해 폐허가 된 모습을, 「아우슈뷔츠·Ⅱ」는 평화를 그리는 일상인들의 파괴된 삶을, 「아우슈뷔츠 라게르」는 전쟁에 의한 애처로운 이산(離散)의 현장을 각각 그리고 있다. 이러한 전쟁의 참상이라는 관점에서 볼 때 '아우슈비츠'와 '6.25' 사이에 다른 것이라고는 하나도 없다. 그러니까 김종삼의 '아우슈비츠'에 대한 집중적 조명은 디아스포라로서 그의 '6.25'에 대한 우회적 방법이며, 전쟁에 대한 인류의 비인간적인 야만성을 일반화하려는 전략이라고 하겠다. 일반적으로 '서시(序詩)'는 맨 앞에서 내용을 이끌어가는 지향성의 남상(濫觴)이 되는 법인데, 김종삼의 「서시(序詩)」는 '헬리곱터가 지나자/ 밭 이랑이랑/ 들꽃들일랑/ 하늬바람을 일으킨다/ 상쾌하다/ 이곳도 전쟁이 스치어 갔으리라.'고 읊조리고 있다. 상쾌함을 느끼는 전원에서 '헬리곱터'를 만나 느닷없이 '전쟁'을 떠올리고 있는 서정적 자아의 모습이다. 여기서의 전쟁은 바로 6.25이며, 서정적 자아는 전쟁이라는 트라우마를 통하여 생성된 김종삼의 심리적 자아라고 하겠다. 김종삼에게 있어 '아우슈비츠'는 6.25 전쟁의 인유 또는 대유인 것이다. 다음의 시는 6.25와 직접 관련된 전쟁문학으로

읽을 수 있다.

> 마지막 담너머서 총맞은 족제비가 빠르다.
> '집과 마당이 띠엄띠엄, 다듬이 소리가 나던 洞口'
> 하늘은 바른 마음을 가진 사람들이 있다고 대낮을 펴고 있었다.
>
> 군데군데 잿더미는 아무렇지도 않았다.
> 못 볼 것을 본 어린것의 손목을 잡고
> 섰던 할머니의 황혼마저 학살되었던
> 僻地이다.
> 그 곳은 아직까지 빈사의 독수리가 그칠 사이 없이 선회하고 있었다.
> 원한이 뼈무더기로 쌓인 고혼의 이름들과 神의 이름을 빌려
> 號哭하는 것은 '洞天江'邊의 갈대뿐인가.
>
> ―「어둠 속에서 온 소리」 전문

이 시는 1964년 발행된 『한국전후문제시집』에 실려 있는 작품이다. 그러니까 휴전된 후 한참 지나서 쓴 작품일 텐데, 서정적 자아는 '아직까지 빈사의 독수리가 그칠 사이 없이 선회하고 있'는 동천강가에서 호곡하는 갈대의 소리, 즉 '어둠 속에서 온 소리'를 듣는다고 말한다. 그리고 '갈대뿐인가.'라고 자문함으로써 그 소리가 인간인 우리 모두와 관련됨을 말하고 있다. 그 호곡 소리는 바로 '원한이 뼈무더기로 쌓인 고혼의 이름들'로부터 오는 상흔의 아픔소리인데, '神의 이름을 빌려' 우는 것이기에 인간의 재앙에 무심한 신에 대한 원망이 섞여 있다. 그 원망은 제1연 제3행에서의 '하늘은 바른 마음을 가진 사람들이 있다고 대낮을 펴고 있었다.'라는 진술에서 더욱 명백하게 증명된다. 사람들은

바른데 죄 없이 총 맞아야 하는 비극을 하늘은 외면하고 있다는 것이다. 하늘이 외면하는 대상은 서정적 자아의 회상 내용인데, 의도적 행가름을 하고 한자어로 강조된 '僻地'로 요약된다. 제2행의 '집과 마당이 띄엄띄엄, 다듬이 소리가 나던 洞口'로 표상된 평화롭던 벽지 마을이 잿더미가 되었고, 가족들의 느닷없는 죽음으로 추측되는 '못 볼 것을 본 어린것의 손목을 잡고/ 섰던 할머니의 황혼마저 학살되었던' 곳이다. 이러한 전쟁의 참상을 말하는 서정적 자아의 목소리는 차분하게 정상적으로 말할 수 없으므로 '잡고/ 섰던'처럼 비정상적인 행갈이를 통하여 발화되는 것이다. 언제까지나 호곡할 수밖에 없는 국토와 민족의 상흔을 형상화하여 6.25 전쟁의 비극성을 고발하고 있는 시이다. 「달구지 길」에 보이는 '달구지 길은 休戰線以北에서 죽었거나 시베리아 方面 다른 方面으로 유배당해 重勞動에서 埋沒된 벗들의 소리다.'처럼 많은 김종삼의 시에 전쟁으로 인한 죽음이나 이산 등의 상흔이 묻어 있는 것이다.

> 전쟁과 희생과 희망으로 하여 열리어진
> 좁은 구호의 여의치 못한 직분으로서 집없는 아기들의 보모로서 어두
> 워지는 어린 마음들을 보살펴 메꾸어 주기 위해
> 역겨움을 모르는 생활인이었습니다.
>
> ─「여인」 부분

인용한 부분은 전쟁고아들을 돌보고 있는 한 보모를 칭송하는 목소리로 읊고 있는 작품인 「여인」의 제1연이다. 어려운 형편이지만 역겨움을 모르고 아기들의 상처 받은 '어린 마음들'을 친엄마처럼 돌보는 성자적 여인상을 그리고 있다. 그 여인의 삶을 '전쟁과 희생과 희망으

로 하여 열리어진' 것으로 진술하고 있는데, 전쟁으로 인하여 고아들이 발생했고 그래서 희생적인 삶을 살게 된 것이라는 뜻으로 읽을 수 있다. 그런데 여기서 눈에 띄는 것은 '희망'이라는 단어이다. 그것은 어린 이들이 있기에 어떠한 역경이라도 이겨내면서 그들을 기르면 희망의 미래가 열릴 것이라는 서정적 자아의 평화에 대한 기대가 남아 있음을 볼 수 있다. 사실 김종삼 시의 거의 모든 서정적 자아는 지고지순의 이상적 세계에 대한 꿈을 가지고 있는 것으로 보인다. 그래서 그의 본적(本籍)은 '늦가을 햇빛 쪼이는', '거대한 계곡', '나무 잎새', '영원히 맑은 거울', '독수리', '교회당 한 모퉁이', '인류의 짚신이고 맨발'(「나의 본적」) 등으로 표현되고 있다. 이는 순수주의, 휴머니즘, 영원주의, 평화주의가 김종삼 시인의 정신적 본적임을 나타내는 것이다.

> 하루를 살아도
> 온 세상이 평화롭게
> 이틀을 살더라도
> 사흘을 살더라도 평화롭게
>
> 그런 날들이
> 그날들이
> 영원토록 평화롭게―
> ―「평화롭게」 전문

매우 직설적이고 쉬운 표현으로 '영원한 평화'를 희구하는 내용을 반복하는 짤막한 시이다. 우리는 여기에서 전쟁과 관련된 김종삼의 시들이 평화의 역설임을 이해하게 되는 것이다. 그의 서정적 자아는 조심

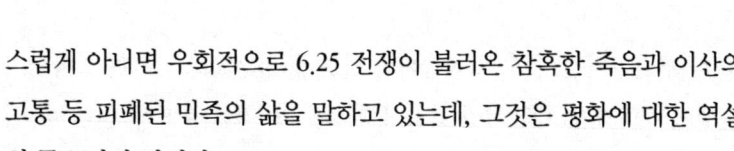

스럽게 아니면 우회적으로 6.25 전쟁이 불러온 참혹한 죽음과 이산의 고통 등 피폐된 민족의 삶을 말하고 있는데, 그것은 평화에 대한 역설의 목소리인 것이다.

5. 분단문학의 자장

본고는 지금까지 김종삼 시의 서정적 자아를 논의하면서 그가 가지고 있는 분단의식과 그것이 형상화되는 과정을 고찰하였는데 그 결과는 다음과 같다.

첫째, 김종삼 시의 서정적 자아는 북한에서 남한으로의 전치에 의한 그의 디아스포라로서의 생애에서 형성된 것으로 끝나지 않는 불운과 외로움과 괴로움으로 점철되는 '불안의 존재'로 보았다.

둘째, 이러한 불안의식을 드러내는 서정적 자아는 그 존재 형성의 단초가 된 민족분단과 밀접하게 관련된다. 그리하여 떠나온 곳에 대한 '그리움의 회상'과 '소외된 삶의 애환'을 담은 눈길로 세상을 바라보는 디아스포라로서의 이중정체성을 보이고 있다.

셋째, 김종삼 시의 서정적 자아는 조심스럽게 아니면 우회적으로 6.25 전쟁이 불러온 참혹한 죽음과 이산의 고통 등 피폐된 민족 삶의 상흔을 투영하고 있는데, 그것은 평화 염원에 대한 역설의 목소리인 것이다.

김종삼 시의 서정적 자아는 민족분단에서 잉태된 것으로 그의 시를 분단문학의 자장 안에 확실하게 정치(定置)하고 있는 것이다. 그리하여 디아스포라와 같은 고통과 불안의 존재로서 서정적 자아는 분단의 극

점인 6.25 전쟁의 상흔을 안고 세계와 인간을 바라보고 있다. 그러나 그의 목소리로 그려내고 있는 김종삼 시의 모든 텍스트는 평화염원 나아가 영원한 순수세계의 이상을 꿈꾸는 역설의 결과인 것이다. 그러니까 김종삼의 모든 시는 그것이 어떤 지향성을 가지든 상관없이 인생의 모순적 운명의 형상화를 통하여 휴머니즘의 리얼리티를 실현하는 문학의 본질적 핵심에 도달하고자 한다.

참고문헌

권명옥, 「적막의 미학」, 『한국문예비평연구』제15집, 한국현대문예비평학회, 2004.

김용희, 「한국 전후시의 '현대성'과 그 계보적 가설-김종삼 시를 중심으로」, 『한국근대문학연구』제19호, 한국근대문학회, 2009.

김종삼, 『김종삼 전집』, 권명옥 편, 나남, 2005.

송경호, 「김종삼 시 연구」, 서울시립대학교 대학원 박사학위논문, 2006.

송경호, 「김종삼 시의 죄의식과 '집'의 상상력」, 『문학과 종교』제12권2호, 2007.

오형엽, 「전후 모더니즘 시의 음악성과 시의식」, 『한국시학연구』제25호, 한국시학회, 2009.

이성민, 「김춘수와 김종삼 시의 허무의식 연구」, 조선대학교 대학원 박사학위논문, 2011.

이위조, 「김종삼 시의 죽음 의식에 관한 연구」, 『청람어문학』제18집, 청람어문학회, 1997.

이해금, 「김종삼 시 연구」, 이화여자대학교 대학원, 석사학위논문, 2001.

임헌영, 『분단시대의 문학』, 태학사, 1992.

조효주, 「김종삼 시 연구」, 경상대학교 대학원 석사학위논문, 2010.

주완식, 김종삼 시의 죽음의 수사학 연구」, 서강대학교 대학원 석사학위논문, 2009.

한명희, 「김종삼 시의 공간」, 『한국시학연구』제6호, 한국시학회, 2002.

한이각, 「김종삼 시 연구」, 서울여자대학교 대학원 박사학위논문, 1995.

허금주, 『한국 현대시인 탐구·Ⅱ』, 리토피아, 2009.

비평의 빈자리와 존재 현실

The Emptiness of Criticism and the Reality of Being

제3장

김종삼 시의 '셀프 아키타입' 양상

1. 서론 – 탈가정의 비정상적 삶

　김종삼(1921~1984) 시인은 이북 출신으로 6.25 전쟁 전에 가족들이 월남하였고, 본인도 일본 유학에서 돌아온 후 전쟁 전에 월남하여 문학적 생애를 대부분 남한에서 살았다. 그래서 디아스포라(diaspora)로서의 어려운 삶을 남한에서 겪으면서 음악과 술 그리고 담배에 과도하게 집착하면서, '불쾌'와 '노여움'[1]을 느낄 때 뿌리 뽑힌 자로서의 정한(情恨)을 시로 형상화한 시인이다. 그러니까 그의 시는 '흩어진 것에 대한 그리움'에서 시작되었으며, '상실된 순수 세계'를 향한 염원이 그 목표였다고 할 수 있다.

　서울에서의 김종삼의 삶은 부인 정귀례 여사의 증언대로 '변태'나 '비정상'의 모습을 보였다고 할 수 있다.[2] 생활인로서의 김종삼의 이러

1　김종삼, 「먼 '시인의 영역'」, 『문학사상』, 1973.3.
2　필자는 2012년 5월 24일 김종삼 시인의 91회 생일(1921년 4월 25일 출생)을 기념하여 가족들과 함께 울대리에 있는 길음성당 묘지로 그의 묘소를 참배하고 그 자리에서 부인 정귀례 여사와의 인터뷰를 진행하고 그것을 동영상으로 보관하고 있다. 여기서 김종삼 시인의 생애와 관련된 내용은 대부분 이 인터뷰를 근거로 하고 있다.

한 비정상적인 모습은 한 마디로 '탈가정(脫家庭)의 삶'이라고 말할 수 있다. 그것은 세 가지 정도로 요약할 수 있는데 가정경제에 대한 무관심, 가족들에 대한 등한함, 가족 신앙을 멀리 한 점 등이다. 가족들의 증언에 따르면 경제적으로 너무나 어렵게 살았다는 것인데, 사실 '동아방송국'을 비롯한 몇 군데 직장을 꽤 오랫동안 다닌 그가 왜 그렇게 가난하였는지 얼른 이해되지 않는다. 그 이유는 그가 가정경제의 어려움을 모르고 가장으로서의 정상적인 삶을 영위하지 못한 데 있는 것으로 판단된다. 그는 월급을 타면 대부분 본인이 쓰고 아주 조금씩만 부인에게 주었다고 한다. 이러한 사정은 '술'과 밀접히 관련되는데, 돈이 없으면 책을 내다 잡히고 술을 마셨고, 가족이 술을 마시지 못하게 하면 지붕을 타고 도망하여 마셨으며, 꼭 술을 마셔야 시를 썼다고 한다. 이러한 가정경제에 대한 무관심과 술·담배에 대한 집착은 가족의 불만과 반감으로 연결되었다고 차녀 김혜원 씨는 회고하고 있다. 가정경제에 대한 무관심은 바로 가족에 대한 등한함으로 연결된다. 시인 석계향의 중매로 만나 1년 정도 교제한 뒤 김종삼이 '불쌍하게 보여서' 결혼했다는 부인 정귀례 여사는 김종삼 시인이 집안 경조사 또는 자식들의 입학식이나 졸업식 등에 참석하지 않았으며, 단 한 번 차녀 졸업식에 참석했는데 그것도 사진만 찍고 도망갔다고 한다. 그리고 돌아가실 때까지도 '가정적'이지 않았다고 증언한다. 다음으로 그가 가족 신앙인 기독교를 멀리 한 점을 들 수 있다. 그간의 연구에는 김종삼이 기독교를 신봉한 것처럼 다룬 것들이 보이는데 사실 그는 생전에 교회 다니며 착실히 신앙생활을 할 수 있는 그런 타입의 인물이 아니었다. 그의 부친 김서영(金瑞永)은 신문기자를 지낸 인테리켄차로 기독교 감리교회의 장로를 지냈으며 부인 정귀례 여사도 천주교를 신봉하였지만 결코 교회에 나가지 않았다고 한다.[3] 그러나 사후에는 부인의 신앙생활 덕분에 천주

교 묘지에 안장될 수 있었다. 그러니까 김종삼은 가족의 정신적 지주인 종교까지 멀리하여 철저히 '탈가정적 삶'의 모습을 보였던 것이다. 본고는 이상과 같은 김종삼의 '탈가정의 삶'이 그의 '셀프 아키타입(self archetype)'의 면모를 상징적으로 보여주는 것이라고 판단한다. 사실 인류의 성자들은 대부분 가정이나 가족에 얽매이지 않는 탈가정적 삶을 살았던 것이다. 그것은 더 높은 이상에 대한 구도이며, 더 깊은 정신적 자아실현을 위한 고행이라고 할 수 있다. 이러한 거시적 휴머니즘이야말로 신성(神聖)지향의 셀프 아키타입인 것이다.

아키타입(Archetype)은 칼 융(Carl Jung)이 인간의 집단무의식에 전승되는 인류 공통의 경험을 유형화한 보편적인 이미지의 패턴을 이르는 말이다. 그러니까 아키타입은 인류의 '과거 체험의 법전화'이며, '수많은 동일 유형 체험의 정신적 잔재'로서 이의 투사에 의하여 정서적으로 공감의 영역을 넓힐 수 있다고 생각하는 것이 신화·원형비평의 입장인 것이다. 융에 의하면 '셀프 아키타입'의 구체적 모습은 인류의 성인(聖人)이라고 부르는 예수, 석가, 공자, 소크라테스 등에서 볼 수 있는 '신성(神聖) 지향성'으로 '우리 안에 있는 신(God with in us)'의 모습이다. 한명희는 김수영 시에서의 셀프 아키타입을 통하여 비판과 저항의식, 자유에의 지향, 역경(力耕)주의적 성향, 죽음에 대한 초월적 자세 등을 읽어 내고 있는데[4] 이는 본고의 시사점이 되었다.

김종삼 시에 대한 심리주의적 접근에 의한 시의식 탐구는 한이각[5], 송경호[6], 이위조[7], 라기주[8], 한명희[9], 정상균[10], 장동석[11] 등에 의하여 상

---

3 김종삼의 시에 기독교적 의식이 자주 등장하는 것은 이러한 가정 종교의 영향이 컸으리라고 짐작할 수 있다. 그리고 신앙생활을 하지는 않았지만, 어쩌면 그가 그리는 순수이상의 세계를 무의식적으로 기독교와 연결시키고 있었는지도 모른다.

4 한명희, 『김수영 정신분석으로 읽기』, 월인, 2002.

5 한이각, 「김종삼 시 연구」, 서울여자대학교 대학원 박사학위논문, 1995.

6 송경호, 「김종삼 시 연구」, 서울시립대학교 대학원 박사학위논문, 2007.

당한 업적이 쌓여 있다. 그리고 사물의 존재에 남아 있는 순수의식의 본질(현상학적 잔여)을 기술하려는 테마비평의 방법으로 김종삼의 의식의 지향성(환상성, 이미지, 시의식 등)을 탐구한 것들도 많이 진행되었다. 그러나 이러한 선행연구들은 심리적 내면성에 관하여 단편적 또는 부분적으로 다룬 것들이 대부분이며 특히 '셀프 아키타입'에 관하여 본격적으로 다룬 논문은 없는 것 같다. 이에 본고는 김종삼 시에 나타나는 셀프 아키타입의 양상에 대하여 의식의 대상인 노에마(noema)를 귀납적으로 고찰하면서 그의 '상실된 순수 세계'를 향한 노에시스(noesis)를 검토하고자 한다.

2. 순수의식과 영원지향

'세계상실자로서 황야에서 떠도는'[12] 김종삼의 탈가정적 아키타입의 원형질을 찾을 수 있는 작품이 1955년 『전시한국문학선』에 실려 있는 「개똥이-일곱 살 되던 해의 개똥이의 이름」로 추단된다. 이 시는 전시에 전염병이 돌아 아이들이 죽어가는 당시 상황의 비극성을 전하는 작품으로 보이는데, 이 시에 '새끼줄 치고/ 소독약 뿌리고/ 집

송경호, 「김종삼 시의 죄의식과 '집'의 상상력」, 『문학과 종교』 제12권, 2007.
7 이위조, 「김종삼 시의 죽음 의식에 관한 연구」, 『청람어문학』 제18집, 청람어문학회, 1997.
8 라기주, 「김종삼 시의 정신분석학적 연구」, 명지대학교 대학원 박사학위논문, 2008.
9 한명희, 「김종삼 시의 공간-집·학·교병원에 대하여」, 『한국시학연구』 제6호, 한국시학회, 2002.
10 정상균, 「김종삼 시 연구」, 『인문과학』 제7집, 서울시립대학교 인문과학연구소, 2000.
11 장동석, 「김종삼 시에 나타난 '결여'와 무의식적 욕망 연구」, 『한국문예비평연구』 제26집, 한국현대문예비평학회, 2008.
12 권명옥, 「은폐성의 정서와 시학-김종삼론」, 『한국시학연구』 제11호, 『한국시학회, 2004.

을 나왔읍니다.'라는 가출(家出) 모티프가 보인다. 그 가출의 모티프는 병마나 죽음과 같은 세상의 환란에 기인한 것이다. 그리고 '조금이라도 더 가야겠읍니다/ 엄지발톱이 돌부리에 채이어/ 앉아볼 자리마다 흠이 잡히어/ 도라다니다가 말았읍니다.'라는 가출 후의 '고행'의 모습이 그려져 있다. 또 「외출」이란 시에도 '밤이 깊었다/ 또 外出하자/ 나는 飛翔할 수 있는 超能力의 怪物體이다'라는 구절이 보인다. 성인들이 세상의 고통, 무상함, 환란, 무질서 등을 보고 가족과 집을 버리고 출가하여 고행하면서 깨달음을 얻는 과정과 흡사한 서정적 자아의 모습을 김종삼의 시에서 만나게 된다. 마치 예수의 "끝까지 견디는 자는 구원을 얻으리라"(「마태복음」 10장과 24장)는 성경구절을 연상하게 한다.

이 시의 '일곱 살 개똥이'에 대한 서정적 자아의 노에시스는 김종삼의 셀프 아키타입 표출의 시작점으로 생각된다. 김종삼의 시를 일별해보면 이상하리만치 '어린이' 이미지의 출현 빈도가 월등히 많음을 금방 알 수 있는데, 이것들은 모두 '불개미알만이 씰고 어지롭다고' 떠나간 '개똥이'와 무관하지 않다고 여겨진다는 말이다. 다시 말하면 김종삼 시에 나타나는 수많은 어린이 이미저리는 모두 개똥이의 초상이라 할 수 있다. 자신의 의지와는 아무 상관없이 이 세상에 태어나 신의 은총도 받지 못하고 인간들의 무모한 만행이나 비운으로 역경을 겪게 되는 천사 같은 존재들이란 말이다.

　　조선총독부가 있을 때
　　청계川邊 一〇錢 均一床 밥집 문턱엔
　　거지소녀가 거지장님 어버이를
　　이끌고 와 서 있었다

주인 영감이 소리를 질렀으나
태연하였다

어린 소녀는 어버이의 생일이라고
一〇錢짜리 두 개를 보였다.
　　　　　　—「장편(掌篇)·2」 전문13

　극빈한 가족의 외식풍경(?)을 그렸다고나 할까, 어버이의 생일에 10
전 짜리 2인분 식사를 사 드리려는 효성 깊은 '거지소녀'가 식당 주인
으로부터 문전박대를 당하는 모습이 가슴 시리게 울려오는 작품이다.
여기서의 '거지소녀'는 그 불운의 근원이 '거지장님 어버이'로 보이는
데, 비극적 상황 속에서도 어버이에 대한 신실한 효성은 뜨겁게 간직하
고 있는 '불운의 천사' 같은 모습이라 하겠다. 이러한 죄 없는 어린이
노에마에서 우리는 무구한 순수의식을 검출하게 된다.14 그것은 '어머

13　김종삼,『김종삼 전집』, 권명옥 편, 나남, 2005. 이 글에서 인용하는 김종삼의 시 텍
　　스트는 모두 이 책에서 인용한 것이므로 이후 개별 작품의 각주는 모두 생략한다.
14　순수의식을 표상하고 있는 죄 없는 '불운의 천사'들로서의 이미지들을 간추려 보
　　면 다음과 같다.
　　'어머니 배-ㅅ속에서도/ 보이었던(「오동나무가 많은 부락입니다」)' 인간의 천성으
　　로 휴머니즘의 원류라고 할 수 있을 것이다. 얼마 못 가서 죽을 아이(「그리운 안니·
　　로·리」), 全裸에 주검의 繃帶가 감긴 少年(「석간」), 까닭이라곤 없이 죽고 싶기만 한
　　아이(「쑥내음 속의 동화」), 무거운 거울 속에 든 꽃잎새 같은 아이(「부활절」), 가난
　　하게 생긴 아이들(「마음의 울타리」), 전쟁 중 가족의 학살을 보는 어린것(「어둠 속
　　에서 온 소리」), 집없는 아기들(「여인」), 남의 밭에서 품팔이하는 어머니의 아들이
　　나 운동회 구경을 온 장님 아이(「오학년 일반」), 오빤 슈사인 난 껌장수인 어린이
　　(「동시」), 비인 乳母車의 주인공(「무슨 요일일까」), 죽은 棺속의 아이(「음악」), 초가
　　집에 살고 있는 어린 소년(「스와니강이랑 요단강이랑」), 크리스마스카드를 받는
　　가난한 아이(「북치는 소년」), 꿈속에서도 언제나 외로웠던 심청(「술래잡기」), 먼지
　　를 타박거리며 노는 嬰兒(「뾰죽집」), 행상하는 엄마의 헐벗고 굶주린 자식들(「엄
　　마」), 가난한 할아버지의 나이 어린 손자(「기동차가 다니던 철뚝길」), 어른들의 안
　　전을 위하여 바다 속으로 죽어간 아이(「민간인」), 군대에 의해 구덩이에 묻혀 죽는
　　아이들(「실록」), 형보다 먼저 죽은 아이(「운동장」), 고아원에서 눈물 지우는 어린

니 배-ㅅ속에서도/ 보이었던(「오동나무가 많은 부락입니다」)' 인간의 천성으로 휴머니즘의 원류라고 할 수 있을 것이다. 수다한 '개똥이의 초상'이 지닌 불운의 요소를 요약해 보면 가난, 전쟁, 이산, 질병, 장애, 죽음, 고독 등인데 그 중 어느 것도 어린이 자신이 선택한 것은 없다. 인간으로서 누려야 할 천부적 인권마저 짓밟혀야 하는 '어린 것'들의 노에마들과 관련되는 김종삼의 순수의식은 이상적인 휴머니즘의 세계 실현에 대한 역설적 표현들이다. 권명옥의 규명처럼 김종삼은 "체험적 기분(a feeling experience)인 자신만의 정서에 충실했고, 자신이 체험하지 않은 정서를 결코 노래한 적 없는 정서적 순혈주의자"[15]인 것이다.

> 싱그러운 巨木들 언덕은 언제나 천천히 가고 있었다
>
> 나는 누구나 한번 가는 길을
> 어슬렁어슬렁 가고 있었다
>
> 세상에 나오지 않은
> 樂器를 가진 아이와
> 손쥐고 가고 있었다
>
> 너무 조용하다.
> ─「풍경」전문

것들(「내가 재벌이라면」), 쇼 윈도우 안의 손목시계를 움직이지 않고 들여다보는 키가 작은 소녀들(「소공동 지하 상가」), 어린 兒孩를 업고 가는 어린 兒孩(「여수」) 등.
15 권명옥, 「김종삼의 단시 3편에 관한 연구」, 『한국언어문화』 제25집, 2004.

이 시는 서정적 자아가 걷고 있는 인생길의 풍경을 말하려는 의도를 가지고 있는 것으로 보인다. 제1연부터 제3연까지는 과거형으로 되어 있고, 마지막 제4연만이 현재형이다. 그러니까 '싱그러운 巨木들 언덕'을 '천천히' 또는 '어슬렁어슬렁 가고' 있었던 과거는 '세상에 나오지 않은/ 樂器를 가진 아이와/ 손쥐고 가고 있었'기 때문에, 그 결과로 현재는 '너무 조용하다.'는 것이다. 제3연의 '세상에 나오지 않은/ 樂器를 가진 아이'라는 역설은 메시지의 핵심이 되는데, '세상에 나오지 않은'의 피수식어가 '惡器'인지 '아이'인지 모호하다. 그러나 어느 경우이던 김종삼 시에서 '음악'이나 '어린이' 이미지는 순수의식과 연결되는 것으로 파악되기 때문에 세상일에 얽매이거나 조급하지 않게 천천히 순수의 길을 걸어온 결과로써 현재는 매우 평화롭다는 것이다. 그러니까 앞으로도 그 순수의 세계가 이어지기를 바라는 마음이 함축되어 있다고 하겠다. 앞에서 본 수많은 '불운의 천사'로서의 어린이 이미지들은 바로 이러한 이상적 평화의 삶을 이어가지 못하는 어린이들의 역설적 존재의 모습이라 할 수 있다. 「평화」에 보이는 '잠 깨는 아침마다' '어린 것들은 행복한 얼굴'이기를 바라는 영원지향의 순수의식의 형상화인 것이다.

이상과 같은 김종삼의 어린이에 관한 지대한 관심은 성경의 "내가 진실로 너희에게 말한다. 너희가 회개하여 어린이처럼 되지 않으면, 결코 하늘나라에 들어가지 못한다.(마태복음 18장)"는 예수를 연상하게 하는 김종삼의 셀프 아키타입이다. 이러한 영원지향의 순수의식은 당연히 세속의 물질적 욕망을 경계하며 이상적 정신주의를 지향하게 한다.

오늘은 용돈이 든든하다

낡은 신발이나마 닦아 신자

헌 옷이나마 다려 입자 털어 입자

산책을 하자

북한산성행 버스를 타 보자

안양행도 타 보자

나는 행복하다

이 세상이 고맙다 예쁘다

긴 능선 너머

중첩된 저 산더미 산더미 너머

끝 없이 펼쳐지는

멘델스존의 로렐라이 아베마리아의

아름다운 선율처럼.

　　　　　　　—「행복」 전문

　이 시의 서정적 자아는 오늘 용돈이 든든하여 행복을 느끼는 사람이다. 그러나 그 용돈은 새 신발이나 새 옷을 살 수 있는 것이 아니라, 겨우 버스 요금을 낼 수 있는 정도이다. 버스 타고 산에 가서 중첩된 산더미들을 보면서 행복했던 독일 음악가 멘델스존과 아름답고 순결한 그의 음악을 떠올리며 누리는 시간을 만끽한다. 그에게 행복은 결코 돈이나 물질이 아닌 순수한 아름다움의 세계를 지향하는 것이다. 그래서 '자비와 지혜만으로 살아오다가 죽은 이'(「추가의 그림자」)나 '遺品이라곤 遺産이라곤/ 五線紙 몇 장'인 청빈한 생애를 살다 간 사람을 존경하며 추모하고 있다. 그리고 '오십평생 단칸 셋방뿐이다(「산」), '나는 인왕산

한 기슭/ 납작집에 사는 사람이다.(「새」)', '토큰 열여덟개를 사서 주머니에 깊숙이 넣었다. 며칠 동안은 넉넉하다.(「오늘」)'고 물질주의와는 거리가 먼 청빈한 삶을 노래한다. 그러면서 '집이라곤 비인 오두막 하나밖에 없는/ 草木의 나라(「라산스카」)'를 그리며 '세상 욕심이라곤 없는 불치의 환자처럼 생존하여 갔다(「평범한 이야기」)'고 고백한다.

세속적이고 물질적인 욕망을 넘어선 이 같은 순수의식의 이상적 영원지향은 비뚤어진 사회에 대한 비판의식을 동반하게 마련이다. 그래서 우리가 살아가는 이 세상을 김종삼은 '환멸의 습지(「이 짧은 이야기」)'나 '질곡 路上(「전주곡」)'으로 보고, '人工의 靈魂 사이/ 아스팔트 길에는 時速違反의 올페가 타고 뺑소니치는 競技用 자전거 사이(「올페의 유니폼」)'의 비극적 시인이 되었던 것이다. 사실 인류의 성자들은 모두 돈이나 물질적 삶을 멀리했다는 공통점을 갖는다. 특히 예수가 성전 안에서 매매하는 자들을 내쫓고, 환전상의 상과 비둘기 파는 자들의 의자를 둘러엎은 뒤, 강도의 소굴을 만들었다(「마가복음」 11장)고 격노하는 모습은 물질적 삶에 대한 적극적 비판이다.

영원지향의 순수의식을 형상화하고 있는 '불운의 천사'로서의 어린이 이미저리와 물질적 삶을 멀리하는 태도 그리고 세속적인 것에 대한 비판의식 등은 탈가정적 생애와 더불어 김종삼 시에 나타나는 셀프 아키타입의 본류가 되는 것이다.

3. 긍휼심과 신성지향

성인(聖人)이란 덕과 지혜가 뛰어나고 사리에 정통하여 사람들이 우러러 받드는 스승이 될 만한 사람을 뜻한다. 인류의 스승이 되는 이러

한 성인의 기준은 무엇일까. 그것은 도덕적 언행의 목적가치를 나에게 두느냐 아니면 남에게 두느냐가 관건이 될 수 있다. 다르게 표현하면 이기주의(利己主義)인가 이타주의(利他主義)인가로 범인(凡人)과 성인(聖人)을 구별할 수 있다고 판단한다. 전종준이 『유싱킹 : 긍정의 힘을 뛰어넘는 생각』에서 말하는 '내 생각(iThinking)'이 아닌 남을 위한 긍정의 생각인 '유싱킹(uThingking)'이 중요한 것이다.[16] '이익'과 '행복'의 초점을 내가 아닌 남에게 맞추어 살아가는 것이 성자적인 신성지향의 삶이라고 할 수 있겠다. 공자의 인(仁) 사상의 요점을 담고 있는 "사람도 못 섬기는데 어찌 귀신을 말하겠느냐"(『논어』 선진편)는 '사람 섬기기', 석가모니의 으뜸 가르침인 자비(慈悲), 즉 인자한 얼굴로 남을 사랑하는 마음과 고난에 처한 남을 동정하고 불쌍히 여기는 마음, 예수가 "믿음과 소망과 사랑, 그 중에 제일은 사랑이라"(『고린도 전서』 13장)고 가르치는 사랑, 이것들은 모두 '나'보다 '남'의 이익과 행복을 우선시하는 이타주의로 요약될 수 있다. 그리고 그 실천적 핵심은 다른 사람을 불쌍하고 가엾게 여겨서 도와주는 '긍휼 (矜恤)'에 있다. 김종삼 시의 도덕적 메시지의 핵심은 이 '긍휼'에 있으며 그것이 그의 셀프 아키타입의 꽃이며 열매이다.

희미한

風琴 소리가

툭 툭 끊어지고

있었다

---

16 「'긍정의 힘'을 뛰어넘는 생각의 혁명 '유싱킹(uThingking)'」, 『조선일보』, 2013. 7.19. 여기서 '유싱킹'은 "나는 할 수 있다."에서 "남을 위해 할 수 있다."로 더 나아가 "우리는 할 수 있다."로 바뀌어가는 이타주의의 다른 표현이라고 할 수 있다.

　　그동안 무엇을 하였느냐는 물음에 대해

　　다름아닌 人間을 찾아다니며 물 몇 桶 길어다 준 일밖에 없다고

　　머나먼 廣野의 한복판 얕은
　　하늘 밑으로
　　영롱한 날빛으로
　　하여금 따우에선

　　　　　　　　　　　　　　　—「물통」 전문

　「물통」은 가벼운듯하지만 결코 가볍지 않은 인생론을 함축하고 있
는 작품이다. 제2연의 '그동안 무엇을 하였느냐는 물음'은 바로 인생의
존재의미를 묻고 생각하게 돕기 때문이다. 그 질문에 대한 서정적 자아
의 대답이 제3연의 '人間을 찾아다니며 물 몇 桶 길어다 준 일밖에 없
다'이다. 여기서 '인간을 찾아다니며'는 '타인을 위하여'로, '물 몇 桶'
은 '사소한 일'로 읽을 수 있다. 그러니까 이타적인 긍휼의 선행은 조금
밖에 하지 못했다는 후회와 자책의 고백으로 들린다. 그러나 우리는 여
기에서 인생의 의미는 '남을 위해'에 있다는 것을 깨닫게 되고, 후회의
목소리를 통해 '작은 것이 큰 것이다.'라는 지혜를 덤으로 얻는다.
　뿐만 아니라 그 후회와 자책의 과정을 표현한 제1연의 형상화 방법
에서 김종삼 시의 탁월한 미적 성취를 보게 된다. 질문을 받고 생각해
보니 뚜렷하게 내세울 게 없음을 '희미한'으로 바꾸고, 그 자책과 절망
감이 '風琴 소리가/ 툭 툭 끊어지'는 것으로 변주하여 가슴을 울려 주
며, 그 황망한 심정을 '툭 툭 끊어지고/ 있었다'라는 주관적 행갈이를
통하여 동감케 하는 등의 내용과 형식의 절묘한 조응이 전해 주는 미적

성취에 감흥하게 된다는 말이다. 그리고 제4연의 '머나먼 廣野의 한복
판'에서 실존적 인간의 고독을, '얇은/ 하늘 밑으로/ 영롱한 날빛으로'
에서 인간의 한계성을, '하여금 따우에선'에서 그러한 인간이 지금 여
기서 해야 할 일이 '궁휼'이라는 사실을 우주적, 종교적, 철학적으로 암
시받게 된다. 이러한 김종삼의 서정적 자아가 가는 길이 바로 앞 장에
서 논의했던 '어린이 이미저리와 물질적 삶을 멀리하는 태도 그리고 세
속적인 것에 대한 비판의식'과 직통하는 길이다. 그리고 그가 남긴 분
단이나 전쟁 소재의 많은 작품들 또한 그러하다.

> 내가 많은 돈이 되어서
> 선량하고 가난한 사람들을 위해 맘 놓고 살아갈 수 있는
> 터전을 마련해 주리니
>
> 내가 처음 일으키는 微風이 되어서
> 내가 不滅의 平和가 되어서
> 내가 天使가 되어서 아름다운 音樂만을 싣고 가리니
> 내가 자비스런 神父가 되어서
> 그들을 한번씩 訪問하리니
> —「미사에 참석한 이중섭씨」 전문

이 시에 나타나는 궁휼의식은 너무나 선명하여 첨언을 필요로 하지
않는다. 다만 '선량하고 가난한 사람들을 위해' 돈, 처음의 미풍, 불멸
의 평화, 천사, 신부가 되고자 하는 주체가 누구인가는 궁금하다. 우선
제목으로 보아 미사에 참석한 이중섭 씨가 듣거나 말한 기도의 내용으
로 볼 수 있고, 아니면 이중섭의 그림을 보고 그 내용과 생애를 생각하

며 서정적 자아가 중개하는 기도나 기원의 목소리로도 볼 수 있다. 어느 것이 되었든지 그것은 김종삼 시인의 서정적 자아의 궁휼의식을 전하는 신성지향의 셀프 아키타입의 희원이 담겨 있는 것이다. 따라서 김종삼의 시에는 '가엽슨 것들의 秋波가 덮히어 지는—(「석간」)', '성자처럼 인간을 어차피 동심으로 흘러가게 하는(「오월의 토끼똥·꽃」)', '어린 마음들을 보살펴 메꾸어 주'(「여인」)는, '자비한 것 말고 또 무엇이 있으리(「유성기」)', '어떤 일이 있어서도 녀석들을 죽이지 않겠다(「장편·1」)', '그래도 살아보겠다는 가난한/ 불구자 돕기 운동이 펼쳐졌으면(「관악산 능선에서」)' 하고 바라는 '환상의 수난자이고 아름다운 인도주의자(「베들레헴」)'의 신성지향의 목소리들이 가득한 것이다.

4. 죽음 초탈과 천상지향

모든 생물이 겪는 생명과정의 완전 정지 상태인 '죽음'은 인간에게도 비극적인 종말이기에 대부분 두려워하거나 부정하고 싶은 것이 본능이다. 그러나 예수나 소크라테스의 생애는 직접 몸을 희생하여 정신적 삶을 완성하여 보여 주고 있으며, 불교에서도 죽음을 생사윤회에서 벗어나 열반에 드는 일로 인간 완성을 뜻한다. 그리고 공자가 "백성이 나를 믿지 않는다면 나는 존립할 수가 없다. 차라리 죽는 것이 나으니라."고 말하고 있으며, "아침에 도를 듣고 깨우쳤다면 저녁에 죽어도 좋다.[朝聞道 夕死可矣]"는 유명한 말을 남기고 있는데, 이는 인간에게는 죽음보다 소중한 것이 있으며 인간의 생물적 죽음은 두려운 것이 아님을 우리에게 가르치고 있는 말이다. 한마디로 성현들은 생사를 초월하는 마음으로 그들의 정신적 삶을 완성하고 있는 것이다. 김종삼 시의

서정적 자아 역시 죽음에 대한 공포보다는 초탈하는 자세를 보여주는
데, 이 또한 그의 셀프 아키타입의 형상화라고 하겠다.

> 머지 않아 나는 죽을거야
> 산에서건
> 고원지대에서건
> 어디메에서건
> 모짜르트의 플루트 가락이 되어
> 죽을거야
> 나는 이 세상에 맞지 아니하므로
> 병들어 있으므로
> 머지 않아 죽을거야
> 끝없는 평야가 되어
> 뭉게 구름이 되어
> 양떼를 몰고 가는 소년이 되어
> 죽을거야
> —「그날이 오며는」 전문

이 시의 서정적 자아는 '그날이 오면' '죽을거야'를 반복적으로 말하
고 있다. 거기에는 죽음에 대한 두려움이나 삶에 대한 아쉬움이 전혀
들어 있지 않다. 서정적 자아는 "고통의 감정을 쾌락의 감정으로 전환
시키고 있"[17]는 것이다. 이토록 죽음에 대하여 초탈할 수 있는 이유는
'이 세상'과 '저 세상'에 대한 확실한 판단과 신념에서 비롯되는 것이

---

17 라기주, 「김종삼 시에 나타난 환상성 연구」, 한국문예비평연구』 제26집, 한국현대
　 문예비평학회, 2008.

다. 이 세상은 나에게 맞지 않으며 병들어 있는 곳이기 때문에 미련이 없다. 그리고 저 세상은 '모짜르트의 플루트 가락', '끝없는 평야', '뭉게 구름', '양떼를 몰고 가는 소년'이 되어 가는 곳이기 때문이다. 우리는 이러한 노에마들에서 '아름다움', '영원함', '절대자유', '평화로움'에 대한 의식의 지향을 읽어내게 된다. 그것은 천당이나 열반 또는 무릉도원에서의 삶으로 돌아가는 '천상적 삶'에로의 지향이다. 사정이 이렇다면 죽는다고 한들 어떤 미련이나 공포가 남아있을 리 없다.

이러한 죽음에 대한 김종삼의 초탈한 마음은 「그럭저럭」에 붙어 있는 단문에서 "모짜르트와 슈베르트는 애석하게도 서른두 살에 죽었다는데, 아무 쓸모 없이 살아온 이놈은 너무 오래 살았다. 더 늙기 전에 덕지덕지하고 추해지기 전에 세상을 하직해야만 한다."라고 말하는 데에서도 알 수 있다. 그러하기에 수면제를 '잠들면 깨어나지 않으려고 많이 먹었다(「아침」)', '이승과 저승이 다를 바 없다고……오늘 날짜로 죽자고 중얼거리면서(「사별」)', '앞당겨지는 죽음의 날짜가 넓다.(「길」)', '해괴한 팔짜이다 또 죽지 않았다(죽음을 향하여」)' 등으로 말할 수 있는 것이다. 그리고 「내가 죽던 날」에서는 '다비드像 아랫도리를 만져보다가/ 관리인에게 붙잡혀 얻어터지고 있었다'라고 자신의 죽음을 희화하기까지 하는 것이다. 죽음에 대한 이러한 초탈한 모습이 바로 김종삼의 또 하나의 셀프 아키타입의 양상이라고 하겠다. 그의 이러한 서정적 자아는 '그리스도는 나의 산계급이었다고(「부활절」)'라고 말하기도 하고, '나의 本 은……해질 무렵 나타내이는 石家이다.(「나의 본」)'라고 말하고 있다. 물론 '石家'는 중의적으로 해석한 것이지만 이러한 표현들은 신성지향의 내면을 엿보이고 있다고 하겠다. '나 지은 죄 많아/ 죽어서도/ 영혼이/ 없으리(「라산스카」)'라는 구절도 이러한 신성지향의 표현이라고 하겠다.

햇살이 눈부신
어느 날 아침

하늘에 닿은 쇠사슬이
팽팽하였다

올라오라는 것이다.

친구여, 말해다오.
　　　　―「올페」 전문

이 시는 언뜻 한 장의 성화(聖畵)를 보는 듯한 느낌을 받는다. 시간적
배경은 제1연의 '햇살이 눈부신/ 어느 날 아침'인데 여기서의 '햇살'과
제2연의 '하늘에 닿은 쇠사슬'이 신비하고 신성한 이미지로 다가오기
때문이다. 신화·원형비평에서 본다면 햇살과 쇠사슬은 모두 '상향'의
관념과 결합되고 특히 빛은 '신성'의 상징으로 신이나 성령을 암시하
고 쇠사슬은 거기로 갈 수 있는 방편이 되기 때문이다.[18] 과연 서정적
자아는 '올라오라는 것이다.'라고 하늘의 음성을 들었다고 전한다. 그
리고 연을 바꿈으로서 생각의 시간을 마련한 후, 그래도 청자인 친구를
부르며 말해 달라고 부탁한다. 조언이 필요할 만큼 하늘에 오르는 일은
쉬운 것이 아니다. 그러나 갈 수 있다면 가고 싶은 것이 서정적 자아의
본심일 것이다. 이 시에 대한 해석이야 다양할 수 있겠지만 분명한 것
은 시인의 천상지향의 의식을 검출할 수 있다는 것이다. 우리는 김종삼
의 시에서 죽음의 노에마를 통하여 천상의 삶을 향하는 노에시스를 읽

---

18 이명재·오창은, 『문학비평의 이해와 활용』, 경진, 2010. 참조.

을 수 있다.

> 입원하고 있었읍니다
> 육신의 고통 견디어 낼 수가 없었읍니다
> 어제도 죽은 이가 있고
> 오늘은 딴 병실로 옮겨간 네 살짜리가
> 위태롭다 합니다
>
> 곧 연인과 死刑 간곡하였고
> 살아 있다는 하나님과
> 간혹
> 이야기-ㄹ 나누며 걸어가고 싶었읍니다.
> 그러나 하나님은 저의 한 손을
> 잡아 주지 않았읍니다.
> ─「궂은 날」 전문

김종삼 시에는 많은 죽음의 모티프가 나와 있는데, 그것은 생의 종점에 가까울수록 출현 빈도가 높아지고 있다. 그는 1984년 12월 간경화로 타계하기까지 여러 번 병원을 드나들며 병마에 시달렸다. 그래서 죽음에 가까워진 자신의 운명을 생각하면서 죽음과 관련된 시를 여러 편 남기게 되었을 것이다. 앞에서 본 것처럼 김종삼은 죽음에 대하여 초탈한 모습을 보이지만, 위의 「궂은 날」에서는 사정이 좀 다른 양상을 보인다. 제1연에서는 병고와 함께 죽음의 근접에서 오는 약간의 불안의식이 감지된다. 그리고 제2연에서는 연인에 대한 간곡한 사랑의 미련도 남아 있음을 알 수 있다. 이렇게 인간의 한계를 느낄 때 우리는 절대

자에게 다가서는 나약한 모습을 보이는 것이 일반적이다. 그래서 김종
삼 시의 서정적 자아도 간혹 '시궁창에 산다 해도/ 主의 은혜이다.(「非詩」)'
또는 '옛 벗들의 모습을 다시 볼 수 있음도/ 主의 은총이다.(「오늘」)' 등
의 말을 하기도 하는 것이다. 그렇지만 「궂은 날」의 서정적 자아는 신
에게 매달리고 싶지만 '하나님은 저의 한 손을/ 잡아 주지 않았읍니
다.'[19]라고 말함으로써 무신론적 실존주의를 드러낸다. 그것은 기독교
가정에서 살아온 사람으로서 최후의 탈가정적인 모습이며 끝까지 죽
음에 대하여 초탈하고자 하는 주체적 셀프 아키타입의 구현이라고 할
수 있을 것이다. 한계를 지닌 나약한 인간으로 태어나 불행한 디아스포
라(diaspora)로서 평생을 살다간 김종삼의 '안쓰러운 성자(聖者)'의 모습
을 여기서 확인하게 된다.

5. 결론 – 탈세계의 성자상(聖者像)

본고는 칼 융(Carl Jung)의 '셀프 아키타입'의 개념을 원용하여 김종삼
시에 나타나는 여러 가지 신성지향의 양상을 종합적으로 검토하였다.
그러한 작업은 노에마(noema)를 귀납적으로 고찰하면서 의식의 지향성
인 노에시스(noesis)와 관련지어 수행하였다. 이를 요약하면 다음과
같다.

---

19 이러한 구절들을 고려하여 어떤 이들은 이것을 김종삼의 기독교 의식으로 이야기
하지만, 그의 생애에서 그는 한 번도 교회에 나간 일이 없으며 신을 믿지 않았다고
가족들은 증언하고 있다. 그래서 이러한 구절들은 인간 실존의 나약한 흔들림이며,
그러한 흔들림을 통하여 '천상적 이상향'에 대한 그의 염원을 확인하게 되는 것이
며, 그 이상을 꿈꾸는 내용을 시로 노래했다고 하겠다. 결국은 현실에서 '신성지향
의 삶'을 자신의 의지로 실천하려는 서정적 자아의 셀프 아키타입이 그래서 나타
나는 것이라고 하겠다.

첫째, 김종삼의 생애를 가정경제에 대한 무관심, 가족들에 대한 등한함, 가족 신앙을 멀리 한 점 등을 들어 '탈가정(脫家庭)의 삶'으로 분석하고 이러한 삶이 투영된 시들이 그의 셀프 아키타입의 원형질적 양상임을 밝혔다.

둘째, 김종삼 시에 무수히 나타나는 '어린이' 이미저리를 분석하여 그들이 겪는 전쟁, 이산, 질병, 장애, 죽음, 고독 등의 노에마를 통하여 영원지향의 이상적인 휴머니즘의 세계 실현에 대한 역설적 표현의 순수의식을 검출하였다. 그리고 거기에서 파생된 물질적 삶을 멀리하는 태도와 세속적인 것에 대한 비판의식 등도 함께 논의하였다.

셋째, '나'보다 '남'의 이익과 행복을 우선시하는 이타주의의 실천적 양상인 '긍휼 (矜恤)'에 관한 모티프를 분석하여 그것이 김종삼의 '아름다운 인도주의자'로서의 모습을 나타내는 셀프 아키타입의 핵심으로 판단하였다.

넷째, 서정적 자아가 말하는 숱한 죽음의 노에마들에서 '아름다움', '영원함', '절대자유', '평화로움'에 대한 희원을 읽어내고, 삶에 대한 미련이나 죽음에 대한 공포에서 초탈한 김종삼의 셀프 아키타입을 모습을 논의하였다. 그러면서 무신론적 실존주의로서의 '안쓰러운 성자(聖者)'의 모습도 검토하였다.

김종삼은 고향땅에서 전치되어 평생을 디아스포라로서의 삶을 살아온 시인이다. 본고에서 검출한 탈가정적이고 고통 받는 세상의 사람들에 대한 긍휼의식, 그리고 죽음에 대한 초탈한 셀프 아키타입의 모습은 한 마디로 평화로운 세계를 염원하는 '성자상(聖者像)'이라 하겠다. 이는 '삶의 기록'으로서의 문학적 특성을 실현한 것으로서, 김종삼은 민족의 분단과 전쟁에 대하여 아파하고, 불행한 사람들의 삶에 따뜻한 시선

을 보내는 '성스러운 평화의 세계'를 그리는 순수의식을 개성적으로
노래한 시인으로 평가할 수 있을 것이다.

참고문헌

권명옥, 「적막의 미학」, 『한국문예비평연구』제15집, 2004.

권명옥, 「김종삼의 단시 3편에 관한 연구」, 『한국언어문화』제25집, 2004.

권명옥, 「은폐성의 정서와 시학-김종삼론」, 『한국시학연구』제11호, 『한국시
  학회, 2004.

김용희, 「한국 전후시의 '현대성'과 그 계보적 가설-김종삼 시를 중심으로」,
  『한국근대문학연구』제19호, 한국근대문학회, 2009.

김종삼, 『김종삼 전집』, 권명옥 편, 나남, 2005.

라기주, 「김종삼 시의 정신분석학적 연구」, 명지대학교 대학원 박사학위논문,
  2008.

라기주, 「김종삼 시에 나타난 환상성 연구」, 한국문예비평연구』제26집, 한국현
  대문예비평학회, 2008.

송경호, 「김종삼 시 연구」, 서울시립대학교 대학원 박사학위논문, 2006.

송경호, 「김종삼 시의 죄의식과 '집'의 상상력」, 『문학과 종교』제12권2호, 2007.

오형엽, 「전후 모더니즘 시의 음악성과 시의식」, 『한국시학연구』제 25호, 한국
  시학회, 2009.

이명재·오창은, 『문학비평의 이해와 활용』, 경진, 2010.

이성민, 「김춘수와 김종삼 시의 허무의식 연구」, 조선대학교 대학원 박사학위
  논문, 2011.

이위조, 「김종삼 시의 죽음 의식에 관한 연구」, 『청람어문학』제18집, 청람어문
  학회, 1997.

이해금, 「김종삼 시 연구」, 이화여자대학교 대학원, 석사학위논문, 2001.

임헌영, 『분단시대의 문학』, 태학사, 1992.

장동석, 「김종삼 시에 나타난 '결여'와 무의식적 욕망 연구」, 『한국문예비평연구』
  제26집, 한국현대문예비평학회, 2008.

정상균, 「김종삼 시 연구」, 『인문과학』제7집, 서울시립대학교 인문과학연구
  소, 2000.

조효주, 「김종삼 시 연구」, 경상대학교 대학원 석사학위논문, 2010.

주완식, 「김종삼 시의 죽음의 수사학 연구」, 서강대학교 대학원 석사학위논문,
  2009.

한명희, 「김종삼 시의 공간」, 『한국시학연구』 제6호, 한국시학회, 2002.
한명희, 『김수영 정신분석으로 읽기』, 월인, 2002.
한이각, 「김종삼 시 연구」, 서울여자대학교 대학원 박사학위논문, 1995.
허금주, 『한국 현대시인 탐구·II』, 리토피아, 2009.

김종삼 시비 이전에 담긴 뜻

김종삼 시인의 시비를 옮기던 날 눈은, 일을 시작할 때부터 일이 끝날 때까지 펑펑 내려 사람들의 마음을 푸근함으로 채워 주었다. 서설은 서설이었다. 세상을 다 덮을 것 같이 내리던 눈은, 일이 끝나자 거짓말처럼 사라졌다. 그리고 밝고 따뜻한 햇볕이 옮겨 놓은 시비를 쓰다듬어 주었다. 분명 일을 하는 동안 누군가의 뜻에 따라 상서로운 기운이 눈과 함께 찾아왔던 것이다. 2011년 12월 21일 오전 10시부터 오후 1시까지 누군가 우리들에게 보낸 신호였다.

이 시비는 조각가 최옥영 교수(글씨는 박양재 서예가)의 작품으로 2개의 타원형 상빗돌과 하빗돌로 이뤄진 특이한 모양으로 일반 시비에 비해 작품성이 뛰어나다. 그런데 하빗돌에는 〈민간인〉이라는 시가 새겨져 있고, 상빗돌 뒤에는 〈북치는 소년〉이라는 시가 새겨져 있다. 앞의 것은 분단문학 뒤의 것은 순수문학이라는 김종삼의 시세계를 대표할 수 있는 작품들이다. 이 시비는 명륜동에서 〈쇠죽가마〉라는 카페를 운영하던 박중식(朴重湜) 시인이 앞장서 건립을 추진하여 김종삼 시인이 타계한 지 9년만인 1993년 12월에 세운 것이었다. 박 시인은 김종삼 시인을 지극히 흠모하고 김종삼의 시를 무척이나 아끼는 사람이었다. 그는 김종삼 시인을 모델로 하여 〈가을날〉이라는 시를 써서 안주머니에 넣고 다닐 정도로 김종삼 시인을 짝사랑하였다. 그러던 1978년 어느 날 우연히 길음시장에서 지나가는 김종삼 시인을 알아보고 말을 건네며 그 시를 보여 주며 알게 되었는데, 그 후에도 우연히 같은 장소에서 서너 번 더 만나게 되었다니, 두 사람의 인연이 끊기 어려운 줄로 결속되어 있었던 것으로 생각된다. 박 시인은 '김종삼 시비 건립 추진 본부'를 카페 2층에 마련하고 5년 동안 이 일을 추진하여 나갔다. 인사동 〈돌〉 갤러리에서 펼친 '고 김종삼 시인 시비건립을 위한 39인전'이 가장 핵심적인 사업이었다. 여기에는 김종삼 시인을 좋아하는 문인, 조각가, 화가 등이 참여하여 글씨, 그림, 조각품 등을 내어 놓고 이것들을 팔아 자금을 마련하였다는 것이다. 구중서, 황명걸, 신경림, 김구용, 박두진, 이제하 등의 문인들은 물론 많은 조각가, 화가 등 문화예술계 인사들이 많이 참여하여 건립된 뜻 깊은 시비였던 것이다. 박 시인의 친구가 운영하는 신탄진의 석재공장에서 최옥영 조각가의 손에 의하여 시비는 만들어졌으나 이를 세울 만한 땅을 마련하기는 어려웠다. 마땅한 장소를 물색하던 중 당시 광릉수목원에 근무하는 공무원이었던 시인 한 분이 수목원에 바로 붙어 있는 〈수목원 가든〉을 소개하여 김종삼 시비가 거기에 자리를 잡고 18년간 서 있게 되었던 것이다. 이렇게 하여 시비는 포천시 소흘읍에 있는 국립수목원 도로변 한 음식점의 정원에 세워져 수목원길을 지나는 사람들이 잘 볼 수 있는 위치에 세워지게 되었다. 어찌 보면 김종삼 시비가 포천 땅에 서게 된 것은 우연이었던 것이다. 아니다, 생전에 그의 작품 〈시인학교〉에서 꿈꾸던 김종삼 시인의 '아름다운 레바논 골짜기에 있음'이 실현된 것이었는지도 모른다. 국립 수목원 일대의 풍광이야말로 실재하지 않는 이상향으로서의 젖과 꿀의 땅 레바논 골짜기를 닮은 곳일지 모른다.

그러나 세월이 지나면서 관리는 소홀해졌고 주변의 나무들이 시비를 가려 잘 보이지 않게 되었다. 더구나 그 위치가 국립수목원 주차장 확장 부지에 포함되어 이전하지 않을 수 없게 되었다. 이에 유족들은 여러 모로 이전 장소를 물색하면서 각고의 노력을 기울인 끝에 모처에 있는 모처로 옮기기로 결정하였다. 시비가 이전되어 다른 곳으로 옮겨질 것이라는 정보를 접수한 소흘읍주민자치위원회 문화여가분과장인 김산동 씨가 이 사실을 주민자치위원회(위원장 이제승)에 알림으로써 주민들은 타지로의 시비 이전을 저지하고 문화적 가치가 높은 김종삼 시비를 관내에 유치하는 데 함께 나섰던 것이다. 주민자치원회 이제승 위원장은 같은 지역에 있는 대진대학교 교수들에게 유족 설득에 힘을 보태 줄 것을 요청하고, 포천시청에 이전 경비 지원을 요청하는 등 적극적이고 재빠른 대처를 함으로써 결국 소흘읍 고모리 저수지 친수 공간 조성사업 부지에 있는 '축제의 장' 건립 부지로 이전하여 시비는 다시 포천 땅에 남게 되었다. 김종삼 시비가 우여곡절 끝에 포천 땅 소흘읍에 다시 남게 된 것은 정말 우연의 결과일까.

타지로의 시비 이월을 막기 위하여 포천시민들은 적극적이고 조직적으로 움직였다. 한시적으로 '김종삼 시비 이전 추진위원회'의 성격을 겸하는 '김종삼 시인 기념 사업회'를 구성하여 활동하였던 것이다. 이 조직은 크게 두 줄기로 되어 있는데, 하나는 시민 대표들이고 또 하나는 대진대학교 유관 교수들로 되어 있다. 전자에는 이제승(소흘읍 주민자치위원회 위원장) 공동대표를 비롯한 김재창(소흘읍주민자치위원회 자치기획분과장), 김산동(소흘읍주민자치위원회 문화여가분과장), 임관영(시인), 김자현(시인/소설가), 임승호(조각가), 박인준(고모3리 이장) 위원 등이다. 후자에는 서범석(시인/문학평론가) 공동대표를 비롯한 이병헌(문학평론가), 홍은택(시인), 양균원(시인), 심재휘(시인), 허훈(행정학과 교수), 한우정(영화감독) 위원

등이다. 그리고 권명옥(시인/전 세명대 교수) 공동대표도 유족을 대리하여 참여하고 있다. 이러한 시민들의 자율적 문화 활동에 서장원 포천시장을 비롯한 신석철 포천부시장, 홍윤기 경제생활지원국장, 박진석 문화관광과장 등 포천시청 관계자들이 적극적으로 호응하여 고모리로의 시비 이전이 이루어졌다. 그리고 윤희철 대진대 교수, 조각가 최옥영 교수 등도 분에 넘치는 애정을 보태 주었다.

이렇게 하여 우리들은 세차게 쏟아지는 함박눈을 맞으며 2011년 12월 21일에 시비 이전을 마쳤다. 그리고 눈을 맞으며 시비 앞에 주과포를 차려 놓고 간단한 기념의식을 가졌다. 일동 묵념에 이어 김종삼 시인의 부인 정귀례 여사와 둘째 사위 권영 씨가 헌주했고, 권명옥 교수는 김종삼 선생이 평소 즐기던 담배에 불을 붙여 비 앞에 놓았다. 주민 대표로 박인준 고모3리 이장이 헌화했고, 시비를 조각한 최옥영 교수도 헌주했다. 포천시청의 홍윤기 국장과 박진석 문화관광과장 등도 참석하였다. 그리고 다수의 포천지역 문화예술계 인사들과 대진대학교 교수들이 참석하여 자리를 함께했다.

이와 같은 과정을 거쳐 다른 지자체로 옮겨져야 할 운명에 있던 김종삼 시비는 이전에 있던 곳에서 멀지 않은 소흘읍 고모리의 저수지 옆 '축제의 장'에 자리를 잡고 그의 고향이 있는 북쪽을 그리워하며 포천 땅에 다시 서 있게 되었다. 주변 조경 사업이 끝나면 정식으로 시비 이전 기념 제막식을 가질 예정으로 있지만, 이 시점에서 이러한 일련의 이전 경과를 보면서 그 숨겨진 의미를 생각해 본다.

김종삼 시인은 생전에 무신론자였지만, 시비 이전하는 날 내리던 함박눈은 하늘의 계시 같기만 했다. 박중식 시인의 말에 따르면, 홍수가 크게 났던 어느 해 여름 송추 율대리 공동묘지에 있는 김종삼 시인의 유택이 수해를 입어 이장을 하는데, 관을 여니 유해 위에 한 마리의 황

금색 두꺼비가 앉아 있더라는 것이다. 이건 좀 비약하면 김종삼의 시 「두꺼비의 轢死」에 나왔던 그 두꺼비가 환생이라도 한 것 같은 생각을 하게 한다. 도로에서 차에 치어 죽은 두꺼비를 애절한 눈으로 바라본 시혼이 그 두꺼비와 함께 지하에서 살고 있었던 것은 아닌가 하는 생각 말이다. 또 박중식 시인이 경영하던 카페가 화재로 전소되던 날은 그의 시집 〈집도 절도 주민등록증도 없이〉가 발간된 날이었는데 보관하고 있던 모든 것이 타 버리고 새로 나온 그 시집도 불에 타고 남은 것은 재와 물에 젖어 못 쓰게 되었지만, 김종삼 육필원고등의 유품이 들어 있는 방만은 타지 않아 그대로 보존되었다는 것이다. 다행하면서도 기이한 일이 아닐 수 없다.

더욱 놀라운 일이 시비 이전 며칠 후에 알려지게 되었다. 그것은 김종삼 시비가 포천 땅에 오고 그리고 떠날 뻔했는데 다시 남게 된 사실이 결코 우연이 아니라는 사실이 밝혀진 것이다. 필연이었단 말이다. 황해도 은율에서 태어나 평양에서 소년기에 학교를 다녔고, 그 뒤 일본으로 건너가 청소년기 교육을 7년 동안 받다가 해방 후에 귀국하고, 1947년 월남하여 죽는 날까지 고향을 그리워하며 서울에서 가난하게 디아스포라의 노래를 부르며 살다간 김종삼이 가장 미워한 것은 전쟁이었으며, 가장 사랑한 것은 음악이었고, 가장 그리워한 것은 고향이었다. 앞의 둘은 김종삼 시세계를 분단문학이나 순수문학으로 만들어 준 동력이었고, 마지막 고향에 대한 그리움은 어머니에 대한 시편들을 남기는 원인이 되었을 것인데, 「어머니」라는 시에서 저 필연성을 찾아내게 된 것이다. '나는 속으로 치열하게 외친다/ 부인터 공동 묘지를 향하여/ 어머니 아직 나는 살아 있다고'라는 시구가 그것이다. 여기 나오는 부인터 공동묘지는 김종삼 시인의 양친 산소가 있는 곳인데 바로 포천시 소흘읍에 있는 것이다. 여기서 시인은 불치의 지병으로 중태에 빠져서 더 살겠다는 의지를 어머니를 불러가며 다지고 있는 것이다. 그러니까 김종삼 시인이 최후로 그리워한 것은 어머니이며, 어머니가 계신 곳은 포천 땅이었던 것이다. 말하자면 포천은 김종삼의 마지막 고향이라 할 수 있는 것이며, 그래서 1993년에 부모님 묘소가 있는 부인터와 가까운 광릉수목원으로 시비가 찾아왔던 것이고, 옮겨야 할 처지가 되었을 때 다른 지방으로 가지 못하고 부모님 묘소로부터 직선거리로 불과 1.5㎞밖에 떨어지지 않은 고모리에 2011년 12월 시비가 다시 서 있게 된 것이란 말이다. 필연이었던 것이다.

순수한 영혼을 지향했던 시인 김종삼, 그러나 전쟁과 이산 그리고 가난의 고통 속에서 언제나 향수 속에 살던 그는 죽어서 마지막 고향으로 포천 땅을 선택했던 것이다. 그의 시비가 서 있었고 또 앞으로 영원히 서 있을 포천 땅은 산자수명의 아름다운 이상향으로서 김종삼 시인의 영혼을 포근히 언제까지나 감싸 줄 것이다. 포천과 더불어 그의 시문학의 예술성이 길게 멀리 눈부시게 빛나게 될 것이다. 그가 그토록 사랑했던 부모님의 유택이 있는 곳!

제3부
심미성과 인생탐구

공광규의 담장 허물기 놀이

1. 우리 앞에 놓인 담장

인간들이 집을 짓고 살면서 이웃과의 경계(境界)로 담장을 쌓아 놓고 살아온 역사는 얼마나 되는 것일까. 생각해 보면 그것은 참으로 긴 세월을 이어온 경계(警戒)와 다툼의 역사를 상징할 터이다. 문학도 마찬가지여서 담장의 이쪽과 저쪽이 갈등하는 다툼의 역사를 이어왔다고 할 수 있다. 한국시사에서 보면 조선시대에는 단아한 정형으로 사대부의 숭고한 정신세계를 읊조렸던 평시조와 서민들의 삶을 골계미로 그려냈던 사설시조와의 담장이 보인다. 그런가 하면 일제강점기의 이른바 민족문학파와 카프파의 사상적 담장도 보이고, 1960~70년대의 순수시와 참여시의 기능론적 담장도 높아 보인다. 허물기 쉽지 않은 수많은 담장들이 끊임없이 세워지고 허물어지면서 흘러온 문학의 역사를 짐작하기 어렵지 않은 것이다.

오늘날 한국시단에도 마땅찮은 담장이 뚜렷이 서 있다. 그 담장의 안쪽에서는 주로 젊은 포스트 386세대의 시인들이 기존의 서정시와는 확연히 다른 방법으로 시를 그려내고 있다. 이른바 미래파(서양의 문예사조

에서 보이는 '미래파'와 혼동되므로 이 호칭은 재고되어야 한다.)라고 불리는 이들
은 풍요한 메시지 그리고 다성성을 지향하며 리듬의 소멸, 그로테스크,
중언부언 등의 방법으로 탈서정의 시를 구축하고 있다. 그리하여 새로
운 서정성을 내세우며 환상성, 분열성, 환유성, 이질성, 모호성 등을 내
용으로 하는 현대미학을 직조하고 있지만 결과적으로 '난해시'를 양산
하고 있다. 담장 밖에는 편의상 넓은 의미에서 전통파라고 부를 수 있
는 다양한 시인들이 있다. 이들은 시의 미적 구조에 관심을 가지면서
내재율이라는 음악성에 호응하는 단일한 메시지를 지향하고 있다. 미
래파의 다양한 모색과 전통적 방법의 파괴는 예술의 본질인 창조성에
비추어 볼 때 매우 타당한 것이다. 창조는 이전의 것을 부단히 부정하
면서 이전에 없던 새로움을 만드는 일이기 때문이다. 다만 그 결과의
난해성에서 오는 일반 독자와의 소통부재와 그에 따른 시에 대한 거리
감 조성, 그리고 작가와 작품의 개성이 안개 속에 묻히는 것이 문제이
다. 미래파는 현대미학에 충실하지만 난해성이 문제이고, 전통파는 독
자와의 거리감을 좁혀 공감의 폭을 넓힐 수 있지만 미적 정체성(停滯性)
이 문제이다. 이러한 한국 현대시의 두 흐름 사이에 서 있는 담장을 허
물고 이제 상호보완적인 변증법적 발전을 꾀할 때가 된 것이다. 극단을
지향하는 것은 곧 지리멸렬할 수밖에 없으며, 정체적인 것은 머지않아
소멸될 것이기 때문이다.

　　진폭이 큰 상상력과 긴장도 높은 형상화로 한국시의 지평을 넓혀온
공광규 시인은 『소주병』, 『말똥 한 덩이』 등 다섯 권의 시집 발간과 신
라문학대상(제1회, 1989), 윤동주 문학대상(제4회, 2009) 수상 등으로 주목
을 받아온 중견시인이다. 그는 최근에 「담장을 허물다」(『창작과비평』
2012년 가을)라는 수작을 발표하여 문단의 이목을 다시 집중시키고 있다.
공광규 시인은 이 작품으로 고양행주문학상(제1회, 2013)을 수상하고,

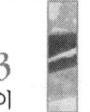

『작가』가 선정한 '오늘의 시'에 뽑혔다. 그리고 「담장을 허물다」의 속편이라고 할 수 있는 「담장을 허물고 난 후일담」(『시산맥』 2013 여름)이라는 시를 이어서 발표하였다. 필자는 공광규의 이와 같은 '담장 허물기'가 시인과 시인, 시인과 독자 사이에서 불통의 난맥상을 보이고 있는 이 시대 한국시단의 진로 모색에 하나의 시금석이 될 수 있는 작품으로 생각하면서 그 내용을 검토하고자 한다.

2. 담장을 허무는 즐거운 놀이

'놀이'를 인간 존재의 특성으로 파악하고 그것을 문화의 원류로 주장한 사람은 네덜란드의 문화사학자 호이징하(Johan Huizinga)이다. 그는 역저『호모루덴스』에서 모든 문화가 놀이 속에서 생겨났다는 사실과 그 둘의 혈연관계를 밝히고 있다. 특히 '시의 원초적 본질'이 놀이임을 주장하고 그 혈연관계가 다른 장르에 비해 현재까지 지속적으로 남아 있음을 주장한다. 이에 기대어 필자는 문학을 창조적 고급 말놀이로 보고, 시는 그 창조적 고급 말놀이의 정수(精髓)요, 정화(精華)라고 자주 말하고 있다. 놀이는 자발적 행위로서, 아이나 동물에서 보는 바처럼 그 자체로서 '즐거움'을 준다. 그리고 놀이는 '실제의' 삶에서 벗어나서 필요와 욕망의 바깥에 존재하는 '무관심성(disinterestedness)'을 특성으로 한다. 이러한 휴식으로서의 놀이는 인간의 반려로서 삶을 가꾸고 확대시키며 정신적·정서적 자아를 넓고 깊게 경작한다. 또 놀이는 진행되는 동안 그것이 감정의 고양과 하강, 전환, 일정한 순서, 연결과 해체를 지배하면서 긴장, 평형, 안정, 전환, 대조, 변주, 결합과 해체 등의 미적 체험을 하게 만드는 것이다. 공광규의 「담장을 허물다」는 이러한 '즐거운 놀이'의 모습으로 형상화 되어 독자들을 미학적 체험의 장으로 이끌고 있다.

고향에 돌아와 오래된 담장을 허물었다
기울어진 담을 무너뜨리고 삐걱거리는 대문을 떼어냈다
담장 없는 집이 되었다
눈이 시원해졌다

우선 텃밭 육백 평이 정원으로 들어오고
텃밭 아래 사는 백 살 된 느티나무가 아래둥치 째 들어왔다
느티나무가 느티나무 그늘 수십 평과 까치집 세 채를 가지고 들어왔다
나뭇가지에 매달린 벌레와 새소리가 들어오고
잎사귀들이 사귀는 소리가 어머니 무릎 위에서 듣던 마른 귀지소리를
내며 들어왔다

하루 낮에는 노루가
이틀 저녁은 연이어 멧돼지가 마당을 가로질러갔다
겨울에는 토끼가 먹이를 구하러 내려와 방콩같은 똥을 싸고 갈 것이다
풍년초꽃이 하얗게 덮은 언덕의 과수원과 연못도 들어왔는데
연못에 담긴 연꽃과 구름과 해와 별들이 내 소유라는 생각에 뿌듯하였다

미루나무 수십 그루가 줄지어 서 있는 금강으로 흘러가는 냇물과
냇물이 좌우로 거느린 논 수십만 마지기와
들판을 가로지르는 외산면 무량사로 가는 국도와
국도를 기어 다니는 하루 수백 대의 자동차가 들어왔다

사방 푸른빛이 흘러내리는 월산과 청태산까지 나의 소유가 되었다

마루에 올라서면 보령 땅에서 솟아오른 오서산 봉우리가 가물가물 보
이는데
나중에 보령의 영주와 막걸리 마시며 소유권을 다투어볼 참이다
오서산을 내놓기 싫으면 딸이라도 내놓으라고 협박할 생각이다
그것도 안 들어주면 하늘에 울타리를 쳐서
보령 쪽으로 흘러가는 구름과 해와 달과 별과 은하수를 멈추게 할 것이다

공시가격 구백만원짜리 기울어가는 시골 흙집 담장을 허물고 나서
나는 큰 고을 영주가 되었다

우선 모두 6연으로 되어 있는 이 시의 내용구조를 보면, '고향집 담
장을 허물어 눈이 시원해짐(제1연) ▶ 자연경관이 모두 보임(제2연) ▶ 동
식물들까지 소유하여 뿌듯함(제3연) ▶ 강산, 농토, 길까지 소유함(제4연)
▶ 산 너머 보령 땅까지 소유할 것임(제5연) ▶ 큰 고을 영주가 됨(제6연)'
으로 정리된다. 이러한 내용의 전개로 볼 때, 이 시는 전통적인 4단 구
성의 형식을 취하고 있음을 알 수 있다. 즉 제1연은 '기(起)', 제2~4연
은 '승(承)'이고 제5연은 '전(轉)', 제6연은 '결(結)'이다. 요약하면 고향집
담장을 허물어서 [기] 확 트인 자연 경관과 동식물, 길과 땅 모두를 소
유하게 되었으며 [승], 장차는 산 너머 보령 땅까지 소유할 [전] 것이어
서 서정적 자아는 큰 고을 영주가 되었다 [결]는 구성으로 되어 있다.
시간구조는 기·승·결이 현재이고, 전은 미래로 되어 있어 내용구조와
잘 조응하고 있기도 하다.
이와 같은 내용구조는 시인의 상상력 작동에 의한 허구이며, '담장

을 허문다고 밖의 것이 다 내 소유가 된다'는 진술이 현실적으로 모순이므로 역설이다. 다시 말하면 이 시는 상상적 허구로 이룬 역설적 말놀이인 것이다. 독자들은 이 상상적 허구에 동참하여 서정적 자아와 함께 즐거움을 만끽한다. 시인은 '시작노트'에서 "시인이라는 것이 결국 거짓말 장사꾼이고 허풍장사꾼인 것 같다."(『2013 '작가'가 선정한 오늘의 시』)고 말하고 있는데, 우리는 공광규라고 하는 허풍쟁이 장사꾼의 물건을 사고 즐거워하는 것이 아닌가. 왜냐하면 그 허풍쟁이의 상상력이 만들어 낸 내용과 표현들이 재미있기 때문이다. 이와 같은 감동의 참여도를 높이고 있는 첫째 이유는 그것이 '쉬운 이야기' 형식으로 되어 있기 때문이다. 공 시인은 『이야기가 있는 시 창작 수업』(화남, 2009)이라는 책을 낸 바 있는데, 그 제목에서 알 수 있는 바처럼 '이야기'의 삽입을 시 창작의 중요한 요소로 여기고 있다. 그렇다고 이 시가 시의 문법을 무시하고 서사적 문법으로만 이루어진 것은 결코 아니다. 전체적으로 서사적인 이야기 구조로 되어 있지만, 4단구성이 그러하듯 그 표현은 정통적 시의 문법을 따르면서 독자를 재미의 연못에서 물놀이하는 아이로 만들어 준다. 둘째는 언어를 사전적 의미만으로 쓰지 않고 새로운 의미로 사용한 이른바 '낯설게 하기'를 잘 구현하고 있기 때문이다. 예를 들면 제2연의 제1행 '우선 텃밭 육백 평이 정원으로 들어오고'에서 '들어오고'는 '보이고'를 낯설게 만든 역설적 의유인 것이다. 이 시에서 여타의 '들어오다'라는 동사도 모두 마찬가지로 쓰이고 있다. 또 느티나무가 '그늘 수십 평과 까치집 세 채를 가지고 들어왔다'에서의 '가지고'도 그렇다. '잎사귀들이 사귀는 소리'라든가 '기어 다니는 자동차' 등도 모두 같은 의유이다. 여러 곳에 보이는 '소유하다'라는 동사도 '보게 되었다'라는 의미를 변용한 것이다. 그리하여 독자로 하여금 시적 변용의 환상적 연못을 거닐게 한다. 셋째는 허풍쟁이 서정적 자아의 욕망구조

가 웃음을 자아낸다. '승'부분인 제2~4연의 과다한 소유현상과 '전'부분에 보이는 미래까지 확대되는 욕망, 즉 보령 영주와 막걸리 마시며 소유권을 다툰다든지 딸을 내놓으라고 협박하고 하늘에 울타리를 쳐서 구름과 해와 달과 별과 은하수를 멈추게 할 것이라는 지경에 이르면 아연실색하며 웃음을 참을 수 없다. 이 시는 쉬우면서도 시의 본령을 지키는 중용적 자세로 독자들을 흥미진진한 허풍쟁이의 역설적 말놀이에 참여시키고 있는 것이다.

이러한 역설적 말놀이는 한편 '대장부(大丈夫) 콤플렉스'로 읽을 수도 있다. 예로부터 동양에서는 이상적인 남자의 인물상으로 대장부가 회자되어 왔다. 우리는 언젠가부터 남자는 작은 이익에 매달리지 않는 너르고 크고 올바른 호연지기(浩然之氣)를 가져야 한다는 생각에 젖어 있었다. 「담장을 허물다」의 서정적 자아는 일견 대장부의 기세를 보이고 있다. 그는 담장을 허물고 나니 세상이 다 나의 것이 되었다고 으스대는 호방한 사나이의 모습으로 우리에게 다가온다. 왜 그럴까. 좁고 막힌 도시 공간에서 경쟁, 불안, 위험, 소란, 불통, 투쟁 등의 자장 속에서 소시민으로 주눅 들어 끌려 다니다가 고향집 담장을 허물고 아늑하고 평화로운 전원에서 일시적 호연지기를 내뿜고 있는 것이 아닌가. 그 도가 지나쳐 앞으로는 보령 영주에게 소유권을 인수하고자 하며, 안 될 경우 딸이라도 내놓으라고 협박하겠다는 것인데, 담장을 허물었으면 모든 것을 내 것으로만 하지 말고 내 것도 내어 놓으며 함께 가야하지 않겠는가. 「담장을 허물다」의 속편인 「담장을 허물고 난 후일담」에서는 더욱 그 허풍쟁이의 욕망이 확대되고 있음을 볼 수 있다. 그러나 공광규 시인의 서정적 자아인 이 철없는 허풍쟁이 화자의 이야기를 들으면서 독자들은 거부감보다는 놀이판에 동참하여 함께 즐거워하게 된다. 이는 대장부답게 살고 싶지만 그렇지 못한 현실에서 오는 독자들의 대장부 콤플렉스와의 동병상련 때문일 것이다. 쉬운 이야기 시의 한 양상으로 나타난 공광규의 「담장을 허물다」와 「담장을 허물고 난 후일담」은 독자와의 담장을 허물고 함께 즐거움을 나눌 수 있는 고급의 말놀이이다.

3. 간택(揀擇)의 세계 허물기

「담장을 허물다」는 집의 안과 밖을 가르고 있는 경계물인 담장을 허묾으로써 철없이 즐거워지는 서정적 자아의 대장부연하는 모습을 그려내고 있다. 그러니까 우리가 안과 밖이라는 구별을 없애면 즐겁고 행복할 수 있다는 메시지를 이 시는 전하고 있다고 하겠다.

우리가 살아가는 사바세계는 인간 스스로 수많은 분별(구분)의 선을 그어 놓고 차별과 갈등으로 싸움을 벌이며 괴롭고 힘들게 살아가는 곳인지도 모른다. 인생에는 자/타, 빈/부, 남/여, 노소, 상/하, 대/소, 경/중, 선/악, 미/추 등 이루 헤아리기 어려운 많은 담장이 가로막고 있기 때문이다. 인간은 대상을 보아 차별하여 사유하고 분간(分揀)하여 선택하는 '간택(揀擇)의 세계' 안에 살고 있는 존재인 것이다. 그것은 인간의 크고 끝없는 욕망에서 비롯된 세계이다. 이러한 간택의 세계를 초월하면 그것이 불교에서 말하는 '공(空)'의 세계가 될 것이며 극락에 드는 길이 열릴 것이다.

「담장을 허물다」에 나타나는 세계 즉, 시간과 공간을 보면 그 시간은 낮과 밤, 겨울과 여름 같은 구별이 없이 혼합되어 있고, 그 공간은 안과 밖이 구분 없이 하나로 통하고 있다. 담장을 허문 자아와 세계의 즐거운 화합의 무릉도원인 것이다. 그 세계는 본래의 자리로 돌아간 고향의

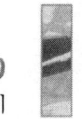

세계이며 어머니의 품안과 같이 안락하고 평화로운 곳이다. 시에서 '방콩'과 같은 고향 사투리로 그려진 '어머니 무릎'이 그 증좌가 된다. 담장을 허물고 나면 안심입명할 수 있는 고향 어머니의 품속과 같은 세계가 열린다. 어머니의 품 안에서는 철없는 허풍쟁이가 되어 '산천초목이 다 내 소유가 되어 뿌듯하고, 천체를 멈추게 하겠다'는 호연지기가 발동되기도 하는 것이다.

앞에서 필자는 이 시를 '역설적 말놀이'라고 규정하였다. 두루 아는 바처럼 표면적으로 모순되는 양 보이지만 '진실의 요소'를 내포하고 있는 진술을 역설(paradox)이라고 하는데, 「담장을 허물다」는 제1연을 제외하고는 모두 역설이 된다. 텃밭이 정원으로 들어온다는 것, 자연경관이 집 안으로 들어온다는 것, 강산이 나의 소유가 되었다는 것, 서정적 자아가 해와 은하수 같은 천체를 멈추게 하겠다는 것이 다 역설인 셈이다. 그러면 역설로 담아내고자 하는 함축된 진실은 무엇인가. 그것은 구별의 담장을 허물면 충만하고 즐겁고 안락한 본래의 세계로 돌아갈 수 있다는 것이다. 흑백논리를 벗어 던지고 양가적(兩價的) 시각으로 세계를 인식하는 역설의 세계는 절대주의가 아닌 상대주의 철학에 터를 두고 소통과 융합으로 피우는 완성과 행복의 세계인 것이다.

공광규 시인은 「시작노트」에서 "나를 허물면 상대는 물론, 천하가 내 것이 되지 않겠는가? 자존심이란 원래 없는 것이다."라고 쓰고 있다. 담장은 내가 쳐 놓은 것인데, 이를 허물 때 천하를 얻을 수 있다는 생각이며, 그 담장의 심층적 요소로 '자존심'을 말하고 있는 것 같다. 그렇다. 자존심이야말로 나와 남을 분간하여 차별하는 마음인 것이다. 대부분의 사람들이 자존심이라는 담장을 타인과의 사이에 쌓음으로써 갈등과 불행을 스스로 만드는 것이리라. 인간의 모든 욕망은 이 자존심과 관련될 것이다. 우리의 욕망에서 비롯된 간택의 세계를 초월하여 행

복에 이르는 길이 바로 '담장 허물기'인 것이다. 즐거움 속에 유영케 하
는 존재론적 역설의 시다.

4. 시를 지키려는 시 허물기

가다가 길을 잃으면 처음으로 돌아가 보는 것이 상책이다. 미래파적
인 방향도 수긍할 수 없고 전통파적인 길도 따라갈 수 없는 것이 오늘
날 한국 시단의 착종된 상황이라면 떠나온 시의 고향 즉 시의 본질로
돌아가 생각해 보아야 한다. 아마 공광규 시인도 이 갈림길에서 고민하
다가 '담장 허물기' 작업을 시도했을 것이다. 그의 「담장을 허물다」와
그 속편 「담장을 허물고 난 후일담」은 사실 숙고해 봐야 할 점이 없지
않다. 왜냐하면 시의 본질을 상당 부분 허물고 있기 때문이다.

첫째는 시가 너무 길다는 것이다. 시는 다른 장르에 비해 단형(短形)
이 그 특색이어서 시간을 초월하는 순간적 생의 지각을 짧은 음절을 가
지고 함축적으로 묘사하는 양식이다. 따라서 시에서는 과감한 건너뛰
기로 빈자리를 만들고 데포르마시옹(déformation)으로 의미를 포장하거
나 감추게 되는 것이다. 그러나 이 글에서 논의하고 있는 두 편의 시는
상당히 긴 편이다. 「담장을 허물다」는 6연으로 되어 있는데, 시행을 모
두 합치면 26행이며, 각 행의 길이도 상당히 긴 편이다. 「담장을 허물
고 난 후일담」은 더 길어서 총 10연 37행의 장시이다. 너무 길면 시의
본질에서 멀어지는 것이며 또 지루하여 놀이의 즐거움은 줄어든다.

둘째는 시가 서사적이며 산문적이라는 점이다. 서사장르의 본질은
세계와 자아의 갈등을 서술하는 이야기에 있고, 서정장르의 본질은 현
재적 자아가 세계를 주관적으로 통일하여 표현하는 데 있다. 그런데 이

시들은 인물(나)이 한 행위와 그 후의 정황을 서술함으로써 서사성을 시에 접목시키고 있는 것이다. 문체도 '~하였다', '~가 되었다' 등의 서술적 산문문체이며 서사에 호응하는 과거시제로 되어 있다. 물론 이 전에도 서사적 '이야기 시'가 있었고, 지금도 산문시가 유행처럼 번지고 있기는 하다. 그러한 작업에는 그 때마다 나름의 이유가 있겠지만 시의 본질에서 빗겨나간 것은 사실이다. 시가 길어진 이유도 여기에 있는 것이리라.

셋째는 서정적 자아의 내면을 직접적으로 노출하고 있다는 것이다. 예를 들면 「담장을 허물다」의 '연못에 담긴 연꽃과 구름과 해와 별들이 내 소유라는 생각에 뿌듯하였다'와 같은 진술이 그 예이다. 이러한 직접적인 내면 노출은 '쉬운 시'를 만드는 하나의 요소로 기능할 것으로 짐작한다. 로맨티시즘의 시인 워즈워스(Wordsworth, William)는 시를 '감정의 유로(流露)'로 정의하였지만, 현대시인은 오히려 엘리엇(Eliot, Thomas Stearns)의 "시는 정서의 표출이 아니라 정서로부터의 도피"라는 말에 귀 기울일 필요가 있을 것이다. 정서를 직접적으로 드러내는 일은 아무래도 현대시에는 어울리지 않는 옷이 아닐까.

이와 같은 문제는 전통적인 시의 본질에 비추어 볼 때 되씹어 볼 필요가 있는 부정적 양상이라고 할 수 있다. 그러나 이전에 보여 준 공광규 시인의 많은 일품(逸品)들과 문학적 역정에 비추어 볼 때 그가 이러한 사실을 모르거나 무시해서 그렇게 했다고는 볼 수 없다. 이런 관점에서 지적한 내용들을 긍정적으로 요약해 보면 공광규의 '담장 허물기'는 서사적 내용의 쉬운 이야기 시 '세우기' 작업이라 할 수 있겠다. 독자와의 사이에 놓여 있는 난해성·현학성·고매성·이질성 등으로 구축된 담장을 허물기 위한 한국시의 방향 모색 작업의 일환이라는 말이다. 시에 '이야기'를 도입함으로써 친근감을 높였으며, 쉽게 씀으로써 소통의 문을 열고 공감의 진폭을 키웠다. 예술은 항상 새로운 창조의 길을 찾아 나아가는 작업이므로 시의 본질적인 요소까지 허무는 일이 용인될수 있는 것이다. 예술의 본질에서 보면 담장은 허물기 위하여 존재하는 것인지도 모른다. 공광규의 '담장 허물기'는 시를 지키기 위한 시허물기이다. 그것은 양날의 칼인데, 한 쪽은 독자와의 담장을 허무는날이고 다른 쪽은 인간 사이 또는 자아와 세계 사이의 담장을 허무는날이다.

5. 다시 새로운 허물기를 위하여

이 글은 공광규의 '담장 허물기' 작업을 현 시점에서 한국 현대시 창작의 새로운 진로 모색의 시금석으로 삼아 논의를 전개해 왔다. 이제그 결과를 가지고 한국 현대시가 앞으로 가야할 방향에 대하여 정리해보기로 한다.

첫째, 독자와 소통할 수 있는 '쉬운 시' 방향으로의 모색이 필요하다. 다른 장르와 비교해 볼 때 난해성이 시의 본질에 가까운 것은 사실이다. 또 복잡다단한 현대인의 정서나 의식을 형상화하기 위하여 현대시는 어느 정도 난해할 수밖에 없다. 그러나 정도의 문제가 아닐까. 시의본질을 지키면서도 독자와 소통할 수 있는 중용의 길을 모색하는 일은시를 지키면서 시를 시답게 하는 방안이 되지 않을까.

둘째, 시에 이야기 요소를 가미하여 창작하는 길이다. 시적 담화는비유나 투사 등의 동일화(identify) 어법으로 형성되는 것이 기본원리이기에 사물과 언어의 관계가 내포적 관계로 이루어지는 것이 사실이다. 그렇지만, 이야기 요소가 개입하면 시가 쉬워지고 흥미를 불러일으키

기도 하면서 시에 대한 친근감을 높일 수 있을 것이다. 인간이 살아 있다는 것은 이야기를 하는 동안이며 죽었다는 것은 이야기가 끊어진 상태이다. 인간이 가지고 있는, 이야기를 하려는 자기 표현적 욕망과 이야기를 들으려는 호기심은 인간의 본성이란 말이다. 분명 이야기는 호기심을 유발하고 흥미를 북돋우는 매개가 될 수 있다.

셋째, 너무 긴 호흡의 시는 지양해야 한다고 생각한다. 현대는 산문의 시대라고 말하는 것에서 알 수 있는 것처럼 현대인의 정신이나 심리를 표현하는 데는 산문적 양식이 요청되는 것은 어쩔 수 없는 일이다. 그러나 너무 길면 시의 본질과 멀어지는 것이며 또 지루하여 독자의 흥미를 위축시켜 시에서 멀어지게 한다. 그러므로 극단적으로 길어지고 있는 언어 낭비적 장시 형태는 재고되어야 하지 않을까. 이것도 정도의 문제인 것이다. 시적 담화는 유기적(more closely organized) 이고, 집중적(concentration)인 언어 조직이다. 어떤 이유에서든지 너무 길게 써야 하는 타당성은 없는 것이다.

넷째, 정서나 의식의 지나친 주관적 노출은 경계해야 한다. 시에 이야기를 도입하고 쉬운 시를 지향해야 할 시대적인 필요성이 있다고 하더라도, 시는 압축이 본질이며 그 의미는 연상과 상상력의 확대와 관련이 있는 것이다. 일정 부분 난해하더라도 독자와의 극단적 소통단절은 피해가는 지혜가 필요하다. 고전시가들이 듣고 즐기는 시라면 현대시는 보고 생각하게 하는 시이다. 내포적이고 함축적인 표현의 미학으로 차원 높은 사색에 독자를 초대하여 그들의 정신적 고양을 도모하고 내적 자아의 확충을 꾀하는 것이 현대시의 본질이다. 그래서 미래파적 시인들은 덜 숨기고 전통파적 시인들은 더 숨기는 상생적 허물기가 필요한 시점이라고 필자는 판단하는 것이다.

다섯째, 시는 산문문학이 아니므로 음악적 요소를 가지고 있어야 한다. 현대시의 음악성은 고전시가에 비하여 현저하게 낮아진 것이 분명하지만, 그래도 음악성은 있어야 한다. 그것은 시의 숙명인 것이기 때문이다. 음악성과 비음악성의 담장이 있다면 허물어야 한다. 시에서의 '소리' 부분도 중시하는 일은 당연한 것이며, 따라서 행과 연의 구분이나 내재율을 살리는 기법 등을 심도 있게 고려하여야 한다. 아무리 복잡한 산문적 현대정신을 구현한다 하더라도 얼마든지 자율적이고 개성적인 내재율의 창조는 가능한 것이며, 그것에 의해 정서적 미학이 성취될 수 있는 것이다. 경계의 해체와 퓨전(fusion)문화, 자아의 소멸과 정신분열적 심리 등의 현대적 특성과 조응되는 리듬과 가락의 창조가 불가능한 것이 아니라는 말이다. 미래파적인 시인들은 음악성을 높여야 하고 전통파적인 시인들은 그것을 더 낮추어야 하지 않을까.

원론적으로 시의 본질적 특성, 그것은 자유 그리고 부정이다. 그래서 전통 지양(止揚)과 새로운 전통 지향(指向)이 필요한 것이다. 시의 형식은 시인에 의해 자유롭게 창조되는 것이므로 정형화된 법칙은 없다. 이러한 의미에서 공광규의 '담장 허물기' 놀이를 시 쓰기의 역사적 흐름에 대한 성찰에서 비롯된 창의적인 부름켜로 평가한다. 세상을 새롭게 보고 제2의 창조의 길을 가는 뜻있는 시인들의 새로운 시세계를 위한 담장 허물기 놀이는 폭넓게 지속적으로 진행되어야 한다.

형식이 빚어내는 심미성

　문학성은 문학을 문학이게 하는 성질이다. 모든 글(언어)이 문학은 아니기 때문에 문학이 되려면 문학성을 가진 글이 되어야 한다. 그것은 문학의 요소들이 유기적 결합을 통하여 이루어 내는 정신적이고 예술적인 구조적 결정체라고 할 수 있다. 우리는 흔히 문학을 이루는 네 가지 요소로서 정서(emotion), 상상(imagination), 사상(thought), 형식(form) 등을 말한다. 그러니까 문학성은 이러한 요소들이 상호작용에 의하여 빚어내는 문학의 특성인 것이다.

　'정서(情緒)'는 기쁨, 분노, 슬픔, 즐거움, 사랑, 미움, 욕망 등의 감정을 말한다. 모든 문학 작품에는 이러한 정서들이 언어의 구조(structure)와 조직(texture) 속에 용해되어 있다. 그니까 문학에서의 정서는 체험 그대로가 아니라 작가에 의해 순화, 정화, 미화된 것으로서 미적 정서(aesthetic emotion)인 것이다. 이러한 정서는 객관적 사상을 주관적으로 표현함으로써 작가의 '개성(individuality)'을 드러낸다. 그것은 결국 '자기 렌즈로 보기'의 결과인 것이다. 독자들은 그 개성의 깊고 매력적인 침투력에 의하여 감동한다. 그런데 정서는 인류에게 보편적이며 항구적인 것이다. 그래서 정서로 아름답게 융합된 작품은 보편성

(universality)과 함께 항구성(permanence)을 구현하기 마련이다. 개성과 보편성은 이율배반적 성질의 것으로 보이지만, 1930년대 평론가 최재서의 말처럼 "개성에 철저하면 보편성에 도달한다는 말은 문학에 있어는 역설이 아니고 진리"인 것이다. 정서가 담아내는 문학성은 '개성'이며, '보편성'이다. 개성 때문에 작가의 색깔이 빛나며, 보편성으로 그 빛이 오래 간다.

'상상(想像)'은 문학적 창조 작업의 원동력이다. 그것은 주어진 사물을 하나의 의미 있는 형상으로 만드는 능력으로, "사건들이 결합해서 통일적 전체를 구성할 때에 그것을 보고 느끼는 방식"(John Dewey)이며, "현재의 지각(知覺)과 과거의 체험을 연결하는 과정"(최재서)으로, "대상을 변화시키는 역동적 상상력"(Gaston Bachelard)이 되어야 한다. 그러니까 상상은 미를 발견하는 정신의 눈이며, 그 시력은 각자의 경험이 바탕이 되는 것이고, 그 진폭은 클수록 좋은 것이다. 신은 무(無)에서 유(有)를 창조하였지만, 작가는 이러한 상상력으로 유에서 새로운 유를 창조하는 제2의 창조주체가 된다. 그리하여 작가들은 추상적인 것을 구체적으로 만들어 실재화(實在化)하기도 하고, 반대로 구체적 사물을 추상적 개념으로 바꾸어 이념화(理念化)하기도 한다. 이러한 창조는 작가의 상상에 의한 것이며, 그 상상은 작가 자신의 독특한 체험과 느낌에 의한 것이기 때문에 문학 작품은 독창적인 것이다. 상상이 만들어 내는 문학성은 '독창성'이다. 이것은 신선한 세계로의 미적 초대장이며 감동의 바다에 이르는 화살이다.

'사상(思想)'은 사회 및 인생에 대한 일정한 견해로서, 작가의 인생관이나 세계관에 의해서 작품 속에 숨겨진 의미 내용이다. 그러나 문학에서의 사상은 그대로 노출되면 뼈다귀나 검붉은 유혈처럼 흉측하다. 그래서 정서화된 사상이 되어야 한다. 워즈워드가 말한 감동적 사상

(affective thought)이 되어야 하고, 발레리(Paul Valéry)의 말처럼 "시구 속에서는 과일 속에 묻힌 영양소와 같이 숨겨져 있어야 한다."는 것이다. 과일 속에 들어 있는 영양소는 눈에 보이지 않지만 맛과 향기에 끌려 먹다보면 저절로 우리 몸의 건강을 지켜 주는 법이다. 이 사상을 표면화하면 공리주의 문학으로 기울고, 배제시키면 저속한 대중문학으로 떨어진다. 사상을 직설적으로 강조하거나 증발시킨 문학은 큰 감동을 주거나 긴 생명력을 가지지 못한다는 말이다. 뼈는 살 속에 숨어 있어 드러나지 않지만 그것이 없다면 몸의 형태와 기능은 무너진다. 문학을 일러 '의미예술'이라고 한다. 언어를 매체로 미를 축조하는 문학은 소리와 함께 의미가 자동적으로 개입하여 다른 어느 예술보다도 인생을 구체적이며 직접적으로 표현할 수 있는 예술인 것이다. 이것은 문학의 중요한 특징이며 특장이기 때문에 작게는 의미, 크게는 사상이나 철학을 단단히 깊게 안고 있어야 울림이 크고 오래 살아남을 작품이 된다. 이러한 문학성을 '위대성'이라 한다. 플라톤은 모든 미는 형제지만, 사상의 미는 그 중에서도 장자(長子)라고 하였다. 위대성은 높이 그리고 멀리 비치는 꺼지지 않는 밝은 빛이다.

'형식(形式)'은 부분들이 유기적 전체로 통일되어 작용하면서 생명력을 갖게 하는 문학 작품의 '몸'이다. 몸은 각 기관들이 조화와 균형을 이루면서 하나의 생명으로 살아 있는 아름다움의 꼴이다. 몸은 전부이다. 그 안에는 뼈도 있고 내장도 있고 피도 흐르고 정신이나 영혼도 그곳에 살고 있다. 그러니까 문학의 몸인 형식 안에는 정서도 상상도 사상도 다 포괄되는 것이다. 그리고 몸은 살아 있다. 죽은 몸은 몸이 아니라 시신이다. 시신은 곧 썩어 없어질 것이다. 그러니까 형식은 각 부분들이 하나의 생명으로 융합되어 살아 있는 몸인 것이다. 또한 몸은 변화한다. 나이에 따라 계절에 따라 시간에 따라 우리의 몸은 성장하기도 하고 변화하기도 한다. 문학의 형식도 마찬가지다. 그것은 각 부분들이 때에 따라 운동을 달리하면서 현현하는 미적인 어울림의 구조체이다. 언어의 이와 같은 아름다움은 문학에서 심미적 구조로 몸을 이룬다. 형식이 만들어 내는 문학성은 무엇보다 이 '심미성'에 있다. 그러나 그것은 몸이기 때문에 정서가 조성하는 '개성'이나 '보편성', 상상이 낚아 올린 '독창성', 사상이 뿜어내는 '위대성' 등을 함께 거느린다. 그래서 문학성의 가장 중요한 기본적 특성은 '심미성'에 있다. 문학은 본질적으로 예술이기에 심미성이 결여되면 문학이 되기 어려운 것이다.

심미성(審美性)은 기본적으로 합목적성과의 상대적 위치에 존재한다. 어떤 목적에 봉사하거나 예속되지 않고 언어라는 객관적 존재 자체를 살펴 아름다움을 찾아낼 수 있는 특성을 말하는 것이다. 칸트의 말대로 실제적 목적을 추구하지 않는 예술적 경험 그 자체가 목적이 됨을 뜻한다. 다른 목적에 의존하지 않는 자체의 자주성을 지니며, 이러한 미적 경험이 만족의 쾌감을 준다. 이러한 쾌감은 감각적 욕망, 공리적(功利的) 목적, 도덕 등에서 떠날 때 순수하고 완전하게 얻어진다. 이때의 쾌감은 문학의 매체인 언어가 텍스트 속에서 발하는 미적 광휘를 이르는 말이다. 따라서 심미성을 결정하는 결정적 요소는 아름답다는 느낌, 즉 미의식이다. 독자가 느끼는 미의식은 매우 주관적이지만 대체로 언어미, 문체, 구조 등을 통하여 인식되고 감응된다.

문학은 언어를 떠나 존재할 수 없다. 언어는 문학의 형식적 요건이면서 본질을 구성한다. 그러나 모든 글이 문학은 아니다. 언어를 가지고 문학적으로 형상화하지 않으면 심미성은 발현되지 않는다. 그래서 문학, 특히 시는 언어를 정서적, 내포적, 함축적, 암시적으로 사용하여 언어미를 구축하여야 한다. 그리고 비유, 상징, 아이러니, 패러독스 등의 방법으로 형상화하여 심미적 구조로 완결되어야 한다. 문학은 '언어

예술'인 것이다. 비유는 등가(等價)의 조명으로 새로운 관념을 지시하고, 상징은 가시적 사물을 통하여 비가시적 정신세계를 암시한다. 아이러니는 시치미를 떼고 겉으로 드러난 것과 '모순·충돌하는' 내용을 표현하며, 패러독스는 표면적으로 모순되는 양 보이지만 진실의 요소를 내포하고 있는 진술로 이루어진다. 이것들은 한 마디로 일상적 의미로서의 언어 사용을 배제하고 '낯설게 하기'의 방법으로 언어를 사용하여 새로운 의미를 창조하여 언어의 빛을 심미적으로 바꾸는 것이다. 그것이 '언어미'인 것이다.

문체는 글에 나타나는 개성적 언어사용의 형태이다. 거기에는 작가의 개성, 시대적 특징, 계층적 특성, 장르적 경향성, 문자적 개성 등이 결합되어 또 다른 심미적 감응을 유도한다. 문체는 작가의 고유한 개성과 사색에 의하여 결정되는 미적 사물로서 그의 광채가 되는 것이다. 그리하여 독자들은 작가 개인의 문장 뒤에 숨어 있는 작가의 혼, 생생한 인격, 사상 등과의 관련성 아래 심미성을 체득하게 된다.

구조는 작품을 거느리고 있는 짜임이나 틀의 질서나 원리로서 각 부분들이 미적 효력을 획득하는 방식이다. 아리스토텔레스는 구조를 '전체를 이루는 모든 요소들의 총합'으로 본다. 그는 "부분들의 구조적 통일은 그들 중 하나라도 위치가 변하든가 제거되었을 때 전체가 흩어지고 교란될 그런 성질의 통일이다. 있으나 없으나 마찬가지로 아무런 뚜렷한 변화를 가져오지 않는 부분은 전체에 대한 유기적 부분이 되지 못한다."라고 말한다. 그러니까 구조는 치밀한 내적 조직을 가지고 있는 하나의 완성된 형상인 것이다. 그러므로 구조는 내용과 형식이 미적 목적을 위해 조직되어 있는 것으로 내용과 형식을 모두 포함하는 개념이 된다. 문학은 의미적 형식이며, 내용이 곧 형식인 것이다. 문학도 예술이니까 예술의 일반적 특성인 내용과 형식의 동일성을 증명할 수 있어야 한다. 그것은 자체완결적이고 자기충족적인 질서화된 관계로 존재하는 것이다.

새로운 내용은 새로운 형식을 낳고, 새로운 형식은 새로운 내용을 낳는다. 작가나 시인들은 새로운 형식을 탐구하여 새로운 의미를 창조할 책무를 가지고 '심미성'을 꽃피우기 위하여 매진하여야 한다. 그 기본적인 토대 위에서 자신의 문학성을 증명하고 그것을 빛나게 하여야 하지 않을까. 심미성은 언어미라는 피부와 문체라는 근육과 구조라는 오장육부가 한 몸이 되어 발산하는 꽃향기니까. 거기에는 개성도 보편성도 독창성도 위대성도 함께 어울려 빛날 것이니까.

놀이 시학

1. 놀이인간

'인간은 무엇인가'라는 물음에 앞서 인간이 한 평생을 어떻게 보내는지를 살펴본다면 그것은 '일'과 '놀이'의 연속적 시간구성체임을 짐작할 수 있을 것이다. "일과 놀이의 교직(交織)이 인생"이라는 말을 떠올리지 않더라도 인생에서 '놀이'의 중요성은 그 양적인 면을 차치하더라도 자못 심대한 것이 아닐 수 없다. 네덜란드의 문화사학자 호이징하 (Johan Huizinga)는 그의 역저 『호모루덴스』를 통하여 인간의 존재에 관한 새롭고 본질적인 특성을 제시한다. 그것은 '놀이하는 인간'(Homo Ludens = *Man the Player*)으로서의 인간존재 규명이라 할 만하다. 그는 고대의 호모사피엔스(Homo Sapiens)나 현대의 호모파베르(Homo Faber)의 개념보다 '놀이인간'의 개념이 보다 본질적이고 사실에 가깝다고 생각한다. '생각하는 것'이나 '만드는 것'보다 '놀이하는 것'을 더 중요한 인간존재의 한 특성으로 보는 것이다.

호이징하는 문명이 놀이로서, 또 놀이 속에서 발생하고 전개되었다는 확신으로 놀이를 생리현상이 아닌 '문화현상'으로 이해한다. 그에 의하면 "놀이는 문화의 한 요소가 아니라 문화 그 자체가 놀이의 성격을 가지고 있다. 모든 형태의 문화는 그 기원에서 놀이 요소가 발견되며, 인간의 공동생활 자체가 놀이 형식을 가지고 있다. 곧 인간은 놀이를 통하여 그들의 인생관과 세계관을 표현한다."고 주장한다. 그러니까 놀이는 '하나의 의미 기능'이며, '사회구조 그 자체'라는 것이다. 우리는 하나의 '놀이인간'이며 우리의 문화예술 역시 '놀이의 자손'인 것이다.

2. 놀이의 특성

놀이의 형식적 특성을 호이징하는 다음과 같은 세 가지로 설명한다.

첫째, 자발적 행위이다. 명령에 의한 놀이는 이미 놀이가 아니다. 그러므로 자유라는 성질에 의해서만 놀이는 자연의 진행과정과 구분된다. 아이와 동물은 놀이하는 것을 즐기기 때문에 논다. 그리고 거기에 바로 그들의 자유가 있는 것이다. 놀이는 언제고 연기되고 중지될 수 있다. 놀이는 결코 임무가 아니다. 놀이는 '자유시간'에 행하여지는 것이다. 이러한 놀이의 특성은 시를 비롯한 모든 예술의 창조과정에 그대로 대응된다. 그리고 그 결과 '자유'라는 정신적 내용물과도 긴밀히 연관된다. 시의 소재나 주제는 무한 자유의 그것이다.

둘째, 일상적 혹은 실제의 생활이 아니다. 오히려 놀이는 '실제의' 삶에서 벗어나 아주 자유스러운 일시적 활동 영역으로 들어가는 것이다. 대부분의 연구자들은 놀이의 '무관심성(disinterestedness)'을 강조하고 있다. '일상적인' 생활이 아니라는 점에서 놀이는 필요와 욕망의 바깥에 있다. 그러나 반복되는 휴식으로서의 놀이는 삶의 반려자이자 보완자

가 되어 삶을 가꾸어 주고 확대시켜 준다. 예술(시) 역시 어떤 욕망을 위한 수단이 되는 것은 아니다. 그것은 새로운 인생창조로서 우리의 정신적·정서적 삶을 넓고 깊게 경작한다.

셋째, 놀이는 장소와 지속성에 의해 '일상적인' 삶과 구분된다. 그것은 장소의 격리성과 시간의 제약성이다. 놀이는 제한된 시간과 장소에서만 가능한 것이다. 놀이가 진행되는 동안은, 움직임이 모든 것을, 이를테면 감정의 고양과 하강, 전환, 일정한 순서, 연결과 해체를 지배한다. 이 과정이 끝나면 놀이는 새로 만들어진 정신적 창조물 혹은 정신의 보석으로 남게 된다. 이것은 언제라도 되풀이될 수 있으며, 이러한 반복 가능성은 기본적인 성질로서 놀이의 내적 구조에도 해당된다. 놀이의 요소를 나타내는 데 쓰이는 긴장, 평형, 안정, 전환, 대조, 변주, 결합과 해체, 그리고 해결 등은 그대로 미학적 개념들이다. 이러한 시공간의 제약성과 내적 구조는 문학예술의 그것과 직접적으로 대응된다.

3. 놀이와 시

많지 않은 양이지만, 『호모루덴스』에서 호이징하는 '놀이와 시'의 관계에 관하여 언급하고 있다. 그는 다른 문화 영역에서는 "그렇게도 분명했던 놀이와의 연관성을 서서히 잃어버리는 반면, 시인의 기능만은 여전히 그 태어난 곳인 놀이 영역 속에 굳건히 남아" 있다고 하면서 놀이와의 관계가 '시의 원초적 본질'임을 말한다. 고대 시인의 진정한 명칭을 라틴어 바테스(vates), 즉 신들린 사람(악마에 홀린 사람, 헛소리 하는 사람)이라고 주장하면서 그는 "종교적이건 세속적이건 상관없이 시인의 기능은 항상 놀이 형식에 뿌리박고 있다.”고 주장한다. 그러면서 이 책은 각 민족의 제의(祭儀) 고찰을 통하여 시가 ‘놀이 속에서, 놀이로서’ 탄생하고 있음을 설파한다. 모든 시는 ‘놀이’ 즉 “신앙에 기초한 성스러운 놀이, 구애라는 축제적 놀이, 경기라는 투기적 놀이, 자랑·조롱·욕설에 기초한 논쟁적 놀이, 임기응변과 재치의 날랜 놀이…”에서 태어난다고 주장한다. 이러한 주장의 근거로서 호이징하는 언어의 운율적·대칭적 배열, 운율 맞추기, 의미의 고의적 가장(假裝), 어귀의 인공적 배열 등의 ‘시의 형식’과 시구의 전환, 주제의 전개, 분위기 표현 등에 보이는 ‘창조적 상상력의 구조’의 유사성을 제시한다. 그는 또 은유도 ‘낱말에 기초한 놀이’라고 보고 있다. 본고는 ‘은유’가 문학의 수사적 표현 방법의 하나가 아니라, 모든 예술문화의 기본적 요소라고 생각한다. 결론적으로 일반인들의 접근이 쉽지 않은 수수께끼 같은 단어로 감싸 주기를 즐기는 현대 서정시들은 예술의 정수에 충실하고 있다는 것이다.

이와 같이 시를 놀이의 한 양식으로 보는 설명은 인류학적 고찰이 아니더라도 가능한 일이다. 우리가 흔히 알고 있는 시의 자의(字意)에서도 이러한 점을 확인할 수 있다. 먼저 동양에서 쓰고 있는 ‘詩’는 형성문자 또는 회의문자 두 가지 측면에서 풀이가 가능하다. 형성문자로 해석하면 ‘詩’는 ‘言 + 寺(관청 시)’로서 뜻 부분은 단순히 ‘언어’이므로 시가 ‘언어로 된 예술’임을 추정할 뿐이다. 그러나 회의문자로 보게 되면, ‘관청에서 쓰는 것과 같은 언어’로 된 문학이라는 뜻이 된다. 관청에서는 언어를 법이나 규칙에 맞게 사용한다. 즉 시는 정해진 규칙에 맞게 언어를 사용하게 되는 것인데 고전시가들이 모두 정형률을 가지고 있음이 단적인 예가 될 것이다. 그런데 규칙으로서의 운율의 기본구조는 반복이다. 이러한 반복적 규칙성은 또한 놀이의 기본적인 특성인 것이다.

또 '寺'를 '관청 시'로 보지 않고 '절 사'자로 읽으면 사원(寺院)이라는 뜻으로 '신성한 즐거움의 장소'가 되므로 시는 신성한 즐거움을 주는 언어라는 뜻이 된다. 놀이의 목적 또한 즐거움인 것이다. 시와 놀이는 이와 같이 혈연적 동질성 속에 존재한다. 서양에서 시를 이르는 poem이나 poetry의 어원으로 '만들다'의 뜻인 poiein을 말하고 있는데, poiesis(행하는 것, 만드는 것)가 곧 시라는 말이 된다. 여기에서도 시는 언어로 만드는 '창조적 놀이'로 풀이할 수 있겠다. 요약하면 문학이란 '창조적 고급 말놀이'라고 할 수 있고, 시는 그 정수(精髓) 또는 정화(精華)라 하겠다. 두루 알듯이 문학사에서 '시'라는 용어는 긴 동안 '문학'이라는 뜻을 대신하기도 하였다. 한국어에서 '시'를 뜻하는 가장 가까운 말로 '노래(歌)'를 상정할 수 있다. 이는 국어사에서 '놀〉놀개〉놀애〉노래'의 변천과정을 거쳐 왔다. 여기서 '놀'은 '놀음'의 뜻이다. 그러므로 우리나라에서도 시는 '놀이'에서 시작되었음을 추정하기란 어려운 일이 아니다. 시의 모태는 놀이인 것이다.

인간들의 언어가 어언 소들의 언어가 되었다.
소들의 언어가 어언 말들의 언어가 되었다.
말들의 언어가 어언 호랑이들의 언어가 되었다.
호랑이들의 언어가 어언 고양이들의 언어가 되었다.
고양이들의 언어가 어언 새들의 언어가 되었다.
새들의 언어가 어언 나무들의 언어가 되었다.
나무들의 언어가 어언 꽃들의 언어가 되었다.
꽃들의 언어가 어언 풀들의 언어가 되었다.

희망의 언어가 어언 절망의 언어가 되었다.
절망의 언어가 어언 죽음의 언어가 되었다.

언어가 어언 언어했다.
어언이 언어 어언했다.
　　　　　　　　　— 최승자, 「언어가 어언」 전문

　우리는 이 시의 의미나 주제를 쉽게 읽어 내기는 어려워도 작품 전체
가 '말놀이'의 모습으로 되어 있음을 알아채기는 어렵지 않다. '~의 언
어가 어언 ~의 언어가 되었다.'는 문장구조가 거의 전편에 걸쳐 반복
되고 있는데, 어떠한 말놀이를 보아도 이러한 반복적 요소가 기본이 되
고 있기 때문이다. 그러면서 '~'에 해당하는 내용은 '인간 → 소 → 말'
등으로 전환되면서 열거된다. 이러한 열거법 역시 일종의 반복성 속에
존재하는 것이며 그것은 놀이의 특성이기도 하다. 열거내용은 크게 보
아 '동물 → 식물' 또는 '大 → 小'의 방향으로 진행되고 있다. 거기에는
상승이 아닌 하향의 놀이의 규칙이 작용하고 있다. 그 결과 제2연에서
는 '희망 → 절망 → 죽음'의 과정이 그려지고 제3연에서는 '언어 → 어
언'으로 뒤바뀌어 결국은 중심어 '언어'가 파괴되었다. 여기서 '언어'는
소통력의 상실이나 언어 주인의 멸망적 상황을 상징한다고도 볼 수 있
을 것이나 시의 본질상 정답을 추구할 필요는 없다. 다만 우리는 이 시
가 재미있는 반복과 열거라는 '말놀이'를 통하여 어떤 고차원적 내용
을 함축하고 있다는 것만 확인하면 된다. 정도의 차이는 있을지라도 모
든 시는 이러한 놀이적 특성 속에서 창작되고 또 창작된 작품에서 그
놀이적 특성을 얼마든지 추출해 낼 수 있다고 말하고 싶은 것이다.

4. 시와 놀이의 공통적 특성

시를 한 마디로 정의하기는 어렵지만 몇 가지 본질적 특성은 생각해 볼 수 있을 것이다. 여기서 본고는 이러한 시의 몇 가지 특성을 놀이의 특성과 비교적으로 살펴보고자 한다.

첫째, 시는 담화(談話, discourse)구조로 되어 있다. 어떤 대상(object)에 대하여 화자(話者)가 청자(聽者)에게 말을 건네는 구조인 것이다. 즉 '대상 → 화자(작가) → 발화(작품) → 청자(독자)'의 경로를 거치면서 그것들의 역동적 관계에서 탄생된 문학적 담화가 시다.

모든 놀이 역시 담화를 바탕으로 전개된다고 할 수 있다. 그것이 운동놀이이든 환상적 놀이, 집합놀이 또는 이야기 듣기 같은 수동적 놀이이든 일단은 담화에 의해 시작되고 또 진행된다. 그리고 성장하면서 언어능력이 발달하면 순수한 언어놀이, 예를 들면 수수께끼, 말 잇기 놀이, 퀴즈, 삼행시 짓기 등의 놀이를 하게 된다. 놀이의 고급 단계인 말놀이가 시적 담화구조로 되어 있는 것을 볼 수 있다.

둘째, 비논리성(非論理性)이다. 시는 상상과 정서의 산물로서 극히 주관적 속성을 갖는다. 조동일의 용어를 빌린다면 '세계의 자아화'이다. 자아가 밖의 세계에 존재하는 대상을 주관적으로 변주하는 것이 시의 본질인 것이다. '나의 마음은 고요한 물결'(김광섭, 「마음」)이라는 비유도, '내가 그의 이름을 불러 주었을 때/ 그는 나에게로 와서/ 꽃이 되었다.'(김춘수, 「꽃」)는 상징도, '남들은 自由를 사랑한다지마는 나는 服從을 좋아하여요.'(한용운, 「복종」)라는 역설도 모두 비논리적인 표현임에 틀림없다. 놀이도 그렇다. 대표적 놀이라고 할 수 있는 '가위바위 보' 놀이만 보아도 이성이나 논리가 아닌 우연이나 자유에 의하여 승패가 좌우되는 것이다. 피아제(J. Piaget)가 말하는 놀이 유형 중에 상징놀이(symbolic games)가 있는데, 이는 실제와 상상적 요소간의 비교를 수반하는 놀이를 말한다. 예를 들면, 아이가 풀잎을 시금치라고 부르면서 먹는 척할 때 상징이 유발된다. 이때 표현물(signifier)과 표현된 것의 관계는 전적으로 주관에 따른 것이기 때문에 아이는 '척'하는 것으로 만족한다. 시나 놀이가 똑같이 비논리적인 사유의 산물인 것이다.

셋째, 개별적 다양성이다. 문학은 인간의 삶을 언어로 형상화한 예술이다. 루카치(Georg Lukàcs)는 『현대리얼리즘론』에서 "내용이 형식을 결정한다. 그러나 인간 자신이 초점이 되지 않는 내용은 없다. 문학의 주제가 아무리 다양하더라도 근본적인 문제는 언제나 '인간은 무엇인가' 라는 것이다."라고 말한 것처럼 시 또한 '인간'을 가지고 인간을 탐구하고 나아가 새로운 인생창조를 가장 적극적이고 직접적으로 다루는 예술 장르인 것이다. 그러나 '인간이란 무엇인가'라는 질문에 아무도 정답을 말할 수 없는 것처럼 시에 나타난 인간은 그 작품의 수만큼이나 다양한 것이다. 개별적 삶의 표현이 작품마다 다르게 드러나기 때문이다. 독자들은 그 다양한 삶의 의미와 색깔에서 흥미와 미적 쾌감을 느끼며 작품을 향유하게 된다. 놀이 또한 그러하다. 크게 보아 어린이의 놀이를 기능놀이(감각 운동 놀이), 가작화(환상놀이), 수동적 놀이, 구성놀이, 집합놀이 등으로 유형화할 수 있겠지만, 이 유형들의 하위분류는 그야말로 사람 수보다 훨씬 다양할 것이다. 그리고 그 다양한 놀이 시간이 인간들의 즐거움의 동산이 될 것이고 그것을 통하여 '인간'으로 성장해 갈 것이다.

넷째, 고도의 압축성(壓縮性)이다. 시적 담화의 커다란 특성은 사물과 언어 관계가 내포적(connotation)이라는 것이다. 대상을 포착하는 우회적 방법을 통하여 함축의 세계를 구축하고 있는 상징적이고 난해한 역동

적 가치의 언어구조물이다. 따라서 시는 짤막한 형식으로 인생의 깊은 의미를 조명하는 자족적이고 자율적인 실체이다. 모든 놀이 또한 단순하고 단편적인 장면을 반복하면서 인생의 여러 의미를 함축하고 있는 가상의 세계를 즐기게 되는 문화의 원형이라고 할 수 있다.

다섯째, 음악성과 조형성이다. 다른 문학 장르에 비하여 시는 특히 음악적이고 조형적인 자질이 두드러진 언어조직체이다. 시의 표현 매체인 언어는 형태, 음운, 통사의 특질에 따라 음악성을 드러내게 된다. 그 음악성의 기본 자질은 반복인 것이다. 놀이의 기본 특성도 반복에 있다. 피아제가 놀이의 유형을 셋으로 구분할 때 그 첫 번째가 반복놀이(practice games)이다. 이는 놀이의 특성이 반복에 있음을 말해 주는 것이다. 다음으로 조형성에 대하여 생각해 보자. 시는 비과학적 언어 사용으로 의사진술(擬似陳述, pseudo statement)의 형태를 띠게 된다. 엘리어트(T. S. Eliot)의 이른바 객관적 상관물(客觀的 相關物, objective correlative) 역시 감정, 경험, 정서, 깨달음 등을 담아내는 하나의 이미지로서 조형성을 드러내는 것이다. 그리고 이러한 이미지들의 유기적 연쇄구조가 한 편의 시가 되기 때문에 선명한 조형성을 드러내게 되는 것이다. 조형성 역시 놀이의 기본적인 특성이라 할 만하다. 모든 놀이는 일단 조형성 안에 전개된다고 해도 과언이 아닐 것이다. 놀고 있는 모습 자체가 하나의 이미지이며, 많은 놀이는 어떤 이미지를 만들어 내는 하나의 과정이다. 이와 같이 음악성과 조형성은 시와 놀이의 동일한 특성인 것이다. 본고의 논리대로 말하면 원조인 놀이의 그러한 특성을 시는 핏속에서 물려받고 있다고 할 것이다.

그대 나를 참으로 생각는다면
나로 하여금 그대를 사랑하게 하지 말라

사랑은 뿌리 없이 쓸쓸해지는 일

땅거미 지는 마당을 서성이는 일이다

홀로 긴 둑을 걸어가는 일이다

강물에 돌을 던지는 일이다

미워지는 일이다

미워서 내가 자꾸 짐승처럼 불쌍해지는 일이다

내가 자꾸 불안한 짐승처럼 광폭해지는 일이다

발톱이 길어나고 피 맛이 그리워져

산등성이의 늑대처럼 울부짖는 일이다

아무렇지도 않게

그대를 보내고 돌아서서

— 이 경, 「사랑하게 하지 말라」 전문

이 시는 '나'라는 화자가 '그대'라는 청자에게 말을 건네고 있는 담
화구조로 되어 있다. 사랑하는 사람에게 사랑의 아픔에 대해 말하면
서 '나로 하여금 그대를 사랑하게 하지 말라'는 비논리적 역설을 구
사하고 있다. 그대를 보내는 일을 두고 '아무렇지도 않게'라고 말하
고 있는 것도 마찬가지다. 그것은 또 개별적 사랑의 다양한 양상의
하나이기도 하다. 거기에는 사랑의 의미가 깊고 강하게 함축되어 있
기도 하다. 그리고 사랑의 아픔을 '~ㄴ 일이다'로 반복하여 음악성
을 드러내고, 짐승 이미지를 통하여 '아픔'의 통렬함과 원초적 본성
을 형상화하고 있다. 이렇게 모든 시는 그 특성을 놀이에서 물려받고
있는 것이다.

5. 고급 말놀이의 정수

이상에서 본고는 호이징하의 『호모루덴스』에 기대면서 '놀이인간' 으로서의 인간 존재, 놀이의 특성, 놀이와 시의 관계 등을 살피고 떨어질 수 없는 둘 사이의 융합적 특성에 대하여 간략하게 살펴보았다. 그 것은 놀이와 시가 원초적 혈연관계라는 것이고 따라서 시의 놀이적 성격은 숙명적이라는 것이다. 그러니까 본고는 시란 '고급 말놀이의 정수'라는 결론을 도출하기 위한 하나의 과정이었다.

이렇게 본다면 시인은 말놀이꾼이 되어야 하고 독자 또한 말놀이에 저절로 참여하는 것이며 깊게 참여하는 것이 시에 대한 감상이며 비평이라 하겠다. 시는 놀이이고 이것의 노는 법과 즐기는 법이 시학이다. '놀이시학'인 것이다. 놀이라고 하니까 그것을 경박하거나 유치한 것으로 폄하해서는 안 된다. 그것은 '고급'인 것이고, 시인은 고급을 지향하는 말놀이를 하는 사람이다. 다만 시의 놀이로서의 성격을 어떻게 잘 살려낼 수 있는가를 고민할 일이다.

비평의 빈자리와 존재 현실

The Emptiness of Criticism and the Reality of Being

시론에서의 '모호성'과 '애매성'의 개념착종에 관한 고찰

1. 서론

문학이론은 문학창작과 문학비평 그리고 문학사라는 3자와의 관계에서 상호 보충 또는 상호 침투(浸透)의 작용을 통하여 함께 변화·발전하는 공존과 상생의 틀 속에 존재한다. 그러니까 문학이론은 3자의 변증법적 발전의 산물인 동시에 3자의 발전을 견인하는 동력이 되는 것이다. 따라서 문학이론이 논리적 객관성을 제공하지 못한다면 혼란을 부추기고 발전을 가로막는 장애가 될 것이다. 이론을 전개하는 과정의 학술용어 역시 객관적으로 타당한 개념으로 사용되어야 함은 재론의 여지가 없다. 명료한 개념에 합당한 용어 사용이 엄밀성을 생명으로 하는 학문영역에서 필수적임은 첨언할 필요가 없는 일이다. 그런데 어떤 문제에 대한 합리적 논의 과정에서 다양한 견해가 충돌하게 되고 그러한 역사가 쌓여 오류가 수정 또는 보완되어 이론이 정립되는 것은 당연한 것이며, 이러한 과정이 되풀이 되는 것도 숙명적인 것이다. 한국 현대시론에서도 어떤 개념이나 용어 등을 비롯한 여러 문제에 다양한 논의가 전개되고 그에 따른 진통이 계속되고 있는 것 또한 외면할 수 없는 실정이다.

　시나 시어의 특성을 설명하는 용어 가운데 '모호성(模糊性)'과 '애매성(曖昧性)'이라는 용어가 빈번하게 사용되고 있음은 주지의 사실이다. 그러나 이 두 가지 용어의 개념 착종 현상은 실로 난맥상을 면치 못하고 있다. 이 둘을 의식 없이 혼용하기도 하고, 둘 중 어느 하나만을 쓰기도 하고, 아예 둘을 철저하게 이분하여 다루기도 한다. 나아가 둘을 합쳐 '애매모호성'으로 표현하기도 하고 '다의성(多義性)'이나 '난해성'과 같은 뜻으로 사용하기도 한다. 이러한 착종 현상을 보는 독자들은 혼란을 겪을 수밖에 없는 것이다. 본고는 이러한 현상을 바로잡을 필요가 있다고 판단되어 두 용어의 착종현상을 고찰하고 개념을 명료화하여 문제 해결의 방향을 모색하고자 한다.

　지금까지 이러한 용어의 혼란에 대하여 문제를 제기한 글을 필자는 아직 찾지 못하였다. 대개 의식하지 않고 '모호성' 또는 '애매성'이라는 용어를 혼용하거나 각자의 주관에 따라 어느 하나를 사용하고 있는 것으로 추단된다. 그러나 이러한 혼란상을 마냥 두고 볼 일은 아니기에 본고는 처음으로 이 문제를 제기하면서 그 해결책을 찾아보자는 의도에서 쓰여지는 것이다.

　이와 같은 용어의 개념 착종현상은 무엇보다 영국의 비평가 엠프슨(William Empson)의 'ambiguity 이론'[1]을 소개하거나 인용하는 과정에서 학자에 따라 모호성, 애매성 또는 다의성 등으로 다르게 번역하여 사용한 데서 비롯된 것으로 보인다. 이는 이 단어들의 개념에 대해 주의를 기울이지 않고 특별한 의식 없이 사용하거나 인식의 오류에 기인한 것이라고 하겠다. 이에 본고는 한국의 현대시론을 다룬 저서들에서 이

1　William Empson, 『Seven Types of Ambiguity』, 이 책은 1930년에 영국에서 발행된 후, 미국의 New Directions(1947) 등에서 재판되어 널리 전파된 것으로 보인다.

러한 용어들의 개념이 착종되어 있는 혼란스러운 현상을 살펴보고 이 용어들의 올바른 개념에 대하여 고찰하여 향후 대안을 모색해 보고자 한다.

본고는 먼저 각종의 시론서들을 검토하여 어떻게 의미가 착종되어 있는지 그 양상을 살펴보고, 다음으로 두 용어의 개념이 어떤 차이가 있는지 사전류를 바탕으로 검토한 다음, 혼란을 극복하는 방안을 논의하는 차례로 진행될 것이다.

2. 다양한 착종 양상

1980년대 이후에 발간된 각종의 시론서에는 '모호성'이나 '애매성'에 대하여 대분분 언급하고 있다. 그러나 이 두 용어의 정확한 개념에 대하여는 관심을 별로 갖지 않고 기술함으로써 문제를 일으켰다고 볼 수 있다. 나아가 '다의성', '중의성', '애매모호성', '난해성' 등의 용어와 혼용하면서 그 개념착종현상은 그야말로 난마(亂麻)처럼 얽혀 있는 실정이다. 여기서는 이러한 혼돈의 양상에 대하여, 구별하지 않고 혼용하는 경우, '모호성'이나 '애매성' 중 어느 한 쪽만 사용하는 경우, 둘을 별개의 개념으로 구별하여 쓰는 경우 그리고 '난해성', '다의성', '중의성', '애매모호성' 등의 다른 용어를 사용하는 경우 등으로 나누어 살펴보고자 한다.

2.1 구별하지 않고 혼용하는 경우

대부분의 국어사전에는 유사한 의미로 풀이된 '모호성'과 '애매성'

이 실려 있다. 따라서 이 두 용어의 개념을 구별하지 않고 혼용하는 경우가 많다. 더구나 '난해성', '다의성' 등의 이웃 언어들까지 섞어 씀으로서 혼란의 양상을 배가시키고 있는 실정이다. 이제 이러한 현상의 몇 가지 예를 찾아 살펴보자. 홍문표의 『현대시학』은 '시어의 애매성'을 설명하는 자리에서 다음과 같이 기술하고 있다.

> 따라서 의미를 상징하는 언어는 일상적 용법을 벗어나 <u>애매성</u> obscurty을 지니게 마련이다. …… 물론 시어가 아니라도 언어는 애매성의 요소가 있다. 울만은 언어학적 견지에서 동음이의어나 또는 하나의 소리에 여러 가지 의미가 결합되는 어휘적 <u>다의성</u>polysemy을 지적한 바가 있다. 그러나 시어에 있어서의 <u>애매성</u>의 원리는 일상적 언어의 특수한 예가 아니라 …… 리처즈가 언어의 두 가지 용법으로 참과 거짓을 밝히는 과학적 언어와 정서와 태도의 효과를 위하여 사용되는 정서적 언어를 지적하였을 때부터다. 정서적 언어란 지시 대상에 있어서의 오류가 아무리 크다고 하여도 태도나 정서에 있어서 효과가 큰 것이라면 그것은 문제가 되지 않는다. 여기서 정서적 언어는 서로 모순 충돌되는 사물을 한 문맥 안에 수용하기 때문에 시어의 의미가 <u>모호해지는</u> 것은 당연한 생리다. 다시 말하면 합리적 일관성을 지닌 객관적 언어와 감정적 일관성을 지닌 시적인 언어와의 상반된 거리에서 시어의 <u>애매성</u>은 드러나게 된다. (밑줄 필자)[2]

홍문표는 시어의 '애매성'을 설명하면서 '다의성'과 '모호하다'를 개념상 특별히 구별하지 않고 포괄적으로 사용하고 있다. 그리고 여기서 애매성을 영어 'obscurity'로 병기하면서 뒤이어 엠프슨의 'ambiguity'

---

2 홍문표, 『현대시학』, 양문각, 1995, 134~135쪽.

를 역시 '애매성'으로 이야기하고 있다. 이는 시어의 '애매성'이 '모호성'과 아무런 차이가 없다는 것과 'ambiguity'와 'obscurity'의 개념 차이도 없다는 저자의 생각을 동시에 드러내는 것이다. 차호일의 『현대시론』역시 '시어의 애매성'을 설명하는 자리에서 "한 단어 또는 한 문장 구조 속에 두 개 이상의 의미가 들어 있는 경우를 가리켜 시어의 다의성, 또는 애매성이라 한다. 이런 시어의 애매성(모호성)은 시만이 갖는 특권이라 할 수 있다."[3]라고 쓰고 있다. 그러니까 다의성, 애매성, 모호성이라는 세 용어를 모두 동일한 의미로 사용하고 있는 것이다. 이와 같은 용어의 혼용은 그 용어들의 개념이 동일하다는 것과 따라서 어떤 용어를 써도 좋다는 허용적인 태도의 반영이라 하겠다.

2.2 '모호성'과 '애매성' 중 하나를 사용하는 경우

이는 'ambiguity'의 개념을 우리말로 '모호성'으로 할 것이냐, 또는 '애매성'으로 할 것이냐의 문제이다. 시론서에서 맨 먼저 이 용어를 사용한 것으로 보이는 정한모의 『현대시론』은 '시어의 구조적 특질'을 '외연과 내포', '생략과 부연-모호성', '시의 음악성' 등으로 구분하여 설명하고 있다. 여기서 그는 "그러므로 이러한 凝縮과 省略의 活用은 때로 模糊性(ambiguity)을 招來하기도 한다. 科學的 文章에서 이 模糊한 表現은 誤謬이지만 詩에서는 意味를 풍부하고 多樣하게 해 주는 複合的 效果를 誘發하게 하는 것이 된다."[4]고 설명하고 있다. 그러니까 응축과 생략에 의하여 시어는 모호성을 띤다는 것인데, 이는 엠프슨의 이론을 가져온 것은 아니지만 처음으로 '모호성'이라는 용어를 사용한 것으로 보

---

3 차호일, 『현대시론』, 역락, 2000, 45쪽.
4 정한모, 『현대시론』, 보성문화사, 1981, 24쪽.

인다. 물론 이전에 김기림,[5] 조지훈,[6] 김사엽,[7] 신선규,[8] 서정주,[9] 박두진,[10] 김춘수,[11] 등과 이후의 김남석,[12] 채규판,[13] 오세영,[14] 윤재근,[15] 문덕수,[16] 손광은,[17] 권혁웅[18] 등의 시론서가 보이지만 이들에게서는 '모호성'이나 '애매성' 등의 용어 사용은 보이지 않는다.

권기호의 『현대시론』은 현대시의 이미지를 설명하는 부분에서 엠프슨의 'ambiguity'를 '모호성'으로 번역하여 설명하고 있다.[19] 또 강홍기는 『엄살의 시학』에서 엠프슨의 'ambiguity'를 역시 '모호성'으로 번역하여 '시의 모호성'을 설명하고 있다. 그는 '모호성'이 산출되는 원인을 좀 더 넓은 시각으로 고찰하고 있는데, '시어의 다의성(多義性), 구문 구조의 애매성, 고도의 은유, 상징성, 시의(詩意)의 비의성(秘意性), 고의적 비문(非文), 졸문(拙文)' 등에서 그것을 찾고 있다.[20] 그러나 이 책은 모호성의 원인을 고찰한 후 마무리 부분에서 "현대시의 애매성 내지는 난해성의 요인에 대해 지적했다."[21]라고 씀으로써 '모호성'을 '애매성'과 동일한 의미로 사용하기도 하였다. 이는 한국의 시론가들이 이 둘을 구

5 김기림, 『시론』, 백양당, 1947.
6 조지훈, 『시의 원리』, 산호장, 1953.
7 김사엽, 『현대시론』, 한국출판사, 1954.
8 신선규, 『현대시론』, 인간사, 1958.
9 서정주, 『시문학 원론』, 정음사, 1969.
10 박두진, 『한국현대시론』, 일조각, 1970.
11 김춘수, 『시론』, 송원문화사, 1979.
12 김남석, 『현대시론』, 오성출판사, 1985.
13 채규판, 『현대시론』, 원광대학교 출판부, 1988.
14 오세영 외, 『시론』, 현대문학사, 1989.
15 윤재근, 『시론』, 둥지, 1990.
16 문덕수, 『시론』, 시문학사, 1993.
17 손광은, 『현대시론』, 함림, 2003.
18 권혁웅, 『시론』, 문학동네, 2010.
19 권기호, 『현대시론』, 경북대학교출판부, 1998.
20 강홍기, 『엄살의 시학』, 태학사, 2000.
21 위책, 93쪽.

분하여 쓰는 경우라도 부지불식간에 혼용하는 것으로 그 만큼 의미의
착종이 심화되어 있는 현상이라 하겠다.

대부분의 여타 시론서에서는 엠프슨의 'ambiguity'를 '모호성'보다
는 '애매성'으로 번역하여 사용하고 있는 실정이다. 먼저 이승훈의『시
론』은 '시어의 애매성'이라는 소제목으로 '시어'를 논의하는 자리에서,
"시적 언어의 애매성(ambiguity)은 언어의 시적 기능을 살피면서 도출했
던 자의성의 개념과, 시적 언어의 구조성을 살피면서 도출하던 복합기
호적 특성, 곧 웰렉과 워렌이 지적한 의미의 애매모호성이라는 개념에
의하여 드러난다."[22]고 설명하고 있다. 여기서 문제가 되는 것은 '애매
성'이면 애매성이지 '애매모호성'은 또 무엇이냐는 것이다. 둘이 같은
의미라면 굳이 의미가 중첩되는 동어반복적 용어를 사용하여 혼란을
불러올 이유가 없는 것이다. 김용직·장부일의『현대시론』,[23] 장도준의
『현대시론』,[24] 박진환의『현대시론』,[25] 최승호 등이 공저한『시론』[26] 그
리고 김혜니의『다시 보는 현대시론』[27] 등도 엠프슨의 'ambiguity'를
'애매성'으로 번역하여 시어의 특성을 소개·설명하고 있다.

2.3 '모호성'과 '애매성'을 구별하여 쓰는 경우

최근의 경향이지만 '모호성'과 '애매성'을 명확히 구분하여 다른

22 이승훈,『시론』, 고려원, 1979, 95쪽.
23 김용직·장부일,『현대시론』, 한국방송통신대학교, 1994, 25~29쪽.
24 장도준,『현대시론』, 태학사, 1995, 92~96쪽.
25 박진환,『현대시론』, 조선문학사, 1996, 224~225쪽.
26 최승호 외,『시론』, 황금알, 2008, 36~39쪽. 여기서 김윤정은 "애매성은 ambi(둘)
   와 guity(의미)의 결합에서 알 수 있는 것처럼, 한 단어에서 일어나는 양자 택일의
   반응 혹은 한 단어에 대하여 선택적 반응을 할 가능성을 주는 미묘한 언어적 뉴앙
   스로 정의된다."라고 설명하고 있다.
27 김혜니,『다시 보는 현대시론』, 푸른사상사, 2006, 133~137쪽..

의미로 규정하고 별도의 항목으로 나누어 다루는 경우가 생겨나고 있다. 예를 들어 김영철의 『현대시론』은 '애매성(ambiguity)'과 '모호성(obscurity)'을 별개의 것으로 규정하여 사용하고 있는데, 이 책은 '시의 특성'을 설명하는 제2장에서 다섯 번째로 '난해성과 애매성'을 다루고 있다. 여기에서 '1) 난해성, 2)애매성), 3)모호성'으로 나누어 설명하고 있는데 '난해성'은 별개의 의미차원을 가지고 있는 것이므로 논외로 하지만, '애매성'과 '모호성'을 구분하여 사용하는 것은 문제가 없지 않다. 이 책은 애매성(ambiguity)을 "하나의 시어나 문장이 여러 가지 의미로 해석되는 현상"으로, 모호성(obscurity)을 "시 자체에 대한 해석이 불가능한 경우"로 나누어 설명하고 있다.[28]

이 책에서 애매성은 '다의미성(多意味性)'으로, 모호성은 명료성의 대립적 개념으로 '이해불가능성(理解不可能性)'으로 규정한다. 이러한 이분법을 온전히 수용하기 힘든 이유는 첫째 'ambiguity'의 개념이 'obscurity'와는 다르게 명료하게 이해가능한 것인가 하는 것이고 둘째로 한국어 '애매성'과 '모호성'이 이처럼 명확하게 의미가 구별되는 가로 요약된다. '애매성'도 '모호성'도 명료성과는 거리가 멀기는 마찬가지이고, 둘 다 '다의미성'에 포괄되며, '이해불가능성'은 '난해성'과 거리가 가깝다는 것이 본고의 판단이다. 그러니까 "하나의 시어나 문장이 여러 가지 의미로 해석되는" 것(애매성)이나 "시 자체에 대한 해석이 불가능한 경우"(모호성)나 의미론적 명료성의 결핍은 마찬가지이다. 그리고 한국어 '모호성'의 개념은 알쏭달쏭하거나 흐리터분하여 분명하지 않고 희미하다는 뜻이지 '이해불가능'과는 차원이 다른 것이다. 그리고 뒤에 밝히겠지만, 이러한 문학적 특성을 이해하는 자리에서 사용되는 '모호성'과 '애매성'은 그 의미자장이 동일한 것이다.

---

28 김영철, 『현대시론』, 건국대학교출판부, 1993, 76~81쪽.

이기반의 『현대시론』 역시 시어의 특성을 다루는 자리에서 '모호성'과 '애매성'을 다른 것으로 나누어 취급하고 있다. 이 책 역시 김영철의 『현대시론』과 같이 'obscurity'를 '모호성'으로, 'ambiguity'를 '애매성'으로 바꾸어 표기하고 있다. 그리고 둘의 개념도 김영철과 대동소이하게 규정하고 있다. 그러면서 "모호성이 미학적인 근거에서 설명된다면 애매성은 어학적인 근거에서 해명되어야 할 것이다."²⁹라고 주장하고 있다. 그러나 이러한 주장에 동조하기는 어려운 게 사실이다. 왜냐하면 이 자리에서 설명되고 있는 두 용어는 모두 미학적 견지에서 다루고 있는 것이 아닌가. 그리고 어학과 문학(미학)이 그렇게 떼어놓고 볼 수 있는 성질의 것인가. 그것은 손바닥과 손등처럼 둘이 아니고 하나인 것이다. 이 책이 다루고 있는 'ambiguity'가 어학적 차원이 아닌 미학적 차원에서 이루어지고 있는 것임은 명백한 일이 아닌가.

김영철과 이기반의 『현대시론』은 '모호성'과 '애매성'을 구별하여 시어의 특성을 설명하고 있다. 그러나 이들이 '애매성'의 원전으로 삼고 있는 엠프슨의 'ambiguity'의 일곱 가지 유형은 모두 '다의미성'을 갖지만 동시에 본질적으로 '비명료성'의 영역에 기초하고 있은 것이다. 나아가 부분적으로는 '이해불가능성'의 영역에 포괄될 수도 있는 것이다. 그러므로 시나 시어를 설명하는 자리에서 '모호성'과 '애매성'을 별개의 것으로 개념 규정하여 사용하는 것은 바람직한 일이라고 하기 어려운 것이다.

2.4 다른 용어를 사용하는 경우

김종길의 『시론』은 '난해성'을 설명하는 곳에서 "말라르메와 같은

---

29 이기반, 『현대시론』, 한글, 43쪽.

詩人이 十九世紀後半에 있었다는 것은 現代詩의 難解性이 한 원인이 되는 사건이라고 할 수 있다. 現代詩의 曖昧性은 詩를 수수께끼를 푸는 재미로 생각한 말라르메에 비롯한 傳統이라고 할 수 있기 때문이다."[30]라고 말함으로써 '난해성'을 '애매성'과 같은 뜻으로 사용하고 있다. 또 김진우는 『시와 언어』에서 '시어의 다면성'을 설명하는 자리에서 '중의성(重義性)'을 '모호성'과 유사한 개념으로 사용하고 있다.[31] 그리고 '애매모호'라는 말도 함께 사용하고 있다.

그런데 '중의성'은 '다의성'에 포함될 수 있고,[32] '다의성'은 '애매성' 혹은 '모호성'과 함께 '난해성'의 한 요인이 되는 것이다.[33] 그러므로 '애매성'과 '모호성'이 동일개념이냐 아니냐만 따지면 된다. 다만 '애매모호성'은 '역전앞'과 같이 쓰지 않는 것이 좋을 것으로 생각되는 용어이다.

이상과 같은 혼란현상은 사전류에서도 유사한 것으로 생각된다. 예를 들면 이상섭은 '애매성'으로,[34] 이명섭은 '다의성'으로[35] 'ambiguity'의 개념을 풀이하고 있다.

---

30 김종길, 『시론』, 탐구당, 1980, 27쪽.
31 김진우, 『시와 언어』, 한국문학사, 1998, 230~241쪽.
32 '重'은 '두 번'이나 '거듭하다'의 뜻이므로, '重 ≧ 2'의 관계이다. 그러므로 '重義性'은 '多義性'의 부분이거나 그것과 같은 의미인 것이다.
33 '모호성' 혹은 '애매성'은 해석이 가능한 것을 전제로 의미를 풍부하게 하여 의미 구조의 감응력을 높이는 미적 요소로 기능하지만, '난해성'은 의미의 풍요성과는 관계없이 해석이나 이해의 어려움을 불러오는 언어학적 요소이다.
34 이상섭, 『문학비평용어사전』, 민음사, 1980, 195쪽.
35 이명섭 편, 『세계문학비평용어사전』, 을유문화사, 1985, 84쪽.

3. 두 단어의 개념

위에서의 논의를 통하여 '모호성(模糊性)'과 '애매성(曖昧性)'이라는 두
용어가 혼용되고 있으며, 때로는 많은 경우 의미가 착종되어 있음을 알
았다. 요는 이 두 단어가 의미상으로 다른 것이냐 같은 것이냐의 문제
인 것이다. 즉 시나 시어의 특성을 설명하는 자리에서 둘을 구분해서
써야 하느냐, 아니면 구분할 필요가 없느냐 하는 것이다. 그리고 두 용
어가 동의적 개념이라면 어느 용어를 선택하여 사용하는 것이 바람직
한 것이냐를 따져 볼 필요가 제기된다.

먼저 자전(字典)에서 자의(字意)를 살펴보면, '모호'에서의 '模'는 법,
모양, 본뜨다, 무늬, 모범 등의 의미를 거느리고 있다. 또 '糊'는 풀[黏],
끈끈하다, 풀칠하다, 흐리다 등의 의미를 가지고 있다.[36] 그러니까 '모
호하다'는 것은 어떤 규범이나 형상이 풀칠을 한 것같이 '분명하지 않
고 희미하다'는 뜻이라고 할 수 있다. 그리고 '애매'에서의 '曖'는 가리
다, 가리워지다, 흐리다. 희미하다, 어둡다 등의 의미를 거느리고 있다.
또 '昧'는 새벽, 어둡다, 어리석다, 탐하다 등의 이미를 가진다.[37] 따라
서 '애매하다'는 것은 어둡거나 빛이 흐리어 '선명하게 보이지 않음'의
뜻이다. 결국 자의를 보면 '모호'와 '애매' 사이에는 큰 차이가 없는 유
사어라고 이해할 수 있다.

다음으로 사전에 나타난 어의(語義)을 살펴보면 다음과 같다. 초판이
1938년에 나온 문세영의 『우리말 사전』을 비롯한 몇 가지 사전에 있는
내용을 옮겨 보면 아래와 같다.

---

36 『동아한한대사전』, 동아출판사, 1989, 89쪽-1353쪽.
37 위책, 818쪽-801쪽.

애매 : 1. 분명하지 아니한 것. 2. 아무 잘못한 일이 없는데 책망을 받는 것.
모호하다 : 분명하지 않다. 흐리터분하다.

— 문세영 편 『우리말 사전』[38]

모호성 : 여러 뜻이 뒤섞여 있어서 정확하게 무엇을 나타내는지 알기 어
려운 말의 성질. [참] 애매성
애매성 : 1. 희미하여 분명하지 아니한 성질. 2. 『문』 시구 따위에서의
단어나 문장이 단일하지 아니하고 복합적이고 다의적인 의미
를 갖는 성질. [참] 모호성

— 국립국어연구원 편, 『표준국어대사전』[39]

모호성 : 여러 뜻으로 받아들일 수 있어 흐리터분하고 알쏭달쏭한 말이
나 태도의 성질. [참고] 애매성
애매성 : 1. 분명하지 아니하고 희미한 성질 2. 『문학』 어떤 단어나 문
장이 단일하지 아니하고 복합적이고 여러 가지 의미를 갖는
성질. [참고] 모호성

— 고려대 민족문화연구원 편, 『고려대한국어사전』[40]

위에서처럼 사전류에 나타난 두 단어의 의미를 비교해 보면 본래 동
일한 의미임을 알 수 있다. 즉 문세영의 경우는 아주 정확히 일치하는
것이고, 나머지 두 사전에서도 "정확하게 알기 어려운 성질"과 "분명
하지 아니하고 희미한 성질"로 기술되어 둘을 구분한다는 것은 불가능

38 문세영, 『우리말 사전』, 삼문사, 1954, 491쪽-943쪽.
39 국립국어연구원 편, 『표준국어대사전』, 두산동아, 1999, 2185쪽-4121쪽.
40 고려대 민족문화연구원 편, 『고려대한국어사전』, 2009, 2155쪽-4130쪽.

하다. 다만 이들은 문학용어로서 사용할 때는 '모호성'으로 하지 않고 '애매성'으로 등재하고 있을 뿐이다. 그러니까 사전 편찬자들은 문학에서의 'ambiguity'의 개념을 '애매성'으로 사용하고 있다고 판단하고 있는 것이다. 그러나 실제로 문학전공자들의 시론류에서는 앞에서 본 바와 같이 혼돈의 양상을 보이고 있는 것이다. 따라서 우리는 이 용어의 어원을 살펴볼 필요를 느끼게 된다. 김민수의『우리말 어원사전』은 '애매'에 대하여 다음과 같이 기록하고 있다.

> **애매** ; 희미하여 분명하지 못함.
>
> [어원] (漢)曖昧 [含糊, 模糊](漢蔡邕, 釋誨 : 所謂観曖昧之利, 而忘昭皙之害)[변화] (漢)曖昧 〉 (일) 〉 애매[41]

여기서 알 수 있는 것은 '애매'는 한자어로서 본래 '모호'와 동일한 의미를 가지고 있는 것이며, 일본을 거쳐 들어왔다는 사실이다. 그러니까 '모호'는 중국에서 우리나라에 직접 들어온 단어이고, '애매'는 일본을 거쳐 들어온 것이 다를 뿐이라는 사실을 알게 된다. 따라서 혹자는 '애매'가 일본식 한자어이기 때문에 '모호'를 사용하는 것이 좋다는 주장을 할 수도 있을 것이다.

오경순은 '애매'를 가짜 동족어로 보고 이 단어가 한국어에서는 "희미하여 분명하지 아니 함", 일본어에서는 "はっきりしないこと(분명하지 않음)"의 의미로 쓰인다고 비교표로 제시하였다.[42] 그리고 "일본어 '曖昧'는 한국어의 '모호模糊'와 같은 뜻을 가진 말이다. 원래 우리말에서 '애매하다'는 '불분명하다'는 뜻의 한자어 '애매曖昧하다'가 아니라

---

41 김민수,『우리말 어원사전』, 태학사, 1997, 712쪽.
42 오경순,『번역투의 유혹』, 이학사, 2010, 51쪽.

순우리말로 '아무 잘못 없이 꾸중을 듣거나 벌을 받아 억울하다'라는 뜻
으로만 쓰였다."[43]고 한다. 따라서 '애매'보다는 '모호'가 분명하고 우리
말에도 자연스럽다고 말한다. 장승욱도 '애매하다'의 뜻을 "① 아무 잘
못이 없이 추궁 당하거나 벌을 받아 억울하다. ② 아무 죄도, 발못도, 관
련도 없다."[44]라고만 풀이하고 있다. 이와 같은 논의 내용을 축약하면 본
래 순우리말에서는 '애매'가 불분명하고 희미하다는 의미가 없었으며
근래에 와서는 '모호'와 '애매'가 같은 뜻으로 사용되고 있으며, 나아가
'애매'는 일본식 한자어이니 '모호'로 쓰는 것이 바람직하다는 것이다.

여기서 참고로 영어의 'obscurity'와 'ambiguity'의 의미도 살펴볼
필요가 있겠다. 앞에서 본 바와 같이 이 두 단어도 사람에 따라 다르게
사용하고 있기 때문이다.

OBSCURITY

1 : one that is obscure

2 : the quality or state of being obscure

AMBIGUITY

1 a : the quality or state of being ambiguous especially in meaning
　　 (see ambiguous)

　b : a word or expression that can be understood in two or more
　　 possible ways : an ambiguous word or expression

2 : uncertainty

—『Webster's Ninth New Collegiate Dictionary』[45]

---

43 위책, 53쪽.
44 장승욱,『도사리와 말모이, 우리말의 모든 것』, 하늘연못, 2010, 872쪽.

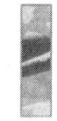

영어에서도 크게 보아 두 단어의 의미는 차이가 없음을 알 수 있다. 'obscurity'는 불명료한 성질이나 상태를 넓게 지칭하는 것으로 볼 수 있고, 'ambiguity'는 ambi(둘) +guity(의미)의 합성어로 '의미'의 불명료성에 초점이 맞추어져 특히 단어나 문장의 의미가 이해하기 곤란하거나 어려울 때 쓰는 것으로 이해할 수 있다. 그러니까 이러한 불명료성을 이르는 문학적 용어는 'obscurity'보다는 'ambiguity'가 적당한 것이고 따라서 앰프슨도 'ambiguity'라는 용어를 쓴 것으로 추단할 수 있다. 다만 이 용어를 번역하여 문학적으로 사용할 때 '모호성'과 '애매성' 중 어느 것을 택할 것이냐가 문제로 남을 뿐이다.

4. 혼란 극복을 위한 대안

이제 우리는 문학에서의 'ambiguity' 개념을 설명하고 교육할 때 우리말로 어떤 용어를 사용하는 것이 바람직한 일인지 혼란스러운 현실을 극복할 수 있는 대안은 무엇인지 논의하여야 할 차례이다.

먼저 정리할 것은 '다의성', '중의성', '난해성', '애매모호성' 등의 용어이다. 일단 '애매모호성'은 불필요하게 의미를 중첩하여 사용하는 일이므로 사용하지 말아야 한다. 그리고 '중의성'과 '다의성'은 앞에서 밝힌 바대로 '중의성 ≤ 다의성'의 관계를 이해하고 사용하면 될것이고, '난해성'은 의미 차원이 다른 것이므로 문맥에 맞게 사용하면 될 일이다. 다만 이 용어들을 'ambiguity' 개념을 지칭하는 용어로는 쓰지 말아야 혼란을 막을 수 있을 것이다. 'ambiguity' 개념을 나타내는 용어로

---

45 Merriam Webster, 『Webster's Ninth New Collegiate Dictionary』, Merriam-Webster Staff (Edt), 1989, 815-77쪽.

쓰고 있는 '모호성'과 '애매성'에 대한 대안을 다음과 같이 몇 가지로 생각해 볼 수 있을 것이다.

첫째, '모호성'으로 통일하여 사용하는 방안

이 방안은 앞에서 검토한 바대로 가장 바람직한 것이다. 그러나 문제는 현실적으로 '애매성'이 더 많이 사용되고 있다는 것이다. 그러나 잘못된 것을 바로잡아 나아가는 것이 학문의 취지에 맞는 일이라고 할 수 있다.

둘째, '애매성'으로 통일하여 사용하는 방안

일본식 냄새가 난다 하더라도 이미 많이 사용하고 있는 '애매성'으로 통일하자는 방안이다. 이러한 생각은 현실순응적 태도라 하겠는데 이미 우리 국어사전에도 '애매성'이 올라 있고 대다수의 국민들도 '애매성'이 '가짜 동족어'라고 생각하는 사람이 거의 없을 것이다. 언어의 사회적 특성상 이제 '애매성'을 완전히 몰아낸다는 것은 불가능하기 때문이다. 이를 인정하고 '애매성'으로 통일하여 사용할 수도 있을 것이다.

셋째, '모호성'과 '애매성' 둘 다 쓰는 방안

역사적으로나 현실적으로 두 단어는 같은 의미이니 동의어로 생각하고 혼용하는 것을 허용하자는 방안이다. 그렇다고 하더라도 '모호성' 따로 '애매성' 따로 나누어 두 개념을 다르게 언급하는 일은 없어야 할 것이다. 그러나 둘을 혼용하는 방안은 엄밀성과 통일성을 생명으로 하는 학술영역에 있어 합당한 일이라고 할 수는 없다. 이것은 혼란을 방치하는 무책임한 일이 될 것이다.

넷째, 영어 'ambiguity'를 그대로 사용하는 방안

혼란스러우면 차라리 영어 'ambiguity'를 번역하지 말고 그대로 사용하자는 방안이다. 처음이라면 몰라도 이제 와서 외국어를 그대로 사

용하자는 것은 이치에 맞지 않는다. 더구나 이를 대치할 용어가 없는 것도 아니기 때문에 더욱 동조하기 어렵다.

이렇게 대안이 될 수 있는 방안을 네 가지로 상정해 볼 때, 셋째와 넷째는 구태여 고민하여 찾아낸 대안이 될 수 없는 것이라고 하겠다. 그렇다면 첫째와 둘째를 두고 고민하는 것이 사리에 맞는 일이다. 이제 그러면 어떻게 할 것인가. 핵심은 '가짜 동족어'인 '애매성;을 정식 학술용어로 사용할 것인가 아니면 학술적으로 역사적으로 하자가 없는 '모호성'으로 사용할 것인가. 본고는 후자 즉 '모호성'을 사용하자는 주장을 조심스럽게 제기하고자 한다. 이 문제를 두고 고심하거나 교육을 하여야 할 사람은 국어국문학을 공부하는 사람들이다. 국학을 하는 이들이 민족적 주체성을 지키고 학술영역에 남아 있는 일제의 찌꺼기를 걷어내는 일에 앞장서야 함은 당연한 책무로 판단되는 것이다.

이상에서 논의한 착종현상에 대한 대안은 다음과 같이 요약될 수 있다.

첫째, 'ambiguity'개념을 다룰 때 이의 번역어로 '난해성', '중의성', '다의성', '애매모호성' 등을 사용하지 말자.

둘째, 시나 시어의 특징을 저술하거나 교육할 때 '모호성'과 '애매성'을 별도의 개념으로 나누어 다루지 말고 한 가지 용어로 통일하자.

셋째, 'ambiguity'라는 용어를 우리말로 번역할 때 일본식 한자어인 '애매성'을 쓰지 말고, '모호성'으로 사용하자.

5. 결론

한국의 현대시론 논의에서 엠프슨의 'ambiguity' 이론은 여러 시론류에 도입되어 활용되고 있다. 그러나 이 용어의 번역 및 저술 과정에

서 개념의 착종현상이 나타나 혼란스러운 실정이다. 이에 본고는 이러한 혼란스러운 여러 양상을 현대시론 저술들을 토대로 찾아보고, '모호성'과 '애매성'의 개념에 관하여 구체적으로 살펴보았다. 그리고 이러한 혼란상을 극복할 수 있는 대안을 모색하여 보았는데, 이를 요약하면 다음과 같다.

제2장에서는 시론서들에 나타나는 다양한 착종양상을 살펴보았다.
(1) 구별하지 않고 혼용하는 경우
홍문표와 차호일의 경우처럼 '모호성'과 '애매성'의 개념을 구별하지 않고 혼용하는 경우인데, 이들은 두 용어의 개념 차이가 없는 것으로 보고 어떤 것을 써도 좋다는 허용적 입장을 보이고 있다.
(2) '모호성'과 '애매성' 중 하나를 사용하는 경우
권기호, 강홍기 등은 'ambiguity'의 개념을 '모호성'으로 번역하여 사용하고 있다. 그러나 반대로 이승훈, 김용직·장부일, 장도준, 박진환, 김윤정, 김혜니 등 많은 사람들은 '애매성'이라는 용어로 쓰고 있다.
(3) '모호성'과 '애매성'을 구별하여 쓰는 경우
김영철, 이기반 등은 '모호성'과 '애매성'을 별개의 개념으로 파악하여 시어의 특성을 설명하고 있다. 이들은 '애매성'은 다의미성으로, '모호성'은 이해불가능성으로 규정하여 사용하고 있다.
(4) 다른 용어를 사용하는 경우
김종길, 김진우 등은 'ambiguity'의 개념을 '난해성', '다의성', 중의성', 애매모호성' 등으로 혼용하고 있다.

제3장에서는 '모호성'과 '애매성'의 개념의 차이를 찾아보았다.
본디 우리말에서 '애매하다'는 말은 '아무 잘못 없이 꾸중을 듣거나

벌을 받아 억울하다'라는 뜻으로만 쓰였던 것이나, 근래에 와서 '모호하다'라는 말과 동일한 의미로도 쓰이고 있다. 그러나 '애매하다'는 말은 일본을 거쳐 들어온 일본식 한자어로서 '가짜 동족어'이다. 영어에서의 'obscurity'나 'ambiguity'도 서로 유사한 의미를 가지고 있다.

제4장에서는 혼란 극복을 위한 대안을 모색하여 보았다.

첫째, 'ambiguity' 개념을 다룰 때 이의 번역어로 '난해성', '중의성', '다의성', '애매모호성' 등을 사용해서는 안 된다.

둘째, 시나 시어의 특징을 저술하거나 교육할 때 '모호성'과 '애매성'을 별도의 개념으로 나누어 다루지 말고 한 가지 용어로 통일하여야 한다.

셋째, 'ambiguity'라는 용어를 우리말로 번역할 때 일본식 한자어인 '애매성'을 쓰지 말고, '모호성'으로 사용하는 것이 타당하다.

본고에서 주장하고 있는 이러한 문제는 결국 우리들의 민족의식이 해결의 열쇠를 쥐고 있다고 할 것이다. 국학을 연구하고 가르치는 사람들로서 민족의 주체성을 수호하고 일제 식민주의통치가 남긴 찌꺼기를 걷어내고 학문의 엄정성을 지켜나가는 일은 바로 우리 모두의 책무인 것이다.

참고문헌

강홍기, 『엄살의 시학』, 태학사, 2000.
고려대 민족문화연구원 편, 『고려대한국어사전』, 2009.
고명수, 『시란 무엇인가』, 학문사, 1999.

국립국어연구원 편,『표준국어대사전』, 두산동아, 1999.
권기호,『현대시론』, 경북대학교 출판부, 1998.
김남석,『현대시론』, 오성출판사, 1985.
김기림,『시론』, 백양당, 1947.
김민수 편,『우리말 어원사전』, 태학사, 1997.
김사엽,『현대시론』, 한국출판사, 1954.
김영철,『현대시론』, 건국대학교출판부, 1993.
김용직·장부일,『현대시론』, 1994.
김종길,『시론』, 탐구당, 1980.
김준오,『시론』, 문장, 1982.
김진우,『시와 언어』, 한국문화사, 1998.
김춘수,『시론』, 송원문화사, 1979.
김혜니,『다시 보는 현대시론』, 푸른사상사, 2006.
『동아대한한사전』, 동아출판사, 1989.
마광수,『시학』, 철학과현실사, 1997.
문덕수,『시론』, 시문학사, 1993.
문세영,『우리말 사전』, 삼문사, 1954.
박두진,『한국현대시론』, 일조각, 1970.
박진환,『현대시론』, 조선문학사, 1996.
서정주,『시문학원론』, 정음사, 1969.
손광은,『현대시론』, 한림, 2003.
신선규,『현대시론』, 인간사, 1958.
오경순,『번역투의 유혹』, 이학사, 2010.
오세영 외,『시론』, 현대문학사, 1989.
윤석산,『현대시학』, 새미, 1996.
윤재근,『시론』, 둥지, 1990.
이기반,『현대시론』, 한글, 1996.
이명섭 편,『세계문학비평용어사전』, 을유문화사, 1985.
이상섭,『문학비평용어사전』, 민음사, 1980.
이승훈,『시론』, 고려원, 1979.
장도준,『현대시론』, 태학사, 1995.
장승욱,『도사리와 말모이, 우리말의 모든 것』, 하늘연못, 2010.
정한모,『현대시론』, 보성문화사, 1981.
조지훈,『시의 원리』, 산호장, 1953.
차호일,『현대시론』, 역락, 2000.
채규판,『현대시론』, 원광대학교 출판부, 1988.
최승호 외,『시론』, 황금알, 2008.
홍문표,『현대시학』, 양문각, 1995.

J. A. Cuddon, 『A Dictionary of Literary Terms and Literary Theory』, Blackwell Publishers, 1998.

M. H. Abrams, 최상규 역, 『문학용어사전』, 보성출판사, 1994.

Merriam Webster, 『Webster's Ninth New Collegiate Dictionary』, Merriam-Webster Staff (Edt), 1989.

William Empson, 『Seven Types of Ambiguity』, New Directions, 1947.

비평의 빈자리와 존재 현실

The Emptiness of Criticism and the Reality of Being

양채영(梁彩英) 시의 순수 이미지와 우주적 통합

1. 서론

양채영(梁彩英; 본명은 在瀅)은 1960년대에 등단하여 지금까지 40년 가까운 세월을 시 쓰기에 몰두하면서 한국 서정시의 맥을 흔들림 없이 지켜온 시인이다. 이쯤 되면 그는 문단의 장로급 시인으로 손색이 없다. 그러나 그의 문명(文名)은 그의 시력(詩歷)이나 시 작품이 갖는 비중을 따라잡지 못하고 있는 것이 사실이다. 시인이 반드시 그의 생전에 이름을 드날리고 세인의 주목을 받아야 하는 것은 아니지만 애석한 일이 아닐 수 없다. 이러한 현상은 한국 문단의 어떤 이상 징후임에 틀림없다. 학벌중심주의, 중앙중심주의가 팽배하여 그릇된 흐름을 만들어 놓은 측면을 부정할 수 없다. 또한 시인 스스로의 겸손하고 정갈한 성격이 이러한 흐름에 촉매 역할을 했을 것이란 짐작도 된다. 아무튼 한국문단은 '주목 받아야 할 시인'에 대한 응분의 눈길을 주지 못한 것이 분명하다. 따라서 양채영에 대한 비평적 언급은 극히 단편적인 것들에 한정되어 있다. 문학사란 모름지기 개별 작가들에 대한 세심한 탐구와 객관적 위상 평가를 토대로 기술되는 것이다. 이러한 시각에서 볼 때, 뒤늦은 일

이기는 하지만 양채영의 시 세계를 종합적으로 검토하고 그 의미를 밝
히는 일은 긴요한 일임에 틀림없다.

1935년 11월 22일 경상북도 문경시 문경읍 갈평리 648번지에서 부
친 양용이(梁龍伊, 明煥)와 모친 도계분(都季分)의 사이에서 5남매 중 장남
으로 출생한 양채영의 생애를 축약하여 정리하면 다음과 같다.

첫째, 성실한 시인으로서의 삶을 지적할 수 있다. 그는 "최선을 다한
다. 욕심을 적게 한다"는 좌우명 아래 "잠시도 시의 생각을 늦추지 않
고" 40년 가까운 세월을 시 쓰기에 진력해 왔다. 어떤 이들은 몇 년 또
는 몇 십 년을 외도도하고 포기도 하지만, 그는 한 번도 시를 버리지 않
고 욕심 없이 시의 길을 걸어온 사람이다. 이러한 사실만을 가지고 '성
실하다'라고 한다면 그것은 반쪽에 지나지 않는다. 그는 열심히 쓰는
것만이 아닌 참다운 시를 쓰기 위해 최선을 다하고 있는 시인이다. 김
춘수는 "보면 볼수록 즐거움을 준다"고 했고, 문덕수는 "梁彩英은 메터
퍼에만 능력이 있는 것은 아니다. 存在의 狀況을 추구하고 肉迫하려는
치열한 想像이 있다"라고 고평했다. 사실 양채영은 많은 시를 쓴 시인
이라기보다 좋은 시를 쓰기 위해 끊임없이 노력해온 시인이다. 이것이
시인으로서 그의 성실성인 것이다. 그는 충주사범학교 시절 교지에 시
를 발표하고, 그 편집을 맡아 보면서 문학의 습작기가 시작되었다고 한
다. 그 후 1963년 충청일보 신춘문예에 시가 당선되었고, 이어서 1965
년『문학춘추』와『시문학』지에 추천을 받게 된 이후, 그는 성실한 노력
의 결과로 수많은 작품과 시집을 이 땅의 문학사에 남기게 된다. 한편
양채영은 박제천, 오규원, 정의홍, 홍신선, 노향림 등과 함께 한 '韓國
詩' 동인회를 비롯하여 '內陸文學', '瑞世樓' 등의 동인회 활동에 적극적
으로 참여하였고, 한국문인협회 충주지부장, 중원문학회장 등을 역임
하며 지방문학 발전에도 기여했다.

둘째, 학구적 스승으로서의 삶을 말할 수 있다. 그는 1957년 충주사범학교를 졸업한 후 줄곧 충주지방에서 교직에 봉사해오다가 1999년에 명예퇴직하였다. 장장 40년간의 평교사 생활을 성실히 수행해 온 것이다. 교감도 교장도 그에게는 남의 일이었다. 그러나 그는 끊임없이 학구적 노력을 해온 인생의 사표였다. 1973년에 한국방송통신대학에 입학하여 만학의 길을 시작한 그는 1975년에 동교 2년을 졸업, 1982년 4년제로 바뀐 동대학에 편입하고 1985년에 졸업하였다. 1990년에는 다시 국민대학교 교육대학원 국어교육과에 입학, 1990년에 동대학원에서 「趙芝薰 詩 硏究」로 석사학위를 수득하는 등 학구적 삶을 지속적으로 걸어온 노력하는 스승이었다. 이러한 그의 삶의 자세는 그의 시 창작과 무관할 수 없다.

셋째, 생생한 역사 체험자로서의 다난했던 삶을 말할 수 있을 것이다. 양채영과 비슷한 세대들이 대부분 그러하듯이 일제침탈과 한국전쟁 등 중요한 역사적 사실들과 그도 무관할 수 없었다. 그가 태어난 이듬해에 그의 가족들은 중국의 만주 사평성 동풍현 사하진촌(四平省 東豊縣 沙下鎭村)으로 이주하였다. 그곳에서 한국인 학교인 명륜국민학교(明倫國民學校) 4학년까지 수학한 그는 1945년 해방 후 귀국하여 고향인 문경의 용흥국민학교(龍興國民學校)를 1949년에 졸업하였다. 이어서 문경서중학교(聞慶西中學校)를 졸업(1952)하고 상주농잠고등학교 입학시험에 합격하였으나 6.25전쟁으로 집이 폭격에 날아가는 등의 가정사정으로 입학금을 마련하지 못하고 진학을 포기해야만 했다. 중학교를 다니는 동안 그는 선친으로부터 소학, 통감을 배우고 오언당음과 소동파의 적벽부를 읽는 등 한문을 공부하기도 했다. 전쟁 중이던 1952년부터 2년간 그는 농사일을 하기도 했고 부산 등지로 유랑하기도 하면서 고난의 세월을 보내다가 1954년에 충주사범학교에 입학하였다. 그러니까 그의 성

장기는 일제강점으로 인한 이민, 한국전쟁으로 인한 유랑 등 당대 한국
인이 겪어야 했던 고난의 전형들을 체험하는 시기였다.

이상과 같이 양채영의 생애를 검토해 보았을 때, 우리는 그가 고난의
삶을 이겨온 한국인이며, 역경 속에서도 성실한 삶을 가꾸어온 스승이
며, 무엇보다 습작을 시작한 이래 한시도 시에 대한 관한 생각을 늦추
지 않고 정진해온 시인임을 알게 된다. 따라서 그는 수많은 시편들을
각종 지지(紙誌)에 발표해 왔고 그것들을 묶은 여섯 권의 시집을 상재했
으며, 지금도 왕성하게 작품활동을 하고 있는 시인이다. 이제 그의 시
집들을 소개해 보이면 다음과 같다.

(1) 『노새야』, 한림출판사, 1974.11.5, 총 57편(서문;김춘수, 문덕수)

(2) 『善 그 눈』, 시문학사, 1977.6.15, 총 60편(발문;신경림)

(3) 『은사시나무잎 흔들리는』, 문학예술사, 1984.5.30, 총 65편(해설;
박제천)

(4) 『지상의 풀꽃』, 문학아카데미, 1994.11.1, 총 94편(해설;홍신선)

(5) 『翰林으로 가는 길』, 동학사, 1996.7.10, 총 82편(해설;장석주)

(6) 『그리운 섬아!』, 문학아카데미, 1999.3.1, 총80편(해설;이건청)

양채영의 작품 세계를 알아보기 위해서는 이 여섯 권의 시집이 기본
자료가 될 것은 물론인데, 그것은 도합 438편이나 되는 방대한 분량이
기에 본고는 이것들을 시기별로 구분하여 그 특성적 고찰을 시도하여
양채영 시의 지속과 변모 양상을 개략적으로나마 짚어보고자 한다. 시
집에 실려 있는 시인의 말을 들어보면 이것들은 그 속에 들어있는 작품
의 창작 연도와 정확하게 대응되는 시간적 질서를 가지고 있는 것은 아
니다. 그러나 작품의 경향이 같은 것끼리 묶여 있다는 것과 그것들의

출간 연도와 작품 제작 시기가 대략적으로 상응하기 때문에 여섯 권의
시집을 차례로 놓고 그것을 둘씩 묶어 다음과 같이 세 시기로 구분하여
논하고자 한다.

제1기 1963~1977 : 『노새야』, 『善 그 눈』
제2기 1978~1994 : 『은사시나무잎 흔들리는』, 『지상의 풀꽃』
제3기 1995~1999 : 『翰林으로 가는 길』, 『그리운 섬아!』

2. 제1기 : 발원적(發源的) 의미와 이미지즘의 텍스트

제1기는 누구에게나 마찬가지로 작품세계의 출발기로서 중요한 의
미를 갖는다. 어느 작가든 그의 작품세계는 이 발원의 지속이나 그 변
모의 영역 안에 있기 때문이다. 양채영의 경우 제1기는 그가 등단한
1963년부터 두 번째 시집인 『善 그 눈』이 발행된 1977년까지의 약 10
여 년간으로 잡을 수 있다. 이 시기는 대략적으로 그의 30대에 해당하
는 시기로서 가정적으로는 부인 채홍자(蔡鴻子) 여사와 결혼하여(1963),
장남 인석(1964), 차남 근석(1968), 장녀 혜령(1973) 등이 출생하게 된다.
즉 그의 가정이 이루어지는 시기이다. 반면 부친이 별세한(1971) 시기이
기도 하다. 문학적으로는 '한국시', '내륙문학' 등의 동인회 활동에 참
여하고, 한국문인협회 충주지부를 창립하고 그 부회장을 맡는 등 역시
문학이라는 가정도 확립된다. 그리고 한국방송통신대학(2년제)에 입학
졸업하는 때이기도 하다. 이 시기에 쓰여진 시들은 『노새야』와 『善 그
눈』에 수록된다.
이 시기 양채영의 시는 이미지즘으로 요약될 수 있다. 길게 논할 수

있는 자리는 아니지만 모더니즘로 보는 것(문덕수, 정의홍 등)보다는 이미
지즘으로 보는 것이 더 적확하지 않을까 한다. 그리고 문단적으로는 참
여와 순수의 대립적 상황이 전개되는 때이기도 하지만 양채영은 그러
한 이념적인 것과는 무관하게 당시로서는 보기 드문 질 높은 이미지즘
의 미학을 주조하고 있다. 이 시기의 양채영의 시는 풍부한 상상력과
지적 절제를 통하여 "섬세하고 치밀한 감각의 결(김춘수)"을 형상화하
고 있는 것이다. 사정이 이러함에도 이 시기에 한국문단은 거의 완벽하
게 그에게 시선을 주지 않고 있음은 아쉬운 일이다.

2.1 '없음'과 '애정'의 발원적(發源的) 의미

양채영의 제1 시집인 『노새야』의 서시로 올라 있는 작품 「노새야」는
출발점에서의 발원체를 찾을 수 있는 텍스트라고 할 수 있다. 우리는
이 텍스트를 좀더 자세히 들여다 볼 필요가 있다.

    1 노새야.
    2 새끼도 낳지 못하는
    3 노새야.
    4 아무도 없는
    5 아스팔트길을
    6 똥 한번
    7 제대로 누지 못하는
    8 노새야.
    9 털 빠진 가죽
    10 등 허리로

11 힝힝 우는

12 노새야.

13 노새야.

14 父母의

15 다른 얼굴 틈으로

16 뻴뻴

17 땀만 흘리는

18 노새야.

19 사람 없는

20 江가에서

21 억새풀이나

22 이가 시리도록

23 뜯어 먹어라.

24 노새야.

　　　　—「노새야」 전문

보는 바와 같이 이 텍스트는 12행씩으로 된 두 개의 연으로 되어 있는 시이다. 통사론적 층위에서 보면 1, 3, 8, 12, 13, 18, 24 들은 제목이기도 한 '노새야'를 일곱 번 돈호법으로 반복하고 있으며, 나머지 부분들은 노새에 대한 다섯 개의 묘사 부분으로 되어 있다. 이 묘사 부분을 주술(主述)단위로 절단해 보면 다음과 같다

S_1(노새가) — '새끼를' 낳지 못한다

S_2(노새가) — '똥 한번 제대로' 누지 못한다(아스팔트길엔) 아무도 —

　　　　　　없다)

S₃(노새가) ― '털 빠진 가죽 등 허리로' 힝힝 운다

S₄(노새가) ― '뻘뻘 땀만' 흘린다〈(노새는) ― 부모의 얼굴이 다르다〉

S (노새가) ― '억새풀이나 이가 시리도록' 뜯어 먹어라

여기서 주어 '노새가'는 모두 생략되어 있지만, 반복되고 있는 '노새
야'가 이를 대신하고 있다고 볼 수 있는데, 이것이 돈호법으로 되어 있
어 동물의 틀(노새)이 인간의 틀(~야)을 생성한다. 그리하여 노새는 인
간과 같은 유사성을 얻는 은유체계를 구성하게 된다. 야콥슨(Roman
Jakobson)은, 동물이나 자연물을 돈호법이나 이인칭대명사로 부르게 되
면 애니미즘의 주술적 텍스트가 되고, 그것들은 모두 의인화되는 비유
적 성격을 띠게 된다고 하였다. 이 시에서 노새는 곧 의인화된 메타퍼
인 셈이다. 그리하여 S₁ ~ S₄의 계합축에서 드러나는 노새의 이미지들
은 S 에서 통합축으로 형성되는 것이다. 그것은 불쌍한 노새에 대한 동
정, 애정, 안타까움, 해방 등의 요소를 포함하는 언술이다. 서술어를 중
심으로 해서 이러한 사정이 보다 분명해질 수 있다.

S₁ [새끼] 없음 ― 무자식, 무생산, 무후(無後)

S₂ [자유] 없음 ― 똥도 누지 못함

S₃ [기쁨] 없음 ― 고된 노동+슬픔

S₄ [정체성] 없음 ― 부모의 종이 다름(나귀도 아니고 말도 아님)

S [행복] 없음 ― 사람 없을 때 억새풀이나 먹기를 바람(욕심 없음)

여기서 보는 바와 같이 「노새야」는 '있음'과 '없음'의 이항적(二項的)
대립구조에서 발생한 텍스트이다. 다른 동물들은 2세를 생산할 수 있

는데 노새는 그렇지 못하다. 이러한 사실은 사람으로 바꾸면 희망 없음의 표상이다. 또 노새는 나귀도 말도 아닌 정체성이 없는 동물이다. 이것은 인간으로 보면 이름 없는 존재의 표상이다. 그리하여 자유도 없이 고된 노동이나 해야 하는 행복 없는 불운의 존재가 된다. S_2에서 '아스팔트길에 아무도 없다'는 것은 자유도 없지만 동지도 없어서 고독하다는 의미도 첨가될 수 있으며, 아스팔트길을 물질문명의 이미지로 본다면 부자유와 고독은 현대문명에 의해 더욱 선명해진다는 의미도 숨어 있다고 볼 수 있다. 이와 같은 의미의 층위는 음운의 층위에서도 확인된다. 즉 일곱 번 반복되고 있는 /~야/와 행끝의 /~ㄴ/의 교차적인 이원적 대립구조에서 발생하는 각운적인 요소는 불운한 노새에 대한 애절한 감정의 연속성을 환기하고 있기 때문이다. 아무튼 계합축의 의미는 '없음'이며, 통합축의 의미는 그러한 존재에 관한 '애정'이다. 이 '없음'과 '애정'이 양채영 시의 발원체이며 모든 텍스트의 지속성으로 기능하게 되는 것이다. 따라서 그의 시가 아무리 이미지의 주조에 매달린다 해도 인간의 존재나 그 존재의 가파른 삶과 무관하지 않게 읽혀지는 것이다. 그러므로 그는 형식주의자도 내용주의자도 아닌 시주의자라고 할 수 있다.

이상과 같이 「노새야」의 의미를 분석해 보았을 때, 제1 시집의 첫 번째 시가 「혼자 비어 있는 곳은」이라는 텍스트로 되어 있는 것은 우연이라고 할 수가 없다.

눈 오는 날
오는 눈의
먼 밖에
혼자 비어 있는

곳을
누가 혼자
차지하고 있다.

허연 나무뿌리들이
언듯거리고
잎눈이
꽃눈이
모닥불에 모여 있다.
　　　　—「혼자 비어 있는 곳은」 부분

　　이 시는 바로 눈 오는 겨울에 구축하는 '없음'의 공간이다. '혼자 비어 있는 곳'이란 바로 고독의 공간이며, 여기가 아닌 먼 곳으로 불가시적 공간으로서 미래의 공간이며, 그리움의 공간이다. 그 공간을 차지하고 있는 누군가는 혼자로서 유일한 존재이다. 제2연에 나타나는 나무 이미지(뿌리, 잎눈, 꽃눈)는 고독한 자아가 '없음'으로서의 추운 겨울 공간에서 느끼는 그리움의 대상이라고 볼 수도 있다. 이렇게 보면 나무의 현재 상황은 '춥다, 불안하다'로 요약될 수 있는데, 시간적 배경이 눈 오는 겨울이며 모닥불에 모여 있음으로 해서 그 '춥다'는 분명하고, 나무의 젖줄인 뿌리가 '허영다', '언듯거리다'로 되어 있기 때문에 불안한 것이다. '허영다'라는 음성모음으로서의 색채어는 생기 없음을 환기하며, '언듯거리다'는 불확실성에 대응되기 때문이다. 따라서 이 나무가 가지고 있는 잎눈과 꽃눈은 화자의 그리움의 대상이면서 불확실한, 현재로서는 '없음'의 존재가 된다.
　　이와 같은 없음의 시간, 없음의 공간은 고독한 존재를 만드는 배경이

되는데, 그것들은 상실, 소멸, 고독, 절망, 단절, 부자유, 슬픔, 고달픔, 가파름, 하강 등과 쉽게 감응되는 세계이다. 이러한 시의 공간들은 '허공', 벼랑, 먼 곳, 외곽 등으로 나타나고, '우리는/ 서로의 어디를 잘라내고 있다(「外科病院」)'나 '맨발로/ 바알간 오금까지/ 얼어서 오는/ 너의 말(「겨울 菊花야」)'에서 보는 바와 같은 단절에 의해 '이 세상밖에/나는 낮달처럼(「內藏山 기념사진」)', '누구도 불러주지 않는/ 虛空中의 눈발(「凍太」)'과 같은 고독이 생성된다. 그리고 '끝없이 무거운 짐을 부리며(「須臾」)', '덜거덕 덜거덕/ 목쉰 얼음 조각들(「魚市」)'로 나타나는 가파른 삶의 이미지들이, '눈물들만 엉켜서/ 새벽 洞口밖에/떨어지는(「안개 속 무엇이 하나」)' 하강 이미지나, '반짝이다 꼬부라진/ 꽃잎 나부랭이(「濃霧」)' 등의 소멸 이미지를 불러와, '허옇게 우는 흥내로/ 北間島로 移民갔던(「낮달을 보며」)'이나 '허연 바람의 뼈마디도/ 아우성인 채(「안개 속 무엇이 하나」)'에서 보는 바와 같이 '허연' 색깔과 결합한다.

제1기의 시편들에서 보이는 이 같은 '없음'에 딸려 있는 이미지들은 즐비하게 널려 있으며, 그것들은 상호 긴밀히 연관되어 있다. 그것들은 대부분 '있다'와의 이항적 대립구조를 통하여 '없음'을 드러내고 있다. 양채영 시에서 무수히 나타나는 '~있다'라는 묘사 문장들은 '없음'의 의미를 선명하게 드러나게 하는 보색의 기능을 하고 있다.

2.2 '있음'과 유미적 이미지

제1기의 시들이 위에서 본 바와 같은 '없음'의 군락만으로 이루어진 것은 아니다. 의미는 차이에서 드러나게 마련이므로 '없음'의 세계는 '있음'의 세계에 의해 성립된다. 양채영의 텍스트는 '없다'와 '있다'의 이항적 대립구조로 이루어져 있다. 따라서 이 시기의 텍스트들은 대부분 '없음'의 세계와 관련되지만, 간혹 밝고 아름다운 '있음'의 세계를 드러내기도 한다. 그것은 대체적으로 식물적 자연을 만났을 때 빛을 발하게 되는데, 제2기에 보이는 숱한 풀꽃 이미지의 전조(前兆)가 되는 것이기도 하다.

> 한 장
> 石鏡 쪽에도
> 밝은 두어낱의 빛살을 담아
> 우리들의 어깨 위로
> 웃고 있는 한 뼘의
> 마당은 벅차다.
>
> 남은 눈발의
> 하얀
> 속살의 물살고운
> 머리칼에나 붙어서
> 어질어질 돌아가는
> 암내
>
> 검은 腐土 속으로
> 더운 피나 앓게하여
> 집집의 해묵은 窓에
> 조금씩
> 相思를 흩뿌리는
> 疫神의, 환한 맨발

막무가내
돌담을 넘어가는
예쁜
발가락발가락발가락…….
　　　—「살구꽃」전문

　이 시의 제1연은 살구꽃이 피어 있는 공간 묘사이다. 한 뼘의 마당,
그러니까 작은 집 마당가에 살구꽃은 피어 있는 것인데, 유리거울에 반
사되는 빛처럼 밝고 환하게 피어 있는 모습이다. 제2연은 살구꽃의 향
기를 묘사한 부분인데, 그것을 '암내'라는 후각 이미지로 탁월하게 뽑
아냈다. 눈발, 속살 등의 이미저리를 포괄하면서 순수하고 본능적인 향
기로 직조하여 독자를 어지럽도록 취하게 하는 유미적 장치를 만들어
다음 연으로 넘겼다. 여기서 흰색은 '허옇다'가 아닌 '하얀'이란 양성모
음으로 되어 있음도 주목할 만하다. 제3연은 앞부분에서 창조한 이미
지들을 종합하면서 살구꽃에 대한 느낌을 역신의 '환한 맨발'로 비유
했다. 그 역신은 다름 아닌 상사병을 옮기는 존재다. 제2연에서의 '암
내'에 의한 필연의 귀결이다. 제4연은 낙화의 모습이다. '환한 맨발'에
서 떨어지는 살구꽃의 낙화는 자연스럽게 '발가락'으로 표출되었다.
사랑에의 유혹으로 그려진 이 살구꽃은 '막무가네/ 돌담을 넘어가는'
것이다. 끝행 '발가락발가락발가락……'은 꽃잎들이 연속적으로 떨러
지는 모습을 시각적으로 그려냈다. 띄어쓰기를 하지 않고, 줄임표
(……)를 사용함으로써 그 효과를 높이고 있다. 요약하면 이 텍스트는
진폭이 큰 상상력에 의한 감각적 이미지가 그 미적 효과를 유감없이 보
여주는 양채영의 절창이다. 제1기의 시에서 보여주는 이러한 이미지스
트로서의 양채영의 값은 당대의 여타 시인들에 비해 상당한 고가의 것

이라고 본다.

　이렇게 정제된 이미지스트로서의 기능을 가지고 이상적인 것들(가령 眞善美 등)에 대한 순간적 포착을 통하여 그려낸 텍스트들의 집합이 『善 그 눈』의 세계이다. 이것들은 '없음'과 함께 찾아보았던 저 발원체 '애정'이 펼치는 세계이기도 하다. 순수하고 아름다우며 생명력과 사랑이 넘치는 예술적 향기의 세계에 대한 애정에서 비롯된 이미지의 바다이다.

　音樂家
　슈만의 사랑을 애기하던
　그 눈 속에
　피아노 한 대가 놓여 있다.

　나는
　눈을 감았다.
　地上 어느
　모래밭 위에
　지고 있는 꽃잎
　저 타는 듯한
　피아노 소리.
　　　　　—「善 그 눈 2」 전문

　시인 자신은 시집의 서문에서 "連作이지만 서로 독립된 것들로 善이란 것에 대해 생각해 보았다. 淡淡하나 뜨거운 것이 그 骨格이라고 믿으면서다."라고 『善 그 눈』에 대해 말하고 있다. 그러니까 이 연작시들은

선이 그 주제라는 것이고, 선이란 '담담하나 뜨거운 것'이라고 그는 말하고 있는 것이다. 이 말은 겉으로는 담담한 것 같지만 선의 실체는 '뜨거운 것'이라는 말이 된다. 선이야말로 '애정'의 결과물이 아닐 수 없다. 아무튼 이 연작시들에 나타나는 '善'은 문자 그대로의 선은 아니다. 그것은 진(眞)과 미(美)가 융합된 세계 또는 시인이 도달하고자 꿈꾸는 이상향일 수도 있다. 위의 시에서 '그 눈'은 음악과 사랑을 이야기하던 눈으로 되어 있다. 그리고 '그 눈' 속엔 피아노가 한 대 놓여 있는데, 그 피아노는 화자의 상상 속에서 '지는 꽃잎'과 교감하고 있는 '저 타는 듯한' 소리를 생성하고 있다. 그러니까 이 시에서는 자연(꽃잎), 인간(그 눈), 예술(음악)이 '진+선+미'로 통합되어 있는 것이다. 그것들은 별개로 존재하는 것이 아니고 서로의 통합에 의해서만 제몫을 다할 수 있는 상호관계 속에 놓여 있다.

> 함박눈이 내리고 있다.
> 열 아홉 살
> 무용수가 벗어버린
> 속 옷,
> 눈 녹은 자리에
> 버들강지만한
> 젖꼭지.
> ―「善 그 눈 17」 전문

이 시 역시 유미적 이미지들이 순간적으로 결합하여 빚어내는 가편인데, 이미지들이 '함박눈 = 속 옷 = 젖꼭지'로 등가적 관계를 이루고 있다. 그것들은 순수, 아름다움, 어림(또는 작음) 등을 환기하면서 생명력

으로 결집하여, 그 '애정'의 대상이 된다. 이 당시 양채영의 시가 보여
주는 '있음'의 세계는 대부분 이와 같은 것들이다. 그리하여 맨살, 발가
락, 하얀 물살결, 속살 등의 시어들이 '순수'와 결합하고, 여러 가지 식
물, 동물(산토끼, 산비둘기 등)의 이미지가 '아름다움'으로 응결된다. 또 유
년의 세계나 약병아리 등의 이미지가 '어림(작음)'과 어울리면서 그 순
수의 미에 동참하는 것이다. 이것들은 제2기 이후에 피어나는 풀꽃을
비롯한 바다, 섬 등의 통합적 순수 이미지의 전조가 된다.

3. 제2기 : 풀꽃의 환유(換喻)와 생태학적 세계관

제2기는 성장기라고 할 수 있는데, 제2 시집 발간 이후인 1978년부
터 제3 시집이 발간되는 1994년까지의 약 15,6년간이 이에 해당한다.
시인의 4,50대인 이 시기에 그는 4년제 대학을 졸업하고 이어서 대학
원 과정을 마치는 등 학문적인 성장을 거듭하는 한편, '瑞世樓' 동인활
동을 비롯하여 '충주문학' 창간에 기여하고 중원문학회 회장을 역임하
는 등 문학적 활동도 왕성한 시기다.

이 시기 양채영의 시적 관심은 지상의 풀꽃에 집중된다. 그의 시에
나타나는 풀꽃이란 아름답고 귀족적인 화려한 꽃들이 아니다. 달맞이
꽃, 엉겅퀴꽃, 민들레꽃, 쑥부쟁이, 들찔레꽃, 장다리꽃, 옥잠화, 씀바귀
꽃, 쇠비름꽃, 벼꽃 등 말하자면 하찮은 잡초에 피어나는 꽃들이다. 시
인은 "지상에서 정직한 거라곤 저 돌과 나무뿐"이라고 말한다. 그러니
까 풀꽃은 흔한 자연 물상의 환유인 셈이다. 그는 다시 말한다. 내 이웃
에 향기로운 '풀꽃'이 피고 '초목'들이 나풀거린다는 일은 내게 있어 이
지상에 있음을 확인하는 눈부신 한 순간이 된다고. 그러므로 양채영에

게 '풀꽃'은 지상의 의미를 발견하는 대상이 되는 것이다. 제2기에 상재한 『은 사시나무잎 흔들리는』과 『지상의 풀꽃』이란 두 권의 시집은 말 그대로 녹색의 화원이다.

3.1 풀꽃의 환유적 의미

> 은 사시나무잎 흔들리는 사이로
> 短調의 구름 몇,
> 非山非野에
> 비명에 간 울음 몇,
> 傲氣들은 빨갛게 익어서
> 山川에 떨어진다.
> 은 사시나무잎 떨어지는 자리에
> 귀밝은 바람만 쌓이고
> 아무리 흔들어도
> 默默不答인
> 저 쪽 커다란 應答.
> —「은 사시나무잎 흔들리는」 전문

제3시집의 표제시 「은 사시나무잎 흔들리는」이다. 이 시는 한 개의 연으로 되어 있지만, 의미상 아래와 같이 네 개의 분절로 나누어 볼 수 있다.

(1) 1~4 행 : 잎 사이로 보이는 것
(2) 5~6 행 : 나무 열매의 떨어짐

(3) 7~8 행 : 나무 잎이 떨어짐

(4) 9~12행 : 저 쪽의 응답

여기서 보는 바와 같이 이 시는 은사시나무를 묘사하고 있지만, 그것은 단순한 묘사에 그치지 않고 있다. 지상적 삶의 환유로서 깊은 의미망으로 얽혀 있는 것인데, 이를 자세히 분석해 보기로 한다. (1)에서 나뭇잎 사이로 보이는 것은 구름이다. 그러나 그 구름은 '短調'로 수식되어 있어서 시각적인 것이 청각적인 것으로 변환되고, 자연의 물상인 구름이 인간적인 것과 조응한다. 그 인간적인 것은 '비명에 간 울음'으로 구체화된다. 그러니까 '구름=울음=단조'라는 등가적 관계가 성립됨으로써 잎 사이의 구름에서 인간사의 슬픔의 가락을 '흔들림' 속에서 읽어내고 있는 것이다. (2)에서는 자연인 나무 '열매'가 인간의 '傲氣'로 변주되고 그것이 산천에 떨어지는 것으로 되어 있어 인간적인 비극성을 고조시키고 있다. (3)에서의 낙엽 지는 소리는 다시 '귀밝은'이란 수식어에 의해 인간적인 것으로 환치되고, 그 수식어에 의해 허망한 종말의 소리가 증폭되어 크게 들리도록 되어 있다. (4)에서는 낙화, 낙과 후의 나무의 흔들림에 대한 응답이 '默默不答인/저 쪽/커다란 應答'으로 되어 있는데, 이는 대답이 없는 곳에서 대답을 듣는 역설(paradox)이다. 역설은 모순되는 진술을 통하여 새로운 의미를 찾아내는 문학적 장치이다. 그러므로 여기서의 '커다란 應答'은 (1)~(3)에서 보아온 비극성인 것이고, 그것은 말로 할 수 없는(묵묵부답) 크기와 깊이를 가지고 있다는 의미가 된다. 그러니까 이 시는 자연과 인생을 한데 묶어 그 우주적 질서를 찾아내고 있는 것인데, 그것은 존재의 비극적 일회성이 순환적 영원성과 결합되는 우주적 깊이를 만들어내고 있다. 이처럼 제2기 양채영의 시에 나오는 자연의 환유로서 풀꽃등의 식물은 인간과 결부된

의미망에 걸려 지상의 삶을 드러내는 객관적 상관물이 된다.

이름없는 풀꽃에서 눈부시게 아름다운 이미지들을 건져내고 있는 이 시기의 일련의 시들은 인간적 삶의 '없음'을 지우지 못함으로써 그 비극성을 고조시키고 있는데, 그 비극성의 핵은 한국의 자연 속에 응결되어 있는 한국인, 한국 정서, 한국 역사의 무거운 덩어리들이라는 점이 특징적으로 나타나기도 한다. 그러니까 민족의 삶을 통한 존재의 지상적 의미를 양채영은 풀꽃을 통하여 형상화하고 있는 것이다.

> 우수(雨水)께부터 우리들은
> 풀이 돋아나기를 기다린다.
> 풀은 우리들을 안달나게 하지만
> 우리들은 기다려야 한다.
> 서러울 때는 풀꽃을 꽂고
> 배가 아플 때는 풀뿌리를 씹고
> 집이 없을 땐 풀밭에 누워 잤다.
> 총탄이 퍼부을 땐 풀잎 속에 숨었다.
> ─「풀 5」 전문

이 시의 전반부 1~4행은 '풀'이 우리들을 안달나게 하는 존재로 되어 있고, 후반부 5~8행은 그 이유를 제시하고 있다. 그것은 풀이 서러움을 달래주고, 아플 때 약이 되며, 집과 같은 휴식처이고, 전쟁 중에 몸을 보호해준다는 것이다. 이를 역으로 환산해 보면 우리들, 즉 한국인들은 서럽고, 아프며, 고된 전란(고난)을 겪어 온 민족이라는 말이 된다. 이러할 때 풀은 '평화군단([망초꽃밭에 누워])'이 되어 우리를 위무해 주는 까닭에 애정의 대상이며 화자 또는 민족의 다른 이름이 되는 것이다.

시인 자신의 말대로 우리는 양채영 시의 나무나 꽃에서 문화의 빛깔과 형태의 특이성을 느끼며, 민족이 지닌 애환이나 역사성까지 읽어낼 수 있다. 거기에는 일제강점이나 한국전쟁 등을 비롯한 수다한 민족사가 '보일 듯 말 듯한 서러움의 빛깔'로 자리잡고 있는 것이다.

> 이젠 되돌아갈 수도 없는
> 초가을 입새에 서서
> 흰 저고리 초록치마의 누이
> 추억보다 더 맑은 가을 눈빛
> 그 흔한 눈물로 이젠 영글어
> 옥비녀를 찌른 머릿결 올올이
> 흰 무서리가 내린 날
> 남겨 둔 것 하나 없이
> 가마득히 높은 하늘에
> 희고 긴 목을 뽑아 날아가는
> 하얀 옥비녀 옥비녀.
> ―「옥잠화」 전문

이 시 역시 '옥잠화'라는 풀꽃을 탁월한 이미지로 형상화하고 있는데, 식물인 옥잠화를 구체적인 인물 즉 누이로 바꾸어 놓은 메타퍼가 그 핵심이다. 그러니까 식물의 틀과 인간의 틀이 맞물려 있는데, '날아가는'이라는 서술어가 동물(날짐승)의 틀을 하나 더 만들어내고 있다. 이 것들의 관계를 보이면 다음과 같다.

옥잠화 : 초록(잎) + 흰(꽃)

⇒ 날짐승 : 흰(목)

누이　: 초록(치마) + 흰(저고리)

　여기서 옥잠화나 누이는 '되돌아 갈 수도 없는' 비극적 존재들로서 결국은 새처럼 높은 하늘로 날아가야 하는 운명에 처해 있다. 이 비상의 이미지는 소멸을 통한 재생의 뜻으로 읽힌다. 이것들은 순수(맑은 가을 눈빛)하지만 비극적(눈물로 영근)인 존재들이다. 양채영의 시에는 '누나(누이)'가 꾸준히 등장하고 있는데, 어디서나 '순수하지만 비극적인' 인물로 형상화되고 있다. 양채영의 생애에 그리움과 연민의 대상으로 남아 있는 특별한 존재로서의 누나가 있다. 그의 가족이 이주하여 약 10년간 살았던 만주에서 돌아오지 못하고 남게 된, 생사를 알 수 없는 사촌 누님이다. 이 누님은 그의 시에 간헐적으로 등장하면서 순수, 연민, 희생, 비극 등의 정조와 어울리고 있다. 이러한 시 속의 누이는 한국의 정서를 반영하는 동시에 한국의 역사 속에서 희생되는 비극적 한국인의 삶을 표상하며 그것이 풀꽃 이미지와 어울려서 지상적 삶의 환유로 작용하고 있다.

3.2 녹색 시와 생태학적 세계관

　제2기에 보이는 양채영 시의 풀꽃들은 화자의 애정이나 연민의 대상으로서 피어난 환유적 이미지들이다. 수많은 풀과 나무 그리고 물이나 바다가 어우러진 녹색의 장원, 그것은 자연이란 한 단어로 요약될 수 있다. 그 자연은 인간(한국인)과의 완벽한 조응관계에 있다. 자연이 곧 인간이며 인간이 곧 자연이다. 이러한 천지여아동근(天地與我同根)의 자연관은 동양의 오랜 전통이다. 나무 한 그루, 풀 한 포기, 개미 한 마리 또는 해와 달 그리고 별과 같은 모든 생물이나 물상들이 하나의 끈으로 묶여 있다는 생각, 즉 만물일류(萬物一類)의 전일적(全一的) 세계관인 것이다. 그것은 인간중심주의에서 벗어난 물활론적(物活論的) 사고이며 생명 존중의 정신이다. 우리는 이러한 정신을 생태학적 세계관이라 부른다.

그러나 현대자본주의 문화는 이러한 자연관, 세계관과 등을 돌리고 있다. 이기적 인간중심주의가 불러온 기계론적 세계관에 의해 인간을 위해 봉사하는 노예로 자연을 전락시켰고, 인간까지도 하나의 기계로 인식하기에 이르렀다. 경제원칙에 의해 자연을 사냥했고, 대량생산과 대량소비문화로 환경을 파괴하고, 생태계의 균형을 깨뜨려 전대미문의 위기 앞에 서 있는 것이 현대인의 실상이다.

모두 떨어져 나온 사람끼리
칼이 되어 먼지가 되어
네 눈에 매달려 있는
불빛에 불길 속에
스러지는 꽃잎이 보인다.

허공중을 헤매는 네 등뒤마다
千길 어두운 길목은 남아
아픈 풀잎 하나라도 만나야지
풀잎 하나라도 만나야지
늪 속에 빠져가는
너의 메아리가 들린다.

하늘에 떠돌아다니는 메아리

밤새도록 지붕 위를 가슴 위를

짓밟고 다니는 너의 검은 발자국

닭울음 소리도 들리지 않는 새벽

다시 일어서는

너의 永遠한 空腹.

　　　　　　—「서울」 전문

　양채영의 시에서는 보기 드문 도시를 소재로 한 작품이다. 이 시에서
'너'는 서울이며 도시이며 현대문명이다. 그것은 인간의 '永遠한 空腹'
즉 끝없는 욕망에 의해서 생성된 공간인데, 자연이 없는, '스러지는 꽃
잎'만 있고 '닭울음 소리도 들리지 않는' 또 '검은 발자국'으로 상징된
죽음의 공간이다. 거기에 인간의 꿈은 존재하지 않는다. 그들은 근원적
생명성에서 '모두 떨어져 나온 사람들'로서 칼이나 먼지, 즉 투쟁과 그
로 인한 소멸을 향하여 '불길' 속에서 허덕이는 존재들이다. 그리하여
화자의 '풀잎 하나라도 만나야지'라는 생명에의 애절한 소망은 좌절되
어 있다. 이러한 도시와의 갈등적 만남은 바로 현대물질문명에 대한 고
발이요 비판인 것이다. 제2기의 시는 바로 이와 같은 반도시, 반문명적
인 생태학적 상상력이 펼치는 녹색의 화원인 것이다.

　　손을 흔들어야지

　　하얀 아가에게

　　젖어 있는 東海岸이나

　　갈매기,

　　보리골에 뒤엉켜 있는

여름뱀과 뻐꾸기와

울적한 바람을 따라

언뜻언뜻 죽어가는

여름 상여의

눈부신 꽃덩이.

　　　―「들찔레꽃」 부분

　이 시에서 들찔레꽃은 '하얀 아가'로 나타나서 결국은 '상여'로 끝나는 눈부신 꽃덩이로 피어 있다. 둘의 사이에는 갈매기, 여름뱀, 뻐꾸기 같은 것들이 '뒤엉켜' 있다. 이것은 자연과 인간의 감응이며, '탄생 → 성장 → 죽음'이라는 자연의 질서 속에서의 공존으로 나타나게 되는데, 이는 생태학적 상상력에 의해서 창조되는 녹색미학의 세계이다. 여기서 읽게 되는 생명의 일체성, 다양한 현상들의 상호 의존성, 그리고 그 변화의 순환성 같은 전일적 세계관의 패러다임은 '우주적 연민'이라는 문학의 근본정신에 닿아 있다. 저 발원체 '애정'의 발전적 변모의 양상이다. 자연에 원천을 두고 있는 이와 같은 녹색미학은 단순성, 균형미, 통일성, 소박함 등을 그 특색으로 하고 있다.

　양채영의 풀꽃을 소재로 한 일련의 시들은 환경오염이나 생태계 파괴와 같은 문명적 기미(幾微)들을 들추어내고 비판하는 피상적 생태학의 면모를 보이지 않고, 생태의식의 계발이라는 심층생태학(deep ecology)의 목적에 근접하는 성격을 가지고 있다. 그것은 소박함과 절제의 미덕을 통해서 생명의 본질로 핍진하는 녹색가치의 구현이다.

4. 제3기 : 우주적 상상력과 바다 그리고 섬

제3기는 양채영의 제4 시집인 『지상의 풀꽃』 발간(1994) 이후의 시기로서 그의 원숙기라고 할 수 있다. 이 시기에 한국문인협회가 주는 한국문학상(1996)과 충북문인협회의 충북문학상(1997) 등을 수상하게 되는 것은 그의 문학이 원숙기임을 보여주는 한 징표가 된다. 한편 그는 40년간 봉사해온 교직에서 명예퇴임하였으며, 1998년부터 건국대학교 사회교육원 문예창작과 강사로 활동하고 있다. 이 시기에 쓰여진 시들은 『翰林으로 가는 길』과 『그리운 섬아!』라는 두 권의 시집에 실려 있다.

제3기의 양채영 시의 세계는 원숙기에 걸맞게 상상력의 넓이와 주제의 깊이가 확대된다는 특성을 보인다. 제2기에서 보여주었던 생태학적 상상력은 우주적 상상력으로 확장되고, 풀꽃이라는 특정의 소재에서 벗어나 다양하면서도 깊이 있는 세계를 천착하고 있다.

4.1 우주적 상상력과 순수근원의 세계

생태학적 상상력과 우주적 상상력은 근본적으로 같은 개념일 수 있지만, 제3기에서는 좀더 보편적이며 다양한 소재들을 통하여 발휘되는 진폭이 큰 상상력이기에 이를 우주적 상상력이라 규정하여 부를 수 있을 것이다. 이 상상력은 자연스럽게 '식물적 현존'의 차원을 넘어서서 우주와 존재에 관한 근원적 탐구나 순수아(純粹我)의 향수를 지향하는 '시원적(始原的) 상상력'을 포괄하고 있다. 이러한 탐구나 지향은 '가다'라는 의미요소와 빈번히 결합되고 있다. 「가는 곳」, 「가고 있다」, 「翰林으로 가는 길」, 「故鄕 가는 길」, 「野營場으로 가는 길」, 「行方」 등의 제목에서뿐만 아니라 텍스트의 곳곳에 '가다'라는 지향성이 나타나고 있다.
이는 양채영의 텍스트들이 '인생은 여행이다'라는 기본개념적 은유에
서 출발하고 있음을 뜻한다. 먼저 제5 시집의 표제시인 「翰林으로 가는
길」부터 살펴보기로 한다.

> 어딘가에 하얀 집이 있을 것 같은
> 翰林으로 가는 길
> 지척으로 푸른 바다가 출렁거렸다
> 한라산과 바다 사이를
> 검은 돌각담이 놓이고
> 돌각담 밑으로 하얀 수선화가
> 파도와 어울려 나풀거렸다
> 어린이의 손, 전쟁은 금물
> 무거운 이름들은 버리고
> 그저 맹무식으로 날아가고 싶은
> 翰林으로 가는 길
> 눈을 떠도 눈을 감아도
> 흰 동정 끝으로 밀리는
> 부푼 유방의 아득한 해안선
> 자꾸만 바닷속으로 뛰어들고 싶은
> 먼 翰林으로 가는 길은
> 아슬아슬
> 바다 한복판에 떠 있다.
> ─「翰林으로 가는 길」 전문

이 시의 서정적 화자는 '먼 翰林으로 가는 길'을 모색하고 있다. 한림은 어디인가. 우리가 일차적으로 '한림'이란 낱말과 함께 떠올릴 수 있는 것은 문병(文柄) 또는 문명(文名)과 관계되는 의미지만, 그 외의 여러 가지를 생각할 수 있다. 그것은 먼 길이지만 '부푼 유방'의 유혹이며 욕망의 길이다. 그러나 세속적 욕망이 아닌 '어딘가에 하얀 집이 있을 것 같은' 흰색 이미지나 어린이의 손 등에서 감지되는 순수에의 길이다. '전쟁은 금물'로 표현되는 갈등과 싸움이 없는 평화의 땅인 것이다. 그러니까 한림은 존재나 예술의 이상향이라고 할 수 있다. 그러기에 '맹무식으로 날아가고 싶은'에서 보는 바와 같이 '한림'에 대한 절대적 지향성을 보이고 있는 것이다. 이것은 근원적 순수에의 향수인 셈이다. 그러나 그 길은 '아슬아슬/ 바다 한복판에 떠 있'기에 보편적인 인간의 능력으로 도달할 수 있는 길이 아니다. 우주적 상상력을 필요로 한다.

겨울 아침 나뭇가지 끝에
빈 열매 껍질이 매달려 있다.
그 옆에 한 잎새의 흰 깃털이 나부낀다.
그것이 무슨 하늘과 땅의 기별인 듯
새가 날아간 하늘은 푸르고
씨가 떨어진 땅은 흰 눈에 덮여 있다.
나는 그 중간의 중간에 서 있고
날개와 씨앗은 새 하늘과 땅에 당도해
아득히 먼 이곳을 바라보면서
푸르른 어느 날 어느 곳에서
다시 만날 것을 꿈꾸리라.
　　　　　─「한 잎새의 깃털」 전문

　이 시의 앞부분에는 '빈 껍질'과 '흰 깃털'이 겨울 나뭇가지 끝에서 나부끼고 있다. 겨울은 소멸의 시간이고, 나뭇가지 끝은 소멸의 공간이다. 소멸된 것은 무엇인가. 씨(열매)와 새다. 그것은 참이며 주체라고 할 수 있는데, 그것들이 '없음'의 상태인 것이다. 씨는 땅으로 떨어졌고, 새는 하늘로 날아갔다. 그 땅은 희고, 그 하늘은 푸르다. 순수의 자연으로 돌아간 것이다. 화자는 '없음'의 형상인 껍질과 깃털을 보고 있는데, 씨와 새는 현존하지는 않지만 화자가 있는 곳을 바라보면서 다시 만날 것을 꿈꾸고 있으리라는 것이다. 지금 화자가 있는 곳은 '중간의 중간'이다. 이는 논리적으로는 있을지라도 실재할 수 있는 지점은 아니다. 정중앙(正中央)이라는 의미를 강조한 표현이라고 할 수 있다. 그러니까 '씨―화자―새'의 수직적 위치는 '地―人―天'과 동일성을 갖는다. 정중앙을 강조한 이유가 여기에 있다. 중앙에 있는 인간에 의해서만 땅과 하늘과 사람이 하나의 꿈으로 이어질 수 있다. 인간이 우주적 상상력을 펼치면 땅도 하늘도 하나로 만날 수 있다. 그러니까 이 시는 보잘것없는 '깃털' 하나를 화두로 우주적 질서(생명의 일체성, 상호의존성, 순환성)를 형상화하고 있는 셈이다. 이러한 우주적 상상력을 통해서 '한림'에 도달할 수 있는 것이다. 그리고 그 도달은 '없음'에 대한 슬픔이나 애정으로 되는 것이 아니라, 스스로의 '버림'에 의해서 가능하다는 것도 시사하고 있다. '가진 것들을 털어 버린/ 왼 산의 나무들이/ 이제사 겨울나기/ 修道길에 들어서다.(「山門」)', '푸른 遠山이 펼쳐 있으니/ 내 손에 쥔 무엇을/또 버릴까……(「遠山」)', '카세트도 꽃다발도 소용없는/ 섬아!(「섬아! 25」)' 등의 이미지들은 좀더 구체적인 '버림'의 의미를 나타내고 있다고 하겠다. 이와 같은 '버림'은 저 '없음'의 주체적이고 능동적인 변모의 양상이라고 할 수 있겠다. 그 결과 주체적 자아가 확립되는 동시에 시원적(始原的) 상상력에 의해 잃어버린 자아 또는 순수아의 발견에

이를 수 있는 것이다.

> 내가 바위에 누워 하늘을 보았다.
> 하늘을 보았다
> 하늘빛의 靑銅器시대에
> 나는 벌거벗고 살촉을 들고
> 돌멩이 속에서 구리를 녹여냈다
> 불을 놓고 달구어 대면서
> 땀과 소금을 뭉쳐
> 지글지글 끓는 동판화를 만들어 냈다
> 해와 달과 강물과 바람을 넣고
> 들짐승과 풀꽃을 아로새겼다
> 내가 바위에 누워 하늘을 보았다
> 동판화는 내 작은 콧구멍 속으로 들락거리고
> 내 가슴 위에 뜨뜻한 비가 내렸다.
>
> ―「銅版畵」전문

이 텍스트에는 "내가 하늘을 보았다"라는 언술이 세 번에 걸쳐 반복되고 있다. 문장의 주어는 양채영 시에서는 보기 드문 일인칭화로 되어 있다. 그것이 세 번 네 번 각 문장의 앞에서 강조됨으로써 신적인 목소리를 만들어내고 있다. 이것은 시공을 초월하고 있는 시의 세계와 조화를 이루면서 주체적 자아의 당당한 모습을 보여준다. 그 자아는 '하늘'을 봄으로써 원시적 세계에 이른다. 하늘은 인간이 도달하고자 하는 욕망의 정점이며, 이 하늘과 교감할 때 신인합일(神人合一)의 세계가 열릴 수 있다. 거기서는 '동판화는 내 작은 콧구멍 속으로 들락거리는' 것이

하등 이상할 게 없다. 이는 우주가 합일되는 예술적 세계의 완성이며, 생명의 절대성이 보장된 세계이다. 그리하여 인간의 자유의지와 평화로운 삶의 가치가 '뜨뜻한 비'로 실현되고 있는 것이다. 이러한 완성의 세계에 도달하는 과정이 이 텍스트의 중간 부분이다. 그것을 요약하면 원시의 세계로 돌아가는 것이다. 4~10행에 걸쳐 있는 프로메테우스적 창조의 과정이 그것이다. 여기서 인간(화자)은 '벌거벗은' 원시적 상태에서 구리를 찾아 녹여내고 자연(해, 달, 강물, 바람, 들짐승, 풀꽃 등)을 넣어 동판화를 만들어내는 것이다. 순수를 향한 시원적인 우주적 상상력이 존재와 예술의 통합적 완성에 이르게 하는 원동력임을 확인하게 된다.

4.2 바다와 섬의 이미지

양채영의 시에서 꾸준히 그리고 비중 높게 등장하는 소재의 하나가 '바다'이다. 그러다가 어느 때부터인지 바다는 '섬' 이미지를 불러와 함께 살고 있는 것을 발견하게 된다. 그런데 그 바다 이미지는 제주도라는 특정 지역과 밀착되어 있다. 제주와 관련된 시가 한두 편이 아니며 바다 이미지의 시작도 제1 시집의 '미끄러운 물바위/ 잔잔하게/ 濟州의 말들을/ 거꾸로 타고/ 돌많은/ 三神山/ 漢拏山 속으로/ 날아 갔다.(「南溟바람」)'에서 보듯이 제주에서 비롯되고 있다. 내륙의 문경에서 태어나고 거의 한 평생을 역시 내륙지방인 충주에서 보내고 있는 양채영의 생애를 보면 이러한 제주와의 밀착관계를 이해하기 쉽지 않다. 작은 단서 하나가 있다. 그것은 양씨의 본관이 제주라는 사실이다. 그러니까 양채영의 먼 조상들은 제주에서 살았을 것이다. 이러한 사실을 시원적 상상력과 결합하면 제주 바다를 자주 등장시키는 일이 우연만은 아닐 것이다. 아무튼 제주에서 시작된 '바다'는 양채영의 시 세계를 관류하는 중

요한 이미지임에 틀림이 없으며 그것은 원시반본(原始返本)의 무의식적 지향이라고 할 수 있다.

　　너는 귀머거리
　　내 작은 한 잔의 술에도
　　막무가내 달려드는
　　관능의 몸짓
　　푸르다 푸르다
　　바다의 바다

　　네게 뭐라고 말을 할까
　　푸르다 푸르다
　　너의 局部에 깊이
　　빠져 버린 채
　　푸르다 푸르다
　　바다의 바다
　　　　　　—「바다의 바다」 전문

　이 시는 우선 제목이 문제가 된다. '바다의 바다'란 과연 무엇인가. 이와 비슷한 표현으로 다른 시에서 '중간의 중간'과 '눈꼽의 눈꼽만한'이라는 구절을 찾아볼 수 있다. 소유를 나타내는 격조사 '~의'를 사이에 두고 동일한 단어를 중용(重用)하는 이러한 '□의 □'의 형식에서 앞의 것은 실제 또는 실재의 의미를 갖는다. 그리고 뒤의 것은 실재할 수는 없는 것이지만 앞의 것의 의미를 진정(眞正)한 것으로 강조하고 있음을 알 수 있다. 그리하여 '중간의 중간'은 정중앙(正中央), '눈꼽의 눈꼽만한'은 정말 아주 작다는 의미로 읽힌다. 이런 방식으로 '바다의 바다'를 읽으면 '바다의 진정한 의미를 가지고 있는 바다'라는 강조의 뜻이 된다. 이 시는 '나→너'라는 커뮤니케이션 구조(화자→청자)로 되어 있는데, 너 즉 바다는 '귀머거리'로 되어 있어 나의 메시지를 수신할 수 없다. 그러면서도 너와 나는 한 몸처럼 결합되어 있음을 볼 수 있다. 따라서 귀머거리 바다는 화자인 '나'에게 관능의 몸짓으로 막무가내 달려드는 불가항력적인 절대의 존재가 된다. 그리고 그 바다는 '푸르다 푸르다'가 간헐적으로 지속되면서 신비성을 띠게 된다. 절대적 힘으로 화자와 결합하는 이 신비한 바다는 어떤 의미를 가지고 있는 것일까.

바다는 우선 모성(母性)으로서의 의미를 가진다. 씨앗이 싹트는(「宿根草」) 출생지(「魚市」) 즉, 생명의 원천이 되며, 사상의 나무를 길러주는(「近來」) 어머니인 것이다. 이러한 바다는 '우린 바다만큼이나/ 옳았다(「칼 變奏 序」)'에서처럼 진선(眞善)이며, 「三月 바다」에서처럼 미(美)이기도 하다. 그것은 다시 풀이기도 하고(「풀 3」), 국토이기도 하며(「보리밭」), 이승과 저승의 연결통로이고(「내 겨울 바다」), 이상향 '한림'으로 가는 길(「翰林으로 가는 길」)이기도 하다. 이것들은 영원한 그리움의 물결로 다가와 우주를 채우는 이름인 '다바다'(「다바다」)가 되기도 하는 것이다.

이러한 푸른 바다에서 건져낸 또 하나의 중요한 이미지가 '섬'이다. 그의 제6 시집은 표제가 『그리운 섬아!』로 되어 있으며 여기에는 같은 이름의 연작시가 30편 실려 있다. 섬은 바다와 구별되지만 바다의 일부분이다. 따라서 바다의 이미지에서 건져낸 의미 영역에서 크게 벗어나지 못한다. 그러면서도 바다와 구별되는 것은 '섬'이 화자 또는 시인과 동일시된다는 점이다. 순수하고 아름다운 '영원한 그리움의 대상'인 점은 바다와 상통한다. 그러나 '혼자 불타오르는 섬/ 혼자 사라지는 섬(「自畵像」)'에서 보는 것처럼 '섬'은 바로 시인 자신이 되기도 한다. 그것

은 천지인(天地人)을 아우르는 통합의 세계이며, 순수한 아름다움의 세계에 이르고자 하는 시의식의 반영이다.

5. 결론

양채영은 1960년대 등단하여 눈부신 감각적 이미지를 통하여 인간 세상의 '없음'과 그에 대한 '애정'을 형상화한 시인이다. 나아가 생태학적 상상력 또는 우주적 상상력을 동원하여 자연과 인간을 통합하는 진선미의 세계에 도달한 시인이다. 그것들은 '노새 → 선 그 눈 → 풀꽃 → 바다(섬)'의 이미지들로 변모하는 과정을 밟으면서 성숙되어 갔다. 그것은 '있다'와 '없다'의 변증법적 발전의 모형이기도 하다. 그러나 그 세계에 대한 '애정'은 변함없이 지속되는 양상을 보이고 있다. 그 애정은 상상력의 진폭이 확대되면서 지상적인 것에서 우주적인 것으로 증폭되어 갔다.

양채영의 시는 따뜻한 인간애에서 비롯된 사랑이 풀꽃, 나무, 바다, 하늘 등의 자연과 어우러져 빚어내는 순수의 하모니이다. 이런 의미에서 그는 한 번도 시류에 흔들리지 않고 시의 본령을 지켜온 순수 서정 시인이라고 할 수 있다. 약 40년간 그는 성실한 삶과 구조화된 시 작업에 매진하면서 여섯 권의 시집을 내놓은 장로급 시인이다. 그는 한국 시단에 뿌리를 내리고 오랜 동안 그 청정함을 지키고 서 있는 따뜻하고 정갈한 한 그루의 나무로서 튼실한 시의 열매를 주렁주렁 달고 있다.

다섯 번째 시집의 서문에서 "그러나 문단(?)생활 30여년이 된 지금도 당당하기는커녕 늘 서럽고 외진 생각뿐"이라고 양채영 시인은 토로하면서 그 '문단(?)'을 원망하고 자조하고 있다. 이것은 한국 문단의 병

폐적 현상을 보여주는 단면이다. 유명대학을 나오지 못한 학벌이, 지방에 거주한다는 형벌이 양채영을 서럽게 만든 주요한 원인으로 생각하는 것은 필자의 오판일까. 그러나 시는 시류적 인기에 영합하는 상품이 아니라 인간의 깊은 영혼을 울리는 그 예술성이 생명이라는 사실을 알기에 그는 서럽고 외진 생각을 정복(淨福)으로 바꾸어 "가슴으로 뻗쳐오는 뜨거운 소리에 귀 기울인다"는 참 시인의 모습을 보여주고 있기에 미덥기 그지없다. 「황정리 추억」이란 시에서 그는 고향의 대미산을 '소백준령의 1116미터나 되는 높디높은 고산인데도/ 너무 순하게 생겨선지/ 지도에 나타나지 않는 산'이라고 읊고 있다.

제6장

진정성으로서의 삶과 문학
- 황봉의 시세계 -

    문학은 인생 탐구의 예술이다. 시에도 소설에도 인간의 삶이 들어 있다. 인생이 들어 있지 않은 문학은 없는 것이다. 작가는 문학으로 인생을 탐구하고, 독자는 작품을 인생 창조의 거름으로 삼는다. 따라서 작가와 독자가 만나는 핵심 코드는 '인생'인 것이고, 모든 문학 작품의 공통 주제는 휴머니즘과 관련된다.

    황봉(黃峰) 시인은 1992년『월간 문학세계』로 늦게 등단한 이래 꾸준하고 성실하게 시를 써왔다. 이제 이순(耳順)을 넘긴 시점에서 교사로서의 정년을 기념하기 위하여 이 시선집을 출간하게 된 것이다. 그럼으로 여기에는 황봉 시인이 살아온 삶의 역정에서 참구한 인생이 고스란히 녹아 있다고 할 수 있다. 우리는 그가 걸어온 삶의 궤적과 그가 탐색한 인생의 의미 그리고 그가 발견한 인생의 꽃까지 이 시집에서 만나게 된다. 시인은 이 시집의 내용을 6부로 나누어 묶어 놓았다. 유년의 추억, 인생론, 자연과의 사랑, 노년의 감회, 사회 비판의식, 교단생활의 감흥 등이 그것인데 우리는 이와 같이 다양한 인생 탐구의 길로 이제 함께 떠나 보기로 하자.

1. 유년의 추억 캐기
─ 발원체로서의 사랑과 자연 그리고 역사

테마비평가인 베베르(J.P.Weber)가 역학적 이미지 구조의 근원적 요소로 주목한 것은 유년의 각인(刻印)이었다. 즉 일반적으로 예술작품에 무의식적으로 나타나는 유년시절의 외상(trauma)에 연결된 사건 혹은 정황을 말하는 것이다. 그러니까 베베르는 성격 형성의 근원이 되는 유아기를 비평의 출발점으로 보고 있는 것이다. 제1부의 시들이 보여주는 '유년의 추억 캐기'에서 황 시인이 보여주는 문학적 발원체(發源體)는 무엇일까. 그것은 사람에 대한 사랑과 자연의 모성(母性), 그리고 황량한 민족의 역사이다.

누구에게나 마찬가지로 유년으로 돌아간다는 것은 고향으로 돌아가는 것이요, 고향으로 돌아간다는 것은 곧 어머니에게로 돌아가는 것이다. 황봉 시인의 유년에서도 가장 선명하게 캐낼 수 있는 추억은 '어머니'인 것으로 보인다. '소나무가지 솔잎 한 짐/ 진달래꽃 바구니 하나 머리에 이고/ 아이 이름 부르며/ 하산하셨다'(「고향의 타향」)는 어머니가 땔나무 하러 산에 가시면 '아이는 대나무 숲 속에서/ 대나무 울음소리를 들었다'는 것이다. 그러니까 아이는 어머니 없는 시간을 공포와 함께 보내야 했던 것이다. 이러한 상황은 외상까지는 아니라 해도 어머니와 떨어지지 않으려는 집착이나 그리움의 간절함을 잉태할 수 있는 모티브는 충분히 되었으리라 추단된다. 제1부에 어머니가 등장하는 시가 가장 많고 어머니에 대한 그리움이 절실하게 그려지고 있는 것이 이를 뒷받침한다. 또 하나 중요하게 보이는 것은 소꿉친구들에 대한 그리움이다. 숙이, 영이, 영순이, 명희 등의 이름이 나타나는데, '지금은 손주들의 할머니가 되어 있을'(「백목련 자목련」) 나이가 되었겠지만 아직도

'감꽃 같던 하얀 이가 눈에 박혔습니다'(「감나무가 있던 자리」)라고 잊혀지지 않는 그리움을 노래하고 있는 것이다. 사람에 대한 진한 사랑의 씨앗이 시인의 유년 속에 자라고 있었던 것이다.

둘째로, 유년의 추억 캐기 시편들 속에 가득히 담겨 있는 것은 자연이다. 감나무, 은수원사시나무, 꽃다지, 산냉이, 제비꽃, 진달래, 구름, 하늘, 아지랑이, 논두렁 밭두렁, 쑥내음, 종달새, 버드나무, 나룻터, 대나무, 소나무 등 헤아릴 수 없는 자연물이 시편을 가득 채우고 있다. 이러한 사정은 시인의 정신이 자연 속에서 성장했음을 의미하는 것이다. 그는 서울에서 자랐지만 그의 정신을 키운 원천은 1940~50년대 서울의 훼손되지 않은 자연이었던 것이다. 그리하여 추억을 되돌아 볼 때 가장 신경질 나는 것은 운동장도 교실도 아닌 옛 토담집 앞의 '감나무 없어진 자리를 보는 것'(「감나무 있던 자리」)이라는 것이다. 자연이 가지고 있는 모성이 시인의 정신세계를 키워 주었음을 제1부의 시편들은 증언하고 있는 것이다.

셋째, '비행기 프로펠러 소리가/ 하늘을 꽉 메웠'(「흙 먹는 아이들」)던 시대적 상황이 눈여겨보아야 할 유년의 충격인 듯하다. 그것은 '전쟁'과 '가난'을 떠올리게 하는 민족사적 역경과 관련된다.

　　항구도시 달동네 판잣집
　　높다란 석축위의 미군부대
　　앞치마 두른 헬로 주방장은
　　우리들의 친구였지

　　헤이, 웰 컴
　　던져주는 선물

선착순,
운 좋아 치자한 빨간 과자 한 봉지

친구들과 나누어 먹은
리츠크래커
　　　　—「크래커」에서

　　아마도 시인의 피난 시절을 그린 것으로 짐작되는 이 시에서 알 수
있는 한국전쟁과 미군의 참전 등 민족사적 비극이 '유년의 각인'으로
남아 있는 것이다. 배고픔과 그것을 면하기 위하여 배우게 된 영어 단
어 몇 개가 전쟁의 아픔을 생생하게 전해 준다. '눈물샘 말라붙은/ 집
지키는 아이들/ 오늘의 점심은 찰진 흙뿐이다./ 입에 넣으면 쫄깃한 찰
흙/ 서로 많이 먹으라 하였다.'(「흙 먹는 아이들」)는 이야기도 동궤의 것이
다. 개인의 삶을 좌우하는 이와 같은 유년의 민족사적 각인은 어떤 형
태로든 시인의 삶과 문학에 끼어들었을 것이다. 그가 평생을 군인과 교
육자의 길을 걷게 된 것도 이와 무관하지 않을 것이다.

2. 인생론의 형상화 — 인고(忍苦)와 사랑

　　제2부에 진열된 시의 창을 통하여 우리는 황봉 시인의 인생론이 피
운 꽃들을 만날 수 있다. 그가 본 이 세상의 일은 '개미가 바퀴벌레 꿀
듯/ 쇠똥구리가 말똥 굴리듯/ 늪으로 늪으로만 가는 세상'(「늪으로만 가는
세월」)이다. 그리하여 이 세상은 '구부러진 허리 칠십 노모가/ 술 취한/
다리 저는 아들 부축하고/ 꾸불꾸불 달동네/ 막다른 골목으로 들어가'

는 신산한 삶으로 가득 차 있다. 무력하고(칠십 노모) 불구인 몸(다리 저는 아들)으로 가난한(달동네) 삶의 길을 막다른 골목으로 술에 의지해 끌고 가야 하는 곳이다. 이 세상은 질곡의 '늪'이고 여기 머무는 인생은 '늪으로만 가는 세월'을 감내해야만 한다. 그래서 이 나라는 '이민 떠나고 싶은 나라'(「쥐똥나무 사상」)가 된다.

> 온통 가위질에 담이 된 순종의 나무
> 꺾이지 않는 싸릿가지 한 단.
>
> 꽃은 피우되 하얗게
> 온몸 가득 작게 소박하게
> 큰 구술붕이처럼 불평하지 않고
> 향기는 흘리되 야하지 않게 그윽하게
> 열매는 맺되 꽃만큼 많이
> 사파이어 같이 검고 단단하게
> 쥐의 눈엔 쥐똥처럼
> 사람 눈엔 보석처럼.
>
> ─「쥐똥나무 사상」에서

시인의 인생론을 쥐똥나무로 옮겨놓은 시이다. 이 시에서 쥐똥나무는 삶의 가지들을 가위질에 의해 잘리는 역경에 처하지만, 그것을 참고 '순종'의 미덕을 발휘하여 이 험난한 세상을 보호하는 '담'을 이루고, '떠나고 싶은' 나라를 끝까지 지키는 '오월의 방패'가 된다. 그것은 순종과 인내가 만들어내는 보석과 같은 삶이라고 할 수 있다. '하얗게'(순수), '소박하게', '불평하지 않고', '그윽하게' 그러나 '단단하게' 쥐똥처럼 하찮게 보일지 모르지만 진정 보석인 삶을 이루어야 한다는 시인의 인생관이 녹아 있다. 가혹한 현실에 좌절하지 않고 나름대로 사랑의 꽃을 피워냄으로써 평범하지만 보석 같은 삶을 살아야 한다는 것이다. 이러한 삶을 우리는 성실한 것으로 이해할 수 있으며, 거기서 진정성을 읽어낼 수 있는 것이다.

이러한 삶의 진정성은 '외곬으로 밀어 올린/ 땀의 결과'(「이유」)에서 유래한다. 시인의 삶에서 우리가 놀라게 되는 것은 교사로서의 삶도 벅찬 것인데, '글, 그림, 연극,/ 이곳저곳 파다보니/ 한 시간이 부족한 하루를 산다'(「이유」)는 고백적 표현에서이다. 그는 실제로 국어교사이면서 시인이고 화가이며 연극인인 것이다. '시간이 부족한' 삶을 영위하고 있는 그가 소중하게 끌어안고 있는 것은 그러니까 예술에 대한 폭넓고 깊은 사랑이며, 또한 사람과 사회에 대한 애틋한 사랑인 것이다. '질경이 뿌리가 왜 길고 억센지/ 밟을수록 왜 더 잘 자라는지'(「질경이」)를 우리는 황봉 시인의 삶과 문학에서 배우게 된다. 다시 말하면 '진실과 통하는 것은/ 어금니라는 것을'(「진실」)우리는 '한 수' 배우게 되는 것이다. 어금니는 인내요, 피요, 눈물이다. 그것이 '사랑'을 창조하는 인생의 비밀인 것이다.

알 낳아
피를 짜
풀잎에 붙여

망사 날개
잘라
고이고이 보듬다가

몸 내주어

먹이 돼도

즐거운

너

버마재비

　—「아내(1)」 전문

　황봉 시인의 '사랑의 인생론'이 잘 그려진 이 시의 표층적 의미 구조
는 아내에 대한 사랑이지만, 여기에 담겨 있는 심층적 의미 구조는 시
인 자신의 사랑에 관한 철학이라고 할 수 있다. 이 시에서 아내는 버마
재비(사마귀)로 표상되어 있다. 버마재비는 '알을 낳아/ 피를 짜/ 풀잎에
붙'이는 존재로 나타난다. 여기서 '피'는 생명체의 목숨과 혼의 결정체
로서 희생의 총체성을 환기하는 객관적 상관물이 된다. 또 날개까지도
'잘라'서 알을 보듬는 헌신의 이미지로 나타난다. 그래서 자신의 '몸 내
주어' 자식의 '먹이 돼도/ 즐거운' 실천적 사랑의 존재로 아내를 그리고
있는 것이다. 그러니까 시인의 생각하는 사랑이라는 것은 자신의 생명
까지도 기꺼이 '주는 사랑'인 것이다. 황 시인의 인생론의 핵심은 인간
성이 마모된 현대의 각박한 삶을 피눈물로 이겨내면서 인간다운 참사
랑을 실천하는 데 있는 것이며, 그의 대부분의 시들은 이러한 사랑의
음역에 안에서 노래되고 있는 것이다.

3. 자연과의 사랑, 그리고 조화미

　황봉 시인의 정신지리는 유년기부터 자연 속에 펼쳐지고 있었으며
자연의 모성이 그려내고 있었음을 앞에서 살펴 본 바 있다. 그렇기 때
문에 자연스럽게 황 시인의 시편들 속에는 자연에서 얻는 깨달음, 자연
에 대한 순수한 사랑, 나아가 자연과 나누는 생태학적 사랑이 크고 아
름답게 피어 있음을 보게 된다.

　자연에서 얻는 시인의 까달음은 다양하다. '우리의 봄은/ 그래도 한
때일 뿐'(「초하서곡」)이라는 인생의 일회성 내지는 무상성, '이런 걸 누가
말려요'(「말릴 수 없는 일」)라는 자연의 순환성 또는 엄격성, 목련꽃이 '푸
른 잎을 위해 먼저/ 가야하는 것'(「기리고 싶은 것」)에서 느끼는 순차성 아
니면 도덕성 등이다. 그러나 무엇보다 아름다운 것은 다음에서 보이는
것과 같은 자연의 조화가 아닐까 싶다.

　　　산수유 어느 날 손발
　　　툭툭 털더니 열꽃을 피우데
　　　온 몸 달아 전신에 노란 꽃
　　　벌떼를 부르데

　　　산 벚꽃 봄바람 몇 번 맞고
　　　휘청하더니 심기일전,
　　　정신 못 차리게 희디흰 꽃으로
　　　온 몸을 감싸데

　　　개복숭아나무는 그래도 의연하게

화사하지는 않게, 다웁게
꽃을 피워
산수유, 산 벚꽃
다툼을 말리데

새살 돋는 금잔디 모퉁이엔
보랏빛으로 물든 제비꽃 은근히
작은 나팔 불어대는 작은, 큰 구슬붕이,
냉이꽃 하얀 무리
민들레 재촉하네

몰래 몰래 숨겨하는 이들의 비밀
포롱포롱 날아와 키다리
전나무 꼭대기에 앉는
산새에게 그만
들켜버렸네.
　　　　　—「정원에서 벌어진 일」 전문

　이 시에 나타나는 모든 식물들은 봄이 하늘로부터 가져온 소생의 기운을 어쩌지 못해 다투어 꽃을 피우고 있는 모습이다. 산수유는 '온 몸 달아 전신에 노란 꽃'을 피우고, 산벚꽃은 '정신 못 차리게 희디흰 꽃'을 피운다. 이들의 경연을 말리는 척 개복숭아나무도 끼어든다. 제비꽃도 구슬붕이와 냉이, 그리고 민들레도 함께 꽃잔치에 참여하고 있다. 이러한 자연의 비밀을 훔쳐보고 있는 시적 화자까지도 '전나무 꼭대기에 앉는/ 산새에게 그만' 들켜버리고 만다. 그러니까 이 시는 자연의 장

엄한 비밀 속에 식물과 동물 그리고 사람까지 모두 함께 빠져 버린 아름다운 조화의 세계를 형상화하고 있는 것이다.

이러한 세계에는 인간도 하나의 자연이며 그 자연 속의 모든 개체들이 모두 하나의 생명으로 이어져 있다는 생태학적 세계관이 녹아 있다. 우리는 이러한 전일적(全一的) 세계관을 동양적 자연관에서 찾을 수 있다. 생명의 일체성, 다양한 현상들의 상호 의존성, 그리고 그것들의 변화의 순환성과 같은 전일적 세계관의 패러다임 속에는 인간의 정신이 전체로서의 우주와 관련되어 있다는 자각이 들어 있다. 미국의 생태주의자 배리 코모너 (Barry Commoner)는 생태주의의 특성을 ①모든 생물은 다른 모든 생물과 깊은 연관을 맺고 있다, ②이 세계에서 소멸되는 것은 아무 것도 없으며 다만 다른 곳으로 자리를 옮길 뿐이다, ③자연이 더 잘 안다, ④대가를 지불하지 않고는 아무 것도 없을 수 없다 등으로 요약했다. 이러한 생태주의를 형상화한 문학은 '자연 사랑'을 넘어 '자연과의 사랑'이 노래되는데, 제3부에 실려 있는 황봉의 시세계가 그러한 것이다.

4. 노년의 감회와 달관

한 때는 군인 장교로서 그 다음은 교사로서 국가와 민족의 미래를 위한 인생을 펼쳐가면서, 또 한편으로는 문인으로 화가로 연극인으로 예술의 길을 치열하게 창조해 가던 황봉 시인의 행로에도 어김없이 노년이 찾아들었다. 노년의 길에 들어선 감회가 제4부이 — 시편들 속에 들어 있다. 어느덧 한 대의 '중고차'가 되어 '무서리 하얀 들판'을 힘겹게 달려가고 있는 것이다.

등 바람으로 넘어온 지천명 고개
온 몸으로 감기는 겨울바람
산굽이 물굽이 달려 온
중고차 한 대

볼록렌즈 헤드라이트로도
보이지 않는 종착역
갈 길은 아직 먼데

고개 넘은 이순耳順 길목
헐거워진 베어링

헐렁한 마디마디
디퍼러셜 오일 갈 듯
갈아 넣을 수만 있다면

찬바람 조인트
관성으로 내달리는 중고차
무서리 하얀 들판-.
　　─「중고차 한 대」 전문

이 시에서 나타난 시적 자아는 세월에 밀려 지천명 고개를 넘고 이제
이순의 골목에 접어들었다. 여기서 만난 계절은 무서리 하얀 겨울이다.
한 대의 중고차로 형상화된 시인은 이제 베어링은 헐거워지고 '헐렁한
마디마디'에 오일 교환도 쉽지 않은데 아직 갈 길은 멀다. 그저 달려오

던 관성에 의해 달리고 있을 뿐, 추진 동력이 고갈된 인생을 만나게 된
것이다. 그래서 살아온 날들을 되돌아보며 거기서 부끄러웠던 일들을
반추해보기도 하면서 '그건/ 두었다가/ 세상 뜰 때 가져 가게나// 미련
한 사람아'(「미련한 사람」)라고 노래한다. 어차피 인생은 죄 많고 부끄러
운 길임을 알고 그것을 되돌릴 수 없음을 깨달았기에 그 고뇌에 빠져
허우적거리는 '미련한 사람'은 되지 말자는 것이다. 이러한 달관적인
깨달음이 있기에 '그 동안 안 보이던 것이/ 모두 보인다.'(「점검」)는 것이
고, '안 가진 것이 더 편하다는/ 느낌'과 '세상 뜨는 것이 그렇게 억울하
지만은/ 않다고 생각되는'(「현상」) 것이다. 그것은 '받을 때 움직일 때마
다/ 해야 할 것을 알았고/ 찾을 것을 찾고/ 지킬 것은 지켰다'는 삶의 진
정성에서 오는 것이기도 하다.

5. 올 곧은 삶과 사회비판 의식

진정성이 담보된 삶을 살아가는 사람의 눈은 인간사회의 모순과 갈
등 그리고 비리와 부정 등을 그냥 보아 넘기지 않는다. 올 곧은 인간의
정신은 사회의 혼탁에 대해 비판의 날을 세우게 마련인 것이다. 시민의
스승으로서 성실성과 진정성의 삶을 살아온 황봉 시인 역시 이러한 면
에서 예외가 될 수 없는 것이다.

인간의 본성은 무엇보다 이익지향성 동물(homo-economicus)로서의 특
성 속에 위치하고 있다. 이러한 인간들이 살아가고 있는 사회는 언제나
부조리와 비리가 그치지 않는다. 모든 문학의 공통된 주제가 휴머니즘
이라고 할 때, 문학은 본성적으로 비판적 성격을 띠게 마련이다. 그러
나 그것은 인간에 대한 증오나 혐오라기보다 본질적으로 인간에 대한

사랑에 긍정에서 비롯된 것이다. 이 시집의 제5부에 실려 있는 황봉
시인의 작품들은 이러한 인간 사랑에서 비롯된 사회비판 의식을 담
고 있다.

>개미와 진딧물
>>콜걸과 포주
>악어와 악어새
>>제비족과 자유부인
>말미잘과 집게
>>복부인과 복덕방
>콩과 뿌리혹박테리아
>>큰 손과 검은 손
>
>그리고
>해삼과 숨이고기
>>졸부와 그의 외제 승용차
>>또
>>차 트렁크 속에서 졸고 있는
>>낚싯대와 골프채.
>>> ―「공생시대」 전문

이 시는 개미와 진딧물, 악어와 악어새 같은 자연에서의 공생관계를
콜걸과 포주, 제비족과 자유부인 같은 인간들의 공생관계로 전치하고
있는 구조 속에 전개되어 있다. 전자의 생물들은 공생관계를 통해 아름
다운 자연을 영속시키는 것이지만 후자에 놓여 있는 인간들의 관계는

그와는 다르다. 그것들은 겉으로 보기에는 공생관계이지만 비도덕적
인 찰나적 공생을 이룸으로써 결국은 인간사회를 타락시키고 파멸시
키는 예비된 공멸관계를 지향하고 있는 것이다. 결국 시인이 읽은 이
세상은 부정과 비리, 모순과 갈등 그리고 파멸로 이어지는 전도된 삶을
추구하는 인간군상이 활보하는 곳이라는 것이다. 제5부의 시들은 이러
한 관점에서 수렴된 시인의 비판의식이 시편마다 편재하고 있다.

「전봇대만 같아라」에서는 검은 까마귀와 까치 그리고 참새들이 서
로 다투는 모습이 형상화되어 있는데, 시인은 전봇대의 탈을 빌어 '시
끄럽다'고 일갈하고 있는 모습이다. 「생각 하나로」에서는 난개발로 인
해 무너지는 농촌 도는 자연의 모습을 안타까운 시선으로 그려내고 있
다. 또 「도시로 도시로」에서는 도시화하는 현대적 문명 속에서 이기적
인간들이 만들어내는 이산가족 아닌 이산가족들의 '이리저리 맴돌기'
를 시화한다. 「단물」에서도 빌딩 신축공사장을 그려내면서 자신들의
이익을 위하여 몰려드는 인간들의 '단물 빼먹기'를 고발하고 있다. 그
리고 「출근길」에서는 생각 없이 주어진 일만 수행하는 로봇을 닮아가
는 현대인의 삶을 살아가는 서정적 자아가 잠깐 만나는 자연 속에서 위
안을 얻는 모습을 그림으로써 산업화 시대의 각박함을 비판적인 시선
으로 묘사하고 있다. 진정성의 삶을 살아가는 시인과 그의 문학이 그려
내는 '사랑'이 '비판'의 가지에 피워 올린 꽃들이다.

6. 교단생활의 감응

이 시집의 제6부는 황봉 시인이 교단생활의 감응을 형상화한 시들로
채워져 있다. 그 중에서도 제자들에 대한 사랑이 그려진 시편들이 우리

의 마음을 크게 움직이게 한다. 우리가 만약 각자 홀로 살아간다면 인간이 될 수 없다. 인간이라면 누구나 인간들과 어울려 그 속에서 함께 살아가면서 인간으로서의 자질을 갖춰나가게 마련이다. 따라서 어느 한 인간이 태어나서 성장하는 사이에 어떤 인간들을 만나느냐 하는 것은 모름지기 그 인간의 됨됨이를 결정하게 되는 관건이 아닐 수 없다. 특히 성장기의 학생들이 만나게 되는 스승과의 만남은 인생의 진로에 결정적인 영향을 끼치는 중요한 것이다. 이 시집에서 만나게 되는 교사로서의 황봉 시인의 '사랑의 교사상'은 그의 제자들에게 실로 큰 영향을 끼쳤을 것으로 생각된다.

> 보석을 캐자
> 칠흑 같은 땅속이라도
> 광맥을 찾자
>
> 땅속 깊이, 깊이 더 들어가
> 붉은 돌, 푸른 돌, 노란 돌
> 색색의 돌을 캐어보자.
>
> 캐어 놓은 돌
> 햇빛에 반짝이거들랑
> 가마솥에 넣고 달구자.
> 꺼낸 보석,
> 모가 나 있으면
> 숫돌에 되게 문질러 둥글게 하자.

가마솥에 넣어 달구어도
튕겨 나오지 않는
둥근 보석을 만들어 보자.
달구고 갈고 닦아
그들의 빛을 찾아주자.

오늘도 보석 캐기에 분주한 광산

차임벨소리가 산골 물 만큼이나
맑다.
　　　　　　　　　—「보석광산」 전문

　교육현장인 학교를 '보석광산'으로 규정하여 비유하고 있는 이 시에
서 우리는 황봉 시인의 교육관 또는 교육철학을 엿볼 수 있다. 학교가
보석을 캐내는 광산이라면 학생은 보석이고 교사는 그 보석을 캐내는
광부라는 생각이 담겨 있다. 광부는 그 보석을 캐기 위하여 '칠흑 같은
땅속'이라도 마다하지 않아야 한다. '붉은 돌, 푸른 돌, 노란 돌/ 색색의
돌을 캐어보자'는 생각은 학생들의 개성을 존중하고 특기를 계발하고
자 하는 민주주의 이념으로 정립된 교육자로서의 철학이다. 제3연에
나오는 가마솥에 넣어 달구고, 모가 난 돌을 숫돌에 갈아 둥글게 하는
일은 다름 아닌 학생들의 지덕체를 정성으로 육성하여 '그들의 빛을 찾
아주자'는 것이다.
　시 「타산지석」에는 가출했던 여학생을 파출소에서 데려오던 이야기
가 들어 있다. 또 「부끄러움」에는 가출한 보람이라는 학생의 소식을 산
비둘기가 전해주지 않을까하는 스승으로서의 안타까움 마음과 그를

찾지 못하고 스승의 날을 맞고 있는 화자의 부끄러움을 토로하는 진한 사랑이 녹아 있다. 또 「아아! 푸른 잎」에는 사고로 숨진 두 명의 제장의 영전에 바치는 헌정(獻情)이 애타게 펼쳐져 있다. '체험시'라는 용어를 탄생시킨 딜타이(Wilhelm Dilthey)는 "시는 인생에 대한 묘사이고 표현이다. 시는 체험을 표현하고 인생의 외적인 현실을 표현한다."라고 했다. 황봉 시인의 이러한 시들은 시인의 구체적 인생체험을 표현한, 말 그대로의 체험시가 된다. 그것은 제자들과의 사이에서 있었던 구체적 삶을 재료로 하여 정감 어린 손길로 빚어낸 시인의 미적구조물로서 '인간사랑'의 진면목을 읽어내게 한다.

필자는 지금까지 『황봉 시선집』에 나타난 다양한 인생 탐구의 문학적 역정을 따라 그의 삶과 문학이 빚어내는 진정성의 미학을 개략적으로 살펴보았다. 그것은 대체적으로 인간과 자연 그리고 이 사회에 대한 사랑의 꽃이고 인고의 열매였다. 이 시선집에 실려 있는 작품들은 수사적 화려함이나 기교적 현란함보다는 주제적 진정성이 빛을 발하고 있다고 할 수 있다. 황봉 시인의 앞날에 무성한 시나무들이 더욱 아름답게 피어날 것을 기원한다.

비평의 빈자리와 존재 현실

The Emptiness of Criticism and the Reality of Being

이재호 시인의 삶과 시세계

1. 돌올한 시재(詩才)와 비시적(非詩的) 생애

2012년 7월 18일 새벽 존재의 본향으로 허허롭게 돌아간 이재호(李載浩) 시인은 한 마디로 화승(火繩)시인이라 부를 만하다. 화승은 불을 붙이는데 쓰는 실끈인데, 옛날 선비들이 모여 일정한 길이의 화승에 불을 붙여 천장에 매달아 놓고 그것이 다 타서 끊어지기 전에 시를 지어 경합을 벌이던 데서 비롯된 것이 화승시(火繩詩)이다. 즉석에서 짧은 시간에 시를 짓는 것이니까 화승시는 재치가 번뜩이는 천재적 시재(詩才)를 가진 사람들이 지을 수 있는 것이다. 이재호 시인이 그랬다. 그는 술을 마시다가, 자동차를 타고 가다가, 지인들과 담소를 나누다가, 좋은 경치를 보다가 그 자리에서 문득문득 시를 읊어대는 천재를 타고난 그런 시인이었다.

그러나 아이러니컬하게도 이재호 시인의 생애는 비시적(非詩的) 생애였다고 할 수 있다. 우선 그는 시인이 되기 어려운 길을 걸었다는 점을 말하고 싶다. 어려서부터 남몰래 시에 대한 관심과 애정을 키워온 시인의 천성을 가진 그였지만, 시인이 될 수 있는 길을 걷기가 힘든 성장과

정을 보냈던 것이다. 대학에서 토목공학을 전공한 그는 건설회사를 다니면서 뒤늦게라도 시 공부를 할 수 있는 대학원 진학이라도 하려했지만 여의치 못했다. 상당기간 유력 정치인으로 살다간 그의 엄격한 선친이 바라는 바가 아니었기 때문이었으리라. 그래서 그는 다른 시인들처럼 시인이 될 수 있는 수학과정을 밟지 못하고 혼자 시를 좋아하며 혼자 시 짓기 노력을 하며 보낸 세월이 20여년이다. 그 동안 신춘문예에 작품을 보내 놓고 간절히 당선 소식을 기다리다가 낙담한 것이 수십 번이었다. 그러다가 1986년 한국문인협회가 주관하고, 서울시와 문예진흥원이 주최한 '한강문예작품 공모'에 「다시 한강을 생각하며」가 당선되어 『월간문학』 신인상으로 꿈꾸던 시인의 길에 늦깎이로 들어섰던 것이다. 비시적인 환경에서 실로 어렵게 시인이 되었지만, 그의 직장 역시 비시적인 곳이어서 창작활동이나 문단활동을 제대로 하기가 어려웠다. 현대건설의 토목부에 근무했던 그는 직업상 험악한 토목공사장이나 막노동판의 한가운데서 시를 써야 했던 어쩌면 불운한 시인이었다.

이재호 시인의 비시적인 삶의 이력을 좀 더 살펴보고 가기로 하자. 1949년 1월 5일(주민등록상에는 1948년 1월 5일생으로 잘못되어 있음) 충북 충주시 단월동에서 아버지 이종근님과 어머니 주용출 여사와의 사이에서 4남 3녀 중 장남으로 태어난 그의 학력은 충주 단월초등학교와 충주 중·고등학교, 그리고 서울시립대학교 토목공학과 졸업 등이다. 그리고 충주고와 서울시립대 학생 시절엔 배구선수였고, ROTC 장교로 입대하여 육군 중위로 예편했다. 그러니까 남들의 눈에 비친 그의 특징적인 모습은 운동선수, 군인, 토목기술자, 다선 국회의원의 장남 등이다. 가히 비시적인 모습이지만 그는 중학교 시절부터 남모르게 시에 심취해서 일생을 시와 함께 살다간 시인이었다. 따라서 시인으로서의 25년간

그가 남긴 시집은 『머흐러 뵈는 사랑이여』(1989), 『사랑한다는 것은 무슨 작은 일 하나에도 네 이름을 불러보는 것이다』(1995), 『아름다운 비밀인 너에게 보내는 삐삐통신』(1997) 등 겨우 세 권밖에 되지 않으며, 산문집 두 권 『내 그리움에도 언젠가는 봄이 오고』(2002)와 『난 너 알아』(2008)가 더 있을 뿐이다.

　이와 같은 비시적 생애는 겉으로 본 모습이고, 언제나 시에 대한 그리움과 사랑으로 가득했던 그의 삶에 시적인 삶이 없을 리 만무하다. 무엇보다 긴 세월 동안 시를 사랑하는 문학청년 시절이 가장 시적인 모습이라고 할 수 있다. 그리고 등단 후 『월간문학』 출신 중 뜻을 같이했던 시인들과 '신서정'이란 기치를 들고 활동했던 서정시 그룹인 '미래시' 동인 활동이 있다. 또 작고 시인 임찬일 등과 함께한 현대그룹 내 문인들의 모임인 '뉘'를 이끌었던 일, 그리고 퇴사 후 고향에서 후배 시인들을 육성하고(충주대학교 사회교육원) 그들 모임인 '뉘들문학' 동인들을 지도하며 행복한 보람을 느꼈던 일 등이다. 그 외에 문단활동으로 한국문인협회 홍보위원, 세계문인협회 충북지회장, 육필문학회 회장 등을 역임하였으며 제2회 민족문학상을 수상하기도 하였다. 그러니까 이재호는 비시적인 환경 속에서도 시적인 삶을 참하게 누리고 간 시인이었다.

　이처럼 비시적 성장환경 속에서 돌올한 시재를 보여 주었던 이재호 시인에 대하여 조병화 시인이 "아주 우수한 신예 시인"이라고 극찬하면서 『머흐러 뵈는 사랑이여』의 서문에서 다음과 같이 쓰고 있는 것은 새겨 둘 만하다.

　시부문의 최우수 당선작은 「다시 漢江을 생각하며」인데 그때 심사위원장을 맡아 보던 본인은 그 우수함에 감탄한 일이 있었다. 그래서 만날 때마다 이 시인의 고향인 충주 한강 상류 기슭에 이 시(詩)를 새긴 시비 (詩碑)를 하나 세울만 하다고 권하기도 했다.

2. '바람'의 퍼소나

이재호 시인은 바람 같은 삶을 살다 갔다고 할 수 있다. 먼저 그의 직업은 생활의 대부분을 어느 바닷가나 강가 또는 교량 건설이나 간척지 토목공사 현장 등을 오가게 했다. 서울의 집에서 있는 시간보다 공사현장을 바람처럼 쏘다니는 시간이 더 길었던 것이다. 또 생래적으로 한 곳에 정적으로 붙어 있지 못하는 체질을 타고난 사람이기도 했다. 이러한 환경적이고 태생적인 요인은 그의 인생관을 형성하여 인간을 바람과 동일하게 인식하게 되었고, 따라서 그의 시에 나타나는 서정적 자아가 바람과 같은 모습으로 등장하고 인생 자체를 바람으로 바라보는 시 의식을 형상화하고 있는 것이다.

> 나도
> 지나가는 사람입니다.
> ─「바람」 전문

매우 짧은 형태의 이 시의 서정적 자아는 '나=사람'이라고 말하고 있다. '나는 사람이'라는 너무나 당연한 이 명제는 '나도'에서의 '-도' 가 없다면 하나마나 한 이야기가 된다. 그러니까 '나'만이 아니라 우리 모두 '사람'인데, 여기에 제목 '바람'을 대입하면 '나=사람=바람'이 된다. 즉 우리네 인생 모두가 '바람'과 같은 존재라는 발견에 이르러 있는

것인데, 여기서 관형어 '지나가는'이 결정적인 의미의 핵심 역할을 맡고 있다. 우리가 '지나가다'에서 얻을 수 있는 의미망은 '일회성', '비환원성', '비고착성', '비집착성' 등이다. 그러니까 인생은 바람처럼 항상 움직여(常動性) 다시 돌아올 수 없는 한 번뿐인 길을 지나가는 것이므로 굳이 어떤 것에 얽매이지 말고 살아가야 한다는 깨달음을 우리에게 전하고 있는 것이다. 바람은 늘 어디론가 움직여 가지 않으면 안 되는 존재이기에 '가다'라는 동사는 이재호의 시에서 '바람'과 함께 주제 파악의 핵심어가 된다.

> 빈 집만 두고 가겠습니다.
> 험한 준령을 혼자 넘을 참입니다.
> 문은 열어 놓았으므로
> 더 닫아야 할 가슴이 없습니다.
> 세월보다 빨리 아득한데 가서
> 바람같은 당신을 기다릴 참입니다.
> 사랑은 그렇게 기다리는 일
> 따뜻한 침묵임을 그대 알 때까지
> 이 빈집,
> 잘 보이는 곳에 문 열어두고 가겠습니다.
> ―「序詩」 전문

무릇 '서시'는 그 시인의 시세계의 원천을 파악하는 중요한 단서가 된다. 우리는 이재호의 「序詩」에서도 시인의 문학적 원형질을 찾아볼 수 있을 것이다. 처음과 끝 행에 예의 '가다' 동사가 자리잡고 있는 것만 보아도 그러하다. 이 시의 상황은 한 마디로 '빈 집만 문 열어두고 가겠'다는 것이다. 이는 속된 욕심 하나 없기에 미련 없이 바람처럼 떠나가겠다는 뜻이다. 서정적 자아가 가고자 하는 곳은 '바람같은 당신'을 기다리면 언젠가는 만날 수 있는 그런 곳이다. 그 당신은 '따뜻한 침묵'이라는 진정한 사랑의 의미를 알고 있는 사람이다. 그러니까 진정한 사랑의 화신을 만날 수 있는 곳으로 세상 욕망 모두 두고 떠나가겠다는 것이 이 시에서 보이는 서정적 자아의 태도이다. 여기서의 '당신'은 누구일까. 순수한 참사랑의 연인일 수도 있고, 인생의 참다운 진리일 수도 있고, 평생을 그리다가 품에 안고 떠난 그의 사랑하는 시일 수도 있을 것이다. 아무튼 '당신'은 '험한 준령을 혼자 넘'어 겨우 만날까 말까한 이재호 시인의 절대적 신앙 대상 같은 것이라고 할 수 있을 것이다. 이것이 '가다'의 현상학적 분석이다. 다음 시도 사정은 마찬가지이다.

그 여린 손목 하나로 시방
어딜 가는 길이신가
그 느린 걸음으로 함 땀 한 땀 걸어가서
우리 살아생전의
저 험산준령 엄동설한을
혼자서 다아
걸어 넘으시겠다는 시늉이신가
산 너머 저쪽에는 글쎄
또 다른 삶
아프지 않은 사랑
쓸쓸하지 않고 허망하지 않은
그런 생애가

있기라도 하다는 말씀이신가

　　　　—「덩굴손」 전문

　이 시는 필자 앞에서 이재호 시인이 직접 보여 준 '화승시'인데 세상에 발표된 일이 있는지는 잘 모르겠으나, 대학 교정에서 담쟁이덩굴을 보고 '가다'의 현상학을 발현한 작품이다. 다만 서정적 자아가 자신의 이야기를 하지 않고 객관적 거리를 확보하고 있기 때문에 앞의 작품과 형식적으로 비교되기는 하지만, 내용면에서는 여기서의 인생에 대한 발견이 더욱 참값에 가깝게 느껴지게 한다. '덩굴손'의 이미지가 쉽게 '인간'으로 읽혀지는 이 작품에서 덩굴손은 지금 '가다' 행위를 계속하고 있는 중이다. 그는 '여린' 존재이지만 '험산준령 엄동설한'이라는 험난한 공간과 시간을 '혼자서' 가고 있는 중이다. 그렇게 가고 있는 덩굴손을 보면서 서정적 자아는 '산 너머 저쪽에는 글쎄/ 또 다른 삶/ 아프지 않은 사랑/ 쓸쓸하지 않고 허망하지 않은/ 그런 생애가/ 있기라도 하다는 말씀이신가'라고 묻고 있다. 그러니까 나약하고 보잘것없는 우리들 인생은 아프지 않은 사랑과 허망하지 않은 생애를 바라보면서 고독하게 가는 것이지만, 그런 사랑의 생애는 없다는 사실을 은연 중 깨닫게 하는 시라고 하겠다. 이재호 시인의 '바람의 퍼소나'가 지향하는 도달 불가능한 이상향에 대한 미학은 개성을 통하여 보편성에 이르는 '가다'의 현상학이다.

3. '있다'의 종결구조

　이재호 시에 자주 나타나는 동사 '가다'는 상대적 개념의 '있다'를 동일한 크기로 거느리고 있다. '가자', '가겠습니다', '가야합니다', '가는 중이다' 등의 '가다'는 시세계의 출발점이 되는 것이고, '있다'는 그 목적지가 된다. 따라서 이재호의 대부분의 시는 형식적 종결부분에서 '있다'를 만날 수 있다. 이러한 '있다 종결구조'의 시들에서 우리가 눈여겨 볼 것은 거기가 어디인가이다. 그것은 시의식의 목적지이며 시인의 이상향으로 생각되기 때문이다. 작품을 통하여 귀납해 보면 기다림의 대상이 있는 곳, 사랑이 있는 곳, 추억이 있는 곳 등이 그곳이다. 그러니까 그의 현실세계는 사랑과 이상이 부재하는 부정적 공간임을 은연 중 반증하고 있는 셈이다. 이러한 현실부정의 의식은 순수한 세계를 염원하는 시인의 청렴주의에서 비롯된다고 볼 수 있다. 그의 시어를 살펴보면 '숫', '순', '청', '풋' 등의 순수현상과 결합되는 접두사가 붙은 말들을 즐겨 사용하고 있다. 예를 들어 '숫눈길', '순백', '청소나무', '청바람', '풋대추' 등이 빈번하게 쓰이고 있으며, 이와 비슷한 느낌을 주는 '맨살', '여린', '참', '흰', '꼿꼿한', '비린', '새순', '새끼' 같은 말들도 많이 나타난다. 현실을 '바람'처럼 '가다'로 떠나 순수한 사랑이 있는 곳에 이르러 '있다'로 영원히 머물고 싶은 순수지향의식을 담고 있는 시어들인 것이다.

> 가는 또 한해를 위하여 사랑하는 사람아
> 마른 갈참나무 숲으로 가자
> 겨울 잡목 숲으로 가자
> 방종의 잎새들도 져서 이제는
> 지난 시간의 분분한 낙화처럼 눈이 내리고
> 이 숫눈길 위를 우리가
> 마른 겨울나무와 함께 걸으며

아무 것도 아닌 참으로 아무 것도 아닌
순백의 풍경 하나를 이루자.

오는 또 한해를 위하여 사랑하는 사람아
마른 갈참나무 숲으로 가자
겨울 잡목 숲으로 가자
우리 살아 사는 동안의 지병같은 사랑도
정작으로 몸엣 것 다 떨구어 주고 가는 일임을
우리가 맨살의 나무로 서서 말하며
목숨의 여린 가지 끝으로 부는 바람
봄물 길어 올리는 소리에도 귀를 열자.

둥둥둥 북소리 울리듯 한 세계가 열리듯
사랑하는 사람아 오늘은 눈이 내리고
정신의 참 맑고 곧은 숫눈길 위를
한떼의 바람으로 우리가 가자
이제 태어나는 햇살 속으로 시간 속으로
이 송년의 때를 그대여
미지의 겨울 숲으로 가자 다가 올
시대처럼 우리가 있자.
　　　　　　　　　—「숫눈길 위에서」 전문

「숫눈길 위에서」는 '가다'로 시작하여 '있다'로 끝나는 이재호 시인의
전형적인 사랑시라고 할 수 있는 작품이다. 제목에 쓰인 '숫눈길'은 눈이
와서 쌓인 뒤에 아무도 지나가지 않은 길을 뜻한다. 그러니까 이 시는

'처녀성'으로 상징되는 순수의식을 향하여 '가자'라고 '사랑하는 사람'
에게 청유하는 내용구조로 되어 있다. 이러한 순수의식과 호응을 이루는
낱말은 '갈참나무', '잡목', '순백', '맨살', '여린', '맑고 고운', '태어나는
햇살' 등이다. 송년시라고 할 수 있는 이 시의 출발점은 사랑하는 사람과
새해로 '가다'이고, 그 지향점은 숫눈길 같은 미래의 시대이다. 거기에
가서 '순백의 풍경'을 이루고, '봄물 길어 올리는 소리'를 듣는 순수한 사
랑의 삶을 실천하여 다가올 '순수한 사랑의 시대'에 도달하자는 '있다 종
결구조'의 시이다. 이재호 시인의 거의 모든 시의 내용은 '사랑'을 감각
적 정서 속에 녹여내고 있다. 그 사랑은 순수하고 영원한 것이며, 그 정
서는 여리고 여린 설렘과 그리움 같은 것들이다. 그러나 인간 세상에 있
어 참사랑이란 어쩌면 실현 불가능에 가까운 것이기에 이재호의 시세계
는 '사랑앓이'의 모습으로 일관되고 있는 것이 아닐까. 위의 시에서 보이
는 '숫눈길' 같은 사랑에도, 그러한 사랑의 시대에도 도달하기 지난한 것
이 인간사인 것이다. 그래서 '우리 살아 사는 동안의 지병같은 사랑도/
정작으로 몸엣 것 다 떨구어 주고 가는 일임을' 맨살의 나무인 서정적 자
아가 '바람'으로 울면서 독자를 끌어들이는 것이리라.

> 우리 사랑이란 게 가령
> 눈물만 그렁그렁 달고 나오는 옛애기라 하자.
> 가슴을 열어 보여도 그 가슴뼈의
> 속살까지 열어 보여도 멍들어 있을 뿐
> 가령 우리가
> 아주 오래된 아픔이라 하자.
> 아주 오래고 먼 데서 황사바람 불어 와
> 세상 자꾸 흐려 놓는 어느 봄날쯤 가서

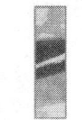

그때 우리 영 잊혀진 얼굴이라 해도 사랑아,
태어나면서부터 피멍이 들어 있는
이땅의 젊음처럼
돌아 온 사월처럼
온몸으로 피워 낸 꽃들의 노래는 아무래도
온통 눈물일거라 눈부실거라 하자.
　　　　　　─「자목련 꽃 그늘 아래서」 전문

　이 시는 전체가 '가령' 아래 펼쳐지는 가정법으로 '사랑'을 말하는
형식으로 되어 있다. 왜 사랑을 가정법으로 말하고 있는 것일까. 우리
는 사랑을 인생의 핵으로 귀중히 생각하면서 누군가의 또는 누군가와
의 사랑 속에 살면서도 그 '사랑'의 진정한 의미를 깨닫고 실천하기는
쉽지 않은 것을 알기 때문일 것이다. 그러면서도 '옛애기'나 '아주 오래
된' 또는 '태어나면서부터'에서 시사하는 바처럼 인생의 본질적이고
숙명적인 것이 사랑이라는 것이다. 불확실한 것 같지만 서정적 자아가
'사랑'에 대하여 우리에게 말하고 있는 내용은 분명하다. '눈물만', '멍
들어', '아픔', '피멍' 등에서 우리는 '사랑의 비극성'을 직감할 수 있기
때문이다. 그 비극성은 끝부분에서 '온몸으로 피워 낸 꽃들의 노래'로
정의되는 사랑이 결국은 '온통 눈물일거라'라고 말하는 것에서 선명하
게 느껴진다. 그렇다. 우리 인간의 사랑이라는 것은 긴 '지옥'이며, 잠
깐의 '천국'일 뿐이다. 그러나 그 잠깐의 천국이 '눈부실거라'고 말하는
서정적 자아의 발화는 의미심장한 바가 있다. 짧은 인생길에 나누는 더
짧은 사랑이 눈부시게 아름다운 것이라는 깨달음 때문이다. 순간의 빛
같은 것이 사랑일지 모르지만, 그것이 인생의 행복을 좌우하는 큰 힘으
로 작동하는 영원한 빛깔로 아름다울 수 있으므로 우리는 자목련 꽃처

럼 모든 어려움과 고통을 온몸으로 이겨내면서 사랑의 노래를 꽃 피우며 '가자'는 시인의 목소리에 공감하게 되는 것이다.

4. '사랑앓이'의 시린 아름다움

이재호 시인의 세 번째 시집인 『아름다운 비밀인 너에게 보내는 삐삐통신』의 내용이 모두 사랑하는 딸 '나경'에게 보내는 사랑의 메시지인 것처럼 그의 '순수한 사랑'의 대상은 우선 가족이나 친구, 친지 등과 같은 사적인 만남이 많은 것이 사실이지만 반드시 그런 것만은 아니다. 그의 등단작을 살펴보자.

쓸쓸하고 혼자인 날은
아이야,
강가로 가 볼 일이다
거센 강 물줄기는 말고
이 물 맑은 소리나 따라가
쓸쓸하고 더욱 혼자인 날은
아이야,
우리나라의 강 마을이나 찾아가서
너희 아버지
너희 아버지의 아버지
그 눈물겹던 첫사랑을
만나 볼 일이다
만나 볼 일이다.

아이야 그때 네가
슬프도록 아름다운
이 강변의 사랑을 알기나 알지 몰라
그걸 몰라
제일로 슬픈 세상의
제일로 슬픈 나라에 태어나서
제일로 파란 많은
사랑 하나 남기고 가는
강물의 내력을 만나기나 할지 몰라

거센 물줄기는 말고
이 물 맑은 소리나
구불구불 따라가서
산다는 것이 온통 그렇게
구불구불 하다는 것도 알게는 될지
어떨지 몰라

강 마을의,
강 돌멩이 가지고도
잘 놀고 잘 자라는
강 돌멩이같은 아이들을 또 만나서
아이야,
너희들이 참 야물고 예쁜
강 자갈을 이루고
큰 강을 만든다면

내 사랑도 거기 흘러서
흰 물새 한 마리 키우게 될지
어떨지 몰라
아이야,
너희들이 꿈에서 보는
큰 바다가 될는지
그걸 몰라

쓸쓸하고 더욱 모르겠는 날은
아이야,
가벼운 물새 몇 마리 앞세우고
훠이 훠이 강가로 가 볼 일이다
강가로 나가서
거센 물줄기는 말고
흐르는 맑은 물소리나
귀담아 들을 일이다
오오래 바라볼 일이다.
　　—「다시 漢江을 생각하며」 전문

　　이 시는 어떤 '아이'를 청자로 하여 서정적 자아가 독백적인 대화를 나누고 있는 형식으로 되어 있다. 대답 없는 아이에게 화자가 던지는 말은 두 가지 유형의 구문을 사용하여 전달되고 있는데, '~ㄹ 일이다'와 '~ㄹ 몰라'이다. 첫째 유형인 '~ㄹ 일이다' 구문의 내용은 제1연의 강가로 가서 아버지와 아버지의 아버지의 첫사랑을 만나볼 일과 마지막 제6연의 역시 강가로 가서 흐르는 맑은 물소리나 듣고 바라볼 일로

되어 있다. 여기서의 '첫사랑'이나 '맑은 물소리'는 시인의 순수의식의 표상이다. '거센 물줄기는 말고'에서 느껴지는 시끄럽고 세속적인 것을 외면하고 물새와 함께 때 묻지 않은 첫사랑의 이야기와 맑은 자연의 물소리나 듣고 보자는 것이다. 한편 처음과 끝을 제외한 모든 부분에 나타나는 '~ㄹ 몰라'구문이 담고 있는 내용은 순수세계로 향한 의식이 실현가능한 것인지 의문을 던지고 있다. 제2연에 보이는 '첫사랑'의 정체는 '제일로 슬픈 나라에 태어나서' 사랑 하나만을 남기고 간 '슬프도록 아름다운' 것이다. 그것은 '아버지의 아버지'와 동일시되는 '강물의 내력'이다. 이는 우리 민족의 역사적 비극성을 '첫사랑'으로 환치한 시적 장치라는 것을 깨닫게 하는 부분이다. 제3연에서 '~ㄹ 몰라'는 산다는 것이 구불구불하다는 것이고, 제4연에서의 너희들이 '야물고 예쁜' 강돌멩이처럼 자라서 '큰 강'의 역사를 창조하라는 희망을 말하는 곳이기에 '~ㄹ 몰라' 구문은 없다. 그리고 제5연에서는 '내 사랑'의 결실과도 같은 너희들의 '큰 바다'를 이루는 꿈의 실현 여부 '그걸 몰라' 하는 것이다. 그러니까 서정적 자아의 '몰라'는 '안다' 또는 '알아라'나 '알아야 한다'의 강조법인 것이다. 그러므로 민족의 순수한 이상인 크고 힘 있는 나라에 대한 소망이 한강에 흐르고 있는 것이고 '거센 물줄기'로 표상되는 슬픈 역사가 그 소망을 방해한 것이다. 따라서 이 시는 역사를 이어갈 주체인 '아이'를 계속 부르면서 민족의 희망을 담아 한강을 바라보고 있는 시인의 민족에 대한 순수한 사랑을 형상화한 작품이라고 할 수 있다. 이 시에 보이는 바와 같은 민족이나 인류에 대한 순수한 사랑 역시 그의 강력한 사랑시의 자장 속에 있는 것이다. 다음의 시는 순수의식의 또 다른 목적지를 보여 주고 있다.

이곳의 우편번호는 그리움입니다. 그리고
이곳의 현주소는 갯벌입니다.
매일 같이 이렇게 바닥에 나 앉아
답신 없는 엽서를 띄우는 것처럼
슬프고도 아름다운 죄도 없습니다.
고독한 행복의
사랑의 형벌(詩)도 없습니다.
　　　　　　　　　　　　　—「섬, 아름다운 형벌」 전문

　임찬일이 이재호 시인의 두 번째 시집인 『사랑한다는 것은 무슨 작은 일 하나에도 네 이름을 불러보는 것이다』의 서문 「우리는 9년째 여전히 서로를 사랑, 하고, 있다」에서 "그가 꿈꾸고 그리워하는 것은 오늘도 '인간'일 뿐이다."라고 말한 것처럼 순수하고 참된 인간에 대한 애정과 그리움이 이재호의 시를 일관하고 있는 주제라고 말할 수 있다. 그러나 위의 시에서 서정적 자아는 겉으로는 섬의 바닷가 갯벌에서 '그리움'의 기표를 엽서로 띄우는 '사람'이지만, 그 수신자는 가족이나 민족과 같은 인간이 아니고 괄호 속에 감춰 둔 '詩'임을 시인 자신이 분명하게 밝히고 있는 것이다. 이 작품에서 시인은 이상적 예술창조에 대한 그리움을 패러독스의 방법으로 형상화하고 있는데, 그것은 '슬프고 아름다운', '고독한 행복', '사랑의 형벌' 등으로 그려져 있다. 사실 어느 예술가도 자신의 이상적 미의 창조에 만족하게 도달하는 경우는 없다. 그것은 현실에서 이루어질 수 없는 사랑일 뿐이기 때문이다. 그래서 슬픈 것이지만 미를 향한 끝없는 정진이야말로 아름다운 것이며, 시리게 아픈 고독의 시간들을 보내야 하지만 그것은 행복한 시간인 것이며, 도달할 수 없는 사랑과도 같이 지독한 형벌이기도 한 것이다. 여기서 우

리는 이재호 시인의 시에 대한 각별한 사랑과 그 이상세계를 향한 아름다운 그리움을 만나게 된 것인데, 이러한 사랑과 그리움은 그의 비시적이며 또한 시적인 생애가 창조한 미적 세계라고 읽게 되는 것이다.

> 옛날에 옛날에
> 이렇게 예쁜 이름을 가진
> 여린 소녀가 있었다잖아
>
> 너무 여리고 예뻐서
> 가차이 만지려고만 해도
> 그 사람의 살 속으로 무너지던
> 꽃잎도 그 소녀를 닮아
> 아프고도 뜨겁게 피었다잖아
>
> 한 번만이라도
> 그 꽃잎을 만져본 사람은
> 손끝마다 살점마다
> 꽃물을 들게 한 죄로 평생토록
> 천형과도 같은
> 시인으로 살았다잖아
> ―「채송화」 전문

매체에 발표된 작품으로는 유고시라고 할 수 있는 이 메타시에서도 이재호 시인의 시에 관한 사랑과 순수지향의식을 읽게 된다. 이 시는 화초 '채송화'를 보면서 소녀 '채송화'라는 전설적 인물을 창조함으로

써 '채송화 = 소녀'라는 동일화 공식을 세우고 있다. 채씨 성을 가진
'송화'라는 이름의 가상적 소녀의 창조부터 시인의 예민한 감성을 느
끼게 하는데, 이러한 시인의 감성적 촉수는 식물 채송화와 소녀 채송화
의 교집합 부분에 '작고 여리지만 뜨거운 열정'을 삽입하여 '꽃물들이
기'를 '첫눈에 몰입되는 사랑'으로 바꾸어 '아픈 뜨거움'의 역설적 미학
을 수립하고, 이것을 다시 '시인의 천형'으로 승화시키고 있다. 그러니
까 이재호는 채송화꽃이나 소녀처럼 작고 여린 모습이지만 순수한 사
랑의 뜨거움을 독자들의 가슴에 물들이는 것이 시라고 인식하고 있는
것이며, 이러한 시의 미학적 창조가 하늘이 내린 형벌만큼이나 시인에
게도 '아름다운 아픔'이라고 고백하고 있는 것이다. 비시적 환경에서
시적인 삶을 살다 간 이재호 시인의 구원의 이상향은 결국 '시의 나라'
였던 셈이고, 이런 사정을 읽어내는 독자의 가슴은 그의 돌연한 문학적
생애의 종막 앞에서 먹먹한 그리움에 '너보다 더 흔들리며'(「그리움-길3」)
서 있게 되는 것이다.

5. 한강의 시인 이재호의 길 떠남

지금까지 필자는 이재호 시인의 삶과 세계에 관하여 간략하게 살펴
보았다. 천부의 시재를 가지고 남한강의 지류인 달래강 강변마을 단월
동에서 태어나 비시적 환경 속에서 성장하고 생활하였으나, 그는 누구
보다 참다운 작품을 쓰기 위하여 한 평생을 '사랑앓이'로 애태우며 주
옥같은 시를 남기고 간 이 시대에 보기 드문 서정시인이었다. 필자가
본 그는 거친 현실적 삶 앞에서도 언제나 번뜩이는 시재로 어디서나 사
랑을 읊조린 이 땅의 음유시인이었다. 또 '참인간'과 '참시인'을 입에

침이 마르도록 강조하며 그의 문학적 삶을 한 치의 양보 없이 올곧게 밀고 간 시인이었다. 따라서 그는 인간 같지 않은 세속적 인간들과 교유하지 않았으며, 시의 본질을 떠난 가식적 시의 범람이나 문단의 혼탁에 대하여 추호의 타협도 없었던 그야말로 때 묻지 않은 순수시인이었다.

그는 즉흥적이고 즉각적인 시 짓기를 즐겼으며 억지로 만드는 시, 유행 따라 쓰는 시, 모방적인 시 등에 대하여 참으로 혐오하였다. 그러면서 자신의 문학적 소신을 '참' 또는 '진정한' 곳에 초점을 맞추면서 아름다운 사랑의 서정시를 통하여 우리 민족 고유의 정서와 가락을 그려내다가 너무 일찍 돌아가고 말았다. 마지막으로 「혼자의 계절」이란 시를 펼쳐 본다.

쓸 데 없는 잎사귀들을 버린다.
쓸 데 없는 소문과 흉흉한 얘기들
이제 모두 부질없음을 버린다.
11월은 겸허한 혼자의 계절.
떨칠 것 다 떨쳐 내고 더 비워
오히려 튼튼한 혼자가 되는 나무들처럼
11월은 훌훌 길 떠나가는 자의 단호한 뒷모습,
이제 자잘한 안간힘들을 버린다.
할 짓 아닌 일에 그렇게 오래 매달려 있던
우리 삶의 구겨진 잎사귀 같은 것들을 버린다.
잎 떨어진 자리마다
새 봄을 필 파랗고 예쁜 촉들이 자라리라.

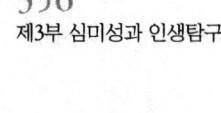

이재호 시인, 쓸데없고 부질없는 구겨진 잎사귀 같은 자잘한 안간힘들을 버리라고 우리에게 이렇게 알려 주고 자신도 어느 날 '단호한 뒷모습'으로 '혼자의 계절'로 훌훌 길 떠나갔는가. 그리하여 해마다 새로운 계절을 피워낼 '파랗고 예쁜 촉들'을 이 땅의 가슴마다에 심어 놓고, 그렇게 생사에 얽매이지 않는 해탈한 모습으로 훌훌 떠나갔는가.

제4부

역사와 존재 현실

통일과 한국 문학

1. 하나되기의 시작

새로운 세기를 여는 21세기의 벽두에 우리 앞에는 민족통일에 관한 새로운 장이 열리고 있다. 그것은 역사적인 남북정상회담이 가져온 6.15선언에 의해서이다. 전에도 통일에 관한 남북의 합의가 없었던 것은 아니지만 그것들은 전시적인 합의발표 이외의 어떤 효과도 없이 유명무실하게 되었다. 그렇지만 이번만은 남북정상이 직접 만나 서명하였을 뿐만 아니라 실천적인 후속조치가 가시적으로 진행되고 있어 그야말로 분단시대에서 통일시대로 진입하고 있다는 실감을 주고 있는 것이다. 그리고 그 통일은 베트남식의 전쟁통일이나 독일식의 흡수통일이 아닌 민족 주체적인 협상통일 방식을 취하고 있어 더욱 고무적이다. 6.15선언은 제1항에서 "나라의 통일문제를 그 주인인 우리민족끼리 서로 힘을 합쳐 자주적으로 해나가기로 했다"고 밝히고 있다. 이러한 통일 방식은 시간이 걸린다는 단점이 있지만 평화적이고 계획적으로 완전통일을 지향하는 긍정적인 방법으로 이해되는 것이다. 코앞에 닥친 통일시대를 맞아 우리는 역사적 고통의 극점이었던 분단시대를 점차적이고 실질적으로 극복해야 하는 당위적 시점에 서있는 것이다. 이러한 때에 '통일과 한국문학'이라는 문제를 짚어보는 것은 매우 의미 깊은 일이 아닐 수 없다.

한국 현대문학을 이해하기 위하여 전제되어야 할 가장 중요한 문제 중의 하나는 격랑의 민족사라고 할 수 있다. 어느 나라든지 그 문화 또는 문학을 이해하기 위해서는 그 나라의 역사에 관한 이해가 선행되는 것이 바람직한 일이겠지만, 대한민국처럼 그 필요성이 절실한 나라도 드물 것이다. 그것은 우리 나라의 민족근대사가 그만큼 격변의 연속이었으며 그만큼 불행했기 때문에 문학에 끼친 영향이 그만큼 심대했음을 뜻하는 것이다. 그 중에서도 일제강점과 한국전쟁, 그로 인한 분단의 역사는 가장 극심한 불행의 씨앗이었다. 앞의 것은 이제 어느 정도 정리된 것이지만 뒤의 것은 아직도 첨예한 문제로 우리를 괴롭히고 있는 사안이 아닐 수 없다.

6.25, 즉 한국전쟁은 520만 명의 사상자를 내면서 유구한 민족공동체를 파괴하고 민족분단을 고착화하여 지금까지 50년 반세기 동안 갈등과 고통의 신음으로 민족사를 물들여 왔다. 하나여야 하는 민족을, 국가를, 문화를 철저하게 둘로 만들어 놓은 것이다. 나누어진 둘은 항상 불구의 형상으로 절룩거리면서 자신의 반쪽을 물어뜯으며 위기 속에서 허우적거렸다. 따라서 민족문학사는 철저하게 양분되어 분단 이전의 역사까지도 갈라 세웠다. 그 결과 민족문학의 정체성을 찾고 옹근 문학사를 완성하기 위하여 아직도 긴 시간을 기다려야 하는 비극적 상황이 우리 앞을 가로막고 있는 것이다.

우리에게 있어 통일이란 이와 같이 원래 하나였던 것이 둘로 갈라져 있는 것을 다시 하나 되게 하는 숭고한 민족적 과업이다. 민족통일이 이루어지면 문학도 탄력을 받아 하나로 융합될 것이다. 이 말은 민족통

일이 된다고 문학도 금방 하나로 된다고 장담할 수 없다는 것이며 문학 (문화)이 하나되지 않고는 진정한 민족통일도 이루어지지 않는다는 뜻 이다. 그러므로 문학이 하나되기 위한 노력을 기울이는 것은 민족통일 을 앞당기는 일이고 또 민족통일을 완성하는 일이 되기도 한다. 역으로 민족통일을 앞당기는 일이고 또 민족통일을 완성하는 일이 되기도 한 다. 그러니까 통일은 겉으로 민족이 하나되는 일로서 정치적이고 형식 적인 것이고, 문학이 하나되는 일은 안으로 민족이 진짜 하나되는 것으 로 문화적으로 실질적인 통일인 것이다. 이런 뜻에서 이 글은 민족통일 과 관련된 문학 하나되기를 간략하게나마 논의해 보고자 한다.

2. 하나를 향하여

외세에 의하여 갈라지고 전쟁에 의해 고착된 남북분단은 서로에게 증오의 시선을 보내는 냉전에 시대로 이어져왔다고 할 수 있다. 반세기 에 걸친 이와 같은 냉전은 양측의 문학을 매우 이질적인 것으로 양립시 키고 말았다.

우선 문학이나 작가에 대한 사회적 위상이 현저히 다르게 변하였다. 남한에서는 문학이 여타 장르와 마찬가지로 예술의 하나일 뿐이고 작 가는 자본주의사회의 일원으로 독립된 자유인이다. 그러나 북한에서 는 문학이 당의 의사를 반영하는 모든 예술의 기본이라고 중시하며, 작 가는 문학예술동맹 산하에 각 창작실에 배속되어서 대학교수에 준하 는 월급을 받으며 아파트를 지급 받고 생필품을 배급받는 우대를 받는 다고 한다. 따라서 남한의 작가들은 자유로운 창작활동이 보장되지만 북한의 작가들은 그렇지 못하다. 당의 정책이나 문예지침에 따라 할당

된 창작을 수행하게 된다. 이질적인 정치체제가 판이한 문학관과 작가 사회학을 수립하게 된 것이다.

이와 같은 문학사회학적 차이는 이질적인 반쪽 문학사를 생산하고 있었다. 즉 남한의 문학사가 독자적인 관점에 따라 기술되고 있는 데 반하여 북한의 문학사는 당정책에 따른 사회주의 리얼리즘이나 주체 문학론 등의 문예이론에 맞추어 공동집필되는 비자율적이고 배타적인 문학사가 기술되고 있는 것이다. 따라서 북한의 문학사는 문학의 역사 적 발전과정을 학문적으로 기술하는 것 이외에, ① 인민대중의 사상적 교양, ② 사회주의 민족문화 건설, ③ 민족문화 및 전통의 올바른 인식 과 계승 등을 문학사의 기능으로 추가하고 있다.

경직된 북한의 이와 같은 문학사관은 창작에도 수직적인 영향을 미 치고 있다. 그것은 당성, 계급성, 인민성의 형상화로 요약될 수 있다. 문 학을 '당의 힘있는 무기'로, 즉 노동계급의 이익과 혁명에 봉사하는 투 쟁의 무기로서 인민을 위한 또 인민의 주체가 되는 창작활동으로 인식 하는 것이다. 그러므로 사회주의 문학, 주체문학, 수령형상문학 등으로 불리는 북한 문학에서 자연히 문학은 주인의 자리를 내어주고 교조적 인 목소리에 깔리는 상황을 노정하게 되었음은 주지의 사실이다.

분단시대의 이와 같은 문학의 단절은 일견하여 남북의 문학통합이 다른 나라 문학과의 통합만큼이나 지난한 것처럼 보이는 것도 사실이 다. 그러나 주체사상과 반공정서가 길항하는 분단문학시대 남북의 이질 적 심화가 50년간이나 계속되었다 해도 양쪽 문학의 뿌리는 결국 동일 한 것이며 그 속에 흐르고 있는 피가 또한 다르지 않다는 사실을 아무도 부인할 수 없다. 우리에게는 리명근의 시 '뜨거운 말'에서 보이는 "이제 통일의 날이 오면/ 온 민족이 서로 얼싸안고 /심장으로 뜨겁게 말하리라 지금처럼 /세상에서 오직 우리만이 통하는 뜨거운 말(조선문학,1998.8)"이

남북에 공히 살아 있는 것이다. 그러하기에 냉전의 세월 속에서도 다시 하나되려는 구심력이 또한 마르지 않고 작용하고 있었음을 우리는 확인할 수 있는 것이다. 무엇보다도 우리는 아직 상통할 수 있는 언어를 같이 사용하고 있으며, 조상으로부터 물려받은 민족정서를 공유하고 있다. 아무리 이질화되었다 하더라도 남북의 모든 사람이 서로의 작품을 읽을 수 있으며 정서적 공감을 나눌 수 있는 것이다. 단일민족으로서의 강점이 분단시대에 큰 힘을 발휘하여 다시 한 몸이 되어 하나의 생명으로 꽃 필 수 있도록 구심력으로 작용하고 있는 것이다.

이러한 구심력은 분단문학, 통일문학, 민중문학, 민족문학 등의 이름들을 끌어당기는 구체적 작용을 실현해 왔다. 그리하여 지속적으로 남북문학 하나되기를 향하여 멀고 험한 길을 밟아온 것이 사실이다. 뜻 있는 작가, 논객들이 앞장을 서서 하나되기 위한 생각을 글로 담아내는 한편 같이 모여서 집단적 운동으로 승화시키는 일을 게을리 하지 않았다. 그 결과 1988년에는 월북작가들에 대한 해금조치가 이루어지고 북한의 문학작품이 남한에 소개되고 북한 문학에 관한 연구활동이 가능할 수 있게 된 것이다. 이러한 변화는 통일시대를 앞당기는 견인차 역할로 작용했다.

정치와 문학이 동일한 담론으로 합치되는 북한에서, 문학이 경직된 이념의 틀 속에 규제되고 있다는 것은 당연한 일이다. 그러나 정치적 자장 안에서라도 북한문학의 성격도 조금씩 변화되어 왔다. 교조적 사회주의 리얼리즘 일색의 북한문학은 1967년 주체문학론으로 전환되었다. 주체문학론은 사회주의 리얼리즘에 주체사상이 결합된 문예이론으로 민족적 형식이 강조된다. 민족적 형식이란 인민의 감정에 알맞은 알기 쉬운 형식이다. 김일성의 교시에서 "반드시 인민들의 생활감정에 맞게 지어야 합니다"라고 천명한 그것은 전통적이며 민중적인 것이다.

그리하여 1980년대 이후 '숨은 영웅'의 형상화, 탈이념적인 통일시나 풍경시 등이 등장하고 인민들의 일상적 생활과 근접하는 변화양상을 보인다. 그리고 문학사에서 제척(除斥)하던 작가나 작품을 민족문화 유산이라는 측면에서 재평가하는가 하면 남한의 문학작품들을 소개하기도 하는 등의 변모를 보여주고 있다. 또 1992년에는 '자주시대가 요구하는 문학건설과 영도의 원칙'을 내세워 관념적 도식주의를 비판하고 생활의 진실성을 중시하여 개인적 정서를 형상화할 수 있는 길이 열리기도 하였다. 이러한 남북의 변화가정을 거쳐 남한의 '햇볕정책'과 북한의 '강성대국론'이 만나 분단시대에서 통일시대로 넘어가는 점이지대(漸移地帶)를 만들어낸 것이다.

3. 하나되기

지금 진행되고 있는 남북관계의 변화는 50년간의 냉전적 분단고착에 비추어 볼 때 실로 경천동지할 만하다. 지속적으로 남한 사람들이 금강산을 여행하고 있으며, 6.15선언 뒤에는 이산가족의 상봉과 이 문제에 관한 제도적 확대방안이 발전적으로 모색되고 있고, 경의선 복원사업이 착수되며 개성의 경제특구의 개발착공과 관광이 연내에 가능하게 될 것이며, 김정일 국방위원장이 곧 서울을 답방할 것으로 보인다. 이러한 남북관계의 실천적 화해 분위기는 이제 더 이상 분단시대가 아님을 직감하게 만들고 있다. 바야흐로 통일시대가 시작된 것으로 보인다. 이제는 대립과 갈등이 아닌 협력과 평화의 새로운 역사의 장이 열리게 된 것이다. 그러니까 통일은 어느 날 갑자기 찾아오는 것이 아니고 남북이 하나되기 위하여 실천 가능한 것부터 하나하나 해결해 나

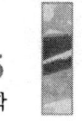

가는 지속적 과정으로서의 개념이 되는 것이며 또 그렇게 되어야 한다.

남북의 문학도 둘이 아닌 하나되기를 지속적 과정으로 도모하여야한다. 앞에서 살펴 본 바와 같이 남북의 이질성을 심각하기 이를 데 없지만, 정치적 하나되기의 과정과 궤를 같이 하면서 실천 가능한 것부터시작해 나가야 한다. 많은 사람들이 남북문학의 동질성을 찾아내어 이를 확인하는 것에서부터 실마리를 풀고자하지만 사실 많지 않은 동질성을 찾아 해맨다는 것은 너무나 고답적인 사고가 아닌가 생각된다.6.15 선언이 발상의 대전환에 의해 이루어졌듯이 문학의 하나되기도새로운 사고의 지평을 열고 대담한 용기와 결단이 반드시 필요한 것이다. 이 경우 정치적 지원과 협조는 필수불가결의 것이다. 정상회담과그에 따른 6.15선언의 정신이 결정적 요인으로 문학 하나되기의 바탕이 되는 것이고 또 그 선언은 문학 하나되기를 도와야 하며 도울 것이다. 이러한 상황 아래 문학 하나되기의 구체적이고 지속적인 과정이 펼쳐져야 한다. 그 과정은 매우 다양한 것이 되겠지만 그 중 몇가지만 짚어보기로 한다.

첫 번째로 생각할 수 있는 것은 우선 문학교류가 이루어져야 한다는것이다. 서로를 이해하지 않고는 하나되기를 기대할 수 없는 일이다.교류는 상호 이해의 처음이자 마지막인 것이다. 그러므로 남북간의 문학교류는 다양하고 왕성하게 이루어져야 한다. 먼저 문학창작의 주체인 작가들의 교류가 필요하다. 장소나 순서 또는 범위 등으로 시간을보내지 말고 과감하게 서로 오가면서 하나되기의 길을 넓게 닦아나가야 한다. 그렇게 하는 중에 자연스럽게 작품교류가 일어날 것이다. 남한의 신문이나 잡지에 북한 작가의 작품이 게재되고, 북한의 매체에도남한 작가들의 작품이 두루 실려, 남북의 국민들이 고루 상대방의 문학을 다양하게 접하여야 한다. 그렇게 될 때 남북작가의 의식이나 창작방법이 하나되기를 자연스럽게 지향해 나갈 것이 아니겠는가. 마찬가지로 남북의 교차출판이나 공동 기획 행사 등도 여러 형태로 이루어져 나가기를 기대한다.

두 번째로 통합국어사전 만들기가 교류와 병행하여 이루어져야 한다는 것이다. 문학이 통일된다는 것은 언어가 통일된다는 것을 전제로한다. 남북의 문학교류가 활발해지면 언중들은 언어의 이질감을 실감하게 되고 따라서 언어의 통일을 요망하게 될 것이다. 그렇게 되기 위해서 기본적으로 필요한 것이 하나된 국어사전일 것이다. 이를 바탕으로 하여 서로의 문학을 이해하고 새로운 문학 창작활동이 가능하게 될 것이다. 국어사전을 통합하는 일도 어려운 과정을 거치겠지만, 그 후에 언어가 하나되고 그 언어를 가지고 다시 하나된 문학을 이루어낸다는 일은 멀고 험한 시간을 이겨나가야 하는 지난한 과정이 될 것이다. 여기에 하루빨리 통합국어사전이 만들어져야 한다는 당위적 명제가 성립된다. 이를 위해 남북의 국어학자들의 교류와 협력이 동시에 이루어져야 함은 물론이다.

세 번째로 남북통합문학사가 씌어져야 한다는 것이다. 남북의 문학교류가 자유롭게 충분히 이루어진 다음에 즉 협상에 의한 통일시대가 확실하게 열린 다음에는 자연스럽게 하나의 문학사를 위한 작업이 진행될 것이다. 최동호는 『남북한 현대문학사』(나남출판, 1995)에서 통일문학사 구상의 전제로 ① 포괄의 논리, ② 사실의 논리, ③ 근대성 극복의 논리, ④ 민족문학의 논리 등을 들고 있는데 참고할 만한 적절한 지적이라 생각된다. 그런데 통합된 하나의 새로운 문학사 서술에서 가장 첨예한 문제는 분단시대의 남북문학에 관한 것이 될 것이다. 이때는 어느한쪽의 문학을 폄훼하거나 칭양하는 태도에서 벗어나 객관적인 학술적 기준에서 문학사를 기술하여야 한다. 있었던 것을 없었던 일로 지워

버릴 수도 없는 것이고 그렇지 않은 것을 그렇다고 고집할 수도 없는 일이다. 그렇기 때문에 이때에 씌어지는 문학사는 어쩌면 먼 훗날의 진정한 문학사를 위하여 자료적 성격으로 그칠 수도 있을 것이다. 사실 문학사는 늘 새롭게 씌어지는 것이 아닌가. 이 시점의 문학사는 반쪽 문학사가 하나로 모이게 된다는 일차적인 의미에 만족할 수밖에 없다. 그리하여 시간을 두고 점차로 진정한 하나의 옹근 문학사를 수립해 나가는 출발점으로서의 역할을 충실히 수행하면 될 것이다. 이런 연후에 한국문학사의 총체성 회복이 가능해질 것이다.

이상과 같은 일들이 순조롭게 진행되면 그것이 바로 둘로 갈라진 남북의 문학이 하나되는 길이다. 그러니까 남북의 모든 문학활동을 서로 공유하는 시대가 오고 그리하여 하나의 문학사를 만들어 나가는 모습이 현현되면 그것이 바로 꿈에도 그리던 통일시대의 문학의 전개 양상이 아니겠는가. 그러니까 남북문학의 하나되기는 종전의 모든 제약에서 벗어나 자유로운 문학활동을 남북이 함께 하는 것으로 뜻매김할 수 있는 것이라면 그것은 벌써 정치적인 하나되기가 이루어진 것을 뜻하는 것이고 민족통일의 완성을 말하는 것이 된다. 문학이 하나로 된다는 것은 그만큼 어렵고 중차대한 일이다.

4. 하나된 후에

이제 시작된 통일시대는 어디 가서 끝나는 것일까. 지금은 상당히 급류를 타고 하나되기의 시대가 열리고 있다. 그러나 그 완성의 시점은 누구도 정확히 말할 수 없다. 일사천리로 달려가 수년 안에 통일역에 닿을 수 있을 것인지, 가다가 난관에 봉착하여 길고 험난한 길을 가게 될는지 아무도 알 수는 없다. 다만 단일민족이 가질 수 있는 각별한 응집력에 기대를 걸고 남북의 각계각층이 자신의 위치에서 민족 하나되기를 위하여 매진하는 것이 최선의 방법일 것이다.

그렇게 하여 어느 날 정치적인 하나되기가 이루어진다면 역사는 그날을 분단시대가 막을 내린 날로 기록할 것이다. 그러나 엄밀한 의미에서 문학하나되기는 그때부터 시작이라 할 수 있을 것이다. 문학관의 상호이해에는 몇 년이 걸릴 것인지, 작가들은 통일된 체제에 남북작가 모두 잘 적응할 수 있을 것인지, 독자대충은 그 변화에 조응할 수 있을 것인지, 문단의 남북 파벌과 갈등을 없을 것인지, 세계문학의 흐름과 적당한 조화를 이룰 수는 있는 것인지 등등을 생각하면 정치적 통일의 그날이 결코 문학통일의 그날이라고 말하기 어려운 것이다.

새로운 통일시대의 문학이 온전히 하나로 되는 방법을 두 가지로 생각할 수 있다. 하나는 '규제의 길'이고 다른 하나는 '자율의 길'이다. 통일정부에서 정책적으로 문학의 기능과 방법을 제시하고 구체적 사안의 통일을 위하여 법적 또는 제도적으로 강제하는 것이 '규제의 길'이다. 통일정부에서 정책적으로 문학의 기능과 방법을 제시하고 구체적 사안의 통일을 위하여 법적 또는 제도적으로 강제하는 것이'규제의 길'이다. 반대로 정부의 간섭 없이 문학에 관한 모든 것을 문학의 내적인 질서, 문인들의 자유, 사회적체제와 질서 등에 맡겨버리는 방법이 '자율의 길'이다. 민족통일 이후에 우리의 문학이 '자율의 길'로 나아가 진정한 하나가 되어야 함을 소망하는 것은 문학 자체를 위하여 당연한 것이다. '규제의 길'로 나아간다면 예술원칙에 어긋나는 것이며, 하지 아니한 것만 못한 통일이 될 수도 있다. 그러나 이 문제는 통일의 방법에 따라 달라질 수 있을 것이다. 지금 우리가 추구하는 협상통일이 이루어진다면 협상 내용에 따라 달라질 수도 있을 것이다. 아무튼 민족통일 이후에 우

리의 문학이 예술적 자유 안에서 자율적인 방법으로 진정한 하나되기를 완성하는 날이 오기를, 또 그 시간이 가능하면 짧기를 소원한다.

5. 하나의 의미

새로운 통일의 장이 열리고 있는 때를 맞아, 이 글은 지금까지 남북문학의 하나되기에 관하여 거칠게 살펴보았다. 냉전의 남북분단시대가 쌓아 놓은 통한의 벽을 허물고 민족의 문학이 하나되기 위하여 변화하는 양상을 짚어보고 그 가능성을 확신하면서 하나되기 위한 개별적인 몇몇 사안들을 살펴본 셈이다. 그것을 통하여 남북문학이 하나가 되는 길은 결코 쉽게 이루어질 문제가 아니지만, 그것이 민족통일을 앞당기거나 완성시키는 것이기에 포기하거나 좌절할 수 없는 준엄한 민족적 사명임도 확인하였다. 또 민족문화의 하나되기란 참으로 어렵고 힘든 것이며 더구나 불확실한 미래에 관한 문제이기에 상당히 관념적이고 추론적인 성격을 벗어날 수 없었음도 사실이다.

그러나 '하나는 하나여야 한다'는 신념을 함께 다지는 계기가 되기를 바란다. 우리 민족은 하나이며 우리 문화도 하나이다. 물론 우리의 문학도 하나이다. 하나는 무엇인가. 나누어지면 정체성이 소멸되는 것이며, 생명이 없어지는 것이기에 나누어질 수 없는 것이 하나이다. 어찌하다 나누어졌을 경우 다시 합쳐지려는 본성을 가지게 되는 것이고 다시 하나로 되면 정체성을 되찾고 새로운 생명력을 가지게 되는 것이 하나다. 민족통일의 의미가 이것이다.

비평의 빈자리와 존재 현실

The Emptiness of Criticism and the Reality of Being

전쟁문학, 그 사랑의 역설

1. 사랑과 미움의 원리

모든 문학의 공통주제는 휴머니즘이다. 루카치(Georg Lukàcs)는 『현대 리얼리즘론』에서 "내용이 형식을 결정한다. 그러나 인간 자신이 초점이 되지 않는 내용은 없다. 문학의 주제가 아무리 다양하더라도 근본적인 문제는 언제나 '인간은 무엇인가'라는 것이다."라고 썼다. 과연 모든 문학작품은 '인간'의 이야기를 가지고 인간을 탐구하는 언어예술인 것이다. 그러나 경제적 동물(homo economicus)로서의 인간사회는 부조리와 비리가 상존하기 마련이다. 문학은 이러한 인간사회를 구원할 숙명적 과제를 가지고 있는 의미예술이다. 의미예술로서의 문학은 다른 어느 장르보다도 가장 구체적이고 직접적으로 인생탐구 나아가 인생창조의 기능을 수행한다. 그러므로 문학의 부정적이고 비판적인 내용까지도 인간에 대한 미움이 아니라 인간에 대한 사랑으로 읽어야 한다. 그것은 인간을 중시하고 사람이 사람다운 대접을 받으며 살아갈 수 있는 세상을 만들기 위하여 노력하는 휴머니즘의 표현이기 때문이다. 사랑이다.

사랑은 예로부터 정신생활의 기본적 감정이며 윤리학에서 가장 중요한 개념의 하나로 여겨 왔다. 사랑의 사전적 정의는 '정을 베푸는 것'이다. 동양철학에서는 마음이 움직이지 않을 때를 '성(性)'이라 하고 마음이 움직이면 '정(情)'이라고 한다. 그러니까 사랑은 다른 사람을 귀하게 여기는 데서 생겨나는 상대 존중의 실천적 행위이다. 이러한 사랑은 다음과 같은 세 가지 원리에 따라 구현된다고 할 수 있다.

첫째, 우주적 원리이다. 그리스시대의 엠페도클레스(Empedokles)는 사랑과 미움을 우주생성과 운행의 원리로 보았다. 만물의 근원(rizomata)인 물, 불, 흙, 공기의 4원(元)을 결합시키는 사랑(philia)과 분리시키는 미움(neikos)이 서로 우세지배적(優勢支配的)이 되어 세계사의 4기가 영원히 반복된다는 것이다. 그러니까 '사랑'도 그리고 상대적 개념의 '미움'도 우주적 기본원리인 것이다.

둘째, 본능의 원리이다. 철학자 스피노자는 "모든 것은 자기보존의 노력을 가지고 있다. 기쁨을 갈망하고 기쁨을 주는 외물(外物)을 사랑하게 된다."고 하였다. 유기체는 생존보존의 본능에 의하여 사랑하게 되어 있다는 주장이다. 그렇다면 그 역인 미움이나 다툼도 생존을 위한 본능의 또 다른 양상이라고 말할 수 있을 것이다.

셋째, 필요의 원리인데, 중세의 아우구스티누스(Augustinus)는 "융합하여 하나로 조화되기를 바라는 생활"을 사랑으로 보고 있다. 행복하게 살아가기 위하여 사랑이 필요하다는 것인데, 삶의 필요성에 의해서도 사랑은 이루어지는 것이다. 역으로 싸움이나 갈등도 살아가기 위하여 필연적으로 동반되는 인간 현상이라 하겠다.

사랑과 미움은 우주적, 본능적, 필요성의 원리로 작동되는, 인간 세상의 '평화와 전쟁'의 상태를 결정하는 키워드인 셈이다. 사랑하기 때문에 미움이 생겨나는 것이며, 평화에 대한 기대가 전쟁을 일으킨다.

전쟁은 그러니까 인간 사랑과 인류평화의 역설적 현상이다.

2. 전쟁의 상생적 패러독스

전쟁이란 "국가 또는 정치적 조직 집단간에 폭력이나 무력을 행사하는 상태 또는 사실, 특히 둘 이상 국가 간에 어떠한 목적을 위해서 수행되는 싸움"이라고 웹스터 사전은 정의하고 있다. 또 프러시아의 군사이론가 카알 폰 클라우제비츠(Carl von Clausewitz)는 『전쟁론』에서 "전쟁은 나의 의지를 실현하기 위해 적에게 굴복을 강요하는 폭력 행위이다."라고 규정한다. 전쟁을 어떻게 정의하든 그것을 축약하면 '국가 간의 무력적 충돌'이라고 할 수 있다. 그것은 인간의 시간적, 물질적, 정신적, 문화적 제요소를 불행으로 이끈다. 그럼에도 불구하고 인류의 역사는 전쟁과 함께 변화·발전해온 것은 틀림없어 보인다. 칸트는 '발전을 위한 필요악으로서의 전쟁'을 역사발전 법칙으로 진단하고 있으며, 푸코는 '전쟁이 역사적 담론의 모태'라고 말한다. 포스터(E. M. Forster)는 문학이 파악한 인생의 중요 항목인 출생, 식량, 잠, 사랑, 죽음 등을 전쟁은 가장 근원적으로 뒤흔들고 완전하게 재편성한다고 했다. 파괴와 창조라는 전쟁의 이율배반성이 인류사의 패러다임을 움직이게 하는 중심 원인이었던 것이다. 이제 전쟁발발의 원리에 대하여 생각해 보자.

2.1 우주적 원리

앞에서 엠페도클레스의 사원론(四元論)을 가지고 우주적 원리를 잠깐

언급하였지만, 주지하다시피 동양에도 이와 비견될 수 있는 음양오행
설(陰陽五行說)이 있다. 음양설과 오행설은 각각 독립적으로 발전했으나,
전국시대(戰國時代)에 하나의 사상체계로 통합되었다. BC 3세기 무렵에
천지만물의 생멸과 변화를 기(氣)의 모임과 흩어짐에 의해 설명하는 사
고방식이 성립되면서부터 음양을 성질이 상반되는 두 종류의 기로 설
정하고, 음양 2기에 의해 천지자연의 운행을 설명하기 시작했다. 송나
라 때의 주돈이(周敦頤)는 음양오행을 태극과 관련지어 설명했는데, 태
극이 음양을 낳고 음양이 5행을 낳는다고 했다. 그리고 음양과 5행의
결합에 의하여 만물이 형성되는 것으로 설명했다. 이러한 『太極圖說』의
내용은 이후 이기론에서 태극이 이(理)로, 음양오행은 기(氣)로 해석되어,
이기에 의한 우주적 생성과 운동을 설명하는 기초가 되었다고 한다.

　음양오행은 동양 특히 우리 민족에게 깊은 영향을 끼친 원형질적 사
상이다. 음양오행 사상은 음과 양의 소멸·성장·변화, 그리고 음양에서
파생된 오행(五行) 즉, 수(水)·화(火)·목(木)·금(金)·토(土)의 움직임으로 우
주와 인생의 현상과 운행을 해석한다. 거기에는 상생(相生)과 상극(相剋)
이라는 두 가지 원리가 작동한다. 상생의 원리는 나무가 불을 [木生火],
불은 흙을 [火生土], 흙은 쇠를 [土生金], 쇠는 물을 [金生水], 물은 다시
나무를 [水生木] 살려 내는 순환적 생성관계를 이룬다. 상극의 원리는
쇠가 나무를 [金克木], 나무가 흙을 [木克土], 흙이 물을 [土克水], 물이
불을 [水克火], 불이 쇠를 [火克金] 순환적 상극관계로 소멸시킨다는 것
이다. 이 오행론은 계절, 주야, 방향, 색깔, 인체의 장기 등에 상징적으
로 결합되기도 한다.

　필자는 여기에서 두 가지 사실을 확인한다. 하나는 우주만물은 대립
적 상대가 존재한다는 것이고, 그 대립적 상대와 운명적으로 상생 또는
상극하는 것이 우주적 원리라는 것이다. 하늘과 땅, 남과 여, 남과 북,

물과 불 등 우주만물은 대립적으로 존재하며, 그 사이에는 상생관계가
이루지기도 하지만, 상극에 의한 갈등과 투쟁 역시 반드시 따르게 마련
인 것이다. 그러니까 사물과 사물 사이, 사람과 사람 사이, 나라와 나라
사이에는 다툼이 있게 마련인 것이다. 따라서 상생에 의한 평화처럼 상
극에 의한 전쟁 역시 피할 수 없는 인류의 우주적 운명이라 할 수 있다.
상생과 상극이 동일하게 우주적 원리라는 점은 아이러니인 동시에 패
러독스이다.

2.2 본능적 원리

전쟁의 원인은 여러 분야의 많은 학자들에 의하여 설명되어 왔지만,
인간의 본성이 폭력적이고 싸움을 좋아하는 본능에 의하여 살아왔고
또 살아간다는 것을 부인하기는 어렵다. 로버트 아드리는 『아프리카의
기원』에서 "인간은 육식동물로서 무기로 남을 죽이고자 하는 자연적
본능을 가졌다."고 말한다. 제임스(William James)도 "역사는 피바다. 인
간의 호전성은 유전적인 것이다."라고 주장한다. 심리학자 프로이드도
공격에 관한 욕구를 인간본능 중의 하나로 파악한다. 존 키건(John
Keegan)은 『세계전쟁사』에서 전쟁을 정치의 연장으로 보는 클라우제비
츠를 비판하면서 다음과 같이 주장한다.

그것은 국가와 국익 그리고 이 두 가지를 어떻게 달성할 것인가에 대
한 합리적인 계산을 전제로 한 것이었다. 그러나 전쟁은 국가나 외교 그
리고 전략이 생기기 수천 년 전부터 이미 존재했던 것이다. 전쟁은 인류
의 기원만큼이나 오래되었으며 인간 심성의 가장 비밀스러운 자리에서
부터 비롯된다. 그곳은 자아가 이성적인 목적의식을 잊어버리고, 자존

심이 모든 것을 지배하며, 감정이 우선하고, 본능이 절대자 노릇을 하는
자리이다. …… 인류학자들과 고고학자들은 문명을 이룩하지 못했던
우리 선조들의 이빨과 발톱이 피로 붉게 물들어 있었을 것이라는 사실
을 암시한다. 심리학자들은 우리의 야만성이 피부 밑에서 그다지 멀지
않은 곳에 숨어 있다는 사실을 인식시키기 위해서 노력한다. 그럼에도
불구하고 우리는 인간의 본성을 문명화된 대다수 현대인들의 일상적인
행동양식 속에 나타나는 모습대로 받아들이고 싶어한다.

이처럼 인간에게 호전적 본능이 있다고 가정할 때, 그 발원지는 어디
인가. 폭력적 인간본성에 대하여 신경학자들은 '공격성의 소재지'로
대뇌 변연계(邊緣系 limbic system)를 지목하고 있다고 한다. 동시에 변연
계가 전두엽과 같이 뇌의 더욱 '고차원적인' 부분들과 복잡한 관계를
맺고 있다고 한다. 전두엽의 손상이 공격성을 야기한다고 알려져 있기
때문이다. 또 과학자들은 세로토닌(serotonin)이라고 부르는 화학물질의
감소가 공격성을 증가시킨다는 사실을 발견했으며, 남성 호르몬인 테
스토스테론(testosterone)을 사람에게 투입하면, 남녀를 불문하고 공격성
이 증가한다는 것을 밝혀내기도 했다는 것이다.

학자들의 연구를 통하지 않더라도 고양이가 쥐를 잡아먹듯이 동물
들이 다른 종의 동물들을 죽이고 같은 종끼리도 그러할 수 있다는 것은
쉽게 짐작할 수 있는 사실이다. 식인종으로서의 인간 존재 역시 역사적
진실이 아니었던가. 폭력성이나 호전성은 후천적 요인에 의하여 많은
부분 잠재되어 있다 하더라도 깊은 곳에 본성으로 무의식 속에 자리를
잡고 있는 것이다. 그러므로 역사적으로 끊이지 않는 전쟁의 원인은 일
정 부분 인간이 가지고 있는 본성으로 설명될 수 있을 것이다. 또 전쟁
의 시작과 전쟁 중에 나타나는 무모성이나 잔혹성 등도 마찬가지이다.

이와 같은 호전적 본성을 지닌 인간의 역사가 전쟁을 주축으로 하여 흘러왔으며, 전쟁을 겪으면서 문화의 발전을 이룩해왔고, 평화를 위한 노력을 지속하고 있다는 사실은 인간 역설의 한 절정이라 할 만하다.

2.3 필요의 원리

앞서 말한 우주적 원리나 본능적 원리보다 전쟁이 일어나는 현실적 원인은 필요성에 더 많이 접근해 있다. 전쟁을 좋아하는 본성을 가지고 있다고 하더라도 전쟁을 할 필요가 현실적으로 존재하지 않는다면 전쟁을 할 이유가 없는 것이다. 그 필요성을 몇 가지 생각해 보기로 한다.

첫째는 정치적 이유이다. 정치의 본질은 국민이 행복하고 안전하게 살아가도록 노력하는 데에 있다. 국가와 국민의 평화와 안녕이 위태로울 때 전쟁의 가능성은 높아진다. 마오쩌둥은 "정치는 피를 흘리지 않는 전쟁이고, 전쟁은 피를 흘리는 정치"라고 말한다. 제임스는 "초기의 인간은 사냥하는 인간이었고, 그들은 이웃 종족을 사냥하기 위해서, 남자들을 죽이고, 마을을 약탈하며, 여인들을 소유하는 것이 가장 이득 있는 일이며 가장 흥분되는 삶의 양식이었다."고 말한다. 그러니까 전쟁은 살아가기 위한 필요성에서 시작되었던 것이다. 국토, 자원 등의 확보와 방어를 위하여 전쟁의 씨앗은 싹텄던 것이다.

카알 폰 클라우제비츠(Carl von Clausewitz)도 그의 『전쟁론』에서 "전쟁은 다른 수단에 의한 정치의 연장(continuation of policy)"이라고 말한다. 그것은 국익을 도모하기 위한 합리적인 계산에서 나온 것이다. 그는 "(전쟁의) 직접적인 목적은 적을 쓰러뜨리는 것이며 이로써 상대방이 어떠한 저항도 할 수 없게 만드는 것이다. 따라서 전쟁은 나의 의지를 실현하기 위해 적에게 굴복을 강요하는 폭력 행위이다. 폭력은 폭력에 맞서기 위해 기술과 과학의 발명품들로 무장해 왔다."고 하였다. 그리고 '전쟁의 목적'을 전투력 파괴, 지역의 점령, 정치적 작전으로 설명한다. 그러니까 전쟁의 목표는 적의 무장을 해제하거나 적을 쓰러뜨리는 것이며 최종 목적은 정치적으로 예속시키는 것이다. 결국은 자국의 정치적 평화를 위하여 타국의 평화를 깨뜨리고자 하는 정치적 행위의 충돌이다. 그러나 전쟁의 결과를 보면, 진 쪽은 멸망에 이르게 되고 이긴 쪽도 막심한 피해를 감내해야 하는 인류의 필요악인 것이다. 국가와 민족에 대한 사랑이 전쟁을 부르는 이상한 모순의 늪에 인류는 빠져 있는 것이다. 전쟁이 국가와 국민의 정신적 결합의 표현으로 간주되는 상황 속에 인류는 존재한다. "평화를 원하거든 전쟁에 대비하라"는 베제티우스의 명제가 이를 상징적으로 알려 주고 있다.

둘째는 종교나 문화적 이념의 갈등을 생각해 볼 수 있다. 인류의 역사에서 종교적 갈등이 일으킨 전쟁이 헤아릴 수 없이 많다는 것은 간과할 수 없는 사실이다. 이것은 종교적 필요성이 전쟁을 불러온다는 사실을 증명하는 것이다. 종교를 제외한 일반문화도 같은 작용을 할 가능성이 높다. 정신적 동물이라고 하는 인간은 타문화에 대한 배타적 성향을 자국문화에 대한 애정으로 착각하기 쉬운 동물이다. 한편 자국의 종교나 문화를 수호하기 위하여 전쟁을 준비하는 것은 당연한 것인데, 이러한 준비과정은 바로 자국문화 발전의 견인차가 된다는 사실은 이중의 역설이 아닐 수 없다. 국가와 민족의 '문화 지키기'와 미래의 '문화 세우기'를 위한 수단이 전쟁이다. 존 키건(John Keegan)이 『세계전쟁사』에서 클라우제비츠가 다른 지적인 차원을 경험하였더라면 "전쟁은 언제나 문화의 표현이며, 종종 문화의 형태를 결정짓는 핵심요소일 뿐만 아니라, 어떤 사회에서는 문화 그 자체라는 사실을 깨달았을 것이다."라

고 말하고 있는 것은 의미심장하다.

3. 역설로 피어나는 휴머니즘의 꽃

말할 필요도 없이 '전쟁문학'이란 범박하게 말하여 전쟁을 제제나 주제로 하여 그려낸 문학이다. 앞에서 전쟁을 세 가지 원리에 따라 살펴 본 바대로 여기서는 전쟁문학을 역시 그러한 원리에 따라 생각해 보기로 한다.

3.1 소재로서의 전쟁문학(우주적 원리)

가장 오래된 문학작품인 호머의 「일리아드」와 「오디세이」가 말해 주듯 전쟁문학의 역사는 장구한 것이었으나, 이 용어가 본격적으로 쓰이기 시작한 것은 세계1차대전 이후라고 이해되고 있다. 그것은 이전의 수많은 전쟁이 하나의 자연현상처럼 인식된 결과라고 생각된다. 그러니까 세계대전 이전의 수많은 전쟁서사시나 군담소설 등은 전쟁문학이라는 개념과는 별도로 일반문학 개념 아래 창작된 문학작품들이라고 말할 수 있을 것이다.

이러한 작품들은 전쟁의 원인이나 결과의 참혹성 등은 생각하지 않고, 전쟁을 그냥 주어진 우주적(운명적) 또는 자연적인 것으로 수용하여 소재나 배경으로 사용한 것에 지나지 않는다. 오로지 전쟁의 경과나 결과 또는 전쟁을 승리로 이끈 영웅을 미화하거나 찬양하는 내용으로 신화나 전설과 밀접하게 관련된다. 우리나라의 고전문학에 나타나는 전쟁소재 문학의 경우 대개 이 범주 안에 머물게 된다. 「낙랑공주」, 「온달

전」 등을 비롯한 수많은 설화 문학, 「혜성가」, 「도이장가」를 비롯한 다량의 시가작품들이 이러한 전쟁문학으로 남아 있다. 고려시대의 「제왕운기」나 「동명왕」, 조선시대의 「임진록」이나 「임경업전」 등을 비롯한 수많은 전쟁문학 작품들이 이어졌다. 이러한 고전문학에서의 작품들은 '광의의 전쟁문학'으로 분류되기도 한다. 명칭이야 어떠하든지 대부분의 고전문학에는 '전쟁'이 상징성을 가지고 문학적으로 형상화되기보다는 주어진 소재나 배경의 구실에 머물고 있는 경우가 허다하다. 그러나 역사에 빛나는 전쟁영웅을 주인공으로 찬양하더라도 그 속에는 사랑과 미움, 상생과 상극이라는 우주적 원리가 바탕이 되는 역설의 미학이 잠재되어 있음은 물론이다.

3.2 존재론적 전쟁문학(본능적 원리)

전쟁과 문학의 상관성을 전쟁이 문학에 미친 영향에 따라 전시문학 및 전쟁문학으로 나누어 생각해 볼 수 있다. 전시문학이란 문학의 효용론적 기능이 전투에 직접 영향을 미치는 경우이고, 전쟁문학은 전쟁의 영향에 의하여 산출된 문학이라고 할 수 있다. 전시문학은 전쟁 기간에 생산된 모든 문학으로 볼 수 있지만, 본고의 특성상 비전쟁문학을 제외하면, 그것은 '전쟁 중에 창작된 전쟁문학'을 뜻한다. 그리고 전쟁문학이란 전시나 전후에 상관없이 전쟁을 주제나 소재로 하여 '인간'을 그려낸 문학을 말하는 것이다. 이른바 '협의의 전쟁문학'인 셈인데, 여기에는 이른바 '전후문학'도 당연히 포함된다. 이 '전쟁문학'은 전쟁의 묘사라기보다는 전쟁과 관련하여 인식된 인간탐구의 형상화 작업이라고 할 수 있다. 그런데 전쟁의 주체로서 우리는 국가를 상정하지만, 그 이전에 국민으로서의 인간 개인이 더욱 중요한 것이다. 전쟁의 모든 폐해

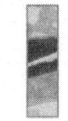

양상이 개인의 삶에서 분명하게 드러나고, 더구나 문학 작품 속에서는 이러한 양상이 더욱 뚜렷할 수밖에 없다. 그리하여 전쟁문학은 결국 전시 또는 전후에 상관없이 전쟁과 관련된 인간 존재에 초점을 맞추어 그려낸 문학을 뜻하는 것이다.

이와 같이 존재론의 입장에서 전쟁문학을 바라볼 때, 무엇보다 실존주의의 영향을 크게 생각하지 않을 수 없다. 임헌영은 「실존주의와 1950년대 문학사상」이란 글에서 시지프스적 실존주의(장용학, 최인훈), 프로메테우스적 실존주의(오상원, 김성한, 이범선), 쿠라적 실존주의(손창섭, 서기원) 등으로 1950년대 한국의 실존주의 소설 경향을 분류하고 있다. 첫째 유형은 형이상학적 반항의 초극적 입장, 둘째는 현실인식에 따른 앙가주망적 입장, 셋째는 분열적 증후군과 내면세계의 탐사 입장에 서 있다. 어떤 입장에서 형상화하든지 그것은 전쟁을 일으킨 인간 존재의 상극적 본능에 대한 개별화된 문학적 반응에 지나지 않는다. 이들의 공통된 주제는 바로 전쟁으로 철저하게 훼손된 인간성과 휴머니즘의 회복이었던 것이다.

3.3 프로파겐다로서의 전시문학(필요의 원리)

현실적 필요에 의하여 전쟁이 일어나듯이 전쟁현실에서의 필요성에 의해 전쟁문학 작품이 창작되는 것은 자연스러운 일이다. 국가가 전쟁에 돌입하였을 때 국민으로서의 문인들 역시 승리를 위하여 할 일을 찾아 나서지 않을 수 없는 것이다. 국가의 필요에 의하여 또는 문인들의 필요에 의하여 전시문학으로서의 전쟁동원문학이나 전쟁독려문학에 나서지 않을 수 없었다. 그것은 조국애와 전우애를 앞세운 '정신의 전투부대'로서 전선의 선봉장이 되는 문학이었다. 김팔봉이 「전쟁문학의 방향」이라는 글에서 "전쟁의 목적은 승리함에 있다. 우리의 문학도 승리 없이는 존재하기는 불능한 것이다. 그러므로 우리 문학의 불가결의 요소는 철석같은 전우애, 조국애의 발양과 열화같은 적개심의 앙양이다."라고 말하고 있는 것은 이 같은 사정을 말해 주는 것이다. 그리하여 각 군별(육해공군)로 조직된 '종군작가단'에서 문인들이 활동하게 되고, 『전선문학』, 『창공』, 『코메트』, 『해군』 등의 군 기관지에 작품을 발표하게 되었던 것이다.

이와 같은 프로파겐다로서의 전시문학은 시, 소설, 논설, 격문, 보고문 따위의 여러 장르를 통하여 전쟁에서의 승리라는 필요성에 의하여 다양하게 창작되었다. 이들의 주된 내용은 적을 이기고 전쟁에서 승리하여야 한다는 당위성을 다급한 목소리로 외치는 것이었다. 그 목소리에는 그러니까 애국정신을 바탕으로 독전, 전우애, 용맹, 적국의 공산주의 사상 비판, 후방에서의 일선 지원 독려 등이 담겨 있는 것이다. 그러니까 내가 살아남기 위하여 적군인 동족을 궤멸시키자는 기막힌 패러독스의 늪에서 외쳐대는 역설적 목소리가 우리의 전시문학을 대변하였던 것이다.

4. 숙명적 방법론

본고는 인간의 사랑과 미움 또는 상생과 상극이 우주적 원리, 본능적 원리, 필요의 원리에 의한 것이라는 전제 아래 전쟁문학의 아이러니 또는 패러독스라는 숙명적 방법론에 대하여 거칠게 살펴보았다. 필자의 깊지 못한 사유 때문에 논리적으로 선명하지 못한 부분이 있을 것이나, 전쟁문학이 갖게 되는 이러한 숙명성은 크게 어긋난 점이 아닐 것이다.

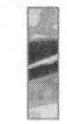

전쟁문학의 이와 같은 역설적 특성은 그것이 단지 전쟁문학에 머무르지 않고 인생의 모순적 운명의 형상화를 통하여 휴머니즘의 리얼리티를 실현하는 문학의 본질적 핵심에 자리하고 있음을 확인해 주고 있다.

비평의 빈자리와 존재 현실

The Emptiness of Criticism and the Reality of Being

당위의 갈등 그리고 융합

　우리는 그동안 너도나도 새 천년, 새로운 세기를 운위하면서 하루아침에 무슨 천지개벽이라도 될 듯이 호들갑을 떨어왔다. 그러나 막상 새로운 세기를 맞이했지만, 어디에도 우리를 놀라게 할 만한 어떤 변화도 없다. 결국 그 호들갑은 급변할 수 있는 문명의 동력과 요인을 20세기에 인류가 구축하였음을 뜻하는 것이었지, 어떤 본질적인 것의 전복이나 멸망의 뜻이 아니었다. 문학의 본질도 마찬가지여서 당장 어떤 21세기 들어 처음으로 아름다운 잎과 꽃을 드러낸 「문학마을」의 시마 당에 들어서 있는 나무들도 지난해의 그것과 대동소이한 모습으로 피어 있다. 그것은 문학이나 시의 본질이 하루아침에 변하지 않은 까닭이다. 따라서 이 글은 비록 21세기 첫 호의 작품들을 대상으로 하지만 시대적 변화의 양상보다는 나무들 자체가 가지고 있는 모양새나 그 의미에 초점을 맞춘다.

　예술은 아름다움을 발견하기 위한 하나의 구체적 수단이다. 그리고 시는 언어를 사용해 아름다움을 창조하는 문학예술의 꽃이다. 그러므로 시의 본질적 존재 이유는 미(美), 즉 아름다움의 발견이나 창조에 있는 것이다. 이러한 미의 유형(미적 범주)은 흔히 숭고미, 우아미, 비장미,

골계미 등으로 나누어지고 있는데, 이글은「문학마을」의 시나 무들이 빚어내는 아름다움 중에서 주로 비장미에 주목하면서 몇 개의 작품이 주는 아름다움의 파장을 읽어보고자 한다. 곧 당위(當爲)의 갈등에 대한 주목이다.

　비장미는 원래 고대 비극에 그 뿌리를 두고 있다. 비극은 인간의 삶과 밀접하게 관련되는 것으로, 당위의 적극적 가치가 인물과 융합하지 못하고 상반되는 갈등 속에서 침해 또는 멸망하는 과정이나 결과를 그려낸다. 이러한 비극적 상황의 고뇌 속에서 가치감정이 고양되는 특수한 미가 비장미이다.

　M. Dessoir에 의하면 비장미는 인간과 그가 살고 있는 세계사이의 갈등과 부조화에서 야기되며, 최고의 인간적 가치의 파멸과 가혹한 고뇌와 비극적 파국의 원인을 수반한 비통한 사실로부터 비롯된다고 했다. 불교에서는 인간이 살아가는 세상을 '사바세계'라고 하는데, 이는 참고 견디는 세계라는 뜻이라고 한다. 이로 볼 때, 인간의 삶은 고통의 연속임을 짐작하게 된다. 인생의 좌표는 '겨울'이라는 시간과 '사막'이라는 공간이라고 할 수 있다. 그것은 세계와의 지속적 갈등 속에 놓인 인간 운명의 비극성의 상징이다. 이런 측면에서 볼 때, 먼저 눈에 띄는 것이 장인성의「바다에 내리는 눈」이다.

　　겨울 바닷가에서
　　바다에 내려 바다가 되는 눈발을 바라보면
　　나는 왜
　　세상에 내려 세상이 되지 못하는가

바다를 치닫던 섬 하나가
눈 내리는 바다에 영혼을 쉬고 있다.

이런 날은 눈밭이여,
온 세상이 하얗도록 지척 없이 흩날려
내 헛딛고만 살아온 발목을 덮어다오

안식하던 주소와 우울한 추억과
닳아빠진 수첩 속의 이름들을 덮어주고
다만
외로운 사람의 눈물이 되는 법을 알려다오

내 영혼 너처럼 무거운 짐을 벗고
누군가의 가슴에 질펀히 녹아 흘러
그의 조그만 바다가 되고 싶다
　　　　－장인성, 「바다가 내리는 눈」 전문

　흔히 문학을 의미예술이라고 한다. 이 말은 문학이 언어로 되어 있기 때문에 의미를 떠나 아름다움을 빚어낼 수 없다는 뜻이며, 결국 인생탐구의 예술이 된다는 뜻이리라. 존재나 사물의 관계는 긍정적인 관계와 부정적인 관계로 나누어 볼 수 있는데, 앞의 것은 융합, 조화, 화합, 합일 등이고 뒤의 것은 상반, 부조화, 갈등, 분열 등이다. 위의 *바다에 내리는 눈* 역시 이 관계의 절묘한 형상화이다.
　모두 4연으로 되어 있는 이 시의 제1연은 눈발과 나의 대조를 통하여 갈등을 찾아내어 발단을 만들고 있는 곳이다. 눈이 바다에 내려 바

다로 융합되는 것이 당위인 것처럼 세상에 내린 나도 세상과 융합되는 것이 당위이지만 그렇지 못한 것이 현실이고 인생인 것임을 이 시는 비장하게 드러낸다. 즉 '누군가의 가슴에 질펀히 녹아 흘러' 외로운 사람의 눈물이 되고 싶지만 그렇게 될 수 없는 서정적 자아의 비극성을 그린다.

제2연의 상황은 갈등의 구체적 형상화인데, 역시 대조를 통해 바다와 나의 차이를 드러낸다. 바다는 눈발과 합일되는 존재이므로 섬이 그 영혼을 쉴 수 있는 어머니나 가이아(Gaia)같은 존재가 되지만, 세상과 화합하지 못하는 서정적 자아는 그의 세계에 안주하지 못하고 유전하는 삶이기에 눈에게 헛살아온 '발목을 덮어다오'라고 애원한다. 그것은 다른 영혼을 품어 평안케 하는 바다와 같은 존재가 되고 싶은 자아의 염원인 것이다. 그 염원은 어떻게 해수 이루어질 수 있는가.

그 해답은 제 3연에 그려진다. 첫째는 '안식하던 주소'를 덮는 것이다. 자신이 안식하는 집안(주소)에서 어머니는 자식들의 영혼을 길러주고 재워줄 수 없다. '우울한 추억'도 마찬가지로 거기에 빠진 사람이 자식을 바르게 양육할 수 있는 어머니가 될 수는 없다. 또 '닳아빠진 수첩 속의 이름들'도 마찬가지다. 낡은 관습이나 가치에 안주하는 사람도 훌륭한 어머니가 될 수 없다. 이것들을 모두 덮고 '외로운 사람의 눈물'이 되는 것만이 갈등을 해소하고, 남을 내 가슴에 품어 쉬게 할 수 있는 존재가 되는 것이다. 그것은 사랑이다. 영혼이 외로운 사람을 위하여 눈물, 즉 희생으로 주는 뜨거운 마음 그것이 곧 사랑인 것이다. 바다는 바로 그러한 존재이다. 추운 허공을 휘돌아 떨어지는 눈을 품어 하나의 몸이 되는 넉넉한 사랑의 어머니가 되는 것이다. 그러나 인간인 나는 그렇지 못하여 마지막 제4연에서 '그의 조그만 바다가 되고 싶다'라고

소원할 뿐인 비극적 존재이다. 이 비장함에 대한 발견을, 은유적 수사
와 비극적 배경(거울)과 염원의 목소리와 깊이를 만들며 떨어지는 리듬
으로 시인은 아름다움을 빚어내고 있다.

> 거울앞에서 거울을 놓는다
> 거울 속에 거울이 서로 들어가
> 끝없이 파고든다
>
> 사람 앞에 사람이 선다
> 사람 속에 사람이 서로 얽혀
> 끝없이 가슴을 파고든다
>
> 나무 앞에 내가 선다
> 나무를 뚫고 내가 들어간다
> 그러나 되돌아오지 않는 나
>
> 나의 실종
>   -임보, 「거울」 전문

이 시는 거울의 반복반사를 모티브로 이루어진 것으로 역시 두 존재
의 관계를 문제 삼고 있다. 제1연에서 두 개의 거울은 서로 파고드는 관
계인 것처럼, 제2연에서는 인간이 서로 가슴을 파고드는 관계로 되어
있다. 기승전결을 정확히 연으로 구분하고 있는 이 시에서 전(轉)에 해
당하는 제3연에서는 그 관계가 변화하고 있다. 즉 양쪽 존재가 동일한
거울이나 사람이 아니라, 나무와 사람이라는 이질적인 것으로 만나고

있다. 이때에는 반복사가 되지 않고 따라서 사람인 나의 형상은 나무쪽에 없다. 그래서 결(結)인 제4연은 '나의 실종'으로 끝이 난다. 시인의 '시작노트'가 암시하는 바처럼 그것은 두 존재의 관계가 파괴된 '고독'의 상태라고 할 수 있다.

그러나 거울의 반복반사를 보기에 따라서는 다르게 해석할 수 있다. 그것은 서로가 서로에게 파고들어 가는 두 거울의 관계를 융합이나 갈등 어느 쪽으로 보느냐 하는 문제인 것이다. 사실 엄밀히 말하면 한쪽 거울의 모습이 다른 쪽에 반사된다고 하여 그것이 합일이나 융합이 아님은 분명하다. 두 개의 대립적 거울이 버티고 있는 길항(拮抗)의 모습인 것이다. 사실 인간 세상은 따뜻한 천국이기보다는 겨울의 사막이라는 것을 인류의 역사가 증언하고 있지 않은가.

이러한 관점에서 이 시의 제3연을 보면 나무와 나의 관계는 이질적인 두 존재가 하나로 합일되고 있는 모습이라고 할 수 있다. 나무를 자연으로 본다면 인간의 생태학적 세계관의 표출로도 이 시를 읽을 수 있으며, 인간도 하나의 자연이기에 그것과의 융합 속에서 참된 자유와 행복을 누릴 수 있다는 까닭을 형상화한 시라고도 할 수 있다. 그것은 인간과 자연과의 관계뿐만 아니라 인간과 인간과의 관계에서도 마찬가지이다. 나를 없애고('나의 실종') 너에게로 합일되려는 사랑의 정신이 인생에서의 비극성을 추월할 수 있는 길이다. 그러나 두 개의 거울처럼 인간 세상은 갈등 속에서 서로 버티며 괴로워한다. 이 당위의 부조화를 넘기 위한 자아 실종의 아름다움을 이 시는 읽게 한다.

뿔뿔이 흐트러진 처자식 모습으로 도시 지하도에 나뒹구는 빈 소주병

수박 베어먹고 씨 내뱉듯 팽개친 나으리

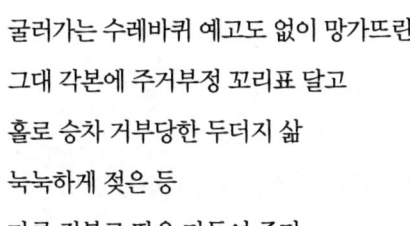

굴러가는 수레바퀴 예고도 없이 망가뜨린
그대 각본에 주거부정 꼬리표 달고
홀로 승차 거부당한 두더지 삶
눅눅하게 젖은 등
마른 검불로 땅은 다독여 준다

날마다
귓전을 울리고 지나가는
목적 가진 자들의 발자국 소리
언젠가 희망의 나래 펼쳐 제대로 굴러가야 할
수레바퀴

몽롱한 꿈결에 오늘을 지워 나가는
무소유자의 미소
　　　　　　　　　-이상렬, 「땅」 전문

　이 시는 노숙자 문제를 다루고 있다. 가장이 직장을 가지고 일하면서
가족들과 함께 한집에 모여 따뜻한 방에서 살아가며 생계를 유지해 나
가는 것은 시민적 당위이다. 그러나 우리 사회는 아직 이 당위적 사실
에 조화되지 못하고 갈등하는 적지 않은 계층이 있는데, 노숙자라는 단
어가 이 계층을 대표하고 있다. 그들은 이 시에서 보는 바처럼 가족이
흩어지고 가정이 파괴되었으며 삶의 목적이나 희망을 잃었다. 그들의
승차 거부당한 삶을 누릴 곳은 땅밖에 없다는 발견에서 이 시는 비장미
를 느끼게 해 준다. 인정하기 어려운 참담한 삶의 하루하루를 지워 나
가는 '무소유자의 미소'가 또한 그러하다. 수레바퀴, 두더지 같은 은유

적 방법이 갈등의 수사가 되어 비장미를 받쳐 주고 있다. 또 이 시에서는 융합의 가능성이 전적으로 배제되어 있는데, 이것이 역으로 사랑과 화합을 부르고 있다.

이와 같이 적지 않은 시들이 당위의 갈등에서 빚어지고 있는 비장의 아름다움을 발견하고 있는데, 이기철의 「봄」은 갈등과 불화의 겨울을 극복한 봄을 형상화하고 있다.

> 이긴 자들만이 초대받을 수 있는 것이 봄이다
> 이긴 자들에게만 몸을 열어주는 것이 봄이다
> 아무도 먼저 가 닿을 수 없는 곳에
> 새와 나비를 마중 보내는 것이 봄이다
> 아무 것도 나는 것이 없는 곳에
> 새와 나비를 마중 보내는 것이 봄이다
> 들판의 기다림을 위해 강물을 보내주는 것이 봄이다
> 어제 길 끝에 앉아 기다리던 사람을 위해
> 연두빛 언덕을 내려보내는 것이 봄이다
> 움 트는 것들의 손등을 스다듬으며
> 햇볕의 이름표를 달고 쫓아온 것이 봄이다
> 꼭꼭 채운 얼음의 단추를 따고
> 그 굳은 결의의 옷고름을 풀어주는 것이 봄이다
> 아무도 쓰러뜨릴 수 없는 눈더미를 쓰러뜨리고
> 흙과 돌에 새 순 돋게 하는 것이 봄이다
> 낯선 것들을 낯익은 곳으로 데려오는 것이,
> 맨발로 마중 가도 발 아프지 않은 것이 봄이다

작은 삶이 큰 삶을 껴안는 것이 봄이다

        -이기철, 「봄」 전문

   이 시는 봄을 정의하고 있는 양태를 취하고 있다. 즉 '~하는 것이 봄이다'의 반복이 이 시의 기본 구조이다. 연 갈이도 없이 반복되는 이 형식은 봄을 개념적으로 정의하고 있는 것인데, 그것은 대체로 융합과 사랑의 세계이다.

   봄이 몸을 열어주는 것, 얼음의 단추를 따고 옷고름을 풀어 주는 것, 눈더미를 쓰러뜨리는 것, 작은 삶이 큰 삶을 껴안는 것 등으로 정의되고 있는 것은 융합의 세계로 규정하는 것이며 꽃, 새와 나비, 강물, 연두빛 언덕 등을 베푸는 것은 사랑이라 고 할 수 있다. 그러니까 이 시는 당위적 사실들이 갈등을 일으켜서 만드는 비장의 아름다움이 아니다. 즉 갈등과 대립이 극복된 지점에 시선이 모여 있다.

   그러나 여기서 규정되고 있는 봄은 사실적으로 실현되고 있는 상태가 아니라 관념적으로 규정되어져 있을 뿐이라는 사실에 주목할 필요가 있다. 그러니까 이 시에서 봄은 분명 융합과 사랑으로 반복적으로 정의되고 있지만 아직 도래하지 않았기에 그 융합ㄱ과 사랑도 실천되지 못한 것이라 할 수 있다. 아직 겨울인 것이다. 서정적 자아는 비록 봄을 긍정적으로 이야기하고 있지만 미소유의 것이며 또 그 도달이 불확실한 것이다. 이 시가 보여주는 봄의 아름다움은 역시 갈등의 경루에서 빚어진 것이다.

   구름을 펴다

   내 뱃속에 집어넣었다

   언제나 헛배가 불렀다

저런,
구름은 비빔밥이 아니야
갈치찌개가 아니야

내 곁에서 구름만 먹은
헛배부른 사람들 떠나갔다
현관을 통해 하나, 둘, ...서른 아홉
마지막 한 사람도
떠나고 있다
다시 돌아오지 않을 사람처럼
오래도록 구두끈 조여 매던
손끝의 충혈을 나는 보았다

충혈 된 시간, 현관문을 열자
노을이 쏟아져 들어오고
떠난 사람들의 구두가
노을 속에 둥둥 떠갔다

헛배를 꾸욱 누르자 15세기 자음인
꼬리 이응이 뿡뿡뿡 나왔다
내 헛배 둥둥 매달아
풍선을 날리며 가는 사람들,
저런,
이때껏 헛배 불린
이 풍선이야

뻥이야
　　　　　-이규리, 「현관」 전문

　　이 시는 다른 것들에 비해 상상력의 진폭이 커서 탄력을 얻고 있다. 젊은 감수성을 가진 시인의 것으로 생각되는 이 작품에서 중요한 문제는 참과 거짓이다. 무도 4연으로 되어 있는 이 시에서 그 단서를 찾을 수 있는 것은 처음과 마지막 연의 '저런'이란 시행이다. 이 시행을 중간에 두고 두 연 모두 일부분 거짓이고 뒷부분이 참이다. 즉 제1연에서 구름을 넣는 일은 헛배만 부르지 영양가가 없는 것이고 비빔밥이나 갈치찌개를 먹는 것은 반대이다. 또 제4연에서 지금까지 말한 화자로서의 사람을 헛것임이 드러나고 진짜 화자는 풍선임이 밝혀져 있다. 사람은 비빔밥이나 갈치찌개 등의 음식을 먹는 것이 올바른 일이며, 풍선은 공기(구름)나 먹는 것이 타당한 일이다.

　　그러나 이 시에 나타난 인간들은 가치전도의 사회 속에서 헛된 욕망에 사로잡혀 있어 풍선과의 대비를 통한 비웃음의 대상이 되고 있는 것이다. 거짓이 아닌 참을 실현해야 하는 것은 인간의 당위에 해당하는 것이다 그렇지 못하여 갈등과 불화를 가져오는 것이 현대인의 삶의 모습이리라. 제2연과 제3연은 현관을 사이에 두고 안과 밖으로 이항적 대립을 이루고 있는데, 안은 헛된 욕망을 키우는 장소이고 밖은 그 욕망이 파멸되는 곳이다. 그러나 인간들은 모두 헛된 욕망을 찾아 결의를 다지고 떠난다. 그리고 실패하는 것이다. 이 부분 즉 '하나, 둘,… 서른아홉'을 개인으로 읽으면 시간이나 나이의 개념으로 볼 수도 있을 것이다. 그렇다 해도 현대인의 비극성의 형상화라는 점에서 달라지지는 않는다.

　　인간과 자연의 갈등과 융합의 관계를 문제 삼을 때 생태시라는 단어를 생각할 수 있다. 자연을 정복의 대상으로 삼아온 연대 과학문명은 분명하고도 치명적인 부작용을 노정하고 있는 것이 사실이다. 그것은 생태계의 파괴로서 인류의 생존을 위협하는 일이다. 따라서 자연과 인간이 하나로 융합되는 길, 즉 생태학적(전일적) 세계관으로 의식을 돌려야 한다. 그리하여 생명의 일체성, 다양한 현상들의 상호의존성, 그리고 그것들의 변화의 순환성과 같은 패러다임 속에서 에코토피아(ecotopia)의 꽃을 피우려는 것이 생태시라고 할 수 있다. 그것은 인간도 하나의 자연이라는 당위에 융합하는 길이다. 김준태의 연작시 「우라노스기의 밭농사」는 이런 의도에서 창작되고 있는 듯하다.

　　같이 가려므나

　　마음이
　　먼저 가면
　　몸이 부서지고

　　몸이
　　먼저 가면
　　마음이 찌그러진다

　　추위와 아픔도
　　아들딸인 듯
　　입술로 부벼주고

　　그래, 몸과 마음을 합하여
　　같이 가노라면

강 건너 밭 이랑에
봄이 오고 있다고

저렇듯 손짓하고 있으니!

옛사랑 흰 저고리 속살 빛깔도
살짜기 빌려와 풀어 놓으면서-

　제목부터가 「동행」으로 되어 있어 융합이나 합일의 세계를 암시하
고 있는 이 시는 마음과 몸의 관계, 인간과 자연의 관계가 전일적 세계
관에 의해 결합되어 아름다움을 빚어낸다. 따라서 그것은 비장미가 아
닌 우아미를 실현하고 있다. 시간도 생명을 결합하는 봄으로 되어 있
고, 공간도 생명을 잉태하는 밭(땅)이다. 이러한 시간과 공간은 '옛사랑
흰 저고리 속살 빛깔'의 아름다움 까지 불러들인다. 그러나 이러한 시
들도 비장하지는 않더라도 인간과 자연의 갈등에서 비롯되었음을 부
인 할 수는 없다. 그런데 아무리 융합의 세계를 형상화한다 해도 시적
긴장이 떨어져서는 안된다는 것이 생태시나 농민시 등을 쓰는 사람들
이 유의해야 할 점이라고 하겠다.

　필자는 지금까지 「문학마을」의 시나무들을 대상으로 당위의 갈등과 존
재의 융합이라는 관점에서 비장미를 중심으로 그 양태들을 점검했다. 그
결과 대부분의 작품들이 자아와 세계의 갈등에서 빚어지고 있음을 확인
한 셈이다. 인생의 시간은 겨울, 공간은 사막이기에 이 세계와 갈등을 일
으키는 것이 삶의 본질이며 이러한 삶을 탐구하여 형상화한 것이 시문학
이다. 세계와 낡은 것의 부정 위에 시인의 상상력이 꽃을 피우는 것이다.

비평의 빈자리와 존재 현실

The Emptiness of Criticism and the Reality of Being

제4장

점이지대의 변주곡
- 장석주 「간장 달이는 냄새가 진동하는 저녁」, 김수영 「오랜 밤 이야기」 -

1. 백악기와 물 속 밑바닥

　　인간은 해(年)와 달 그리고 일주일이나 하루와 같은 시간의 단위를 스스로 정해 놓고 그것에 맞춰서 순환적 삶을 영위한다. 우리는 지금 20세기와 21세기의 점이지대(漸移地帶)를 통과하면서 또 하나의 순환 단위인 세기의 '경계'에서 문화 텍스트를 축조해 나가고 있는 중이다. 이러한 시대적 상황에서 '되볼아보기'의 시선으로 앞날을 가늠하게 하는 개인적 점이지대의 변주곡을 들려주는 두 시집을 만나게 됨은 우연한 일일까. 두 시인은 과거라는 영사막에 비춰진 이미지들을 반추하고 있는데, 장석주의 「간장 달이는 냄새가 진동하는 저녁」은 '백악기(白堊紀)의 겨울'로 상징되는 시간의 경계에서, 김수영의 「오랜 밤 이야기」는 '밤의 물 속 밑바닥'이라는 공간의 경계에서 인생탐구라는 낚싯줄을 드리우고 있다.

　　백악기는 중생대의 마지막 시대이고 겨울은 일 년의 마지막 계절이다. 그것은 다가오는 새로운 시간적 단위와의 접경이므로 "낡은 영혼을 내려놓"(「주문진 여인숙」)고 다음 햇살을 기약할 수 있는 때이다. 이전의 시집 『크고 헐렁헐렁한 바지』에서 "얼어붙은 구두를 신고/ 미궁에 빠"(「미궁」)져서 '가슴에 날선 칼 같은 증오'(「헬리콥터」)로 버티면서 '상처의 힘으로 노래 불렀던'(「음유 시인 2」) 장석주는 이제 새로운 포유류로 '단순하고,/ 느리고,/ 고요히,' '굴뚝에서 빠져나온 연기'의 미덕을 발견하고 '아직 살아보지 못한' 신생대로 넘어가려는 '백기의 겨울'에 서 있다. 이러한 시간적 경계는 간장 달이는 '저녁'으로 대표되며 그것은 '과거/미래, 유소년/어른, 겨울/봄, 사회/개인, 도시/전원, 분노/용서, 부정/긍정' 등의 중간지대임을 뜻하는 것이다.

한편 유난히 하강 이미지가 드러나는 김수영의 경우, 밤의 물속으로 내려가 그 밑바닥에 렌즈를 대고 '그 바다 깊은 곳에서/ 마르지 않고 솟는 물줄기'(「용소」)를 끌어올리고 있다. 이러한 공간적 경계는 '밤'이라는 시간과 조응하면서 '검은 우물' 속에서 빚어내는 이미지들을 펼쳐놓는다. 그리하여 '지하/지상, 무의식/의식, 전생/이생, 과거/미래, 무덤/전시실, 의존/독립' 등의 중간지대에서 내향적이고 개인적인 의식세계를 형상화하고 있다. 두 시집에서 보여 주고 있는 공통점은 '과거/미래'의 경계뿐이다. 그러니까 새로운 미래를 예비하기 위하여 과거(유년)를 되돌아보는 시선으로 '현재'라는 경계에서 인생을 응시하고 있는 것은 동일하다. 그러나 장석주의 시간적 존재는 사회적 삶으로서의 슬픔, 현실, 의식 등이 수평적 상상력으로 그려지고 있으며, 김수영의 공간적 존재는 개인적 삶으로서의 사랑, 꿈, 무의식 등이 수직적 상상력에 의해 포착되고 있다.

2. 흘러가기의 슬픔과 내려가기의 심층

백악기라는 시간적 경계에 서 있는 장석주의 수평적 상상력은 삶이

란 것을 '모래강과 함께 흘러가버리는 것'(「모래강」)으로 일찍부터 파악
하고 있었다. 그리하여 인생이란 '그 흘러다님의 고달픔 때문에/ 불우
는 더 단단하고 싶어'(「더 단단하고 깊어지는 불우」)지는 비극적 존재로 요약
되며, 따라서 인간은 척박한 현실에 뿌리를 내리고 사는 '슬픔의 子孫'
(「그대의 점성술」)임을 깨닫는다. 그 슬픔은 개인적인 것과 '날개 떼어놓
은 천사'(「국립맹아학교」)로 대표되는 맹아를 비롯한 땅꾼, 화전민, 장돌
뱅이, 머슴(「무료급식소에서」) 등 불우한 타인을 향한 사회적인 것으로 나
누어져 있다. 아무튼 슬픔을 얼음을 깨고 나가는 쇄빙선같이 생생한 존
재의 본질이기에 그것이 없는 사람은 부끄러운 존재(「3월」)가 되는 것이
다. 따라서 장석주의 시적 자아는 튼튼한 두 다리로 거친 수풀을 헤치
고 달리는 야생 호랑이(「내 핏속의 야생 호랑이」)로 분노와 슬픔에 늘 울고
있었던 것이지만, 이제 누군가의 아버지가 된 백악기의 겨울에서 '몇
개의 불운을 숨겨둔 인생을 살았다'(「앵두나무」)는 사실을 고백하면서 고
요하고 무심하고 평화로운 활짝 핀 앵두나무 꽃을 통해 '인생의 이면'
까지를 보게 되는 것이다. 그리하여 '부엽토 깔린 축축한 땅에 뿌리를
내려/ 잎 달고 꽃피우고 싶은 열망에/ 저 혼자 부쩍 몸이 단/ 저녁'(「저녁
이면 거울이 되는 금광저수지」)을 만들고 있다. 장석주 시의 '슬픔'이 점이지
대에서 변주되고 있는 것이다.

물 속 밑바닥이라는 공간적 경계를 통해 바라보고 있는 김수영의 수
직적 상상력은 유년과 관련된 내면이나 무의식의 세계에 닿아 있다. 그
것들은 한결같이 물, 할머니, 밤 이미지들로 축조되어 있는데 공포 그
리고 그것과 비견되는 사랑, 생산성과 관련되는 여성성, 신비와 무정형
의 어둠 등이 섬세한 묘사 뒤에 숨어 있는 것으로 보인다. 예를 들면
'밤마다, 그 깊은 곳에서 융융 우는 것은 무엇/ 우물에 빠져 죽으면 나
도 큰 뱀이 될 것 같던/ 닫힌 채 묻혀가던 우물'(「우물 속의 구렁이」)에서

건져내는 '검은 기운'이나, '꿈속에 두고두고 싶어지던/ 뒤란의 검은 우물, 우물 속 허공의/ 뼈가 도드라진 길고 마른 목'(「검은 우물 2」)과 같은 것이다. 유년의 추억과 관련된 이러한 무의식적 이미지들은 공포감과 함께 신비함을 자아내는 한편 맑은 물이 솟는 마음의 맨 밑으로서 '나를 잡아 끌던 검은 물의 태반'이 되어 여성적 생산성과 맞물려 있다. 이 태반은 내려가기를 통해 찾아낸 김수영 시의 생명적 시원(始原)으로서 인생을 '누가 묻어버린 어두운 꿈'이나 어둠을 부려놓은 '무거운 수레'(「무거운 수레」) 또는 지옥의 천사라 할 수 있는 심해어 '에인젤'(「천사라 불리는 것」) 등으로 파악할 수 있게 하는 원초가 되는 것이다.

  이러한 두 시인의 이질적 상상력이 같은 대상을 두고 상이한 텍스트를 생산하고 있는 것은 당연하다. 두 시집의 중요한 모티프를 이루고 있는 '유년'이 장석주에게는 유쾌하지 못한(「홍수」) '슬픔의 도서관'(「물고기」)이 되고, 김수영에게는 밤의 공포를 피해 숨을 수 있는 할머니의 '사랑'이 되거나 '꿈을 꾸던 알'(「화석」)로서 그리움의 대상이 된다. 근원적 모티프인 아버지도 장석주에게는 엄마를 삼키고 나를 밟을지도 모르는 '점령되지 않는 게토'(「아버지」)이며, 김수영에게는 늙었지만 더 환한 그림자(「물속의 달」)로 '눈부신 흰소'(「흰소가 오는 밤」)가 되어 내게로 다가오는 긍정적 존재가 된다. '책'은 장석주에게 추억의 상처(「옛날의 도서관」)이고 김수영에게는. '사랑의 시'(「책」)이며, '장롱' 또한 장석주에게는 '불후의 슬픔'으로 '빈 젖꼭지'(「장롱」)가 되며 김수영에게는 '오래된 향기와 빛'으로(「오동나무 장롱 1」 등) 가계의 내력과 할머니의 사랑을 전해 주는 오비제인 것이다. 그러나 두 시집의 이미지들이 고착되어 있는 것이 아니고, 변화의 새싹들을 밀어오고 있다는 점이시대의 특성을 드러내고 있음은 물론이다.

3. 견딤과 썩음의 변주

흘러가기의 슬픔을 인생의 본질로 보고 있는 장석주의 『간장 달이는 냄새가 진동하는 저녁』은 세상을 '날개 다친 새들이 울고 있는 빈집'이나 '춥고 어두운 복도' 또는 비정한 숫자로 뒤덮인 '개기일식'의 현장으로 인식하고 있다. 그러므로 이 비극적 세상에서 생존할 수 있는 길은 그 인생길을 흘러가면서 '천천히 견뎌야만 하는'(「장롱의 힘」) 일이다. 표제시 「간장을 달이는 냄새가 진동하는 저녁」은 입동과 저녁이라는 경계에서 이러한 '견딤의 미학'을 연주하고 있는 작품이다. 집 밖에 내놓은 화분에서 벤자민은 쏙 빼놓고 화분만 가져가는 이기적인 세상에서 은근하게 긴 시간을 참고 견디면서 끓이고 우려내어 얼지 않고 썩지 않는 진한 간장을 만드는 법이 '달이기'인 것이다. 그것은 힘든 수행이지만 뜨거운 불길을 견디고 남을 수 있는 사리를 만드는 일과도 같다. 이 '견딤'이 장석주의 점이지대를 점령하여 변화를 명령하고 있는 것이다. 그리하여 '실패와 조급증과 서투름으로 채워'(「청춘」)졌던 백악기를 뒤로하고 '등 시린 이 생을 용서하기로'(「숲에서」)하며 '때로는 낮아지는 법도 배워'(「장롱의 힘」)식물원이나 너도밤나무 숲 등을 떠올리는 여유와 관조로 신생대의 첫 소절을 연주하고 있는 것이다.

내려가기의 방법으로 인간 내면의 심층에 이르고자 하는 김수영의 『오랜 밤 이야기』는 「오래된 여행가방」에서 유년의 추억을 꺼내보면서 이제 어디로든 다시 돌아갈 수 없다는 것과 자신이 혼자라는 사실을 함께 깨닫는다. 그리고 예의 그 물 속에서 외길로 뻗어 있는 인생길을 걸어갈 하나의 지혜를 깨닫게 되는데 그것은 '썩음'이다. 물이 흘러들어오지도 흘러나가지도 않는 늪은 그 밑바닥에서 솟는 물이 있어 늪으로 존재하지만, 그 물이 썩음으로써 물(자신)이 아닌 것들을 생존하게 하는 힘을 가지게 되는 것, 즉 '매년 연꽃은 피어나고, 잠자리는 물속에서 허물을 벗고, 철새들은 부른다'(「부패의 힘으로」)는 사실을 발견하는 것이다. 「고목나무샘」에서는 나무가 썩어가면서 이끼와 버섯, 벌레들에게 몸을 내어주고 있음을 안다. 그리고 나무와 닿아 있는 옹달샘의 '마른 나무의 뿌리를 적시려는/ 마음이,/ 나무가 죽은 뒤에도/ 그의 몸에서 자라고 있는/ 이끼와 버섯, 벌레들을/ 깃들이게 하는' 생명력의 원천임을 밝힌다. 그리고 「감자」에서는 그것이 썩어서 새로운 싹들을 밀어 올리고 있음을 본다. 그러니까 김수영은 물 밑바닥이라는 경계에서 이미지를 퍼올리며 그 물이 가지는 '썩음'의 지혜를 읽어내어 생명과 사랑의 꿈으로 승화시키고 있는 것이다.

두 시집은 '경계의 미학'을 열람할 수 있는 도서관이다. 두 시인은 앞으로 이것을 바탕으로 변화해갈 것이다. 21세기의 인생과 그 내면의 텍스트를 주조하면서.

영원을 향한 자연과 인생의 합주
-김시헌론-

1. 순수지향의 외길 40년

성장기 20년, 노쇠기 20년 정도를 빼고 나면 실제 일할 수 있는 활동기는 불과 30~40년에 불과한 것이 인생이라는 여행이다. 이 짧은 여정에서 40년 동안 어떤 한 가지 일에 매진한다는 것은 보기 드문 일임에 틀림없다. 1966년 『현대문학』지에 「私談」을 발표하면서 문단에 나온 수필가 무원(無圓) 김시헌(金時憲 : 1925~)은, 이 드문 일을 해낸 문인 중의 한 사람이다. 그러나 그는 1991년 서울로 이사하기 전까지 약 30년간이란 긴 세월의 문학적 생애를 대구지방에서 보낸 탓인지 이른바 저명 수필가로 널리 드러나 있지는 않은 것 같다. 하지만 그가 남긴 수필은 그의 긴 문학인생이 뒷받침 해주듯이, 질·양 어느 쪽에서나 그냥 지나칠 수 없는 무게를 지니고 있는 것이 사실이다.

우선 김시헌이 지금까지 발표한 수필 작품 수만 보더라도, 합동 수필집인 『散文散策』(1972 ; 21편), 『人生의 妙味』(1975 ; 15편), 개인 수필집인 『멋을 아는 사람』(1982 ; 69편), 『두만강 푸른 물에』(1984 ; 25편), 『오후의 사색』(1990 ; 62편), 『해질 무렵』(2000 ; 31편), 『생각하는 사람』(2001 ; 31편),

그리고 『韓國隨筆大學大全集 7』(1988 ; 11편) 등에 260여 편이 묶여 있다. 중복된 것을 빼고 보면 실제로는 170편 정도가 되지만(이 책들에 실리지 않은 작품들도 있을 것이다), 아무튼 이 정도의 작품을 남긴 수필가라면, 우리는 일단 그의 작품 세계에 대해서 면밀한 검토를 수행해야할 책무를 느끼지 않을 수 없다.

1925년 9월 17일 경북 안동군 임하면 천전동에서 출생한 김시헌은 광복 전 만주에 잠시 머물기도 했고, 함경북도 청진에서 공업학교(토목과)를 다녔고 거기에서 제도사 시험에 합격하여 근무하거나 측량기술자로 일하는 등 외지에서 청소년기를 보냈다. 그러나 1945년 고향 안동으로 돌아와 안동농림학교 부설 사범과를 졸업하고, 1950년에 중등학교 교원자격 검정고시(국어과)에 합격, 이후 정년까지 주로 대구지방에서 교원으로 종사하면서 수필 문학에 전념했다. 경북수필문학회를 창립하고(1968) 그 회장을 역임하면서(1969) 동인지 『수필문학』을 발간하는 데 기여했으며, 1977년에는 한국수필가협회 이사를 지내기도 했다. 그리하여 경북문화상(1978), 한국수필문학상(1987), 신곡문학상본상(1996), 『수필문학』 대상(1999) 등을 수상하기도 하였으며, 서울로 이주한 후에는 국립도서관, 인천중앙도서관, 백화점(신세계, 애경, LG) 등에서 수필 창작반을 지도하고, 경기전문대학 강사로 수필을 가르치기도 하는 등 후배 문인 육성에도 공헌한 바 크다. 한편 그는 수필에 관한 원론, 작법, 작가론 등을 묶어 『수필을 말한다』(2000)라는 평론집을 상재하기도 했다. "마음에 드는 수필을 두 달에 한 편쯤이라도 쓰고 싶다"(「마음의 산책」)거나 "또 읽어도 새로움을 주는 영원한 이야기를 쓰고 싶다. 그 작업 때문에 생명을 깎는 고통이 비록 닥친다 해도 뒤에 오는 쾌감과 유열과 만족을 위해서 그 고통을 달게 받고 싶다"(「마음의 산책」)는 김시헌의 생에는 한 마디로 수필에 대한 끊임없는 사색과 열정으로 보낸 40

년이라고 말할 수 있다.

그 40년은 그 자체로 순수지향의 삶이었다고 말할 수 있을 것이다. 흔히 수필을 가리켜 '자아의 세계화'라고 하듯이, 수필은 사실을 바탕으로 작가의 내면을 밖으로 드러내기 마련이다. 따라서 김시헌의 순수지향의 삶은 그의 수필 작품들 여기저기에서 확인할 수 있다. 그는 서예를 즐기고 등산이나 음악감상을 취미로 가지고 있는 문사이다. "예술이 순수하다면 예술인도 순수해야 한다"(「藝術人」)는 자신의 말에서 알 수 있듯이, 「두만강 푸른 물에」등의 대중가요 부르기를 좋아하고, 「촌사람 같은 얼굴」로 살아온 그의 생애에서 순수지향성은 부정되기 어렵다. 김규련도 "김시헌(金時憲) 님은 수필을 쓰는 문사기 전에 청순한 인품의 선비다"(『두만강 푸른 물에』서문)라고 지적하고 있음은 이러한 사실을 뒷받침해주고 있는 것이리라. 이와 같은 순수지향의 의식을 가지고 수필만을 위한 각고의 노력으로 일관한 김시헌의 문학적 생애가 빚어낸 인생탐구의 형상화가 그의 수필 세계인 것이다.

모든 문학이 결국은 인생탐구의 길을 지향하고 있는 것은 주지의 사실이지만, 김시헌의 수필처럼 거의 모든 텍스트가 인생탐구로 직핍(直逼)하는 경우도 드물 것이다. 40년 동안 쓰여진 그의 수필을 주제적인 측면에서 변모양상을 찾으려 해도 좀처럼 쉽게 찾을 수가 없다. 그것은 시종여일하게 그의 문학세계가 인생탐구라는 지속적 양상을 보이고 있음을 뜻하는 것이다. 그의 문학적 주제를 인생, 종교, 예술, 자연(우주) 등 몇 가지로 나누어 그 유형화를 시도해 볼 수도 있지만 종교나 예술, 자연 등은 양적인 면에서 인생문제에 비해 훨씬 적으며, 결국은 그것들이 인생으로 귀착되고 있음을 발견하게 된다. 그것은 처음부터 끝가지 변화가 없는 흐름을 이루고 있다. 외형상으로 그는 1966년『현대문학』지를 통해 수필을 발표하기 시작한 것으로 되어 있지만, 실제로는 그

이전(1960년부터)에 쓰여진 글들, 이를테면『宇宙觀』,『藝術속에서 놀다』,
『倦怠』,『肉體』,『下宿人生』,『나무·돌·나』 등의 초기의 수필들에서부
터 이러한 인생탐구 작업은 이미 시작되고 있었다. 물론 최근의 수필들
도 거의 모두가 이러한 '인생'이란 의미 영역의 자장 안에서 이루어지
고 있음도 확연하다. 크게 보아 김시헌의 수필은 모두 인생탐구 작업에
바쳐지고 있는 것이다.

　　〈나는 어디에서 와서 언제까지 생존을 계속하다가 어디로 갈 것인가?〉
　　이 물음은, 사람이라면 누구에게도 있는 근원적인 의문이다. 옛사람도
　　이 의문을 가지면서 살아 왔고, 미래의 사람도 이 의문에 대한 해답을
　　쉽게 얻기 어려울 것이다. 그래도 사람들은 별다른 지장이 없이 자기 인
　　생을 열심히 살아 가고 있다.

　창작 연도로 보아 김시헌의 작품 중 가장 먼저 쓰여진(1960) 것 중의
하나로 볼 수 있는『宇宙觀』이라는 제목의 이 수필은 그러니까 그의 처
녀작이거나 그 언저리에 해당하는 것으로 추정되는데, 우리는 여기서
그 인생탐구의 시발을 보게 되는 것이다. 이 글에서 지은이는 동서양의
우주관에 대해 일별하고, "넓은 우주 속에 놓여 있는 나라는 존재는 무
엇일까"라고 자문함으로써, 인간 존재에 관한 사색의 일단을 우주나
종교와 관련하여 드러내고 있다. 그리고 글의 마지막 단락인 인용부분
에서는, 인생이란 무엇인가라는 의문은 근원적인 것이지만, 그의 관한
명확한 해답은 언제나 불가능하거나 불완전한 것일 수밖에 없는 것이
며, 그렇다고 하더라도 인생은 계속되는 것임을 말하고 있다. 이러한
출발은 그의 수필 세계로 그대로 옮겨가게 되어, 불가능하거나 불완전
한 것인 줄 알면서도 인생에 관한 끊임없는 탐구와 사색이 지배하는 예

술적 형상화의 길로 나아가게 되었던 것이다.

2. 전일적(全-的) 세계관, 또는 친자연적 인생관

인생에 관한 탐구나 사색은 세계관과 불가분의 관계를 가진다. 세계관이 정립되지 않고서는 인생관이 확립될 수 없는 것이다. 그러므로 김시헌 수필에 나타나는 인생도 그의 세계관과 떼어서 생각하기 어렵다 세계는 시간과 공간으로 되어 있다. 시간이라는 통시적(수직적) 축과 공간이라는 공시적(수평적) 축이 만나는 '지금 · 여기'라는 좌표 위에 인생이라는 존재가 구현되는 것이다. 시간과 공간이 하나의 영원으로 결합되어 있는 것이 세계라고 할 때, 인간 존재는 영원의 한 부분이며 우주의 한 조각이다. 개별적 인간 존재는 그러므로 모든 것과 뿌리를 같이하는 우주적인 한 몸이 아닐 수 없다. 해, 달, 땅, 바위, 새, 물고기, 나무, 풀 등과 하나의 생명으로 결합되어 있는 것이다. 이러한 전일적 세계관은 인류의 오래된 전통이었다. 그러나 이와 같은 친자연관은 "자연을 사냥해서 노예로 만들어 봉사하도록 해야 한다"는 베이컨과, 자연을 기계적 법칙으로 이해하고 인간의 육체까지도 하나의 제조된 시계로 비유했던 데카르트 등에 의해 변질되었다. 이러한 기계론적 세계관은 현대문명의 모태가 되었으며, 현대는 과학기술이 모든 것을 지배하는 시대가 되었다. 그 결과 인류는 전대미문의 종말적 위기에 봉착하게 되었으며, 이러한 위기를 타개하기 위하여 인간은 다시 전일적 세계관으로서의 생태주의를 부르짖게 된 것이 작금의 현실이다.

생물, 무생물, 눈에 보이는 것, 보이지 않는 것 모두가 하나로 연결되어 있다는 전일적 세계관의 패러다임 속에서 인간의 정신이 전체로서의 우주와 관련되어 있다는 자각이 들어 있다. 일찍이 단재 신채호 선생은 「큰 나와 작은 나」라는 글에서, "한량없이 넓은 세계 안에 한량없는 내가 있어도 동에도 내가 있고 서에도 내가 나타나며, 위에도 내가 있고 아래도 내가 나타나서 내가 바야흐로 죽으매 또 내가 난다"라고 했다. 이와 같은 생명의 일체성, 다양한 현상들의 상호 의존성, 그리고 그것들의 변화의 순환성 등이 생태학적 세계관의 요체이다. 인간이 전체로서의 우주와 관련되어 있다는 이와 같은 세계관을 우리는 바로 김시헌의 수필에서 만나게 된다. 그러니까 김시헌은 우리가 생태학적 담론이니 뭐니 하고 호들갑을 떨기 훨씬 이전부터 이와 같은 전일적 세계관을 확고하게 정립하고 있었던 것이다.

　지금은 한 여름이다. 온갖 생명이 성수기를 만난 듯이 뛰고 날고, 붙고 맺고, 익어간다. 작게 보면 개체들의 자기 보존과 자손 번식을 위한 싸움으로 보이고 크게 보면 자연이라는 한 가족이 영원한 잔치를 벌이고 있다.

　높은 곳에는 하늘이 넓게 펼쳐 있고, 아래에는 산과 들이 변화 많은 굴곡을 이루고 있다. 그 굴곡 사이에 새가 울고, 나비가 날고, 짐승이 뛰고 나무가 자란다. 나도 그 속에 한몫 끼어서 같이 움직이고 있다. 작게 보면 나는 한 사람의 개인으로 있으면서 앞으로 얼마나 더 생명이 유지될 것인가를 생각하겠지만 크게 보면 대저연이라는 한몸으로 영원한 회전을 하고 있을 뿐이다.

　생겨나는 것이 있으면 없어지는 것이 있다고 하지만 그것들이 같은 뿌리 안에서의 변화라고 본다면 죽는 것도 없고 사는 것도 없는 것은 아닐까.

「自然과 나」라는 수필의 한 부분이다. 여기서 우리는 인간을 포함한 모든 사물이 하나의 뿌리로 연결되어 하나의 몸을 이루고 영원한 생명으로 회전하고 있다는 김시헌의 전일적 세계관을 만나게 된다. 하늘, 산, 새, 나비, 짐승, 나무 등이 '자연이라는 한 가족'을 이루어 살고 있다는 것이다. 미국의 생태주의자 배리 코모너(Barry Commoner)는 생태주의의 특성을 ①모든 생물은 다른 모든 생물과 깊은 연관을 맺고 있다, ②이 세계에서 소멸되는 것은 아무 것도 없으며 다만 다른 곳으로 자리를 옮길 뿐이다, ③자연이 더 잘 안다, ④대가를 지불하지 않고는 아무 것도 얻을 수 없다 등으로 요약했다. 김시헌의 수필세계가 바로 이와 같은 전일적 세계관을 형상화하고 있는 것이다. 그는 생태주의라는 용어를 사용하지는 않았지만, 그의 수필 작품은 이러한 세계관을 분명하게 드러내고 있는 것이다. 이러한 세계관은 자연스럽게 친자연적인 인생관을 불러오게 마련이다. 친자연적 인생관이란 자연을 좋아하여 자연과 동화되기를 희망하는 동시에 자연에서 인생을 배우며, 인생을 자연으로 구현하려는 삶의 태도와 관련된다.

지금은 봄이다. 움츠렸던 겨울의 생명들이 새 기운을 차린다. 날고, 기고, 뛰면서 봄을 즐긴다. 그 광경을 바라보고 있으면 나도 그 속의 한 조각 생명이라는 것을 깨닫는다. 한 포기의 풀이 되고, 한 마리의 새가 되어서 그들과 더불어 흔들고, 뛰고, 날고, 싶은 충동을 느낀다. 그리하여 나를 잃어버린 전체가 되어서 영원한 생명으로 지내고 싶다.

「有限한 인생」이라는 이 작품에서 봄의 자연을 보는 화자는 자신도 한 조각의 자연이라는 사실을 깨닫는다. 그리고 자연스럽게 한 마리의 새, 한 포기의 풀이 되어 개체로서의 자신을 버리고 자연과 하나가 되

어 영생하고자 한다. 자연과 인생이 하나로 동화되는 친자연적인 인생
관을 보여주고 있는 것이다. "〈나〉라는 속에 내재하고 있는 〈이기〉는 소
멸이 없는 영원한 존재로서 우주안의 움직임을 계속할 것이다."(「宇宙觀」)
라는 그의 우주관과 결합하게 된다. 이렇게 될 때 소아병적인 인생의
집착에서 벗어날 수 있는 것이다.

  우주가 무한대하다면 그 무한대의 중심에 나는 언제든지 존재하고 있
  다. 무한대는 변두리가 없다. 변두리가 중심이고, 중심이 곧 변두리가
  된다. 그리하여 나는 무한대의 주인이 된다. 나라는 개체(個體)를 버리
  면 무한대가 있을 뿐이다. 그 무한대가 곧 나이고, 내가 곧 무한대가 된
  다. 비로소 나는 나를 초월한다.

  친자연적 인생관은 「구름에 달 가듯이」라는 위의 수필에서 보는
바와 같이 자아가 우주의 중심이 되고, 세계의 주체가 되는 영원으로서
의 인간을 보게 되는 것이다. 이러한 깨달음은 허무나 미움과 같은 부
정적인 시각이 아닌, 성실과 사랑 등의 긍정적 시각으로 인생을 바라보
게 한다. 그리하여 김시헌의 수필에 나타나는 세계와 자아의 관계는 욕
심과 집착이 아닌 비움과 나눔, 겸허와 따뜻함으로 자리잡게 된다. 나
를 완전히 떠날 때 "아무것도 없는 나인데도 오히려 꽉 찬 자기가 된
다"는 것이며, "나와 대상이 하나로 되고, 내가 대상 속에 묻혀서 없어
지는 도취의 상태"(「인생의 의미」)가 행복이라고 말하는 것이다. 그것은
자아와 세계의 '사랑의 관계'가 아닐 수 없다.

3. '사랑'의 관계망

사랑은 예로부터 정신생활의 기본적 감정이며 또한 윤리학에서 가
장 중요한 개념의 하나로 여겨왔다. 그리스의 철학자 엠페도클레스
(Empedokles)는 사랑과 미움을 우주 생성의 원리로 보아, 만물의 근원
(rizomata)인 물, 불, 흙, 공기를 결합시키는 사랑(philia)과 분리시키는 미
움(neikos)이 서로 우세지배적(優勢支配的)이 되어 세계사의 4기가 영원히
반복된다고 하였다. 아우구스티누스(Augustinus)는 "융합하여 하나로
조화되기를 바라는" 생활의 원리로, 스피노자는 "모든 것은 자기보존
의 노력을 가지고 있다. 기쁨을 갈망하고 기쁨을 주는 외물(外物)을 사랑
하게 된다."는 생존의 원리로 사랑을 설명했다. 그리고 칸트는 감성적
사랑보다 이성적 의지에 따른 실천적 사랑을 도덕적인 것이라 하여 사
랑의 실천적 의미를 강조했다. 그러니까, 사랑이란 하나가 되기 위하여
노력하는 '주는 생활'의 실천이라고 요약할 수 있다.

김시헌의 수필문학에 나타나는 사랑은 '자연'과 '인관'에 대한 사
랑으로 나누어 볼 수 있다. 그는 자연에서 사랑을 배우고, 인생에서
사랑을 실천할 것을 우리에게 가르치고 있다. 「정원수」라는 수필에서
는 스스로 자연성을 존중한다면서 "자연을 거역해서 얻는 이득은 그
생명이 길지 않다. 자연에 깊이 잠기고, 자연에 뿌리를 두고 살아가는
생활은 영원을 얻는 생활이다. 그 자연에의 길이 어렵기는 해도 노력
을 버릴 수는 없다."라고 신념처럼 말하고 있다. 과연 그는 수많은 작
품을 통해서 자연에 대한 사랑과 자연을 통한 인생탐구의 사색을 아
름답게 형상화하고 있는 것이다. 다음은 「고목」이라는 수필의 일부분
이다.

아이들이 돌을 던지면, 잠깐 가지를 피해 보려고 표정을 바꿀 뿐 노하거나 항거하지 않는다. 뜨거운 볕이 내리쬐면, 좀은 괴로운 듯 고개를 사리지만 아주 절망하는 무기력은 없다. 후둑후둑 빗방울이 떨어지면 그것들을 받아 아래로 굴려 내려준다. 그러면서 정정한 높은 뜻은 굽히지 않는다. 땅을 튼튼하게 딛고 서서 영원한 자세로 하늘을 쳐다본다. 부드러우면서 견고한 내부를 가지고 있는 고목은 오랜 수양을 쌓은 의지의 인간이다. 허약이 없고 오만이 없고 초조가 없다. 모든 것을 포용하면서도 그것에 집착하거나 감겨 들지 않는다. 그래서 나는 고목과 정이 들었다. 후덕한 할아버지를 알고 지내듯 고목과 깊은 마음을 나누었다.

오래전(1967년 작)에 쓰여진 글이지만 네 번이나 그의 수필집에 수록할 만큼 작가 본인에게도 정이 많이 든 '고목'과 같은 작품으로 보인다. 집 근처 골목 어귀에 서 있는 고목과의 정분을 그려내고, 그 고목이 어느 날 인간에 의해 베어지는 것을 안타까운 심정으로 표현하고 있는 이 글 역시 자연에 대한 사랑을 표출하고 있다. 그 사랑은 전일적 세계관에 의해 식물인 고목을 사람으로 대접하고 있다. 노하거나 항거하는 것, 뜻을 굽히지 않는 것 등은 인간의 속성일 터인데 그것을 그대로 고목의 것으로 인식하고 '의지의 인간'이라고 규정한다. 그리고 후덕한 할아버지와의 관계처럼 깊은 마음을 나누고 있는 것이다. 김시헌은 이와 같은 자연 사랑을 통하여 인간을 배우고 인간의 자연화에 대한 의도를 수필로 형상화 하고 있는 것이다. 이러한 수필들은 그의 수필들 중에서도 가장 아름다운 빛을 발하고 있는 부분이라고 생각한다.

나는 따로 떨어진 다른 의자에 가서 몸을 놓았다. 계절의 가을은 아름

답다. 색깔이 아름다울 뿐 아니라 여유와 공간을 가져서 더 아름답다. 나무와 나무 사이가 넓어지고 산과 산 사이가 넓어져 있다. 먼 곳에 북악산의 높은 봉우리가 보였다. 가을은 여백의 창조자다. 그보다도 공간의 생산자이다. 하긴 계절뿐 아니라 사람도 늙어지면 공간의 생산자가 된다. 시간의 공간, 생각의 공간, 버려진 공간, 돌아가야 하는 공간 등 많다.

「껍데기」라는 제목의 이 수필도 자연을 스승으로 한 인생공부를 의도하고 있다. 가을이라는 계절을 통ㅇ하여 '비움'의 철학을 내보이고 있다. 나무와 나무, 산과 산 사이가 넓어진다는 평범하면서도 깊이 있는 발견을 통하여 길지 않은 인생 여정을 어떻게 밟아가야 할 것인가를 사색하게 하는 문학의 향기와 열매를 원숙한 솜씨로 우리에게 선물하고 있는 것이다. 이처럼 자연은 김시헌이라는 수필가의 손에 들어가면 아름다운 인생으로 재창조되는 신기한 변용의 도구가 된다. 「겨울의 花草」, 「자연과 나」, 「낙엽」, 「달」, 「野性」, 「密會」, 「봄」, 「여름의 花園」, 「觀覽者」, 「새벽」 등 수많은 작품들이 자연에 대한 사랑과 거기서 얻어지는 순수하고 아름다운 인생을 표상하는 미적 질서를 구축하고 있는 것은 우연이 아닌 것이다. 인간이 자연이고 자연이 인간인 이와 같은 의식 세계는, 사람끼리의 관계 역시 사랑으로 피워내게 마련이다.

애인을 생각하듯 나는 온종일 아내 생각에서 떠날 수가 없었다. 아내의 사진 한 장이 유일한 위안물이었다. 서랍 속에 넣어두고 하루에도 몇 번씩 꺼내 보았다. 눈, 코, 입의 모양, 빵떡 같은 턱, 그리고 전체의 표정이 볼 때마다 나의 마음을 움직였다.
사람들은 그래서 사랑에 미치는 모양이다. 편지도 많이 썼다. 연애편지와도 같았다. 가진 마음을 그대로 전하고 싶었다. 아내에게서 편지가 오면 외울 정도로 반복해서 읽었다. 편지 중의 어떤 구절은 가슴속 깊은 곳을 만족시켜 주는 참 감미로운 충격도 있었다.

「부부」라는 수필의 이 글에서 우리는 김시헌의 인간 사랑이 어떤 것인가를 짐작할 수 있다. 그것은 진솔하다는 것이다. 아내를 애인처럼 생각하는 사랑의 열도도 그렇지만 무엇보다 마음의 움직임을 참되게 그려내고 있는 것이다. 동양철학에서는 마음이 무엇이지 않은 상태를 성(性), 마음이 움직이면 정(情), 마음을 헤아리면 의(意)라고 말한다. 그러니까 사랑은 마음의 움직임인 정을 주는 일인데, 김시헌의 수필에는 이러한 인간 사랑이 다채롭게 펼쳐져 있다. 「친구」, 「만난 사람」, 「석양의 꽃」, 「인격의 유혹」, 「흑인」, 「여인」, 「화가의 집」, 「안녕히 가십시오」 등에서 우리는 타인들에 대한 사랑을 읽을 수 있고, 「액자 속의 사진」, 「아버지의 漢詩」, 「미국으로 가는 사람」 등의 작품에서 가족에 대한 사랑이 진솔하게 드러나고 있음을 본다.

김시헌의 인간 사랑에 있어 또 하나 지적하지 않을 수 없는 것은 그것이 맹목의 집착이 아니라는 것이다. 자연스런 마음의 움직임을 솔직하고 담백하게 드러내고 있을 뿐 결코 미혹한 애착으로 마음을 상하는 일이 없다는 것이다. 「남는 것」이라는 수필에서는 심지어 인생이 무엇을 남기느냐 하는 문제까지도 하나의 타산적 삶으로 간주하고 그 것에 얽매이지 않으려는 모습을 보여주고 있다. 자연에서 배운 사랑의 색깔을 자연스럽게 그려내고 있기 때문이리라. 그 색깔은 「野性」이라는 수필에 나타나는 기교나 속임수를 모르는 큼직하고 대범한 사람, 소박하고 육중한 사람 또는 「암소와 거북이」라는 수필에 보이는, 스스로 놀고 스스로 생명을 지키고 스스로 제 할 일을 하는 단순하고 정중한 거북의 이미지를 그려내고 있는 것이다.

4. '죽음'의 철학과 달관

자연과 인간을 전일적 시각에서 사랑의 관계망으로 탐구하여 원숙한 아름다움으로 피워내고 있는 김시헌의 수필은 각별하게 '죽음'에 대하여 주목하고 있음을 발견하게 된다. 그도 그럴 것이 삶의 문제는 곧 죽음의 문제이기 때문이다. 40대부터 죽음의 문제를 지치도록 생각했다는 (「自然과 나」) 그는 죽음을 별다른 일로 긴장하여 보지는 않는 것 같다. 전쟁에서 수천 명씩 죽여 놓고 환호하며, 생각할 줄 아는 것이 자랑인 줄 알지만 그것 때문에 고통을 받으며 사는 인간(「인간이라는 동물」)이기에 하나의 동물로서 자연의 한 조각에 지나지 않음을 인식하고 있는 것이다.

죽음도 사실은 인생의 한 과정 속에 있는 행사에 불과하다. 그것조차 홍차 맛같이 겪어야 하지 않을까 하는 생각을 해본다. (……) 빈손으로 와서 빈손으로 가는 인생이라면, 살아 있는 동안에도 빈손으로 살 수 있는 것이 아닐까? 아무 것도 가진 것이 없는 나에게는 사실 빈손뿐이다. 돈도 없고 벼슬도 없고 명예도 없다. 놓고 가야 할 소중한 것이 하나도 없으니까 마음인들 오죽 가뿐하랴.
깨끗하게 살고, 멋있게 살 수 없는 것이 한이라면 그 한조차도 버리도록 노력이나 해야겠다. 그래서 가벼운 마음이 되어서 비석을 뒤에 두고 발길을 돌렸다.

죽음을 하나의 행사쯤으로 다루고 있는 「묘지」라는 이 수필에서 작가는 죽음을 홍차 마시는 정도의 가벼운 하나의 일상으로 치부하고 있음을 보게 된다. 빈손으로 돌아가야 하는 인생이기에 '깨끗하게 멋있게

살 수 없다고 느끼는 한'마저도 버려야 한다는 것이다. 인생에 관한 이
와 같은 초탈의 자세는 예사롭게 이루어지는 것이 아니다. 자연의 일부
분으로서의 인간이라는 존재에 대한 철저한 자각과 죽은 뒤에도 영원
히 이 세상에 남아서 무엇으로든 윤회하게 된다(「輪廻」)는 투철한 믿음
이 있기에 가능한 것이다. "개체는 죽어 없어지지만, 그 개체까지도 한
덩어리로 가지고 있는 우주는 영원히 살아서 존재한다."(「有限한 인생」)
는 영원지향의 존재철학을 그는 가지고 있는 것이다. 죽음은 그에게 있
어 하나의 '영원한 여행'(「안녕히 가십시오」)에 지나지 않는다. 유기체들은
"나서는 크고 커서는 죽고 죽은 놈은 다시 무엇으론가 변해서 또 나타
나고 그러한 반복 속에서 우주는 영원한 윤회를 계속하고 있다"(「觀覽者」)
는 철학이 있기 때문이다.

　그러할 때, "지하도의 출구를 나가는 사람과 같이 인생의 출구도 자
연스러워야 한다."(「지하철 出入口」)거나 "어떻게 살든 세상을 떠날 때는
가볍게 미련없이 산새처럼 후루룩 날아갈 수 있는 죽음을 맞이해야 한
다."(「무덤」)는 신념이 생길 수 있는 것이다. 그는 몇 십 년 동안 무심하
기를 연습하면서 살아왔다면서 그 무심 속에 평안이 있고 영원에의 길
이 있다(「무심연습」)고 설파하고 있다. 그 무심은 영(零)에로의 환원이며 거
기서 자신을 묶고 있는 방패막을 깨닫고 끊임없이 버리면서 얻어야 한
다는 도인의 경지에 이르러 있는 것이다. 여기에서 김시헌의 수필은 관
조와 달관의 미학을 얻게 된다. 껌 씹는 것에 인생을 비유하고 있는 「씹
는 맛」이라는 제목의 다음과 같은 수필에서도 이러한 사실은 확인된다.

　　단맛이 없어졌는데도 사람들은 동작을 중지하지 않는다. 아무 맛도
　　없는 데도 주걱주걱 씹고 있는 그 반복이 바로 장노년기(長老年期)의 인
　　생이다. (……) 하지만 어떤 사람은 껌 씹는 맛에서 더 가치 있는 인생을

보내기도 한다. 희노애락에 붙잡힌 청년기를 넘어서면 관조(觀照)로서의 새 인생이 나타난다. 관조하는 인생은 우주를 보는 인생이다. 나까지도 그 속에 포함시켜서 바라보는 폭 넓은 인생이다. 우주를 보는 눈에는 큰 변화가 없다. 그러나 무변화 속에 새로운 껌 맛이 있다는 것을 사람들은 말 없이 느끼고 있다.

'나'를 우주에 포함시켜 관조하는 인생을 창조하고 있는 이러한 달관의 세계는 김시헌 수필문학이 제공하는 가장 깊은 맛과 멋과 아름다움을 제공한다. 인생의 황혼기를 맞아 김시헌은 인생탐구 작업의 값진 결실을 얻고 있는 셈이다. 그리하여 다음의 「낙엽」이라는 수필에서와 같은 원숙한 문학적 완성도를 보여주게 되는 것이다.

> 그들에게는 애타는 미래에의 집념도 없고 생기와 희열에 넘치는 환희도 없다. 그렇지만 세상을 터득한 철학이 있고 애련을 놓아 버린 평화가 있다 이제 어디에 떨어진다 해도 불만이 없다는 여유가 있다. 그렇기 때문에 바람이 몰고 가는 대로, 돌담 밑 그늘진 곳에 발을 내리기도 하고, 양지볕이 쬐는 산모퉁이에 몸을 쉬기도 한다. (……) 그래서 낙엽은 수양을 많이 쌓은 도인을 닮았다. 늙어서도 몸을 단장해 추하지 않고, 죽음에 임해서는 사후에 대해서 관심이 없다. 모체를 떠나면서도 미련이 없고, 허공을 날면서도 불안이 없고, 지상으로 떨어지되 선택이 없다. 어디에 가서 무엇이 되든, 자기의 변신에 대해서 생각을 하지 않는다.

이 작품에서는, 낙엽이라는 자연을 원숙한 관조의 시선으로 통찰하고 거기서 깊은 의미를 깨닫게 하는 노련한 인생탐구의 전략이 녹아 있다. 그것은 자연의 가르침을 예술의 아름다움으로 바꾸어 곡진하게 전달하는 선지자의 목소리와도 같다. 늙어도 추하지 않고, 죽음에 이르러 미련이나 불안이 없는 달관의 인생을 창조하고 우리에게 제시한다. 죽음에 대비시켜 삶을 극명하게 그려내고 있는 것이다. 김시헌 수필에 수다히 나타나는 죽음의 의미는 인생을 건져 올리는 벼리가 되고 있다.

5. 자연성으로 피워낸 예술

김시헌의 텍스트를 일관하는 또 하나의 특징은 예술이나 문화 특히 수필에 관한 내용이 많이 나타난다는 것이다. 이른바 메타수필이라고 할 수 있는 이러한 텍스트들은 그의 예술관 또는 문학관 등을 살필 수 있는 좋은 자료가 된다. 「藝術 속에서 놀다」, 「寫眞」, 「藝術」(『멋을 아는 사람』소재), 「藝術」(『오후의 思索』소재), 「藝術人」, 「만족」, 「창작의 기쁨」, 「藝術의 意味」, 「藝術은 즐겁다」, 「나와 隨筆」, 「수필 이야기」 등 상당수의 메타수필이 담고 있는 내용을 간략히 살펴보도록 하자.

수필의 소재는 주위에 너무 많다. 그 소재가 나의 수필과 인연을 가지게 하기 위해서는 생각의 그물을 포기하지 말아야 한다. 자연을 생각하고 예술을 생각하고 종교를 생각하는 생활을 하고 싶다. 생각한다기보다 그것에서 즐거움을 찾고 싶다. 그러는 동안에 알밤이 익어 떨어지듯 수필 한 편식이 떨어져 나온다면 나의 인생에서 더 바랄 것이 없다. 많이 쓰고 싶은 생각도 없고, 잘 써서 남과 겨루고 싶은 생각도 없다. 자연의 유로라고 할까, 새어나오는 대로 받고, 익어서 떨어지는 대로 거두고 싶다. 그러는 동안에 좋은 수필이 되어지면 즐겁고 그렇지 못하다 해도 나름대로 즐거울 것이 아닌가?

「왜 쓰느냐?」의 일부분인 이 인용에서 먼저 눈에 띠는 말은 '즐거움' 이다. 예술은 아름다움의 창조행위이기 때문에 그것에서 즐거움을 찾고 느끼는 것은 그 본질에 비추어 당연한 일이다. '생각하는 생활'을 하고 싶다는 말은 내용을 중시하겠다는 것이 아니라 그 속에서 미의 형식이 여물기를 바라는 것으로 보아야 한다. 「수필 이야기」에서 그는 수필의 문장이 문학적으로 다듬어진다면 철학은 그 문장의 뒤에 물러앉는다고 말한다. 철학적인 의미 전달에 치중할 때 문학성이 감소된다는 것이다. 수필은 문학이기 때문에 지식이나 도덕 또는 충고보다도 감동을 얻어야 한다고 주장하고 있다. 즐거움은 감동에서 온다.

다음으로 생각할 것은 '알밤이 익어 떨어지'는 자연성이다. 미적 즐거움을 찾는 사색의 삶을 통하여 저절로 발아하는 예술로서의 수필문학을 바라는 것이다. 예술이나 자연 또는 우주(종교)와 인생을 영원으로 통합하고자 하는 그의 철학이 빚어낸 예술관이다. 그래서 다작이나 걸작에 대한 욕심도 없는 무원을 만나게 되는 것이다. 그가 "예술도 그 자연과 같은 요소를 가지고 있다. 예술을 감상하고 있으면 마음에 여유가 생기는 것은 예술이 자연을 많이 담고 있기 때문인지도 모른다."라고 「藝術」(『오후의 思索』)에서 쓰고 있는 것도 이 때문이다. 그래서 무원의 수필에서 우리는 특별한 기교나 인위적 착색 또는 주입식 교훈이나 현학적 치장 같은 것을 찾아내기 어려운 것이다. 우리는 거기에서 반짝이는 상상력보다는 깊이 있는 사색으로 조탁한 발견의 언어와 만나게 되며, 현란한 문체나 역동적 구성보다는 신실한 문장과 정직한 직조를 보게되는 것이다. 거의 모든 수필들에서 제목과 내용이 한 치의 오차도 없이 등가를 이루고 있는 것이라든지 입체적 또는 역동적 구성이 아닌 평면적 '기→서→결'의 순차적 진행을 우직하리만큼 밟아가고 있다는 말이다. 이러한 완결을 향한 부분들의 조화와 균형이 만들어 내는 안정적이고 원숙한 우아미(優雅美)는, "예술은 어느 것이든 끝없는 싸움 속에서 완성을 지향할 뿐이다."(「만족」)라는 그의 가열한 예술적 태도의 결과인 것이다. 이러한 결과물을 잠깐 보도록 하자.

> 달리다가 더 갈 수 없는 좁은 곳에서 정지한다. 우주의 기점이라고 할까? 팽이의 끝과 같은 뾰족한 지점이다. 우주 전체를 받치고 있는 고임대이다. 고임대에 멈춰진 나의 의식은 뒤돌아서 호수 쪽을 본다. 너무도 멀고 깊은 곳에 나는 가 있다. 거기서 이쪽을 바라보니까 나팔모양으로 퍼지면서 아득한 곳에 지구의 껍질이 보인다. 나는 고임대를 잡고 팽이를 돌리듯이 우주를 돌린다. 빙글빙글 우주가 돌아간다. 태양도 달도 별도 지구도 하늘도 바다도 다 돈다. 돌지 않는 것은 아무 것도 없다. 나는 우주의 조종사가 된 것이다.

단아하고 간결한 그의 문체적 특성이 아름답게 드러나는 가작, 「神이 되던 날」이라는 이 수필은 김시헌의 수필 중에서 가장 상상력이 빛나는 작품이기도 하다. 석촌호수를 바라보면서 상상의 날개를 타고 우주의 기점까지 여행하고 돌아오는 내용인데, 우주를 돌리는 조종사, 즉 신이 되어 완전한 해탈의 유열을 만끽하고 있는 인생의 우주적 완성의 경지를 예술적 쾌감으로 체험하게 한다.

또 하나 주목할 것은 '생활'이라는 단어이다. 그것은 추상적 관념의 세계가 아닌 인간의 삶에 밀착해서 수필을 건져낸다는 의미로 볼 수 있다. 그는 "사진이 실물을 카메라로 옮겨 놓은 반사물이라면, 문학은 인생의 실제를 문자로 옮겨놓은 반사물이다."라고 「예술의 의미」에서 말하고 있다. 또 "예술을 단순하게 그냥 아름다운 것으로만 생각해서는 안 된다. 그 속에는 인생의 이야기가 있다."라고 「藝術」(「멋을 아는 사람」 소

재)에서 말하고 있기도 하다. 김시헌의 문학적 인생탐구는 그의 문학세
계의 처음이며 끝이라는 사실을 우리는 그의 예술관에서도 확인할 수
있는 것이다. 이러한 지속 양상이 그의 수필이 가지고 있는 분명한 특
성이며, 시간이 지남에 따라 그 탐구의 손길이 더욱 예민해지고 그 미
적 깊이가 더해간다는 사실이 변모 양상이라 할 수 있을 것이다.

　이상과 같이 살펴볼 때, 김시헌의 문학은 깊은 감동에서 오는 즐거움
과 자연성에서 오는 우아미, 그리고 지속적 인간탐구에서 비롯되는 삶
의 진실 등을 향하여 40년의 긴 시간을 꽃을 피우고 열매를 익혀 왔던
것이다. 그것은 영원을 향한 자연과 인생과 예술의 아름다운 합주인 것
이다. 끝으로 인간 김시헌과 수필가 김시헌의 전모를 짐작케 하는 '예
술 속에서 놀다'의 한 단락을 보도록 한다.

　　행동과 생각, 또는 생활을 모두 예술적으로 할 수 없을까? 이것은 나
　의 염원이다. 군색하고 구질구질한 생각들을 청산하고 언제나 하늘 빛
　깔처럼 맑게 살 수는 없을까? 동양화를 보듯 여유와 운치와 단순으로
　살아갈 수는 없을까? 그리하여 몸과 마음이 함께 예술화 되어 생(生)과
　사(死)를 초월한 세계에서 살 수는 없을까?

　예술로스의 삶을, 자연으로서의 순수한 삶을, 세계를 초월하는 영원
의 삶을 염원하고 있는 글이다. 앞에서 본 김시헌이 도달한 문학적 경
지는 그의 이러한 염원과 어느 정도까지 가까운 거리에 가 있는 것일
까. 누구도 종점까지 도달할 수 없는 무한의 예술적 이상과 누구나 유
한 존재일 수밖에 없는 인간의 운명이라면, 그 거리는 어느 정도 유지
될 수밖에 없을 것이다. 그러니 그 자연과 예술에 대한 치열한 사랑과
노력은 아름답기만 하다. 하나의 세계관 아래 자연과 인생과 예술이 어
우러져 영원한 하나의 삶으로 피어나는 과정이 미덥기만 하다.

비평의 빈자리와 존재 현실

The Emptiness of Criticism and the Reality of Being

제6장

바다에서 건져 올린 체험적 삶의 반영
- 김영헌의 시세계 -

1

 문학은 '인간탐구의 예술'이라고 말할 수 있다. 다른 어떤 장르의 예술보다 직접적이고 적극적인 방법으로 인간의 삶을 형상화하기 때문이다. 따라서 문학은 인간의 의식, 사상, 정서 등이 어우러져 빚어낸 미적인 언어 조직체인 것이다. 이러한 문학의 속성으로 인하여 시문학에서는 인간 삶의 가장 원초적 문제인 '먹을거리'의 마련과 관련된 노동, 가난, 고달픔, 갈등과 같은 내용들이 아주 오랜 옛날부터 중요한 제재로서 형상화되어 왔던 것이다. 시문학의 원형질이라고 할 수 있는 민요를 보면 이러한 사실을 어렵지 않게 확인할 수 있다. 이와 같은 먹을거리나 일과 관련된 문학작품들은 당연히 노동현장의 체험적 반영이나 일하는 사람의 고달픔 등이 그 주조를 이루고 있는 것이다. 근래에 와서 이러한 경향의 문학적 특성을 우리는 리얼리즘이라는 카테고리로 묶어 보려고 하는 것이리라.
 우리 문학사에서 이러한 리얼리즘적 성격을 지닌 시의 장르로는 농민시가 유구한 역사를 가지고 있는 것이고 근대에 이르러 노동시를 비롯한 여러 가지 흐름이 형성되고 있다고 할 수 있다. 그러나 아직까지 어민의 삶을 집중적으로 그려낸 시, 이를테면 '어민시'라고 이름붙일 만한 시나 시인이 부각된 적은 없는 것 같다. 그런데 김영현의 첫 시집 『바다의 일생』은 바다에서 일하며 살아가는 어민의 삶을 그려낸 시들로 가득 채워져 있어 관심을 불러일으키기에 충분하다. 강원도 주문진에서 태어나 지금까지 한 번도 고향을 떠나지 않고 그곳의 바다에서 물질을 계속하면서 그 삶과 일의 현장을 형상화하고 있는 김영현 시인의 작품은 그러니까 충분히 '어민시'라 부를만한 조건을 갖추고 있다는 것이다.

'농어촌'이라는 말이 있듯이 농업과 어업, 농민과 어민은 사실 둘이면서 하나인 것처럼 인식될 만큼 그 유대가 매우 밀접한 것이다. ① 먹을거리의 생산, ② 고된 노동, ③ 넉넉하지 못한 경제 사정, ④ 갖지 못한 자의 절망이나 비판의식, ⑤ 사회의 구조적 모순에 의한 희생양, ⑥ 친자연적 환경, ⑦ 어촌에서의 겸농 현상 등은 둘의 밀접성에 대한 근거가 될 수 있을 것이다. 인류 문화사적으로 보면 오히려 어업이 농업보다 더 오래된 산업이겠지만, 단지 어촌이 바닷가라는 지역으로만 한정되기 때문에 그 면적이나 인구수가 농촌이나 농업에 비해 현저히 적기 때문에 문화적 스펙트럼이 도드라지지 않을 뿐이다. 어촌에도 농촌문화와 대등한 여러 요소를 갖추고 있는 것이며, 농촌문화와 하나로 묶어도 좋을 동질성을 가지고 있는 것이다. 따라서 이 시집에 들어 있는 김영현의 작품들도 농민시와의 동질성을 태생적으로 가지고 있는 것이다. 다만 대상에서 농민과 어민, 즉 '농'과 '어'라는 글자 하나만 구별될 뿐이라는 말이다. 그러니까 이 시집에서 '바다'는 농토이며, 거기에서 잡는 '생선'은 농작물과 다르지 않다. 사실 김영현 시인은 여러 작품에서 바다를 자연스럽게 들판, 보리밭, 벌판, 텃밭 등으로 자주 표현함으로써 이러한 동질성 또는 동류의식을 무의식적으로 증명해 보이고

있기도 하다. 이와 같이 김영현의 시세계를 농민시적 성격을 두루 갖춘 '어민시', 즉 어민의 삶을 형상화하여 식량 생산의 현장성과 그것에 따른 삶의 고통과 애환을 리얼리즘의 자장 속에서 그려낸 민족문학으로 가정하고 그 내용을 간략하게나마 검토해 보기로 한다.

2

말할 필요도 없이 김영현의 시에는 '바다' 모티프가 가장 중요한 요소로 자리잡고 있다. 바다와 관련되지 않은 작품은 이 시집에 들어 있지 않다. 대부분의 일반인들에게 바다는 농촌과 마찬가지로 아름다운 자연 풍광으로 인식되어 있다. 그리하여 바다는 관광여행의 대상지로 또는 휴식처로 현대의 도시인들에게는 각인되어 있다. 그러나 어민들에게 바다는 단순한 자연경관이 아니라 삶의 터전이며 고된 노동의 현장일 수밖에 없다. 그리하여 김영현은 농경민족으로서의 원형적 상상력을 작동시켜 바다를 '나의 보리밭'(「육감의 바다」), '내 필생의 일터/ 하루를 건져내는 텃밭'(「소망의 바다」), '황량한 벌판'(「빈 터」), '광활한 사막'(「길의 바다」) 등으로 형상화하고 있는 것이리라. 즉 김영현의 시에서 바다는 첫째로 먹을거리를 얻는 '생활의 터전'이라는 기본적인 의미를 거느리고 등장한다. 농민이 흙을 떠나 살 수 없듯이 어민은 바다를 떠나 살 수 없는 것이다. 거기에는 광어, 멸치, 문어, 오징어 등의 먹을거리(농작물)가 있고, 그것들을 기르거나 수확(물질)하는 생명의 젖줄로서 바다는 기능하는 것이다. 그러므로 어민들은 날마다 고단한 몸을 이끌고 새벽부터 바다로 향하지 않을 수 없는 것이다.

밤새 날샌 어판장 불빛

항구에 가라앉아 기척도 없다

철퍼덕 떠오르는 물 푸른자락

아직 혼수상태로 뱃전 숨어

가쁜 숨 토해내고

저희들끼리 살 부비며

출항 서두를 시간 잊은 채

고단한 침묵만 나른다

늪에 빠져 허우적거리며

일어나라 가야할 시간이다

등짐 꾸려온 어구 미끼도

제 살피찾아 앉고

낡은 기관 툴툴 기지개 틀어

어판장 쓸어 항구 두드리며

물살 갈라 뱃길 틀 준비한다.

—「침묵의 바다」 전문

　새벽 출항을 앞둔 어민의 모습을 그린 작품이다. 여기에서 바다는 어민과 완전히 동격으로 나타나 있다. '아직 혼수상태로', '고단한 침묵'으로 일렁이고 있는 바다는 그대로 새벽 어민의 모습 그것인 것이다. '뱃전 숨어' 있는 것도 세상과 격리된 어민의 생활 모습과 흡사하고, '가쁜 숨 토해내고' 있는 것도 어민들의 힘겨운 노동을 떠올리게 한다. '저희들끼리 살 부비며' 살아가는 것도 끼리끼리 정 나누며 살아가는 어민들의 소외된 삶과 무관하지 않다. 농민들이 그들의 젖줄인 땅과 하나가 되어 살아가듯이 어민들도 바다와 하나가 되어 살아가고 있는 모

습이 거의 모든 작품에 표상되어 있는 것이다. 이러한 바다와 어민의 일체감은 '조류 바다 밑 입맞춤하는 소리'도 마음으로 읽어낼 수 있으며, '물 내음 콧속 스믈스믈 다가오면'(「육감의 바다」) 육감으로 물고기가 있는 곳을 찾아내기도 하는 것이다. 뿐만 아니라 아예 어부를 바다에 살고 있는 물고기와 같은 모습으로 형상화하기도 한다. 「놀래기」라는 시가 그 좋은 예가 되는데, 이 시의 화자는 돌아가신 아버지의 얼굴이 '돌틈 몸사린 겁 많은 놀래기 닮았다'는 것을 늦게 터득했다고 고백한다. 삼치과 돌참치를 '놀래기'라고 어민들은 부르고 있다는 것인데, 이놈은 위험이 닥치면 '깜짝깜짝 놀라는 순한 보호색'을 띠고 있다고 한다. 못생기고 겁쟁이인 놀래기이지만 '묵묵 붙박이로' 한평생을 살아가는 모습은 순박한 어민(아버지)의 모습과 전혀 다르지 않음을 노래하고 있다.

이렇듯 어민과 바다가 하나의 생명줄로 연결되어 있기 때문에 어민들은 바다를 떠나 살 수 없는 것이며, 잠시라도 떠나는 일이 생겨도 이내 돌아가고 싶어 안달이 나는 것이다. 바다는 언제나 돌아가고 싶은 고향이며 어머니의 품인 것이다. 그리하여 「동해 바닷가 집」에서는 '바다 잘 보이는 언덕/ 등대길 따라 다닥다닥 붙은/ 동해 바닷가 집들이/ 군데군데 이빨 빠진듯 텅 비었어'라고 말하는 화자가 등장하고, 「늪에서」에서는 화자가 잠시 세상의 환락에 눈을 돌렸다가도 '끊을 수 없는 헤로인이 되어' 다시 '파도가 으르렁거리는 황망한 바다로' 돌아가는 것이다. 바다는 '사랑스런 요람'(「고즈넉한 바다」)이 되는 것이다. 이러한 바다의 인력 때문에 어민들은 죽어서도 그 혼들이 바다에 사는 것이리라. 「초혼의 바다」에서는 '바다라면 멀리든 가까이든/ 어부들 혼 꺼낼 수 있다'고 하고, 「무심한 바다」에서는 '애비 할아비들 혼백이 살아있는 바다'라고 말하고 있다. 또 「물질하기 좋은 날」에서는 죽은 친구의 환영을 만나고, 「아버지 혼불의 바다」에서는 '바다 나서면 아버지/ 늘 거기

살아 숨쉬고 있다'는 화자를 만나게 된다. 그래서 바다는 '어부 살아 섬기는 넋'(「아버지 혼불의 바다」)이 되는 것이다. 살아서도 죽어서도 떠나지 못하는 어민과 한 몸이 되어 바다는 푸르게 일렁이고 있는 것이다.

그러나 바다는 먹을거리를 제공하는 '생명의 젖줄'로서의 순기능만으로 작동하는 것이 아니다. 어민들은 살아가기 위해서 고된 노동을 감내해야 하는 것이고, 그렇기 때문에 고단하고 팍팍한 노동 현장으로서의 의미도 함께 시 속에 형상화되는 것이다. 계속되는 물질로 인하여 잠수병이 생기도 하고, 낚시질로 인하여 '바다 복사열이 주는 따가운 햇살/ 갈색 반점 피부암 선물한다'(「소망의 바다」)는 것이다. 즉 고된 노동 때문에 '병을 주는 바다'가 되기도 하는 것이다. 그래서 '바닷바람은/ 숨이 차 헐떡이는 어부 닮았다'(「바람난 바다」)고 표현되기도 하고, '슬픔만 살아나는 바다'(「장마」)가 되기도 하는 것이다. 그리하여 '사막 같은 바다/ 걸어온 길 흔적 없어'(「고즈넉한 바다」)라고 가파른 삶을 한탄하기도 하고, '내 푸른 청춘의 바다/ 어디 있느냐/ 너의 비명만 요란하다'(「눈먼 바다」)라고 '원망의 바다'로 나타나기도 하는 것이다.

3

김영현의 시에서 바다는 곧 어민들의 젖줄이면서 한 몸과 같이 소중한 것이지만, 고단한 노동의 현장이기에 병을 주기도 하고 원망의 대상이 되기도 한다는 것은 곧 그들의 삶이 순탄한 것이 아니라는 사실을 반증하는 것이리라. 김영현의 모든 시는 순탄치 못한 어민들의 삶을 문학적으로 확인하는 증명서와 다르지 않다.

떠내려가는 것은 하늘이었으리
밤새워 동트일 일만 기다리다
지쳐 지쳐 잠이 들라
화들짝 놀라 깨어 보면, 온통
하늘은 금빛이려니.

떠내려가는 것은 바다였으리
침묵으로 세월 낚아 올리다
지쳐지쳐 잠이 들라
어림잡아 선눈 뜨면, 온통
바다는 옥빛이려니.

떠내려가는 것은 파도였으리
밤새워 철벅 철버덕 헤매다
지쳐 지쳐 잠이 들라
물소리 바람소리 귀 기울이면, 온통
파도는 은빛이려니.

선부(船夫)야 선부야
아무리 힘들어도 힘들어도
바다의 일생이여
빛이 되거라.
　　　　　　―「빛이 되거라」 전문

이 시는 밤을 새워 물질하는 현장을 그려내면서 그 어민의 의식세계를 그려내고 있다. 어민이 겪어야 하는 노동의 성격을 잘 나타내 주는 구절이 제1연에서 제3연까지 반복되고 있는 '잠이 들라'이다. 간단히 말하면 잠과 싸우는 야간 노동의 현장인데, 우리는 잠이 오는 이유를, ① 모두 잠자는 밤이니까, ② 힘든 몸이니까, ③ 즐겁게 해 주는 것이 없으니까, ④ 같이 이야기할 사람이 없으니까, ⑤ 고기가 잘 잡히지 않으니까 등으로 추측해 볼 수 있다. 그것은 곧 ① 특별 야간 수당이라도 받아야 할 힘든 노동, ② 부단히 삭신을 움직여야 하는 육체노동, ③ 열악한 환경에서 수행하는 노동, ④ 고독한 긴 시간을 견뎌야 하는 노동, ⑤ 그럼에도 불구하고 일에 대한 보상이 만족스럽지 못한 노동의 희생적 의미를 함축하고 있는 것이다. 아무리 피곤해도 잠들어서는 안 되기에 '들라'라고 하는 '염려'의 의미를 가진 어미를 붙여 스스로를 경계하면서 잠과 싸우면서 버티고 있는 고단한 일터를 그리고 있는 것이다. 그러나 지치고 힘든 시간에도 선눈 뜨고 바라보면 하늘은 금빛, 바다는 옥빛, 파도는 은빛인 것으로 노래하고 있음에 주목할 필요가 있다. 아무리 힘들어도 바다는 늘 아름답고 희망을 안겨주는 존재라는 것이며, 그러하기에 '바다의 일생'을 사는 선부(船夫)는 '빛이 되라'고 기원하고, 염원하고, 격려하고, 소망하는 어민시인 김영현의 의식세계를 읽어낼 수 있는 것이다. 이러한 지점에서 우리는 국민의 먹을거리를 담당하면서 1차산업 현장에서 일하고 있는 기층민들의 믿음직스럽고 고마운 삶에 대한 깊은 감동과 동류의식 속으로 함께 빠져드는 것이다.

비록 내 눈이 외짝으로 쏠려 모래톱가 상사리에 뉘 알까? 몸사려 가막풀 물이끼로 몸단장하고 행여 장가갈 꿈꾼 새벽녘 내와 행색이 같은 쏠린 외짝눈 달린 년 꼬셔 신방차렸어. 그년 살림 꼼꼼 애교 알쌍 많으나

온 동네 싸돌아다니는 게 흠이라 나드리할 땐 치는 놈 챙기는 놈 조심하
라 누누이 일렀건만 한여름 복더위 모래창 훤히 열고 일광욕 즐기는데.
이년 제 또래 불러다 희희낙락거리더니 예의 내 집 지붕위 시끌벅적 고
함소리에 선잠 깼어. 이년들 겁없이 물 위에서 내려온 흰 줄가닥을 선
녀님 두레박 끈이다 아니다 싱강 부리더니 줄다리기 그네타기 웃사람
흉내내다 덜컥 물 위로 떠오르네. 그년 여보 여보 애절한 구원소리 헐레
벌떡 뛰었지만 도둑놈 두레박끝 가물가물 물섶을 치닫네.
　이놈 세상 없는 돈 다 발라먹고 이놈 마누라까지 집어삼켜. 그년 팡파
짐한 뱃장에다 알까지 모셔 놨는데.

　　　　　　　　　　　　　　　　　　　　　　　—「광어」 전문

　이 작품의 시적 화자는 바다의 물고기인 '광어'로 되어 있다. 이 화자
는 눈이 왼쪽으로 쏠려 있고, 보잘 것 없는 외짝눈의 신부와 결혼을 했
으며, 그 신부는 임신을 한 상태인데 동료들과 희희낙락거리다가 도둑
놈(어부)의 두레박(낚시)에 잡혀 올라간 것으로 되어 있다. 광어낚시질을,
시점을 바꿔 광어가 말하게 함으로써 흥미 있는 구조로 표현한 시이다.
초혼에 임신한 신부를 도둑놈에게 빼앗긴 신랑 화자의 절망과 도둑놈
에 대한 원망이 선명하게 서려 있다. 그 한의 가락이 전통적 판소리 율
격을 차용하고 있는 것도 의미심장하다. 여기서 우리는 광어가 어민 또
는 갖지 못한 하층민의 상징으로 읽혀질 수 있음에 눈을 돌릴 필요가
있다. 어부는 물고기에게는 도둑놈이지만, 가진 자들에게는 목숨마저
빼앗기는 물고기에 지나지 않는다. 그러니까 이 시는 전통적으로 물
려받은 한스런 삶을 이어가는 민중의식을 형상화한 시로 읽을 수도
있는 것이다. 그것은 사회의 구조적 모순에서 오는 빼앗긴 삶의 표상
이며, 빼앗는 자에 대한 비판과 저항의식을 상징적으로 표상하고 있

다는 말이다.

　이러한 현실주의적 시의식의 발원지는 말할 것도 없이 가난하고 고
달픈 어민들의 질곡적인 삶이다. 어판장에 있는 해장국집에서 선술
과 함께 아침 시레기국을 먹고 있는 어민들의 행색을 이야기하고 있
는 「새벽 어판장」은 '드럼통 쪼갠 원탁의 상 밑에 널린/ 양미리 뼈다귀
와 휴지처럼/ 구겨지고 패인 얼굴들'로 어민의 모습을 그려내고 있다.
여기서 보이는 '양미리 뼈다귀'나 '구겨진 휴지' 조각은 어민들의 축적
된 고단함과 신산한 삶을 함축하고 있는 객관적 상관물로서 독자들의
마음을 흔들어 놓는다. 이렇게 어민들은 힘겨운 노동을 운명처럼 이어
가지만, 고기마저도 계속 잘 잡히는 것이 아니기에 더욱 어려운 것이
다. 그래서 '기대하는 맘이야 어련하리만/ 출항해도 호황 이룰 수 없는
바다/ 씨 말린 건 우리이기에/ 그 누구도 탓할 수 없어'(「흉어기」)라는 흉
어철의 애타는 어민들의 심정을 그려낸 시도 만나게 되는 것이다. 먹고
살기 위해 서로 치열한 경쟁을 하며 고기잡이를 하지만 무분별한 남획
은 생태계의 파괴를 불러와 흉어철을 만들고, 고기가 잘 잡히지 않기에
긴 잠수시간을 보내며 어부들은 더욱 힘든 노동을 하게 되는 것이다.
그러기에 어획량의 감소는 물론이고 피부암이나 잠수병 같은 질환을
얻어 더욱 고생을 증폭시키는 악순환의 고리에 말려들어가는 것이 어
민들의 삶인 것이다. 그러면서도 어민 부부들은 '날마다 이별하고 기약
하고/ 기다리며 만남을 약속하는'(「출항」) 끈을 붙들고 오늘도 출항을
계속하면서 '멸치들 제 힘껏 달아나 보지만/ 쫓아가며 포식하는 무리
피할 수 없어'(「작은 생명들」)로 '허기진 삶'을 살아가고 있는 것이다. 어
민들의 이러한 삶은 대를 이어 계속된다는 데 더 깊은 사회역사적 모순
이 있다.

내 어렸을 때 아버지는 이름난 뱃꾼이라

운수 좋으나 싫으나 밖으로만 맴도시니

바다 험하게 기침하는 날 아니면

만날 수 없었다

항상 파도에 묻혀 떠나시고

뱃머리(埠頭)를 떠다니시고

목로를 떠다니시고

돌아오신 기척에 방문을 열면

구들장 가득 둥둥 떠다니신다

절은 풍상 다 패었어도

떠내려가는 내 손목 잡고

길목을 잡고 가슴을 잡고

물질 속살 갈라 빗장 풀어내는 소리

눈으로 가르치셨다

—「아버지」부분

이 시에서 어민인 아버지의 행동은 '떠다닌다'로 요약할 수 있다. 파
도에, 뱃머리에, 목로에 떠다니는 아버지의 힘겨운 일정은 잠을 자면서
도 떠다니는 것으로 그려지고 있다. 그것은 어민의 삶이 뿌리 뽑혀 부
유(浮游)하는 하루살이 삶에 지나지 않음을 강조하고 있는 것이리라. 그
런데 이 아버지는 아들에게 손목 잡고, 가슴 잡고, 눈으로 이 어려운 어
업노동을 물려준 것이다. 간난의 삶은 대대로 이어지고 있어 숙명적 비
극임을 증언한다. 이러한 어민들은 죽음까지도 애처로워 '그리운 누구
의 전송도 없이/ 밀려 떠내려가는 어부/ 한줌 흙이라도 되어 저 산머리/
어딘가 누울 수만 있다면/ 그대 찾아가 염이라도 하련만'(「초혼의 바다」)

이라고 그려진다. 적지 않은 어민들이 바다와 함께 살다가 바다에서 일
생을 마치게 되므로 시신을 찾을 수 없어 심지어 염도 할 수 없이 저 세
상으로 간다는 것이다. 이렇게 되면 그들의 삶 속에서 비판이나 저항의
식이 자리잡게 되는 것은 당연지사인 것이다. 그래서 「어떤 복지어촌」,
「물질하기 좋은 날」, 「바닷길을 걷다」, 「포옹하는 바다」, 「잊혀진 바다」
등에서는 수협 간부, 국가, 정치가 또는 사회제도 등의 모순을 고발·비
판하고, 나아가 「꿈」, 「파도 가르기」 등의 시에서는 민족분단의 현실을
드러내고 통일지향의식을 형상화하기도 하는 것이다.

4

이상과 같이 살펴본 김영현의 시에 깃든 의식의 지향성은 한 마디로
기층민으로서의 어민들의 질곡적 삶의 형상화를 통한 전통적 민족의
식의 고양이라고 말할 수 있다. 이러한 측면에서 생각할 때, 그의 작품
들 속에 보배처럼 숨어 빛나고 있는 어촌 또는 어민생활과 관련되는 고
유어들의 쓰임을 지나치기 어렵다. 세[北], 마[南], 치[舵, 柁], 시울[紗],
뱃장[船上], 나릿개[漁村], 너부리[移動], 시망바리, 잡어바리, 고대구리,
세짓거리, 뒷방치기, 통머구리, 오랍드리, 놀래기, 상사리, 물질, 알쌍,
챔질, 물목 등이 그것인데 이러한 민족 고유의 언어들이 수행하는 민족
시의 사회적 기능은 참으로 고귀한 것이 아닐 수 없는 것이다. 시의 사
회적 기능이란 민족문화 발전의 근본적 역할을 말하는 것인데, 시문학
이 사상의 표현보다는 다른 언어로 표현할 수 없는 고유한 민족의 감정
과 정서를 표현함으로써 얻게 되는 민족적이고 지역적인 시의 기능을
이르는 T.S 엘리엇의 말이다.

　김영현 시인은 어쩌면 '찢기고 스러져 다시 살아내는/ 풀잎에 움트는 꽃잎일 거야'(「봄날 물잡이」) 처럼, 고난을 이겨 다시 살아내려는 꽃잎 같은 어민들의 삶에 집중적인 조명을 가한 첫 시인으로서의 자격을 이 시집으로 마련한 것인지도 모른다. 만일 그렇지 않더라도 민족적 삶의 애환과 꿈을 전통적 가락과 민족 고유어로 빚어낸 체험적 시정신은 바다처럼 늘 푸르게 살아 있을 것이다. 그의 수작으로 읽혀지는 「귀항의 바다」에서 노래하고 있듯이 저 바다와 파도가 있는 한 '내 생은 행복하였다고 말하리라'는 그의 꿈이 항상 시와 함께 푸르게 빛나기를!

비평의 빈자리와 존재 현실

The Emptiness of Criticism and the Reality of Being

▌저자약력 ▌

서범석(徐範錫)

1948년 충청북도 충주 출생
국제대학교(현 서경대) 국어국문학과 졸업
건국대학교 대학원 국어국문학과 석·박사과정 졸업(문학박사)
국제어문학회 회장, 한국문학비평가협회 상임이사 역임
현재 대진대학교 국어국문학과 교수, 김종삼 시인 기념사업회 회장
『시와의식』 신인문학상으로 평론 등단(1987)
『시와시학』 신인문학상으로 시 등단(1995).

〈저서〉

『한국 농민시 연구』(고려원, 1991)
『한국 농민시』(고려원, 1993)
『문학과 사회 비평』(박이정, 1995)
『시창작 이론과 실제』[공저](시와시학사, 1998)
『풍경화 다섯』[시집](청학, 1998)
『우정 양우정의 시문학』[편저](보고사, 1999)
『한국 현대문학의 지형도』(보고사, 1999)
『휩풀』[시집](푸른사상사, 2001)
『한국 농민시이론』(푸른사상사, 2004)
『종이 없는 벽지』[시집](푸른사상사, 2007)
『외국인을 위한 한국문학』[공편](보고사, 2010)
『하느님의 카메라』[시집](나무아래서, 2013)

〈전자우편〉 sbs96@hanmai.net
〈블로그〉 blog.daum.net/sbs96(서범석의 시와 풀꽃 사랑)

비평의 빈자리와 존재 현실

초판인쇄   2013년 10월 01일
초판발행   2013년 10월 11일

저   자   서 범 석
발 행 인   윤 석 현
발 행 처   도서출판 박문사
책임편집   최인노 · 김선은
등록번호   제2009-11호

우편주소   ㉾ 132-702 서울시 도봉구 창동 624-1
            북한산 현대홈시티 102-1106
대표전화   02) 992 / 3253
전   송   02) 991 / 1285
홈페이지   http://www.jncbms.co.kr
전자우편   bakmunsa@hanmail.net

ISBN 978-89-98468-10-1   93810   정가 30,000원